Das Rätsel von Stonewycke

MICHAEL PHILLIPS
JUDITH PELLA

Hänssler-Taschenbuch
Bestell-Nr. 393.905
ISBN 3-7751-3905-2

Published by Bethany House Publishers, Minneapolis, Minnesota
Originaltitel: Stranger at Stonewycke
Übersetzt von Barbara Büchner

Internet: www.haenssler.de
E-Mail: info@haenssler.de
(Dieser Titel erschien zuvor als gebundene Ausgabe mit der
Bestell-Nr. 391.707.)
Umschlaggestaltung und Titelbild: Mehrblick Grafik & Design
Druck und Bindung: Ebner & Spiegel, Ulm
Printed in Germany

Mit Liebe und Dank meinen Eltern
John und Norma Pella.

LADY MARGARET

Es hatte kürzlich geregnet, und nun lag ein frischer, lebendiger Glanz über der reinen nördlichen Landschaft. Die weißen Schaumkronen auf den grünen Brandungswellen waren deutlich erkennbar, und am Horizont trafen sich das Saphirblau der See und das Azurblau des Himmels wie die scharfe Linie auf der Leinwand eines Malers.

Lady Margaret Duncan, die Erbin und Matriarchin des jahrhundertealten schottischen Herrschaftssitzes Stonewycke, atmete in tiefen Zügen die scharfe salzige Luft ein, als hoffte sie, ihren alternden Körper dadurch verjüngen zu können. In Wirklichkeit lag ihr freilich wenig daran, das Rad der Zeit zurückzudrehen. Das hatten nur jene nötig, deren Erinnerungen voll Unzufriedenheit waren. Sie hatte gelernt, die Jahre als Schätze zu genießen, in stiller Harmonie mit dem Dahinfließen ihres Lebens und mit dem Alter, das dieses Fließen mit sich brachte. Das Verströmen der Zeit hatte ihr einen Reichtum geschenkt, wie ihn nichts anderes ihr verleihen konnte, die Erfüllung all dessen, was zuvor geschehen war. Wie hätte sie wünschen können, in die Vergangenheit zurückzukehren?

Sie hielt einen Augenblick in ihrem gemächlichen Spaziergang entlang der Küste inne und sah zu, wie eine weißgeflügelte Möwe in raschem Flug dem Wasser zustrebte. Sie fegte einen kurzen Augenblick lang über die glitzernde Wasserfläche und flog dann in hohem Bogen wieder in den Himmel auf – mit leerem Schnabel. Es schien dem Vogel jedoch nichts auszumachen. In immer weiter werdenden Kreisen schwebte er silberweiß dahin, bis er von neuem eine Beute erspähte.

Lady Margaret war zufrieden. Sie fühlte sich zu Hause hier an der Küste, die sie von Kindheit an geliebt hatte, an dem Ort, der ihr mehr als alles andere am Herzen lag. Dies war ihr Schottland, das Land ihrer Ahnen, ihr Stonewycke, das Land, das Generationen um Generationen ihrer Familie geliebt hatten. Zuweilen erschien es ihr, als hätte Gott all dies für sie allein geschaffen. Vielleicht hatte sie damit in einer Weise sogar recht. Denn selbst wenn sie das einzige menschliche Wesen auf Erden gewesen wäre, so hätte er doch die Schönheit seiner grenzenlosen Schöpfung und das Wunder seiner Liebe so reichlich über sie ergossen.

Wie so oft in der Vergangenheit trieb der Gedanke Lady Margaret eine Träne ins Auge. Die Tränen flossen ihr jetzt leichter als in ihrer Jugend. Eine harte Schale hatte ihr Herz damals umhüllt, eine Schale, die Gott nur hatte zerbrechen können, indem er sie Tausende von Meilen von ihrer Heimat fortsandte. Die Jahre, die sie in der Wildnis jenseits der See verbracht hatte, waren schmerzlich gewesen, nicht nur für sie, sondern auch für ihren Gatten. Die Vergebung, die Gott hatte in ihrer beider Herzen pflanzen wollen, hatte im Boden ihrer selbstsicheren Seelen nicht leicht Wurzeln geschlagen. Und doch hatte Gott in all den Jahren des Kummers, der Verwirrung und Einsamkeit immer die Hand über sie gehalten.

Nun betrachteten Ian und Maggie beide ihre Vergangenheit – sowohl die Jahre der Trennung wie auch die zwei Jahrzehnte, die sie hatten miteinander teilen dürfen – nicht mehr als eine Zeit irdischen Glücks, sondern als eine Zeit ewigen Gewinns. Es war die Chronik einer niemals nachlassenden Suche Gottes nach dem Herzen eines Mannes und einer Frau, eine Chronik der Heilung. Und als das Erbe ihrer Erfahrung im Leben ihrer Enkel und Großenkel sichtbar wurde, dankten sie Gott für das Werk, das er getan hatte. Wie dankbar waren sie für Joanna, die geliebte Enkelin, die das Werkzeug in Gottes Hand gewesen war, das sie wieder vereint hatte, und für Joannas Gatten Alec. Und nun, da diese beiden Kinder hatten, ging das Erbe der Ramseys in der dritten Dekade des 20. Jahrhunderts in neue Hände über.

Ja, die Tränen flossen nun leichter als früher, aber es waren die Tränen einer großen Freude, die über das Gesicht der alten Frau rannen. *Vor zwanzig Jahren,* dachte sie, *habe ich meinen Gatten wiedergefunden. Aber ich habe noch viel mehr gefunden.* Wer das alte Paar nur vom Ansehen kannte, wunderte sich oft, daß diese beiden nicht ihr ganzes Leben gemeinsam verbracht hatten. Ohne ein Wort zu wechseln, verstanden sie einer die Gedanken und Gefühle des anderen. Obwohl jetzt beide, Lord und Lady Stonewycke, hoch in den Achtzigern waren, sah man sie fast täglich auf den grünen Wiesen rund um das Herrenhaus spazierengehen. Bis vor kurzem waren sie noch ein- oder zweimal im Jahr zu Pferd ausgeritten. Es hatte ihrem himmlischen Vater gefallen, ihnen in den mittleren Jahren des Lebens die Gemeinschaft miteinander zu rauben; nun war ihnen diese Zweisamkeit reichlich zurückgegeben worden, und gesund und kraftvoll, wie sie waren, fanden sie am Ende ihres Lebens die Freundschaft und Liebe wieder, auf die sie beide so lange hatten verzichten müssen.

In diesen Tagen hörte man oftmals ihr Lachen in den einst so düsteren Granitmauern ihres geliebten Stonewycke widerhallen.

Aber sie lachten nicht allein. Gott hatte ihnen eine wunderbare Familie geschenkt, mit der sie ihre Liebe teilen konnten, und dieses Geschenk verlieh der Freude des alten Ehepaares eine ganz neue Dimension. Joannas Hochzeit mit ihrem getreuen Alec hatte dem stolzen alten Stonewycke etwas geschenkt, dessen es sich über fünfzig Jahre lang nicht mehr erfreut hatte – seine Mauern widerhallten nun von kindlichem Überschwang und Lebensfreude. Das jüngste der Kinder war May, und Lady Margaret wunderte sich oft, daß das solide Schloß aus dem 16. Jahrhundert die pulsierende Energie dieses Mädchens aushalten konnte. Der zwölfjährige Nathaniel hatte, von seinem feuerroten Haar abgesehen, große Ähnlichkeit mit seinem Vater. Hochgewachsen und kräftig gebaut, hatte er Alecs offenes und freundliches Wesen geerbt, so daß er bei allen, denen er begegnete, augenblicklich beliebt war. Der junge Ian, der nun vierzehn war, hätte seinem Namensvetter im selben Alter nicht unähnlicher sein können. Schmal und mit feinen Zügen, war er der Gelehrte der Familie. Margaret wußte, daß er sich glücklich fühlte in einer der angesehensten Internatsschulen Schottlands, wo er sich auf eine vielversprechende Karriere an der Universität vorbereitete. Sein Hunger nach Wissen schien niemals befriedigt zu sein, und es mußte wie ein Wunder erscheinen, wie sehr dieser Hunger seinen jungen und doch ständig wachsenden Glauben vertiefte.

Zuletzt dachte die Großmutter an Allison, die Älteste der Kinder. Der Gedanke an sie lastete zur Zeit schwer auf ihrer Seele.

Wenn sie an das Gesicht des Mädchens dachte, zog ein Schatten über die Züge der alten Frau und verdunkelte den Frieden der herrlichen Küstenlandschaft. *Liebste Allison, was haben wir nur falsch gemacht?* fragte sie sich. Hatte man das älteste Kind zu früh mit Verantwortung überlastet oder ihm im Gegenteil nicht genug Verantwortung anvertraut? Oder hatte niemand etwas falsch gemacht; lag es vielleicht nur daran, daß sie in den Adel des Erbes von Stonewycke hineingeboren worden war?

So oft Lady Margaret ihre Urenkelin zu verstehen versuchte, schien ein wirklicher Einblick in das Wesen des Mädchens sich ihr zu entziehen. Aus irgendeinem Grund, den sie nicht kannte, trug Allison ihre hohe Geburt wie ein Schild vor sich her. Wovor sie sich schützte oder wovor sie sich verbarg, war schwer zu sagen.

Mit siebzehn Jahren war Allison ihrer Urgroßmutter im selben Alter nicht unähnlich – starrköpfig, willensstark, launisch und unabhängig. Aber da war etwas in ihr, das man an Maggie niemals gefunden hatte. In einer Weise schien Allison ihre Abstammung aus hohem schottischem Adel ernster zu nehmen als sonst irgend jemand in der Familie – allzu ernst. Woher sie diesen Zug von Hochmut und Stolz hatte, wußte niemand, am wenigsten ihre eigenen Eltern, denen man in ganz Schottland nichts anderes hätte vorwerfen können als allzuviel Bescheidenheit angesichts ihres hohen Standes. Allions verächtlicher Blick verriet ohne Worte, daß sie es für abscheulich hielt, wie ungezwungen ihre Familie sich mit den einfacheren Elementen der Gesellschaft abgab. Für gewöhnlich behielt sie ihre Gefühle jedoch still für sich. Sie wollte nicht daran erinnert werden, daß ihr Vater – obwohl er zweifellos der am meisten beliebte und geachtete Mann in der Nachbarschaft war – aus diesen sogenannten »niedrigen« Volksschichten stammte.

Wie seltsam ist es doch, dachte Lady Margaret, *daß in dieser stolzen Familie das Erbe von Stonewycke vier Generationen lang an die Frauen vererbt wurde.* Jede dieser Frauen, so schien es, hatte eine einzigartige und sehr persönliche Geschichte zu erzählen – vielleicht mit Ausnahme von Margarets eigener Tochter Eleanor, die niemals das Land ihrer Väter gesehen hatte. Und doch durfte man auch Eleanors Beitrag zum ewigen Plan nicht gering schätzen. Wer wußte um die ganze Bedeutung ihres Teils, bevor nicht jenes Leben anbrach, in dem Gott allen Lebensgeschichten das zu ihnen gehörige Ende zuteilt?

Und nun stand die junge Allison, die Vertreterin der fünften Generation in einer Ahnenreihe der Ramseys, die mehr als ein Jahrhundert umspannte, an der Schwelle zum Erwachsensein. Was würden die kommenden Jahre ihr bringen?

Margaret dachte an ihre eigene Mutter Atlanta – schweigsam, stolz, eine Wächterin schottischer Seelenstärke inmitten einer keineswegs glücklichen Ehe. Hatte Allison viel von Atlantas Blut geerbt? Margaret schien es wahrscheinlicher, daß der unübersehbare Stolz – wenn es tatsächlich Stolz war – im Wesen ihrer Urenkelin ein Erbteil von Margarets Vater James war, wenn er überhaupt aus dem Blute stammte, das in den Adern der Ramseys floß.

Lady Margaret seufzte schwer und ließ zum erstenmal Anzeichen ihres hohen Alters erkennen. Sie betete im stillen: *Herr, beschütze Allison, und halte Deine liebende Hand über sie und über die, die nach ihr kommen. Ziehe sie alle zu Dir, Herr, wie Du mich und Ian zu Dir gezogen hast. Offenbare Dich Allison zu der Zeit und auf die Weise, wie es Deinem Willen gefällt.*

Seufzend atmete sie von neuem die warme salzige Luft ein und blickte um sich. Unbewußt hatte ihr Blick sich auf den langen

Küstenstreifen festen weißen Sandes gerichtet. Nun blickte sie zu den fernen Felsenklippen hinüber. Dann wandte sie sich um und kehrte zum Dorf zurück. Ihr nächster Seufzer war ein Seufzer der Zufriedenheit, und das Lächeln, das ihn begleitete, war ein Lächeln der Verjüngung und des Friedens. *Ich sollte lieber nicht zu weit fortschlendern! Die Tage sind längst dahin, als Raven und ich galoppieren konnten, wohin wir wollten. Wenn ich mich zu weit von Port Strathy entferne, brauche ich vielleicht den ganzen Tag, um wieder zurückzukehren!*

Mit dem Gedanken an ihre eigene Jugend kehrte auch der Gedanke an Allison zurück. Aber diesmal fühlte sie, daß ihre Urenkelin auch eine empfindsame Seite hatte, die sich ans Licht zu kämpfen suchte, eine Seite, von der sie niemand etwas wissen lassen wollte. Dieser Teil ihrer Natur lag zweifellos im Widerstreit mit der Persönlichkeit, die sie vor den Augen der Öffentlichkeit zur Schau trug. Aber zuweilen machte er sich unversehens bemerkbar, und die hellsichtige alte Frau bemerkte es und sagte zu sich selbst: »Nun, hier haben wir die wirkliche Allison. Ich wußte ja, daß sie sich da drinnen versteckt!« In den letzten Monaten hatten sich Margarets Gebete um dieses verborgene Selbst in dem Mädchen gedreht. Sie betete: *Zeig ihr, Herr, wie sie wirklich ist. Gib ihr Einsicht zur rechten Zeit. Laß sie Dich erkennen, und laß sie sich selbst erkennen.*

Das Gebet brachte die Erinnerung an Walter Innes' Tod vor einem halben Jahr zurück. Wenn Allison ihre Stellung allzu ernst nahm, hatte der Verwalter sich niemals gescheut, ihr in die Augen zu blicken und ihr zu sagen, was er dachte, mochte auch adeliges Blut in ihren Adern fließen. Er war vielleicht der einzige, der keinen Pfifferling auf ihre Arroganz gab, sondern ihr kurzerhand sagte: »Magst eine Dame sein oder nicht, Mädel, mir bist du nicht zu fein, daß ich dich nicht übers Knie legen würde.«

Die beiden hatten gestritten, so oft sie einander begegneten, und doch einander deshalb um nichts weniger geliebt. Als Innes starb, hatte Allison die Nacht lang geweint, obwohl sie es vor allen zu verbergen suchte und nur ihre rotgeschwollenen Augen und ihr umdüstertes Gesicht verrieten, wie tief sie für den alten Mann empfunden hatte.

War es Stolz, der sie trieb, diesen Teil ihres Wesens zu verbergen? Lady Margaret schüttelte traurig den Kopf. Sie schauderte bei dem Gedanken, welche Demütigungen in diesem Fall nötig sein würden, um dem Mädchen Heilung zu bringen.

Plötzlich zerriß ein Zuruf die tiefe Stille.

»Großmutter!«

Sie wandte sich um und blickte landeinwärts. Es war Allison, die eben über die Kuppe einer großen Düne am Rande der Küste gelaufen kam und ihr mit der Hand zuwinkte. Sie rannte auf ihre Urgroßmutter zu, als hätten deren Gedanken und Gebete sie zu ihr gezogen. Das breite, liebliche Lächeln, das ihre hübschen braunen Augen aufleuchten ließ, paßte wenig zu den Wesenszügen, die die alte Dame in ihrem Inneren vermutete und die sie so besorgt stimmten. Auf den ersten Blick schien Allison nichts anderes zu sein als eine energiegeladene junge Dame, die solch finstere Gedanken über ihren Charakter mit einem herzlichen Lachen abgetan hätte.

Lady Margaret erwiderte ihren Gruß mit einem Winken und begann die Düne hinaufzusteigen, um ihr entgegenzugehen. Sie gab das Lächeln des Mädchens zurück und umarmte sie liebevoll. Denn was immer Allison MacNeil über das Leben oder über sich selbst dachte – vor allem mußte sie wissen, daß sie geliebt wurde.

STONEWYCKE

Joanna MacNeil saß an ihrem Mahagonischreibtisch im Salon und ging ein letztes Mal die Rechnungen durch.

Einige Augenblicke später ließ sie den Stift sinken, stützte das Kinn auf eine Hand und seufzte tief auf. Im Märchen schien es niemals problematisch, einen Herrensitz wie diesen zu verwalten! Ihre Familie war in das Haus auf dem Hügel gezogen, nachdem sie elf Jahre lang in einem bescheidenen Bauernhaus gelebt hatten, wie sie und Alec es sich erträumt hatten. Nun lebten sie seit neun Jahren hier im Haus. Joanna liebte Stonewycke und fühlte sich hier um nichts weniger glücklich als in ihrem behaglichen Häuschen. Sie bedauerte es nicht, daß sie umgezogen waren, vor allem, nachdem ihre Großeltern nun nicht mehr alleine im Schloß leben konnten.

Es war nur einfach hin und wieder eine solche Last.

Es überraschte sie noch immer, wieviel ihre Stellung von ihr verlangte, und gelegentlich wurde sie wieder das ängstliche amerikanische Mädchen aus dem Mittelwesten. Obwohl sie nun schon zwanzig Jahre in Schottland lebte, den Akzent bemerkenswert stark angenommen hatte und sich in jedem Sinne des Wortes als echte, rechte Schottin betrachtete, verblüffte es sie immer noch, wenn eine der Frauen aus der Umgebung im Städtchen vor ihr knickste oder ihr im Gedränge Platz machte. Bei solchen Gelegenheiten gab es ihr einen Ruck, und sie mußte sich gewaltsam in Erinnerung rufen, wer sie war und wie abhängig all diese Menschen von ihr waren.

Zuweilen ertappte sie sich dabei, daß sie sich fragte: Bin das wirklich ich? Aber dann dachte sie darüber nach, wie Gott sie nach Schottland geführt hatte und wie sie und Alec einander begegnet waren. Wie hatte Gott ihr eigenes Herz verwandelt und aus ihr die selbstbewußte Frau gemacht, die sie nun war! Er hatte auf wunderbare Weise ihre Großmutter geheilt und sie mit ihrem Gatten vereint – Joannas Großvater Dorey. Als sie an diese Dinge zurückdachte, wurde ihr Herz von Dankbarkeit erfüllt – Dankbarkeit selbst für den lästigen Papierkram, der sich auf ihrem Schreibtisch stapelte.

Plötzlich wurde die Türe hinter ihr aufgerissen.

»Mutter, ich hab' es gefunden!« rief Allison aus und stürzte auf ihre Mutter zu.

Joanna wandte sich um, ein Lächeln auf den Lippen über die Begeisterung ihrer Tochter, und bevor sie noch ein Wort sagen konnte, wurde ein Modemagazin schwungvoll auf ihren Schreibtisch geworfen. Mit offenkundiger Befriedigung schlug das Mädchen es bei der Fotografie eines außergewöhnlich schönen – freilich auch außergewöhnlich teuren – Abendkleides auf. Es war offenkundig aus Satin und einfach im Schnitt, mit einer raffinierten Schulterpartie und einem figurbetonten Mieder und Rock. Erst in Kniehöhe bauschte es sich plötzlich zu bemerkenswerter Üppigkeit. Joanna hatte Verstand genug, ihren ersten Eindruck bei sich zu behalten, daß das Kleid viel zu erwachsen für ihre siebzehnjährige Tochter wirkte.

»Es sieht traumhaft aus, Liebling«, sagte sie.

»Es wäre einfach *perfekt* für den Ball bei Bramfords!« antwortete Allison. Ihre Stimme war schrill vor Aufregung. »Ach, Mutter! Erlaub' es mir!«

»Nun, wir sollten vielleicht ein paar kleine Abänderungen vornehmen«, antwortete Joanna mit diplomatischer Vorsicht. »Wir werden es Elsie zeigen und sehen, was sie tun kann.«

»Elsie! Abänderungen!« schrie das Mädchen auf. »Mutter, ich will dieses Kleid haben – so wie du es hier siehst. Und ich will nicht, daß Elsie es macht! Mutter, ich bitte dich! Du würdest doch nicht von mir verlangen, daß ich zum Ball der Bramfords in einem selbstgeschneiderten Kleid gehe!« Allisons bittende Stimme klang, als sei die Rede von einem unaussprechlich grausamen Schicksal.

»Elsie arbeitet sehr professionell.«

»Es wäre etwas anderes, wäre sie eine Modedesignerin«, wandte Allison ein. »Aber sie ist nur eine Schneiderin – kaum mehr als eine gewöhnliche Näherin.«

»Allison, hast du vielleicht einen Blick auf das Preisschild geworfen? Dieses Kleid kostet fünfzig Pfund. Für viele unserer Leute ist das ein halber Jahreslohn! In Zeiten wie diesen, in denen so viele Mangel leiden, kann ich solchen Frivolitäten einfach nicht zustimmen –«

»Ich wußte, daß du das sagen würdest!«

»Es ist die Wahrheit, Liebling.«

»Aber wenn die Vornehmen ihren Reichtum zur Schau stellen, dann geben sie damit dem gewöhnlichen Volk die Hoffnung, daß es nicht gar so schlecht steht.«

Joanna hatte die fadenscheinige Entschuldigung schon so oft gehört, daß sie nicht wußte, ob sie lachen oder weinen sollte, als sie die Worte nun von den Lippen ihrer eigenen Tochter vernahm. Wie viele Aristokraten gebrauchten eben solche Argumente, um ihre unnötig luxuriöse Lebensführung zu rechtfertigen und ihr Schuldbewußtsein zu unterdrücken, wenn sie die weit verbreitete Armut rundum nicht länger übersehen konnten! Die Zeit war hart für ganz Großbritannien, ja für die ganze Welt. Aber diejenigen, die noch in der Lage gewesen wären, zu helfen, taten oft weniger als alle anderen.

»Allison«, sagte Joanna nach einem Augenblick der Überlegung, »ich bete von Herzen darum, daß du deine Worte lange und gründlich bedenken mögest und daß der Tag kommt, an dem dir bewußt wird, wie hohl sie sind. Als wir vor zwanzig Jahren den Leuten von Port Strathy den Grundbesitz übergaben, war *das* das Band, das den Adel mit dem Volk verband, das zu ihm aufblickte und Führung und Erhaltung bei ihm suchte. Unsere Berufung ist es, von unserem Reichtum zu geben, nicht ihn zur Schau zu stellen. Wie die Dinge liegen, können wir einfach nicht so viel Geld für ein Kleid ausgeben. Die Zeiten sind hart, nicht nur für die Arbeiter und Bauern, sondern auch für uns. Elsie kann dasselbe Kleid um ein Drittel des Preises nachschneidern.«

»Ohne Änderungen?« fragte Allison, die den Krieg hoffnungslos verloren sah und nun doch noch einen kleinen Sieg zu erringen hoffte.

»Darüber muß ich noch nachdenken.«

»Ich bin bereits siebzehn!«

Joanna lächelte und nahm die Hand ihrer Tochter in die ihre. »Ich weiß, meine Liebe. Und du bist eine wunderhübsche Siebzehnjährige, mit oder ohne dieses Kleid. Aber ich werde es nicht vergessen.«

Allison schnappte das Magazin und verließ den Salon. Joanna blieb allein zurück. Ohne es zu merken, sprach sie ein Gebet für ihre Tochter. *Sie ist so jung, Herr, und sie muß noch so viel lernen …*

Ihre Gedanken wanderten, und sie fand keine Worte mehr.

Manchmal war sie nahe daran, ihrer ganzen aufgehäuften Frustration nachzugeben und Allison anzuschreien: »Warum begreifst du nicht? Warum muß alles nach deinem Kopf gehen? Warum kannst du nicht darauf hören, was wir dir zu sagen haben?«

Für gewöhnlich verzichtete sie darauf. Aber sie konnte niemals ganz vergessen, daß die Einstellung und die Wertmaßstäbe ihrer Tochter nicht diejenigen der übrigen Familie waren, und diese Erkenntnis beunruhigte sie. Und je älter sie wurde, um tiefer schien die Kluft zwischen der Mutter und der Tochter, die sie so sehr liebte, zu klaffen.

Allison war immer ein Mädchen von der Art gewesen, das die Dinge nur auf ihre eigene Art und Weise lernt. Als das erste Fahrrad seinen Weg nach Stonewycke fand, hatte die Siebenjährige darauf bestanden, es auf dem steilsten Straßenstück fahren zu lernen. Zwei Jahre zuvor hatte sie, allen Warnungen zum Trotz, die Gefahren eines Bienenstocks erst richtig erkannt, nachdem sie mit der ganzen Hand hineingefaßt hatte. Aber als sie heranwuchs und das Leben in seinen tieferen Schichten zu erfahren begann, bekam sie es mit Gefahren zu tun, die viel schlimmer und langdauernder waren als aufgeschürfte Knie und Bienenstiche. Obwohl Joanna überzeugt war, daß die Werte, die sie in der Kindheit gelernt hatte, immer noch tief in ihrer Tochter verwurzelt waren, war von diesen Werten an der Oberfläche immer weniger zu entdecken. Das Mädchen schien sie Stück für Stück zur Hand zu nehmen und zu inspizieren, zu prüfen und anzuzweifeln, voll Argwohn, ob irgend etwas, das für ein Kind geeignet gewesen war, sich als stark genug erweisen mochte, ihr auch jetzt noch Halt zu geben. Wie junge Leute zu allen Zeiten dachte sie niemals daran, daß viele Männer und Frauen, älter und weiser und mit Problemen und Ängsten konfrontiert, die die ihrigen bei weitem überwogen, in diesen zeitlosen Prinzipien die Kraft und Hoffnung gefunden hatten, im dunklen Tal des Lebens zu bestehen.

Allisons junge Augen schienen blind für alles außer Allison selbst. Diese Tatsache bedeutete weniger eine Verletzung für Joannas mütterlichen Stolz, als daß sie sich darüber grämte, daß Allison ihrem Schöpfer entfremdet wurde. Und um alles noch schlimmer zu machen, hatte Allison eine so unüberwindliche Mauer um ihr wahres Selbst erbaut, daß selbst ihre Mutter nicht länger eindringen konnte. Tatsächlich schien Allisons Entfremdung vor allem gegen ihre Mutter und Lady Margaret gerichtet, obwohl sie den beiden älteren Frauen immer sehr nahe gestanden hatte.

Joanna rieb sich die Augen, als hätte sie nun erst den Kopfschmerz bemerkt, der sich die letzten zwei Stunden schon bedrohlich bemerkbar gemacht hatte. Fühlte sie einen leisen Stich des Schuldbewußtseins, daß sie ihrer Tochter das ersehnte Kleid nicht kaufen konnte? Nein, selbst wenn das Geld zur Verfügung gestanden wäre, hätte sie nicht zulassen dürfen, daß es so verantwortungslos verwendet wurde! Und zur Zeit war in den Bilanzen von Stonewycke einfach kein Platz für ein so teures Kleid. Es war die

Zeit der Wirtschaftskrise. Immer öfter tauchten rote Zahlen im Kassabuch auf. Erst kürzlich hatten sie damit begonnen, das Haus zur Besichtigung durch die Öffentlichkeit freizugeben, um ein wenig Geld hereinzubringen. Um Geld zu sparen (und ohne die Folgen zu bedenken), hatten sie den selten benutzten Ostflügel des Hauses geschlossen, mit dem Ergebnis, daß er praktisch in Trümmer gefallen war. Ein Tischler hatte ihnen erst kürzlich gesagt: Wenn nicht bald etwas getan würde, um das Dach zu restaurieren, würde es völlig verfallen und vermutlich einen Großteil des angrenzenden Flügels mit zerstören.

Als sie vor zwanzig Jahren Anson Ramseys Vertrag über die Übergabe der Ländereien rechtskräftig gemacht hatten und der Bevölkerung des Tales einen großen Teil der Ländereien übergeben hatten – was eine drastische Verringerung ihres Einkommens bedeutete –, hatten sie nicht gewußt, welche finanziellen Probleme eines Tages auf sie zukommen würden. Die Leute von Port Strathy freilich und ihre Söhne und Töchter, die den Wohlstand geerbt hatten, den die beiden Generationen der Ramseys über sie gebracht hatten, hatten niemals vergessen, was ihnen Gutes getan worden war. Sie liebten Lady Margaret und Lord Duncan und Lady Joanna und Lord Alec mit einer Liebe, wie sie nur wenigen ihres Standes entgegengebracht wurde. Als daher das Netz der schweren Zeiten sich über das Tal breitete, standen die Menschen Seite an Seite, einfache Leute und Landbesitzer, um einander beizustehen. Oft wurden kleine Gaben an Früchten und Fischen und anderen Eßwaren in das Haus auf dem Hügel gesandt. Und als die Nachricht ins Dorf gelangte, daß der Ostflügel des Schlosses dringend restauriert werden mußte, meldeten sich am nächsten Morgen kurz nach Tagesanbruch an die hundert Männer zur Arbeit.

Joanna seufzte, als ihr der Gedanke durch den Kopf ging: Wäre es möglicherweise für sie das beste, Stonewycke zu verlieren? Vielleicht hatte sie immer zu viel ihr eigen nennen dürfen, so daß sie nun Reichtum und bevorzugte Stellung als ihr gutes Recht betrachtete.

Und dennoch – wenn sie nur daran dachte, Stonewycke zu verlieren, schoß ein scharfer Stich der Verzweiflung durch Joannas Herz. Sie konnte sich ein Leben ohne Stonewycke nicht mehr vorstellen. Auf Gedeih und Verderb war der Ort mit ihrem Leben verbunden. Heimatlos und allein war sie an jenem jetzt so fernen Tag nach Schottland gekommen. Nun war sie Teil des Familienerbes geworden, ein unverzichtbarer Teil des ständigen Stromes der

Geschichte von Stonewycke. Aber die Zeiten waren hart und wurden jedes Jahr härter. Wer wußte, wozu sie noch berufen würden?

Wenn sie das Schloß nur halten konnten, bis die alten Leute dahingeschieden waren! Sie selbst und Alec konnten überall glücklich sein. Sie wußte das. Manchmal fragte sie sich, ob es Alec nicht im Grunde lieber gewesen wäre, das schlichte Leben eines Dorftierarztes zu führen, als Herr über einen großen Besitz zu sein. Er weigerte sich bis heute, sich »Laird« nennen zu lassen. Für die Leute in Port Strathy war er immer noch einfach Alec. War es vielleicht das beste, Stonewycke aufzugeben? War das Gottes Wille?

»Lieber Gott«, murmelte Joanna hörbar, »Du bedeutest mir, Du bedeutest uns allen viel mehr als dieses Stück Scholle und Bäume und Fels. Ich würde gerne alles aufgeben, um Deinen Willen zu tun, um Dir und den Leuten, die Du uns anvertraut hast, besser zu dienen.«

Joanna stockte. So oft sie sich im Gebet an Gott wandte, fanden ihre Gedanken den Weg zu ihrer Tochter. »O Gott!« rief sie aus. »Ich würde Stonewycke aufgeben, ja mein eigenes Leben, wenn Du damit nur Allison erreichen könntest!«

Joanna senkte den Kopf, aber kein Wort mehr kam über ihre Lippen. Nur ihr Herz schrie noch im stillen und flehte, wo ihre Lippen und ihr Verstand nicht mehr weiterwußten.

»Es liegt in Deinen Händen, nicht wahr, Herr?« fuhr sie nach einigen Augenblicken der Stille fort. »Mit meinem sterblichen Verstand kann ich nicht erkennen, wie Du es machen willst. Aber Du wirst alles Nötige für meine Tochter tun und auch für dieses Land. Irgendwie wirst Du eine Antwort herbeibringen ...«

Was für ein Glück war es, daß Joanna sich ganz auf ihren Vater im Himmel verließ! Die Augen des unendlichen Gottes sahen mehr als nur die zerknirschte Frau, die an ihrem Schreibtisch betete, das junge Mädchen, das über einem Modemagazin brütete, die alternde Matriarchin, die sich nach ihrem Nachmittagsspaziergang zur Ruhe gelegt hatte, und mehr als die leblosen Granitmauern eines altertümlichen Schlosses. Sein allwissendes Auge reichte darüber hinaus.

Gottes getreue Antwort sollte, wie so oft, aus einer völlig unerwarteten Richtung kommen – von einem Ort, an den Joanna selbst in ihren wildesten Fantasievorstellungen niemals gedacht hätte. Und selbst wenn es ihr gegönnt gewesen wäre, einen Blick darauf zu werfen, wie Gott ihr Gebet für ihre Tochter und für ihr geliebtes Stonewycke beantworten wollte – sie hätte dieses Geschehen nicht als seine Antwort erkannt.

Joannas stumme Schreie verströmten nicht in ein leeres Universum, in dem sie zu nichts zerflattert wären. Noch bevor die Bitte ihr flehendes Mutterherz verlassen hatte, hatte sie schon Wurzeln geschlagen im liebenden Herzen des Gottes, der sie gehört hatte und dessen Antwort bereits unterwegs war.

DER SÜNDER UND DIE SCHLANGE

Ein unheilkündender Londoner Nebel trieb langsam von Southend her über die Stadt, als die Dämmerung herabsank. Bevor noch eine Stunde vergangen war, waren die Straßen und Gehsteige schlüpfrig naß vom Nieselregen; die Bewohner der Stadt eilten von ihren Arbeitsstätten nach Hause, mit ihren bewährten Regenschirmen bewaffnet, und behaupteten tapfer, dieser starke Nebel sei noch längst kein Regen.

Der junge Mann, der mit rüstigen Schritten die Hampstead Road hinter dem Bahnhof Euston entlangschritt, schien sich nicht um das Wetter zu kümmern, denn er hatte sein Ziel – ein Wirtshaus, das als »Pellam's« bekannt war – schon fast erreicht. Er hielt nur etwas ängstlich die Krempe seines neuen eleganten Filzhuts fest, in der Hoffnung, nicht allzu sehr durchnäßt zu werden.

Er warf einen Blick über die Straße und winkte einem Zeitungsjungen, wobei er eine Münze aus der Tasche nahm. Eine Zeitung war ein ebenso guter Schutz gegen den Regen wie der Regenschirm, den er nicht besaß.

»Da, für dich, Junge«, sagte er und warf dem Jungen die Münzen zu, die dieser geschickt auffing, während er über die Straße eilte.

»Danke, Sir, danke«, antwortete er grinsend. »Warten Sie, Sie kriegen noch was raus!«

»Laß nur, schon gut«, sagte der Ältere großherzig. Der Junge grinste wieder und eilte davon. Es war ganz offenkundig, daß er überzeugt war, einem der Vornehmen Londons begegnet zu sein, und er würde noch oft erzählen, wie ein Lord ihm einen ganzen Shilling für eine Zeitung gegeben hatte.

Der großzügige Logan MacIntyre wäre der letzte gewesen, der diesem Irrtum widersprochen hätte. Und wie er daherkam, in einen maßgeschneiderten Nadelstreifenanzug aus Kaschmir gekleidet, mit seidenem Schal und teurem Wollmantel (und natürlich dem neuen Filzhut), sah er viel mehr nach einem Lord aus als nach dem Sohn eines Taugenichts von einem Londoner Arbeiter, der er tatsächlich war. Es war einer seiner Tricks, den er gerne beibehielt, solange es Dumme gab, die darauf hereinfielen.

Er gab sich gerne als Dreißigjähriger aus, obwohl er in Wirklichkeit erst 22 war, und er war üblicherweise ebenso erfolgreich damit wie mit all den anderen Bauernfängereien, die er in seinem jungen Leben schon ausprobiert hatte. Seine knabenhaften Züge, das sanft gerundete Kinn, die leicht nach oben gedrehte Stupsnase und ein Schopf ungebärdiger brauner Locken hätten sein wahres Alter wohl dem kritischen Auge verraten. Aber die meisten fielen auf sein sorgfältig einstudiertes weltmännisches Gehabe herein.

Logan blieb in einer Ecke stehen, um ein Auto vorbeifahren zu lassen, dann überquerte er die Straße. Ein Blick auf die Uhr zeigte ihm, daß er gerade rechtzeitig dran war. Er würde seinen Shilling bald zurückhaben – fast das letzte Stück Geld, das er überhaupt noch in der Tasche gehabt hatte, seinen Wetteinsatz ausgenommen – und noch viel mehr dazu. Denn mittlerweile würde sein Partner Skittles alles zur besten Zufriedenheit allseits geregelt haben.

Logan dachte mit unmißverständlichem Stolz an seinen Freund – was er empfand, ähnelte der Hingabe eines Sohnes an seinen Vater, obwohl er in Wirklichkeit niemals etwas dergleichen für seinen wirklichen Vater empfunden hatte, der sein Leben damit verbrachte, von einem Glasgower Gefängnis ins andere zu wandern. Es wäre schwer zu sagen gewesen, ob Logan ihn deshalb verabscheute oder weil er nicht geschickt genug war, sich dem Zugriff der Polizei zu entziehen. Von seinem Freund und Mentor konnte man ebenfalls kaum behaupten, daß er ein Leben voll Tugend und Aufrichtigkeit führte. Und dennoch bewunderte Logan ihn, ja er liebte ihn geradezu.

Der alte Skittles – sein wirklicher Name war, weitaus weniger klangvoll, Clarence Ludlowe – galt in gut informierten Kreisen als einer der gerissensten Gauner Londons. Die Wirtschaftskrise hatte sich freilich auch auf die Unterwelt ausgewirkt. Die Leute zögerten mehr denn je, ihr Geld zu riskieren, und es brauchte viel mehr Witz und kluge Strategie, um einen funktionierenden Plan auszuhecken, als in der guten alten Zeit. Man mußte nicht nur sein Ziel, sondern auch seine Komplizen mit Vorsicht aussuchen. Aber wenn man den richtigen Köder auslegte und ein Meister wie Skittles am Werk war, dann war es immer noch nicht schwerer, als einem Kind den Lutscher wegzunehmen.

Fünf Minuten später hatte Logan Pellams Wirtshaus erreicht und betrat das Etablissement, das nun gesteckt voll war mit Arbeitern, die sich ein Bier oder zwei genehmigten, ehe sie den Vorortzug nach Hause bestiegen. Die Bühne war perfekt! Er sah sich mit Vergnügen um. Nicht nur die dicht gedrängte Menge kam ihm sehr gelegen; es sah auch ganz so aus, als seien einige Geschäftsleute mit fetten Brieftaschen darunter, deren Selbstüberschätzung und Stolz auf ihre intellektuellen Fähigkeiten ihm und Skittles in die Hände spielen würden.

Skittles saß an der Bar, ein schaumgekröntes Bierglas vor sich. Er hatte glattgekämmtes Haar, eine mächtige Nase, blühende Wangen und einen strahlend freundlichen Gesichtsausdruck. Seine Kleider – Arbeiterhosen und eine abgenutzte Lederweste – vervollständigten die Illusion, daß er eben einen Tag harter Arbeit hinter sich gebracht hatte. Die karierte Kappe, die keck auf seinem Kopf saß, drohte hinabzurutschen, so lebhaft war das Gespräch, das er mit einem seiner Nachbarn führte. Logan streifte vorbei, und Skittles nahm seine Anwesenheit zur Kenntnis, ohne einen Seitenblick und ohne das geringste Schwanken in der Stimme. Logan bestellte ein Bier und setzte sich an einen Tisch in der Nähe.

Bald war Skittles Stimme deutlich über dem allgemeinen Lärm zu vernehmen. Seine Stimme mit dem schweren Cockney-Akzent klang angetrunken, aber Logan wußte, daß er stocknüchtern war. Denn Skittles war keineswegs den ganzen Tag an der Arbeit gewesen – tatsächlich hatte er mit seiner Arbeit eben erst begonnen.

»Un' wenn isch's sage!« sagte er und stellte sein Glas mit einem lärmenden Krach auf dem Tresen ab, um seine Worte zu unterstreichen.

»Was, die Königin selbst?« fragte der Mann neben Skittles, halb ungläubig, halb mit einem unterdrückten Lachen bei der Vorstellung, dieser alte Säufer sei im Buckingham-Palast gewesen.

»Die gute alte Vicky, jawohl! Mög' sie in Frieden ruhen!« rief Skittles. »Ich war ja damals bloß'n Junge und sah besser aus als jetzt, aber so war's.«

»Unglaublich!« sagte ein weiterer Zuhörer.

»So wahr wie der Jona den Goliath erschlagen hat!« erwiderte Skittles in gekränktem Ton, aber kaum waren die Worte heraus, als Gelächter hörbar wurde. Er wandte sich mit einer scharfen Bewegung um und starrte den Mann an, der sich auf seine Kosten amüsierte.

»Heda, junger Mann!« rief er in gespieltem Zorn. »Machen Sie sich da etwa über das Wort eines Gentleman lustig? Meinen Sie etwa, isch wär' betrunken … oder wüßt' nich', was isch sag?«

Inzwischen begannen die Zuhörer in der unmittelbaren Nachbarschaft die Köpfe zu wenden und hörten dem Gespräch zu, das immer mehr an Lautstärke zunahm.

»Nun, mein Herr, es war doch David, der den Goliath erschlug, und Jona wurde vom Wal verschluckt.«

»Ja, Mann, da hat er recht«, mischte sich einer der Männer hinter Logan ein. Die anderen hörten nun angespannt zu.

»Ach, ist das so?« sagte Skittles mit lebhaften Gebärden. »Dann verzeihen Sie, Sir! Ich wußte gar nicht, daß wir'n hochwürdigen Herrn Pfarrer hier in unserer Mitte haben!«

Die Leute lachten darüber, wie sarkastisch er dem geckenhaften jungen Besserwisser Bescheid stieß, und ein allgemeines Gelächter breitete sich durch den Raum aus.

Logan verteidigte sich in höflichen Worten. »Ich bin keineswegs ein Mann von so hohem Ansehen, mein guter Freund. Ich habe nur laienhafte Kenntnisse in religiösen Angelegenheiten.«

»Dann wissen Sie also nich' *alles*? Aber Sie meinen, Sie wär'n ein ganzes Stück klüger als ich, was?«

»Das habe ich nicht gesagt, mein Herr, und würde ich auch niemals sagen«, erwiderte Logan und trank einen Schluck von seinem Bier. »Und da ich mich dem Studium dieser Dinge gewidmet habe, erscheint es mir kaum als passend, mich mit meinen Kenntnissen vor einem Mann zu brüsten, der sich –«

»Oho, da haben wir ja ein Wunder in unserer Mitte!« höhnte Skittles.

»Was ist los, Alter?« mischte sich Skittles Nachbar ein, der schon ein Glas Bier über den Durst getrunken hatte und sich immer noch über die früheren Angebereien des Kerls ärgerte. »Hast du Angst, der Junge weiß mehr als du, wo du doch Königin Vickys bester Freund warst?«

»Hört, hört!« rief jemand. Die anderen lachten.

»Ich wollte keineswegs andeuten –« begann Logan, aber Skittles unterbrach ihn barsch.

»Na, wenn Sie so'n kluger Junge sind«, sagte er, »dann hab ich hier fünf Pfund in der Tasche, und die sagen, Sie wissen nicht, wer Adam den Apfel gab.«

»Mein Guter, so einfach möchte ich Sie nicht um Ihr Geld erleichtern«, antwortete Logan, »und außerdem weiß jeder, daß es der –«

»Kein Wort weiter, eh' Sie nich' Ihr Geld auf'n Tisch gelegt haben!« unterbrach Skittles.

Logan zögerte einen Moment und schien die Sache zu überdenken. Dann steckte er die Hand in die Tasche und sagte: »Na, dann soll's mir recht sein, Dummkopf! Hier sind meine fünf Pfund, und die sagen, es war die Schlange!«

»Ich hab' nich' gefragt, was es war«, sagte Skittles und streckte die Hand nach dem Geld aus, »ich hab' gefragt, wie der Name war!«

»Nicht so schnell«, erwiderte Logan. »Der Name der Schlange war Satan. Da haben Sie die Antwort auf Ihre Frage. Die zehn Pfund gehören mir!«

»Hände weg vom Tisch!« rief Skittles. »Meine fünf Pfund sagen, das stimmt nicht!«

»Er hat dich geschlagen, Alter, gib's zu!« rief jemand. »Gib ihm die Kohlen, und sei kein schlechter Verlierer!«

»Wer hat hier verloren?« schrie Skittles und wandte sich der Stimme zu. »Da hab' ich noch einen Fünfer, den setz' ich gegen euch beide!«

Der Mann kam herbei und legte seine Fünfpfundnote auf den Tisch. »Der Name der Schlange war Satan, genau wie's der Junge gesagt hat. Das weiß jeder hier. Aber wenn Sie Ihr Geld unbedingt loswerden wollen, dann nehm ich's Ihnen gerne ab!«

»Will noch jemand mitmischen?« brüllte Skittles, als wäre er von Sinnen. »Warum kann mir keiner von euch Dummköpfen den richtigen Namen sagen?«

Es gab ein kurzes Gedränge. Einige Männer warfen Logan fragende Blicke zu, als wollten sie sagen: »Weißt du wirklich den richtigen Namen, Kamerad?« Als er bestätigend nickte, griffen mehrere Hände nach den Brieftaschen. Pfundnoten begannen sich auf dem Tisch vor Skittles zu häufen, der weiter sein Bier trank und sich stellte, als würde er von Minute zu Minute betrunkener. Als zwanzig oder mehr Pfund auf dem Tisch lagen, sprang Logan plötzlich auf.

»Moment mal! Hier stimmt was nicht! Wir haben unser Geld auf den Tisch gelegt und unsere Antwort gegeben. Aber wir haben noch nicht mehr gesehen als eine einzige Fünfpfundnote! Wer sagt uns, ob du überhaupt das Geld hast, diese Wetten zu bezahlen?«

Ohne ein Wort zu sprechen griff Skittles in die Tasche und zog eine Handvoll Geldscheine heraus, die er in der Faust hochielt. »Fünfzig Pfund, meine Freunde!« sagte er. »Der Lohn für einen Monat Arbeit, die jedem Kerl das Kreuz gebrochen hätte!«

Verwunderte Blicke rundum, leise Pfiffe, gedämpfte »Ah!«, als Logan langsam zu seinem Sitz zurückkehrte und Blicke um sich warf, die besagten: Der alte Tölpel ist ja noch verrückter, als ich dachte!

»Nun!« rief Skittles. »Alles auf den Tisch! Ich beweis' euch, daß isch klüger bin als der Pfarrer hier!«

Es dauerte keine zehn Minuten, bis volle fünfzig Pfund auf dem Tisch lagen.

Logan stand auf und ging zur Bar. »Guter Mann«, wandte er sich an den Wirt, »hätten Sie zufällig eine Bibel zur Hand? Ich muß diesem wohlmeinenden, aber schlecht informierten Herrn zeigen, wo er sich im Irrtum befindet.«

»Meine Frau hat eine oben in der Wohnung«, erwiderte der Mann verdutzt. Er eilte hinauf in den Oberstock. Zwei oder drei Minuten später kehrte er zurück und reichte Logan das schwere alte, in schwarzes Leder gebundene Buch. Der junge Mann begann augenblicklich in den Seiten am Anfang zu blättern.

»Das Buch Genesis!« schrie Skittles. »Also? Wer gab Adam den Apfel?«

»Ich habe schon gesagt«, antwortete Logan, an dem jetzt aller Augen hingen, »daß der Name der Schlange Satan war. Hier ... Kapitel 3 ... Vers 12 ...« Er las schweigend, dann ließ er sich, wie vom Blitz getroffen, in seinen Stuhl sinken. Im Raum war es ganz still geworden.

»Na, was steht da, Bürschchen?« spottete Skittles, über dessen Gesicht sich ein Grinsen teuflischen Vergnügens breitete. »Lies es ihnen vor! Oder soll ich's sagen?«

Langsam und in gemessenen Tönen, so daß es keine Mißverständnisse geben konnte, begann Logan zu lesen: »Und der Mann sagte: Das Weib, das du mir gegeben hast, sie gab mir von dem Baum, und ich aß.«

»Eva war's!« brüllte Skittles triumphierend. »Eva gab dem Kerl den Apfel, und nicht die Schlange!« Von neuem brach er in hemmungsloses Gelächter aus, dann stand er auf und preßte beide Hände an den Kopf. Seine angebliche Trunkenheit war ein Teil des Täuschungsmanövers, aber er hatte dennoch ein wenig mehr getrunken, als er vertrug.

Die Zuhörerschaft in der Wirtschaft war nun gespalten in die trübselige Partie, die den Köder geschluckt hatte und mit Logan in die Falle gegangen war, und in diejenigen, die sich beglückwünschten, daß sie die Finger davon gelassen hatten. Skittles raffte seinen Gewinn zusammen, so bescheiden wie ein Pfau im vollen Federschmuck. Er tätschelte herablassend Logans Schulter und warf ihm ein väterliches »Tut mir leid, alter Junge« hin. »Solltest beim Predigen bleiben und dich nisch in Lasterhöhlen wie diese hier reinwagen ...«, und damit verließ er die Wirtschaft, halb stolzgeschwellt dahinschreitend, halb betrunken stolpernd.

Logan blieb noch eine Weile, bestellte ein weiteres Glas und stierte trübsinnig in die bernsteinfarbene Flüssigkeit. Nun kam der schwierigste Teil dieses Tricks – man mußte den richtigen Zeitpunkt abpassen, um abzuhauen. Der Instinkt trieb ihn, Skittles auf den Fersen zu folgen. Aber das wäre zu offensichtlich gewesen. Wenn er jedoch allzu lang wartete, konnte es passieren, daß irgend jemand zwei und zwei zusammenzählte. Also trank er gemächlich aus, warf einen müden Blick auf die Uhr und sagte: »Da erwische ich ja gerade noch den Sieben-Uhr-Zehn.« Dann stand er auf, setzte den Filzhut auf und ging. Unfreundliche Blicke folgten ihm, aber niemand sagte etwas oder versuchte ihn aufzuhalten. Alle schienen froh, ihn von hinten zu sehen.

Er traf Skittles am verabredeten Treffpunkt vor einem Zeitungskiosk, etwa vier Querstraßen vom Wirtshaus entfernt. Er rannte hin und schlug seinem alten Freund auf den Rücken.

»Du warst gut, Junge!« lachte Skittles.

»Nicht zu glauben, wie sie immer wieder drauf reinfallen!«

»Es funktioniert immer«, erwiderte der erfahrene Gauner, während er den Packen Geldscheine aus seiner Tasche zog. »Fünfzig Pfund hat's uns diesmal eingebracht! Hier ist deine Hälfte, Logan. Hast sie dir ehrlich verdient!«

Logan nahm das Geld entgegen und stand einen Augenblick lang in Bewunderung versunken da. Die meisten Männer mußten einen Monat, manchmal sogar zwei oder drei, hart arbeiten, schmutzige, schwere Arbeit tun, um so viel Geld zu verdienen. Er hatte es in weniger als einer Stunde verdient! *Nicht übel,* dachte er, während er den Packen Geldscheine einsteckte.

Nachdem nun das Geschäftliche erledigt war, begannen die beiden Männer nebeneinander herzuschlendern, unbekümmert um die Dunkelheit und den immer stärker werdenden Regen. Ihr Gespräch wandte sich der Frage zu, was sie mit ihrem neugewonnenen Reichtum anfangen sollten. Skittles sprach von einem neuen Kleid oder vielleicht dem prachtvoll garnierten Hut, den seine Frau Molly erst kürzlich bewundert hatte. Logan war der Meinung, er sollte lieber seine längst überfällige Miete bezahlen.

Skittles blieb stehen und legte ernst die Hand auf Logans Arm. »Was du brauchst, junger Freund, ist eine brave Frau, für die du dein Geld ausgeben kannst – das heißt, eine gute Ehefrau wie meine Molly.«

Logan lachte. »Da spricht der Ehemann – die anderen sollen's nicht besser haben als du!«

»Ich bin mit Molly jetzt dreißig Jahre beisammen, und obwohl wir hin und wieder 'n schlechten Tag gehabt haben, haben wir nicht einmal 'ne schlechte Woche in der ganzen Zeit gehabt«, antwortete Skittles, einen Ton in der Stimme und einen Blick in den alten Augen, die beide zutiefst aufrichtig waren.

»Das ist es ja!« Logan schlug sich zur Bekräftigung mit der Zeitung in die Hand. »Wie viele solche Juwelen wie Molly laufen denn in der Welt herum? Nicht viele, möcht ich wetten! Nein, danke«, sagte er kopfschüttelnd. »Da ist mir das Risiko zu hoch.«

»Na, du bist ja noch ein junger Spund«, sagte Skittles und blickte träumerisch in den Nebel. »Der Tag wird schon noch kommen, wo du eine findest, mit der du zusammenbleiben willst.«

»Ich glaub' nicht, daß ich jemals ein ordentlicher Geschäftsmann wie du werde, Skits.«

Jetzt war der Ältere mit Lachen an der Reihe. »Na, 's gibt ein paar Leute, die meine ordentlichen Geschäfte als illegal bezeichnen würden ... Aber hier muß ich mich verabschieden, hier geht's zu mir nach Hause«, sagte Skittles, als sie eine breite, aber völlig verlassene Seitenstraße erreichten. »Komm doch mit und sag Molly Guten Abend, und iß einen Teller Eintopf mit uns.«

»Ein andermal, Skits. Gute Nacht.«

In dieser Nacht gab Logan mehr von seiner Beute aus, als er vorgehabt hatte. Karten, Würfel, noch mehr Bier und ein ziemlich albernes Gefühl trügerischer Unverwundbarkeit wirkten zusammen, und als er in den frühen Morgenstunden in seine Wohnung zurückkehrte, hatte er keinen Penny mehr in den Taschen. Das war ihm schon öfter passiert, und es machte ihm nicht allzu viel Kopfzerbrechen. Ein neuer Tag, neue Möglichkeiten! Er benahm sich allerdings sehr vorsichtig, als er an der Türe seiner Vermieterin vorbeischlich; er würde ihr noch einige Tage aus dem Wege gehen müssen.

Es war fast zehn Uhr, als er aus tiefem Schlaf erwachte. Die trübseligen Wolken am Märzhimmel draußen ließen Anzeichen erkennen, daß sie sich bald auflockern und ein paar Sonnenstrahlen den Weg freigeben würden. Aber ein ständiger Nordwind wehte, eine deutliche Warnung, daß das schöne Wetter nicht lange Bestand haben würde.

Als Logan die Füße aus dem Bett schwang, dachte er als erstes an Essen; sein Magen schickte ihm deutliche Botschaften, daß er am Vorabend besser mehr gegessen und weniger Karten gespielt hätte. Aber schon ein erster flüchtiger Blick in die Runde zeigte ihm, daß in seiner Wohnung alles andere zu finden war als ein ausgiebiges Essen. Sein Apartment bestand aus einem einzigen Raum, der einigermaßen in Ordnung gehalten war – schon deswegen, weil Logan nicht allzu viel besaß, das unordentlich hätte herumliegen können. Logan benützte den Raum kaum, es sei denn zum Schlafen. Die Mahlzeiten nahm er entweder mit Skittles und Molly ein oder in einem der vielen Gasthäuser, die er reichlich frequentierte.

In fünfzehn Minuten hatte er sich angekleidet und war unterwegs zu Skittles. Er dachte nicht nur an eine Tasse Tee mit ein paar kräftigen Bissen dazu, sondern auch daran, daß er mit seinem Freund neue Tricks zur Geldgewinnung besprechen mußte.

Skittles wohnte in Shoreditch – ein langer und beschwerlicher Weg für einen Mann, der sich weder eine Droschke noch ein Frühstück leisten konnte. Und als er die Wohnung erreichte, mußte er noch drei steile Treppen hochsteigen. Schließlich stand er keuchend vor der Türe und klopfte mit einigen harten Schlägen an. Nach all der körperlichen Anstrengung war er hungriger als je zuvor, aber als er einen Blick auf Mollys Gesicht warf, verging ihm der Gedanke an Frühstück.

»Was ist geschehn?« rief er aus.

»'s ist wegen Skittles«, antwortete sie. »Er wurde letzte Nacht zusammengeschlagen und beraubt – nein, es geht ihm gut«, fügte sie rasch hinzu, als sie den entsetzten Blick in Logans Augen sah. »Um Mitternacht kam er heim ... schleppte sich all die verfluchten Treppen hoch –«

»War der Arzt schon da?«

»Das wollt' er ja nicht – starrköpfiger Kerl, der er ist! Da müßt's schon Matthäi am letzten sein, bevor er einen Doktor an sich 'rumgrabschen ließe!« Logan sah den Ausdruck des Schmerzes, der sich hinter der hilflosen Frustration auf Mollys Gesicht verbarg.

»Hat er mit der Polizei gesprochen?«

»Wann denn, frag ich dich, Logan? Er ist eben erst heimgekommen und lag die ganze Zeit im Bett! – Na, steh da nicht rum«, fügte sie schließlich hinzu, »komm rein.«

Das Zimmer, das sie betraten, konnte man mit Vergnügen eine Heimstatt nennen. Es wies nicht das geringste Zeichen von Überfluß auf, im Gegenteil, es trug unverkennbar den Stempel der Armut, und doch war deutlich sichtbar und fühlbar, wieviel Liebe bei seiner Ausstattung mitgewirkt hatte. Gehäkelte Deckcken lagen auf den abgewetzten Lehnen des Sofas. Ein Wandbord voll Nippsachen und einigen wenigen Büchern hing an der Wand. Die Bilder an den Wänden – eine Anzahl Fotos und ein oder zwei Drucke idyllischer ländlicher Szenen – waren offenkundig mit Liebe ausgesucht worden. Kein Wunder, daß Logan sich hier weitaus behaglicher fühlte als in seiner eigenen Wohnung.

»Hat er viel verloren?« fragte Logan, nachdem Molly die Türe hinter ihnen geschlossen hatte.

»Weiß nicht. Er sagte nicht viel ... bloß, die Kerle seien auf und davon, was sollte man da einen Bobby holen?«

»Das sieht Skittles gar nicht ähnlich«, antwortete Logan nachdenklich. Sonst pflegte Skittles seine Abenteuer des langen und breiten zu erzählen. Es mußte einen Grund geben, warum er plötzlich so ungewöhnlich schweigsam war. Im Augenblick, in dem ihm dieser Gedanke durch den Kopf ging, hatte Logan auch schon einen Verdacht, was dieser Grund sein konnte.

Langsam öffnete er die Türe des Krankenzimmers und trat näher. Selbst im Zwielicht des Raumes konnte er erkennen, daß Skittles Schlimmeres widerfahren war als ein gewöhnlicher Straßenraub. Skittles sonst so blühende Gesichtsfarbe hatte sich in einen bläulich-grauen Ton verwandelt, seine fleischige Nase war wundgeschlagen, und seine Augen, die fast völlig zugeschwollen waren, ließen seine Züge beinahe unheimlich aussehen. Ohne seine Mütze sah er älter aus als gewöhnlich und seltsam zusammengeschrumpft.

Als er das Öffnen der Türe hörte, wandte er den Kopf und öffnete die Augen so weit, wie die Schwellung es erlaubte. Er warf einen Blick auf die Uhr, versuchte aufzustehen, krümmte sich zusammen und sank vor Schmerzen zurück.

»Bleib liegen!« befahl Logan streng. »Du solltest zur Polizei gehen, Skits. Bist du sicher, daß du die Kerle nicht gesehen hast?«

»Ganz sicher«, murmelte Skittles und wandte den Blick ab.

»Wirklich?«

Keine Antwort. In diesem Schweigen fand Logan die Antwort, die er die ganze Zeit schon vermutet hatte. »Es war Chase Morgan, nicht wahr? Sag mir die Wahrheit, Skits.«

»Vergiß es, Logan.«

»Das dürfen wir nicht! Wir müssen –« Er unterbrach sich scharf, als Molly mit einem Frühstückstablett in Händen eintrat.

»Du kannst was zu essen vertragen«, sagte sie zu ihrem Mann. »Und für dich ist auch genug da, Logan. Und da ist ein feuchtes Tuch für dein Auge«, fuhr sie fort. »Ich wette, das wird genäht werden müssen!«

Skittles sagte nichts, aber der Ausdruck auf seinem Gesicht wurde weich, als er das Mitgefühl in ihrer Stimme spürte. Er streckte die Hand aus und drückte ihre Rechte. Der Blick, der zwischen ihnen hin und her ging, war voll Zärtlichkeit. Dann ging Molly wieder, nachdem sie Logan sanft ermahnt hatte, den Patienten nicht zu überanstrengen.

Kaum hatte sich die Türe geschlossen, als Skittles sich seinem jungen Freund zuwandte und sagte: »Kein Wort von Morgan zu Molly, verstanden?«

»Wofür hältst du mich?« antwortete Logan. »Aber verstehst du nicht, Skits? Wir können nicht zulassen, daß er hier dasselbe Spiel treibt wie in Amerika!«

»Ich hab's versucht«, sagte Skittles. »Es hat mich fünfzig Pfund gekostet, ihm zu trotzen! Und schließlich verlangt er nur fünf Pfund pro Woche für seinen *Schutz.*«

»Man darf es ihm nicht durchgehen lassen!«

»Jetzt kühl dein schottisches Blut mal wieder ab, Logan. Du

wirst nicht –« Er stockte, als ein heftiger Hustenanfall ihn schüttelte.

Das verstärkte Logans aufkeimenden Zorn nur noch. »Ich hol dir dein Geld zurück, Skits! Und ich werde –«

Aber da kam Molly zurück, und Logan hielt seine Zunge im Zaum. Immer noch innerlich kochend, schritt er zum Fenster und tat, als beobachtete er mit großem Interesse die Vorgänge auf der Straße unten.

Molly und Skits waren die besten Menschen, die er jemals kennengelernt hatte, mit Ausnahme seiner eigenen Mutter vielleicht. Als er ihnen nun zuhörte – Mollys sanfte, sorgenvolle Stimme und Skits Stimme, die mit jedem Wort schwächer wurde –, festigte sich sein Entschluß. Sie hatten so etwas nicht verdient! Er würde nicht zulassen, daß sie jemals wieder verletzt wurden! Nie und nimmer!

Sie würden dasselbe für ihn tun – tatsächlich hatten sie es bereits für ihn getan, als er vor sieben Jahren auf ihrer Schwelle gestanden war. Er war damals fünfzehn und sehr von sich eingenommen gewesen. Als Straßenjunge, seit er seinen Vater mit zehn Jahren verloren hatte, war Logan auf sich selbst angewiesen gewesen, und schon zuvor war der ältere MacIntyre so oft im Gefängnis gewesen, daß sein Einfluß auf das Leben seines Sohnes nur minimal gewesen war. Seine Mutter hatte für ihn getan, was sie konnte; aber sie war eine arme Putzfrau gewesen, die ihre ganze Energie darauf verwenden mußte, ihr karges tägliches Brot herbeizuschaffen, und Logan war frei und unbeaufsichtigt aufgewachsen. Schon im zarten Alter hatte er gelernt, zu stehlen und zu plündern, um die magere Küche seines Elternhauses aufzufetten. Und bald lernte er noch andere Wege kennen: Würfel und Karten.

Er hatte geglaubt, er könnte seine Mutter zum Narren halten, als er ihr erzählte, er habe das Geld mit kleinen Arbeiten nach der Schule verdient. Aber sie war viele Jahre lang mit einem Gauner verheiratet gewesen und wußte, daß ihr Sohn schon in jungen Jahren dem Spielteufel verfallen war. Und sie wollte kein Teil daran haben.

»Einen ehrlichen Shilling würde ich mit Stolz von dir annehmen«, sagte sie oft. Aber ehrliches Geld war viel schwerer zu erwerben, und Logan war nicht gerade ein geduldiger und beharrlicher junger Mann. Außerdem, so pflegte er die Sache vor sich selbst zu entschuldigen, war das Glücksspiel ja nicht gerade unehrlich, sondern nur unzuverlässig. Wenn man da gelegentlich mit einem bleigefüllten Würfel oder gezinkten Karten nachhalf – nun, hätte der andere es vielleicht nicht getan, wäre er nur geschickt genug gewesen, nicht dabei erwischt zu werden?

Trotz seines zwielichtigen Lebenswandels und der schlechten Gesellschaft, in der er sich bewegte, hatte Mrs. MacIntyres Sohn sich ein gewisses freundliches Wesen und ein munteres Lächeln bewahrt, das es zusammen mit seinem frechen Selbstbewußtsein den Menschen schwer machte, ihn wirklich zu verabscheuen. Dann jedoch hatte er den Sohn des Earl getroffen, und von da an war ihm einfach alles schiefgegangen.

Logan war damals erst fünfzehn gewesen und der verwöhnte, arrogante Charles Fairgate III. nur ein Jahr älter. Das Kartenspiel war ausnahmsweise völlig ehrlich verlaufen. Unglücklicherweise jedoch hatte Logan eine außergewöhnliche Glückssträhne gehabt. Fairgate hatte darauf beharrt, es sei Betrug im Spiel gewesen, und war so weit gegangen, seinen Gegner vor Gericht zu schleppen. Mit der Unterstützung seines Vaters hatte der junge Gutserbe die besten Aussichten, den Fall zu gewinnen, vor allem, als Logans Ruf und seine Abstammung väterlicherseits ans Licht kamen. Während Logan im Gefängnis saß und auf das Urteil wartete, hatte er keine Ahnung davon, wie sehr seine Mutter litt, als sie den Sohn in den Fußstapfen des Vaters wandeln sah.

Logan hätte jeden Hinweis auf eine gewisse Ähnlichkeit zwischen ihm selbst und seinem Vater sehr übel aufgenommen. Aber als das Gericht den Fall schließlich mit dem Urteil »Nicht erwiesen« abschloß, nahm er sich doch die Zeit, das eine oder andere zu bedenken – nicht so gründlich vielleicht, wie seine Mutter es gerne gesehen hätte, aber doch hinreichend, um zu der Erkenntnis zu gelangen, daß sein Leben in Glasgow zu nichts führte. Es gefiel Mrs. MacIntyre nicht, welche Schlüsse er daraus zog, aber sie war klug genug, ihre Gedanken bei sich zu behalten. Solche Dinge brauchten Zeit, tröstete sie sich selbst. Vielleicht fand er ja tatsächlich ein besseres Leben in London.

Das erste, was Logan in die Quere kam, als er am Bahnhof aus dem Zug stieg, war ein betrügerisches Kartenspiel in einem Hintergäßchen. Er hätte es besser wissen müssen, aber voll schottischen Übermuts dachte er, er könnte die schlauen Londoner Gauner mit ihren eigenen Waffen schlagen.

Er kam bald darauf, was für ein törichtes Unterfangen das war: Er wurde bis aufs Hemd ausgeplündert.

Es gibt wohl wenig, was schlimmer wäre, als sich ohne

Freunde und ohne Geld in einer fremden Stadt zu befinden – vor allem einer Stadt, die so riesig und so gefühllos wie London ist. Aber selbst in einer solchen Stadt kann man hin und wieder eine Insel von menschlicher Wärme und Freundlichkeit finden.

Es war bloßer Zufall, daß Logan auf eine solche Insel stieß, als er durch eben jene Gegenden Londons schlenderte, die er besser vermieden hätte. Dort stieß er auf Skittles Buchmacherladen, ein winziges Etablissement. Skittles war kaum in der Lage gewesen, sich einen Mitarbeiter zu leisten, aber er hatte nicht das Herz gehabt, den armen schottischen Jungen fortzuschicken; irgend etwas im Herzen des alten Mannes hatte augenblicklich Zuneigung zu dem Herumtreiber gefaßt. So hatte die siebenjährige Freundschaft begonnen. Beide waren sich gegenseitig von Nutzen gewesen, aber im tiefsten Herzen wußte Logan, daß er Skittles Ludlowe mehr schuldig war, als er ihm jemals zurückzahlen konnte.

Eine Stunde später saßen Logan und Molly einander am Tisch gegenüber. Sie hatten Tee getrunken und ein paar Plätzchen gegessen. Molly stand auf, um die Teller und Tassen abzuräumen, und während Logan ihr zusah, kehrten seine Gedanken zu dem Gespräch zurück, das er in der vergangenen Nacht mit ihrem Gatten geführt hatte. Molly war die Frau, von der Männer in zwielichtigen Berufen häufig träumen, die sie aber selten tatsächlich finden. So lange sie nun schon mit Skittles zusammen war (und in ihrer Jugend hatte sie weitaus aktiver bei seinen Tricks und Gaunereien mitgetan) hatte sie sich doch eine gewisse Reinheit erhalten. Niemals hatte sie das harte Herz gezeigt, das Frauen in ihrer Situation so oft entwickelten. Vielleicht lag es daran, daß die Triebfeder ihres Handelns viel weniger persönliche Geldgier war als eine tiefe und dauerhafte Liebe zu ihrem Gatten. Vielleicht hatte es auch damit zu tun, wie Skittles selbst sich ihr gegenüber benahm.

Plötzlich kehrten Logans Gedanken in die Gegenwart zurück. Er sprang von seinem Sitz auf. »Laß mal, Molly, ich helfe dir!«

»Was fällt dir ein!« antwortete sie und schob ihn sanft zurück. »Du magst es ja gut meinen, aber mir rinnt es kalt über'n Rücken, wenn ich dran denke, wieviele Teller du mir kaputtschlagen würdest!«

Plötzlich hielt sie mitten in ihrer Arbeit inne, die Teekanne in der Hand, und wandte sich Logan mit einem ernsten Blick in ihren sanften braunen Augen zu.

»Es geht ihm wirklich schlecht, Logan«, sagte sie, während sie die Teekanne wegstellte und in ihren Sessel sank.

»Oh, der wird schon wieder«, versicherte Logan ihr fröhlich, und fast wäre es ihm gelungen, sich selbst zu überzeugen. »Warte nur, morgen springt er mit beiden Füßen aus'm Bett und brüllt wie ein Löwe.«

»Du mußt mir was versprechen, Logan«, sagte sie mit ernster Stimme.

»Was immer du willst, liebes altes Mädchen.«

»Ich will nicht, daß dir auch was zustößt«, sagte sie.

»Warum in aller Welt sollte mir was zustoßen?«

»Ach, Logan! Ich weiß alles über Chase Morgan«, sagte sie trocken. »Skittles mag der größte Schwindler in London sein, mich hält er nicht zum Narren. Ich hab' Augen und Ohren. Ich wußte, daß da was im Busch ist.«

Logan öffnete den Mund, um zu antworten, aber sie schnitt ihm das Wort ab.

»Ich will nicht, daß noch jemand was passiert, und damit mein' ich dich, Logan MacIntyre! Ich hab' nie das Vergnügen gehabt, deine Mutter kennenzulernen. Aber solang du in London bist, fühl' ich mich für dich verantwortlich. Und ich würde es mir nie verzeihen, wenn dir irgend etwas Schlimmes zustieße, und deine Mutter würde es mir auch nicht verzeihen.«

»Mach dir keine Sorgen, Molly«, sagte er und setzte ein großartig feierliches Gesicht auf. »So dumm bin ich nicht, daß ich Morgan in die Quere käme.«

Molly ließ sich von Logan ebenso wenig zum Narren halten wie von ihrem Ehemann. Aber was hätte sie noch sagen können? Wenn er die Absicht hatte, sich wegen seines alten Freundes und Mentors an Morgan zu rächen, dann würde ihn wohl nichts, was sie sagen konnte, von seinem Entschluß abbringen. Wenn sie ihn in die Enge trieb, würde er nur ableugnen, daß er jemals die Absicht gehabt hatte, und dabei noch denken, daß er das zu ihrem Schutze tat! *Vielleicht ist es das beste so,* dachte sie. *Wenigstens wird er sich dann meinetwegen keine Sorgen machen.*

Als Logan an diesem Nachmittag nach Hause zurückkehrte, wurde ihm zunehmend klarer, was er zu tun hatte. Wie Molly auch, wollte er nicht, daß noch jemand verletzt wurde. Aber seine Vorstellungen, wie das Problem zu lösen sei, unterschieden sich drastisch von ihren. Die Einzelheiten waren noch sehr verschwommen. Aber in einem Punkt war er sich vollkommen sicher: Chase Morgan mußte das Handwerk gelegt werden.

Er machte einen kurzen Abstecher in die Nachbarschaft zu

Skittles Laden. Er suchte alle die Hintergassen ab, bis er plötzlich fand, was er suchte: die schwarz-weiß karierte Mütze seines Freundes, fast verborgen zwischen zwei Müllkübeln. Er bückte sich und hob sie auf, staubte sie ab und schob sie in die Manteltasche, nachdem er zärtlich mit dem Finger über den Kappenschirm gefahren war.

Ja, man mußte irgend etwas gegen diesen erbärmlichen Schurken Morgan unternehmen!

Und Logan war der Ansicht, genau der richtige Mann für diese Aufgabe zu sein.

Den Rest des Tages streifte er ziellos durch die Straßen, in Gedanken bei einem Plan, mit dem er schon eine Zeitlang hin und wieder gespielt hatte. Nun, da er ein Ziel vor Augen hatte, begann sich das Puzzle rascher zusammenzusetzen. Seine Gedanken waren noch lebhaft damit beschäftigt, als er schon im Bett lag; einen Großteil der Nacht verbrachte er mit Nachdenken. Am Morgen war er bereit, aus dem Bett zu springen, ohne den Mangel an Schlaf zu empfinden.

Er war bereit, zu tun, was getan werden mußte.

Logan hatte keine Schwierigkeiten, Billy Cochran ausfindig zu machen. Obwohl es bereits elf Uhr vormittags war, lag Billy immer noch in tiefem Schlaf in seinem winzigen Apartment in dem verwahrlosten Mietshaus in der Bow Street. Als Logan an die Türe hämmerte, mußte er ein leises Schuldbewußtsein unterdrücken, denn er wußte nur zu gut, daß der drahtige kleine Mann die ganze Nacht auf den Beinen gewesen war, um seiner Lieblingsbeschäftigung nachzugehen – von einem Wirtshaus ins andere zu wandern. Er hämmerte trotzdem, denn er kam in wichtigen geschäftlichen Angelegenheiten.

Einige Minuten später knurrte ihn eine heisere Stimme durch die geschlossene Türe an: »Wer ist da? Was ist los, zum Kuckuck?«

»Ich bin's, Logan MacIntyre.«

»Was trommelst du zu nachtschlafender Zeit an meine Türe?« Noch während Billy sprach, hörte Logan das Schloß klicken und andere Geräusche. Dann hörten sie auf, und die Türe wurde einen schmalen Spalt weit geöffnet. Zwei der kleinsten Augen, die Logan jemals gesehen hatte, spähten heraus. Wieder klirrte und knarrte die Türkette, bis die Türe schließlich ganz geöffnet wurde und den seltsamen kleinen Mann in voller Lebensgröße sichtbar werden ließ. Er schützte die Augen vor der hellen Morgensonne, als könnte ihn ihr Glanz verwunden.

Billy war nur wenig größer als ein Meter fünfzig, dürr und knochig, mit einem kleinen Buckel am Rücken, der sein Gesicht auf eine beunruhigende Weise nach vorne schob. Er hatte etwas Vogelähnliches an sich, das seine kleinen Schlitzaugen und die unverhältnismäßig große Nase noch verstärkten.

Logan trat ein und schloß die Türe hinter sich. Der Raum wirkte abgewetzt – und war seinem Besitzer darin sehr ähnlich. Die bescheidene Möblierung bestand aus einem Eisenbett, abgeblättert und rostig, einem metallenen Nachttischchen mit einer Lampe ohne Schirm darauf und einem zerkratzten und abgenutzten hölzernen Tisch mit zwei Sesseln, die nicht zusammenpaßten. Billy deutete Logan, in einem der Sessel Platz zu nehmen, während er selbst seine Hosen zuknöpfte und sich die breiten roten Hosenträger über die Schultern zog.

»Hoffentlich lohnt sich's auch, nachdem du mich schon aufgeweckt hast!« Die Stimme klang scharf und rauh.

»Skittles wurde vor ein paar Nächten überfallen und zusammengeschlagen«, begann Logan mit feierlichem Ernst.

»Und geht's dem alten Burschen gut?« Neue Sorgenfalten furchten Billys bereits deutlich gerunzelte Stirn.

»Er wurde furchtbar verprügelt. Aber allmählich geht es ihm schon wieder besser.«

»Welcher miese Schuft würde dem armen alten Skits so was antun?« rief Billy und schmetterte die Faust auf den wackligen Tisch.

»Chase Morgan! Und kein anderer!« antwortete Logan im Brustton der Überzeugung.

Billy sank in den Stuhl gegenüber. »Ich hab' Skits gesagt, er soll's gar nicht erst versuchen, sich gegen den Kerl zu stellen! Aber er dachte ja, wenn er aufmuckte, würden es ihm alle anderen nachmachen!«

»Vielleicht hatte er genau die richtige Idee«, sagte Logan. »Vielleicht hat er's nur falsch angefangen.«

»So was kannst du gar nicht richtig anfangen, Logan. Morgan hat zehn oder mehr der übelsten Schlägertypen, die ich je gesehen habe, in seinen Diensten. Und jedermann weiß, daß er Verbindungen zu Al Capone hat – dem Gangsterkönig in den Vereinigten Staaten.«

»Capone ist fünftausend Meilen entfernt«, gab Logan zu bedenken. »Wahrscheinlich hat er längst vergessen, daß ein Chase Morgan überhaupt existiert. Aber das ist alles unwichtig, Billy, ich hab' einen Plan!«

»Einen Plan hast du, so?« wiederholte Billy und rieb sich zweifelnd das unrasierte Kinn. »Du hast doch nicht etwa vor, Morgan ein Bein zu stellen?«

»Doch! Und ich weiß auch schon, wie ich's anstelle!« Logans Augen blitzten vor Begeisterung. »Kennst du nicht das alte Sprichwort: ›Es braucht einen Dieb, um einen Dieb zu fangen‹?«

»Hmmm ...« brummelte Billy.

Für Logan bedeutete das Ermutigung genug, ihm seinen Plan in allen Einzelheiten darzulegen.

»Ich war heute morgen in der Bibliothek, Billy, und hab' in den amerikanischen Zeitungen nachgelesen. Morgan hat ein kleines Hobby – sagen wir lieber, eine fixe Idee –, und daraus werde ich ihm einen Strick drehen. Es sieht so aus, als versuchte er sich immer wieder als Geldfälscher. Er wurde aus einem halben Dutzend Staaten ausgewiesen deshalb, und als er dem FBI zuletzt in Florida gerade noch durch die Finger schlüpfte, da soll ein Agent gesagt haben, Morgan würde nicht aufgeben, bis er es nicht geschafft hätte, die perfekten Blüten zu drucken. Nachdem er aus den Staaten fliehen mußte, ging er eine Weile nach Kuba, dann nach Südamerika und dann nach Paris. Dort wäre er um ein Haar wieder verhaftet worden – wegen Fälschung!«

»Man sollte meinen, er würde eine Lehre daraus ziehen«, antwortete Billy. »Aber er lernt's wohl nie.«

»Das ist es ja! Er ist fest überzeugt, daß er irgendwann den großen Coup landen und fürs Leben ausgesorgt haben wird. Und damit krieg' ich ihn!«

»Und wie willst du das anstellen?« Billy zog eine Augenbraue hoch – ein Zeichen, daß er sich nicht so leicht überzeugen ließe.

Mit einer grandiosen Geste und dem dazupassenden selbstgefälligen Lächeln zauberte Logan eine brandneue Fünfpfundnote aus der Westentasche. »Schau es dir selbst an!«

Billy hielt den Geldschein von sich ab, schüttelte den Kopf, setzte seine Brille auf und inspizierte die Banknote von neuem. Schließlich fragte er: »Wo hast du die her?«

»Von der Bank von England«, sagte Logan, schlug sich aufs Knie und lachte herzlich. »Die perfekte Fälschung! Meinst du nicht, Morgan würde einen Haufen Geld für die Druckstöcke für solche Lappen zahlen?«

»Sei kein Narr, Logan! Er braucht nur einen Blick darauf zu werfen, um zu wissen, daß die keine Fälschung sein kann.«

»Morgan wird es glauben *wollen* – so sehr, daß er es tatsächlich glauben wird. Wir werden ihn aufs Eis führen! Er wird glauben, er hat die besten gefälschten Banknoten der Welt in der Hand. Wir werden ihm die Druckstöcke verkaufen und ein paar echte Blüten druntermischen – und dafür sorgen, daß er der Polizei geradewegs in die Arme läuft. Ich bekomme auf die Art Skittles Geld zurück, mit einem kleinen Profit obendrein, und die Bobbies werden sich freuen, einen gefährlichen Verbrecher hinter Schloß und Riegel zu wissen.« Logan hielt inne. Das Feuer freudiger Erwartung brannte in seinen Augen. »Ich brauche deine Hilfe, Billy.«

»Ich hab' nichts mehr graviert, seit ich zwei Jahre dafür gebrummt hab'«, antwortete Billy.

»Mußt ja keine Blüten herstellen«, sicherte Logan ihm eilfertig zu. »Ich brauch' nur ein bißchen Hilfe, um eine Druckerpresse zusammenzusetzen. Und ...« Hier zögerte er ein wenig, bevor er fortfuhr: »Und ich brauche eine wirkliche Druckplatte.«

»Du spinnst ja, Logan, wenn ich dir's sage! Am Grund der Themse wirst du enden!«

Logan schwieg. Er wußte, Billy war Skittles genauso treu ergeben wie er selbst.

Billy kratzte seine große Nase und rieb sich das stoppelbärtige Gesicht mit den Handflächen. »Ich hätte den ganzen Kram ins Feuer schmeißen sollen, als sie mich das letzte Mal abholen kamen ...« brummelte er.

»Dann hilfst du mir also!« Logan grinste und schlug dem kleinen Mann auf die Schulter.

Die nächsten Stunden saßen sie beisammen und gingen den Plan durch, den der alte Fälscher da und dort korrigierte, bis er zugeben mußte: Die Chance bestand, daß der verrückte Plan funktionierte. Schließlich blieb nur noch ein Problem zu bedenken.

»Wir brauchen Bargeld«, sagte Billy. »Ein paar hundert Pfund, schätze ich.« Dann langte er in die Tasche und zog eine Sammlung von Münzen und eine hübsche goldene Uhr hervor. »Das sollte für den Anfang reichen –«

»Doch nicht deine Uhr, Billy!« Logan wußte, daß die Uhr der einzige Wertgegenstand war, den der alte Mann besaß, und er hatte ihm oft zugesehen, wie er sie in einem Wirtshaus inmitten der Menge voll Stolz hochhielt und die Uhrzeit verkündete.

»Macht nichts«, antwortete Billy unbekümmert. »Außerdem – du kannst sie mir ja zurückbringen, wenn du deinen sogenannten tollen Profit gemacht hast!«

Als Logan Billy verließ, war er überzeugt, daß ihm sein Plan gelingen würde. Er konnte es nicht erwarten, damit anzufangen, aber Billy hatte weitaus mehr Vorbereitungsarbeiten verlangt, als Logan erwartet hatte. Aber der erste Punkt auf der Tagesordnung war auf jeden Fall, einmal nachzusehen, wie es um Skittles stand.

Er klopfte wiederholt an die Türe, erhielt jedoch keine Antwort. Drinnen schien es ungewöhnlich ruhig zu sein. Verwirrt stieg er mit langsamen Schritten die steilen Treppen hinunter, und als er den Treppenabsatz im ersten Stock erreichte, begegnete er dort der Hauswirtin.

»Suchen Sie vielleicht Molly und Skittles?« fragte sie.

»Ja«, antwortete er. »Ich wollte nachsehen, wie es Skittles geht. Gestern war er nicht gut beisammen.«

»Da haben Sie recht!« bestätigte die Frau. »Und heute steht's noch schlimmer um ihn – Molly hat ihn heute morgen ins Spital gebracht.«

»Ins Spital!« schrie Logan auf und wurde bleich.

Er hielt sich nur noch so lange auf, wie es dauerte, von der Hauswirtin den Namen des Spitals zu erfahren, in das man seinen Freund gebracht hatte, dann jagte er die restlichen Stiegen hinunter und stürzte aus dem Haustor in den Regen hinaus.

EIN FESTLICHER ABEND IN STONEWYCKE

Die tiefhängenden schwarzen Wolken sahen aus, als hätten sie vergessen, daß es auf dem Kalender der erste Frühlingstag war. Allison warf einen letzten Blick auf den sonnenlosen Himmel, dann zog sie mit einem scharfen Ruck die Vorhänge zu. Nun, es war nicht *ihr* Fest, das das schlechte Wetter bedrohte. Aber immerhin nahmen einige ihrer Freunde daran teil, und es wäre so viel hübscher gewesen, hätte die Sonne geschienen.

Die Familie hatte beschlossen, daß ein Festtag in Port Strathy fällig war. Doreys Geburtstag fiel mit dem Frühlingsanfang zusammen, und so ergab sich eine perfekte Gelegenheit, zugleich den 89. Geburtstag des alten Mannes zu feiern, den Frühlingsbeginn und auch die Tatsache, daß die harten Zeiten nun nach zwei Jahren endlich besser zu werden versprachen. Allison pflegte zu diesen Plänen zu sagen, es sei ja auch an der Zeit gewesen, endlich mit dem Theater aufzuhören, als hätte eine Wirtschaftskrise irgendwo in London und New York allem Leben ein Ende gemacht. Sie freute sich, daß ihre Mutter den Familiensitz auf eine Weise dekorierte, die das günstigste Licht auf ihre soziale Stellung warf.

Die ganze Stadt war zum Fest geladen worden und obendrein drei bedeutende Familien von außerhalb: die Arylin-Michaels aus Aberdeen, die Fairgates aus Dundee und natürlich die Bramfords aus dem nahegelegenen Culden. Alle drei Familien hatten Töchter, die dasselbe Mädchenpensionat wie Allison besuchten – und zufällig hatte jedes dieser Mädchen einen gutaussehenden großen Bruder! Daß diese Tatsache ihre Einladung beeinflußt hatte, behielt Allison jedoch für sich.

Sie verließ ihr Zimmer und ging in die Halle hinunter. Viele Gäste waren bereits angekommen und füllten das Haus, das mit Rücksicht auf das drohende Unwetter ebenfalls für die Festlichkeiten geöffnet worden war. Draußen waren große Tische aufgestellt worden, und der Verwalter, der alle nasenlang besorgte Blicke auf den Himmel warf, schien sich nicht entscheiden zu können, ob er mit den Vorbereitungen für Essen und Trinken fortfahren oder sich ins Innere des Hauses zurückziehen und dort das beste aus dem beschränkten Raum machen sollte.

Als sie den obersten Absatz der Stiege erreichte, blieb Allison am Geländer stehen und blickte hinunter. Eben sah sie Olivia Fairgates Bruder eintreten. *Ich könnte keinen besseren Moment für meinen großen Auftritt wählen*, dachte sie lächelnd. Sie schritt die Stiegen hinunter mit all der Anmut, die man in Schottlands teuerstem Mädchenpensionat lernt, ein vornehmes Lächeln auf dem Gesicht. Und wie sie es vorgehabt hatte, wandte sich ihr zumindest ein bewunderndes Augenpaar zu.

»Oh, Lord Dalmount, wie reizend, daß Sie kommen konnten«, sagte sie züchtig und hielt ihm mit gespielter Schüchternheit die Hand zum Kuß entgegen. Und der wohlerzogene junge Mann nahm die weiche, zierliche Hand und küßte sie flüchtig.

»Nun, vorderhand bin ich noch nicht ganz *Lord Dalmount* – noch gehört der Besitz mir nicht«, antwortete er mit leiser Stimme und gedämpftem Kichern, etwas besorgt, irgend jemand könnte Allisons frivole Bemerkung gehört haben. »Offenbar haben Sie mit meiner Schwester gesprochen, und die plaudert manchmal mehr aus, als gut ist.« Dann entspannte er sich und sagte: »Inzwischen nennen Sie mich einfach Charles.«

»Gewiß, Charles. Wie nett, dich zu sehen.«

»Ich konnte einer Einladung nach Stonewycke nicht widerstehen – sie hat solchen Seltenheitswert.«

»Nun ja, wir sind hier gewissermaßen lebendig begraben«, antwortete sie. »Ich fürchte, große Herrensitze mit altmodischen Schlössern sind nicht gerade en vogue.«

Er blickte sich um. Der Ausdruck auf seinem Gesicht mit der leicht aufgestülpten Nase besagte, daß er ihre Verachtung für die Relikte der Vergangenheit teilte. »Man könnte allerdings etwas daraus machen, wenn man es modernisierte.«

Während sie sich unterhielten, waren sie langsam auf den großen Salon zugegangen, wo einige Tische mit kleinen Erfrischungen bereitstanden. »Oh, sieh an!« rief Allison, die nun allmählich in festliche Stimmung geriet, als sie unter den Einheimischen einige ihrer eigenen Freunde entdeckte. »Da ist Eddie Bramford! Wir müssen ihn begrüßen.«

Der Garten, der auf drei Seiten im Schutz der Schloßmauern und einer niedrigen Hecke lag, war ein reizender Aufenthaltsort, trotz der Kälte, die der näherkommende Sturm mit sich brachte. Man konnte sich beim Anblick der altmodischen Laternen und der Blumengirlanden in einen Sommernachmittag versetzt wähnen. Aber die gefährlich schwankenden Laternen und die flatternden Zipfel der Tischtücher erinnerten beständig daran, daß das Unwetter bald auch diesen abgelegenen Ort erreicht haben würde. Die Kinder, die Seilziehen spielten, hatten ihre Mäntel angezogen.

Edward Bramford, ein blühender, kräftig gebauter junger Mann, wirkte auf eine sportliche Art attraktiv, ganz anders als Allisons derzeitiger Begleiter mit seiner hageren und knochigen Erscheinung. Er polterte auf das näherkommende Paar zu und streckte ihnen eine massige Hand entgegen.

»Tolle Party, Allison«, sagte er mit einem gutmütig-spöttischen Grinsen auf dem Gesicht und warf einen wissenden Blick auf die übrigen Gäste, die er als weit unter sich stehend betrachtete. »Ich wußte gar nicht, daß der ortsansässige Adel so zahlreich präsent ist. Was sagst du, Charles?«

Charles – der nicht riskieren wollte, Allison mit einer geschmacklosen Bemerkung zu verärgern – wich jedoch geschickt aus, und das Gespräch wandte sich anderen Themen zu. Allison hätte sich schließlich übers Rugbyspiel, Edward Bramfords große Leidenschaft, unterhalten müssen, hätte sich nicht Clifford Arylin-Michaels zu der Gruppe gesellt, der dritte Junggeselle. Es konnte keinen Zweifel geben, daß jeder der drei Allison als die Hauptattraktion des Festes betrachtete – und als den einzigen Anlaß, seine Eltern zu einem Fest zu begleiten, das ihn ansonsten tödlich gelangweilt hätte mit seinem bäuerlichen Lokalkolorit.

Arylin-Michaels lag von der äußeren Erscheinung her zwischen den beiden anderen Männern. Sein Gesicht war ziemlich unscheinbar und unauffällig, und seine Stimme klang sanft. Er verstand ein wenig von Rugby, nutzte aber die erste Gelegenheit, das Gespräch auf Politik zu lenken: Sein Vater war Abgeordneter der Konservativen im Unterhaus.

Allison fand die Unterhaltung öde, aber das kümmerte sie nicht. Im Augenblick genügte es ihr, von drei jungen Männern umringt zu sein. Als ihre drei Schulfreundinnen sich der Gruppe näherten und bei den Jungen keinerlei Interesse erweckten, beherrschte sie sich nur mit Mühe so weit, daß ihr innerlicher Jubel sich nicht allzu deutlich auf ihrem Gesicht spiegelte. Mit Absicht nahm sie den ganzen Rest des Tages keinerlei Notiz von ihren feindseligen Blicken.

Der düstere Nachmittag ging allmählich in den Abend über, aber immer noch war der Regen nicht hereingebrochen. Ein paar Gäste verabschiedeten sich, weil sie nach ihren Herden und ihren Fischerbooten sehen mußten, aber die übrigen wurden in den Ballsaal geführt, wo die Bewohner von Port Strathy klatschten und jubelten und die beliebtesten schottischen Melodien mitsangen. Bald bewegten sich die Paare im Kreis zu der lebhaften Musik durch den Raum, von Joanna und Alec angeführt. Die fröhliche Stimmung war ansteckend. Selbst Allisons blasierte Freundinnen konnten der Einladung, mitzutanzen, nicht widerstehen.

Allison jedoch konnte nichts dazu bewegen, einen Fuß auf die Tanzfläche zu setzen, nicht einmal die hartnäckigen Bemühungen des zukünftigen Lord Dalmount. Sie sah den Festlichkeiten in melancholischem Schweigen zu und bemühte sich zuweilen mit ätzend sarkastischen Bemerkungen, die Demütigung hinunterzuschlucken, die sie bei dem Gedanken überkam, daß ihre Familie sich mit solchen Leuten abgab. Wie konnte ihr Vater, *der Schloßherr,* sich so weit erniedrigen!

Atemlos, lachend und schwitzend brachen die dreißig oder vierzig Leute auf dem Tanzboden in spontanen Applaus aus, als die Musik mit lautem Jubeln abschloß. Niemand konnte sich mehr erinnern, wann man sich zuletzt so köstlich amüsiert hatte!

»Und jetzt – was würdet ihr dazu sagen, wenn Lady Margaret und Lord Duncan uns die Freude machten, uns zu zeigen, wie leichtfüßig sie noch sind?« rief Alec über den Lärm hinweg. Das Klatschen und die ermunternden Zurufe wurden noch lauter.

Maggie und Ian traten langsam vor. Ian strahlte vor Freude, als seine Frau sanft seinen Arm nahm und ihm gestattete, sie in die Mitte des Raumes zu führen. Die kleine Band begann mit sanften Klängen die melancholische Melodie »Lochnagar« zu spielen. Ian legte die Hand um Maggies Taille, und ihre alten Füße begannen sich in einem improvisierten Tanz über den Fußboden zu bewegen. Plötzlich waren sie wieder jung! Sie vergaßen die Augen, die sie beobachteten. Der Wind blies ihnen ins Gesicht, der Wind, der von den Heidehügeln wehte, über die sie eben noch geritten waren. Ihre Pferde Raven und Maukin standen neben ihnen, ihre Flanken bebten noch von dem scharfen Ritt. Die Vögel, der Wind und das Rauschen der Bäume waren ihre Musik. Maggie überließ sich Ians starken und liebenden Armen. Er schwang sie im Kreise und hob sie vom Boden, und sie lachte, wie nur die junge Maggie Duncan lachen konnte. *Oh, Ian, ich liebe dich!* dachte sie, und bei diesen Worten kam die verklingende Melodie ihr wieder zu Bewußtsein. Ihre Gedanken kehrten in die Gegenwart zurück. Sie blickte tief in Ians braune Augen und dachte immer noch dieselben Worte. Als könnte er ihre Gedanken lesen, erwiderte er ihren Blick mit der innigen Liebe, die nur zwei Menschen füreinander empfinden konnten, die durch solch schwere Prüfungen hindurchgegangen waren. Das alte Paar tanzte noch ein paar Augenblicke weiter, nachdem die Musik bereits geendet hatte, glücklich in ihrer Umarmung, bis der erste zaghafte Applaus, der allmählich lauter wurde, sie weckte. Sie warfen einen Blick in die Runde auf ihre Freunde, lachten, und Ian sagte: »Na, da habt ihr jetzt ein paar verliebte alte Narren gesehen!«

Joanna konnte kaum die Tränen zurückhalten, die ihr übers Gesicht liefen, als sie ihre Großmutter und ihren Großvater so glücklich und zufrieden sah. *Ich danke Dir, Herr*, seufzte sie, *daß Du sie wieder vereint hast!*

Der Tanz wollte eben wieder beginnen, da stürzte plötzlich Evan Hughes in den Raum, atemlos, den zerdrückten Hut in der Hand. Er eilte auf Alec zu und faßte ihn dringlich am Arm.

»Ein Unfall!« stieß er hervor. »Der Schoner ist auf Grund gelaufen!«

Augenblicklich hielten die Tanzenden ein, als Alec sich Evan zuwandte, um Näheres zu erfahren. Die Musik brach ab, Seufzer und Ausrufe im ganzen Raum ließen erkennen, wie schlimm die Nachricht war, vor allem für jene, die Freunde oder Verwandte an Bord hatten.

»Wir brauchen jeden Mann, um zu helfen!« schrie Alec, und augenblicklich geriet die Menge in Bewegung – nun nicht mehr zum fröhlichen Tanz, sondern in Vorbereitung auf einen Kampf gegen den Sturm und die tobende See, um ihre Verwandten zu retten. Den Ortsansässigen brauchte man nichts zweimal zu sagen. Bevor Hughes die Nachricht zu Ende gebracht hatte, war die Hälfte von ihnen schon aus dem Ballsaal gestürzt und unterwegs zum Hafen.

Die Zurückbleibenden hörten jedoch, wie Evan berichtete: »Tim Peters stand am Steuer«, sagte er, »und als seine Frau die Nachricht hörte ... Mylady, sie hatte eine schwierige Schwangerschaft ... und jetzt ...«

»Liegt sie in Wehen?«

»Ja, Mylady! Deshalb bin ich da – der Arzt ist nicht zu erreichen, er ist nach Culden gefahren – und ich dachte, Alec wär' besser als gar kein Arzt – Sie verstehen!« Vor Verlegenheit errötend, brach er ab.

»Ich verstehe«, antwortete Alec lächelnd. »Aber ich werde beim Wrack gebraucht werden. Joanna«, wandte er sich an seine Frau, »kannst du dich nicht um Mrs. Peters kümmern? Du hast mehr Erfahrung mit dem Kinderkriegen als ich.«

Joanna nickte zustimmend.

»Danke, Mädchen!« erwiderte Alec lächelnd. »Inzwischen, Evan, könntest du nach Culden reiten und den Arzt holen?«

Hughes nickte zustimmend und eilte davon. Alec folgte ihm auf den Fersen.

Joanna eilte auf Maggie zu, die besorgt der Entwicklung der Dinge zugesehen hatte. Nach einem kurzen und hastigen Gespräch nickte Lady Margaret. Sie würde sich um die Gäste kümmern, die zurückblieben. Die meisten freilich, selbst die von auswärts gekommenen Gäste, waren der Menschenmenge in die Stadt gefolgt. Inzwischen blickte Joanna nach allen Seiten, ihre Augen, blitzend vor Anspannung, suchten ihre Tochter.

Allison fühlte sich schwindlig. So hatte sie sich den Abschluß des Abends nun wirklich nicht vorgestellt! Zwei von ihren drei jungen Männern waren fortgelaufen, um sich die Bemühungen um die Rettung des Schoners anzusehen, während der dritte seine ganze Überzeugungskraft aufbot, um sie zu bewegen, daß sie ihn zu den anderen begleitete. Ihre drei Schulfreundinnen beobachteten jede ihrer Bewegungen mit eifersüchtigen Augen, während sie so taten, als kümmerten sie sich nicht im geringsten um sie. Allison hatte sich eben entschlossen, doch in die Stadt mitzukommen – was ihr immer noch erfreulicher erschien als die Aussicht, Cliffords langweiligen politischen Ausführungen zu lauschen –, als sie die Stimme ihrer Mutter hörte.

»Allison, kommst du mit mir?«

Sie fuhr herum und sah Joanna mit entschlossenen Schritten näherkommen.

»Wohin?« fragte sie nervös. Das war nun wirklich das Schlimmste – da redete ihre Mutter mit ihr wie mit einem Kind, und das vor ihren Freundinnen!

»Es geht um Mrs. Peters – möglicherweise bekommt sie ihr Kind.«

»Aber ... aber ...« stammelte Allison und wich zurück vor Joannas durchdringenden Augen und dem Drängen in ihrer Stimme.

»Allison, es kann sein, daß ich dich brauche.«

»Oh, Mutter! Mein bestes Kleid – es wird ja verdorben!«

»Allison!« wiederholte Joanna im Befehlston. »Ich brauche deine Hilfe! Also bitte – komm mit!«

Lady Margaret, die langsam herbeigekommen war, legte eine Hand sanft auf die Schulter ihrer Urenkelin. »Ich kümmere mich um alles hier«, sagte sie. »Du kannst mit deiner Mutter gehen.« Ihre Worte klangen sanft, aber Allison spürte eine unbeugsame Stärke in ihnen, der sie sich nicht widersetzen konnte. Jeder Widerstand war zwecklos. Sie hoffte nur, ihre Freunde hätten nichts von alldem bemerkt.

Mit einem Seufzer märtyrerhafter Ergebenheit nahm sie den Mantel entgegen, den die Haushälterin ihr hinhielt, und schlüpfte hinein. Wenn sich ihre Urgroßmutter doch nur aus der Sache herausgehalten hätte! Mit ihrer Mutter hätte sie vielleicht noch debattieren können. Aber Lady Margaret war wie ein Felsen.

Inzwischen hatte Joanna den Austin aus der Garage gefahren und ließ befehlend die Hupe ertönen, und Allison stürzte in die Nacht hinaus und kletterte wortlos neben ihr in den Wagen.

Der Raum drehte sich um sie, alles Blut schien aus ihrem Kopf zu weichen. Allisons Hand zitterte, als sie versuchte, sich an der Kante des groben Eichentisches festzuhalten. Aber das half auch nichts.

Ihr war speiübel.

Ich muß 'raus hier, dachte sie.

Sie wandte sich zur Türe, warf einen hastigen Blick in den Raum zurück, dann stolperte sie aus dem Bauernhäuschen in den peitschenden Regen hinaus. Alle waren ungeheuer beschäftigt. Sie würden nicht merken, daß sie sich davongemacht hatte.

Sie stolperte vorwärts, den Abhang hinunter, ohne den Regen zu beachten, der ihren Körper durchnäßte, ohne den Sturmwind auf dem Gesicht zu spüren. Zweimal hätte sie sich um ein Haar auf dem felsigen Boden den Knöchel vertreten. Sie rannte weiter. Es war ihr gleichgültig, in welche Richtung sie rannte. Wichtig war nur, diesen grauenhaften Ort so weit wie möglich hinter sich zu lassen.

Das Baby war wenige Augenblicke zuvor gestorben.

Ihre Mutter hatte nicht helfen können. Niemand hätte helfen können. Selbst wenn Dr. Connally dagewesen wäre, hätte die Sache dasselbe Ende genommen. Die Wehen hatten ganz plötzlich eingesetzt, zwei Monate zu früh, nach einer äußerst schwierigen Schwangerschaft. Wäre ein Spital in der Nähe gewesen, so hätte es vielleicht Hoffnung gegeben. Aberdeen jedoch war sechzig Meilen entfernt. Ihre Mutter mochte die beste Hebamme im Umkreis sein, aber manche Dinge waren selbst für Joanna MacNeil unmöglich. Und als Allison durch die Nacht stolperte, half ihr die Erkenntnis, daß auch niemand anderer das Kind hätte retten können, über ihr eigenes bitteres Gefühl des Versagens hinweg.

In diesem Loch mußte einem ja übel werden, dachte sie – mit diesem albernen Torfrauch, der die Luft schwängerte, daß man kaum atmen konnte, und der widerwärtig aufdringlichen Nähe all dieser lästigen Nachbarsfrauen, die herbeidrängten, um sich bei dem freudigen Ereignis nützlich zu machen. Nun waren sie alle damit beschäftigt, zu weinen und zu beten und die unglückselige Frau Peters zu trösten.

Aber im Grunde wußte Allison genau, was sie wirklich aus dem Bauernhaus gejagt hatte – der jammervolle Anblick des toten

Kindchens. Sie hatte niemals zuvor den Tod gesehen. Und nun gelang es Allison nicht, den Anblick des winzigen, schlaffen, bläulich angelaufenen Körperches aus der Erinnerung zu tilgen, während sie eine Viertelmeile vom Häuschen der Peters entfernt dahinjagte, den Wind im Haar, das tränenüberströmte Gesicht vom Regen überronnen.

Wie hatte ihre Mutter sie zwingen können, etwas so Gräßliches mitanzusehen!

Ihr Fuß verhakte sich plötzlich in einem struppigen Heidekrautbusch. Sie stolperte und fiel, auf Händen und Füßen landend, in den schlammigen Schmutz. Erst jetzt wurde ihr bewußt, wie sehr sie fror, und daß sie ihren Mantel im Häuschen der Peters gelassen hatte. Die eisige Kälte ging ihr durch und durch, aber sie wäre niemals auf den Gedanken gekommen, zurückzukehren und ihren Mantel zu holen.

Sie rappelte sich auf und blickte um sich. Plötzlich wurde ihr klar, daß sie die Orientierung verloren hatte. Aber sie konnte durch das Heulen des Windes hindurch entfernt und schwach das Rauschen der See hören. Vorsichtig ging sie weiter, bis sie zur felsigen Kante der Klippen kam, die neunzig Fuß hoch über die See hinausragten.

Unter ihr und zur Linken ragte der Felsen von Ramsey Head auf, nun von Regen und Nebel verhüllt und kaum erkennbar in der Finsternis, so nahe, daß sie mühelos einen Stein auf seinen südlichen Abhang hätte werfen können. Sie schauderte, wie es andere auch taten, die sich in einer so wilden Nacht in der Nähe des Ramsey Head fanden. Man warnte die Kinder davor, dem Ort nahezukommen. Im Städtchen erzählte man sich Geschichten von seltsamen und geheimnisvollen Geräuschen und schauervollen Ereignissen in Verbindung mit dem Felsvorsprung. Ein verfluchter Mensch – ein Mörder, sagte man – sei einst vom Felsen gesprungen. Sein Leichnam war niemals geborgen worden – zweifellos hatten ihn die starken Strömungen der Nordsee weit hinaus aufs offene Meer getragen.

In dieser Nacht waren es freilich nicht die unheimlichen Geschichten von längst vergangenen Schrecknissen, die Allison erschauern ließen. Nun war es ein anderer Anblick, der sie unwillkürlich frösteln machte: Der Anblick einiger Dutzend schwacher Lichter, die in der Brandung auf und ab tanzten, wo die weißgekrönten Wellen gegen die Felsen donnerten.

Das mußte die Stelle sein, wo der Schoner auf Grund gelaufen war, an der gefährlichsten Stelle der Küste! Als ihre Augen sich an die Dunkelheit gewöhnten, konnte sie nun allmählich auch die Lichter des Rettungstrupps an der Küste erkennen. Aber in einer Nacht wie dieser würden sie kaum Erfolg haben, bei diesem Regen und Nebel und den hohen Wellen, die ihre Anstrengungen zunichte machten. Allison wandte den Blick von den Lichtern der kühnen Fischerboote ab, die wie Korken auf den wilden Wellen tanzten. Sie dachte: *Sie müssen verrückt sein! Sie werden dasselbe Ende nehmen wie der Schoner!*

Sie starrte so konzentriert auf die Küste hinunter, daß sie nicht hörte, wie jemand sich näherte. Erst das Krachen eines trokkenen Zweiges verriet ihr, daß sie nicht allein war. Mit einem Aufschrei fuhr sie hoch. Dann faßte sie sich rasch und wandte sich fast widerstrebend um. Sie war erleichtert, ihre Mutter zu sehen, dennoch wünschte sie im Augenblick, es wäre jemand anderer gewesen.

»Ich habe dir deinen Mantel gebracht«, sagte Joanna. »Du mußt ja frieren ... Allison, verzeih mir, daß ich dich gezwungen habe, mitzukommen.«

»Du hast Hilfe gebraucht«, antwortete Allison frostig.

»Wenn ich im voraus gewußt hätte –«

»Ich bin alt genug.«

»Möchtest du gerne darüber sprechen, was geschehen ist?«

»Ich wüßte nicht, was da zu besprechen ist, Mutter. Ein Baby ist gestorben. Wir konnten es nicht verhindern. Das passiert alle Tage. Aber ich muß schon sagen, diese Leute hausen in verabscheuungswürdigen Umständen.« Sie drehte sich brüsk um und begann mit forschen Schritten zum Auto zurückzukehren.

Joanna seufzte und folgte ihr.

ERNSTE WORTE

Der antiseptische Geruch biß Logan in der Nase. Ein Schauder überfiel ihn beim Anblick des trostlosen Spitalzimmers und vor allem beim Anblick seines Freundes, der zwischen den schneeweißen Laken lag. Er sah plötzlich so alt und zerbrechlich aus.

Er näherte sich Skittles' Bett mit einer für ihn ganz uncharakteristischen Ängstlichkeit, den regenfeuchten Filzhut in einer Hand und einen unbehaglichen Ausdruck auf dem Gesicht. Er versuchte zu lächeln, aber seinen Augen fehlte der übliche lebhafte Glanz.

»Wie geht's dir, Skits?« Logans Stimme brach. Er tat sein Bestes, fröhlich zu klingen.

Skittles deutete mit einer Kopfbewegung. »Nimm dir einen Sessel, Junge. Da ist etwas, worüber ich mit dir reden muß.«

Logan fand einen Stuhl auf der anderen Seite des Krankenzimmers, trug ihn neben Skittles' Bett und setzte sich rücklings darauf, die Arme auf der Lehne verschränkt.

»Wenn du hier so 'rumliegst«, sagte Skittles, »dann haste viel Zeit zum Nachdenken ... Ich hab' mir überlegt, was ich dir hinterlassen könnte, wenn ich den Löffel abgeben muß ...«

Logan öffnete den Mund, um zu protestieren, aber Skittles hob die Hand und gebot ihm Schweigen. »Hör mir zu, Logan«, sagte er. Man merkte seiner Stimme an, welche Mühe ihm das Sprechen machte; daher gehorchte Logan ihm, wenn auch widerwillig. »Laß mich ausreden. Was wir treiben, ist eine üble Sache. Vielleicht nicht so schlimm wie Chase Morgan und sein Pack, aber ... Wann hast du zum letzten Mal *ehrliches* Geld verdient, Junge? Du bist ein helles Köpfchen, du könntest was Besseres aus dir machen! So! Das wollt' ich dir mal gesagt haben!«

Aber noch während er sprach, hatte Logan den Kopf geschüttelt, einen trotzigen Blick in den Augen, der erkennen ließ, daß er nicht zuhörte. Skittles stieß einen deprimierten Seufzer aus.

»Es braucht wohl mehr als gutes Zureden von einem alten Schuft wie mir, damit du verstehen lernst.«

»Red' nicht so daher, Skits –« Logan versagten die Worte. Mit Mühe zwang er seine aufsteigende Erregung zurück. »Du bist der feinste Kerl, den ich je gekannt habe, und – hör mal, sieh zu, daß du so schnell wie möglich aus diesem Bett 'rauskommst, ich brauch' dich nämlich, du nichtsnutziger alter Windbeutel!«

Er sprang vom Stuhl auf und eilte hinüber zum Fenster, wo er hinausstarrte, als hätte irgend etwas ungeheuer Interessantes plötzlich seine Aufmerksamkeit gefesselt. In Wirklichkeit wollte er nicht, daß irgend jemand – am wenigsten Skittles – sehen konnte, wie ihm das Wasser in die Augen stieg.

»Du brauchst mich nicht, Jungchen«, antwortete Skittles mit inniger Zuneigung. Auch er wischte sich mit einer Hand über feuchte Augen, denn Logan war für ihn der Sohn, den er und Molly nie gehabt hatten. »Tut mir gut zu hören, daß du mich magst, aber ... Logan, ich weiß nicht, was du brauchst, aber sicher nicht Typen wie mich.«

Logan gab keine Antwort. Er wußte, seine Stimme hätte ihn verraten.

Ein paar Augenblicke lang hing Schweigen im Raum, während jeder der beiden Männer darum rang, die lang geübte Zurückhaltung in Gefühlsdingen zu bewahren. Als Logan sicher war, daß er sich beherrschen konnte, wandte er sich um und kehrte zum Bett zurück.

»Das hätt' ich fast vergessen«, sagte er und zwang sich zu einem beiläufigen Ton, während er die karierte Mütze aus der Tasche zog. »Ich hab' dir deinen Hut zurückgeholt.« Er streckte die Hand aus, und Skittles nahm die Mütze, während neue Tränen in seinen müden Augen aufstiegen.

»Molly hat mir die Mütze vor zehn Jahren gekauft«, sagte er zärtlich. »Ich hab' sie seither nur zum Schlafen abgenommen.« Er blickte die Mütze nachdenklich an, dann ergriff er sie und reichte sie Logan zurück. »Heb sie für mich auf – bis ich sie wieder brauche.«

Logan gab keine Antwort. Er streckte die Hand aus, ergriff die Mütze und wandte sich zum Gehen.

»Du wirst doch dran denken, Jungchen – was ich dir gesagt habe?« rief Skittles ihm nach.

Logan blieb stehen, wandte sich um, warf einen letzten Blick auf seinen Freund und nickte dann. »Ja, Skits«, sagte er. »Ehrenwort.«

Die nächsten Tage verbrachte Logan hauptsächlich damit, Besorgungen in verschiedenen Städtchen in der Nähe Londons zu machen. Jedesmal kehrte er mit einer Anzahl von Päckchen heim, die er in einem schmutzigen Einzimmerapartment unterbrachte, das er in der Nähe seiner eigenen Wohnung gemietet hatte. Seine Ungeduld wuchs beständig. Aber Billy sagte immer: »Entspann dich, Logan. Geduld ist das Wichtigste, was wir in dieser Sache brauchen. Du mußt abwarten, den Angelhaken lose hängen lassen, drauf warten, daß Morgan mehr und mehr Appetit bekommt. Wenn wir einen falschen Schritt machen, sind wir beide tote Männer! Aber wenn wir geduldig sind und warten, wird er dir in die Arme rennen. Das verspreche ich dir.«

»Und was soll ich bis dahin tun?«

»Genau das, was ich dir sage«, antwortete Billy.

Es dauerte drei Wochen, bis Chase Morgan anbiß. Wie Billy vorhergesagt hatte, war es der Gangsterkönig, der den ersten Schritt tat. Eines Abends gegen zehn Uhr, als Logan eben den Nachtclub »Zum Purpurschwein« verließ, fand er sich plötzlich von zwei sehr großen und sehr hartnäckigen Mitarbeitern Morgans in die Zange genommen, die ihn grob auf den Rücksitz einer wartenden Limousine stießen. Keine fünf Minuten später wurde er, ohne daß ein Wort gesprochen worden wäre, in das Büro des großen Mannes eskortiert.

Er hatte ihn nie zuvor gesehen und war völlig überrascht, daß Morgan ein kleingewachsener Mann war, kaum größer als ein Meter sechzig. Er hatte eine vierschrötige Gestalt mit einem Kopf, der ohne Nacken direkt auf den Schultern saß, und einem runden Gesicht, das ihm ein knabenhaftes Aussehen verliehen hätte, wären seine dunklen stechenden Augen nicht gewesen.

Logan warf einen raschen Blick um sich. Der Raum, in dem er sich befand, war aufs eindrucksvollste ausgestattet und ließ deutlich erkennen, daß Morgans kurzer Aufenthalt auf den Britischen Inseln bislang äußerst profitabel gewesen war.

»Ich hörte etwas läuten von einem Druckstock für Fünf-Pfund-Noten«, sagte der Amerikaner.

»Kann sein ... kann auch nicht sein«, antwortete Logan, dem Billy genaue Instruktionen mitgegeben hatte, wie er sich zu verhalten habe.

»Nicht so, Mr. Logan!« fauchte Morgan. »Für zwanzig Pfund lasse ich Sie in die Themse werfen! – Nun, ist der Druckstock zu verkaufen?«

Logan dachte: *Er verhält sich genauso, wie Billy vorhergesagt hat! ›Laß ihn ein bißchen zappeln‹, hatte Billy ihm aufgetragen. ›Sei vorsichtig. Aber führ ihn an der Nase 'rum, bis es gefährlich zu werden droht.‹*

»Wer sind Sie eigentlich?« fragte Logan, ohne die Frage des Amerikaners zu beantworten.

Morgans Faust donnerte auf den Schreibtisch nieder, und er sprang auf die Füße. »Ich lasse Sie ...« brüllte er. Dann schien er sich jedoch eines Besseren zu besinnen. Er holte tief Atem und fuhr fort. »Sehen Sie mal – ich hab' Sie eine Woche lang beschatten lassen. Ich weiß genau Bescheid über Sie. Und ich weiß alles über den Druckstock. Es heißt, es sei der beste, der je in dieser Stadt hergestellt wurde, und ich will ihn haben. Verstanden? Und jetzt frag' ich Sie erstmal ganz freundlich: Ist er zu verkaufen?«

»Ich – ich hatte eigentlich nicht daran gedacht, ihn zu verkaufen –«

»Sie sollen nicht dran denken, Sie sollen ihn verkaufen!« antwortete Morgan zornig. »Hast du nichts kapiert, du kleine Straßenratte? Du verkaufst, oder du bist ein toter Mann. Wenn du machst, was dir gesagt wird, kommst du noch einmal mit dem Leben davon. Wie wär's mit zweitausend Pfund?«

Logan lachte ihm ins Gesicht. »Zweitausend! Der Druckstock ist zehnmal so viel wert! Perfekte Fünf-Pfund-Noten!«

»Keine Blüte ist perfekt.«

»Vielleicht nicht, aber meine sind gut genug, daß sie aussehen wie die echten. Und ich hab' noch nichts davon gesagt, daß der Druckstock zu verkaufen wäre.«

»Fünftausend. Dafür verkaufen Sie ihn, oder Sie haben sich heute zum letztenmal die Welt angeguckt.«

»Und woher soll ich wissen, daß Sie Wort halten?«

»Gar nichts weißt du. Aber machen Sie sich keine Sorgen, Mr. Logan, es soll nicht heißen, Chase Morgan würde wortbrüchig.«

Mit einem ungeduldigen Winken wurde Logan entlassen. Er wurde brüsk zur Vordertür hinausbefördert. »Mr. Morgan läßt von sich hören!« rief ihm einer der beiden Gorillas nach.

Kaum war Logan allein, als er um sich blickte, die Schultern rekelte, als wollte er die beunruhigende Begegnung von sich abschütteln, und schließlich laut aufseufzte. »Hu!« flüsterte er, während er sich umdrehte und davoneilte. »Das wäre geschafft!«

Er machte sich augenblicklich auf den Weg, um Billy aufzusuchen, traf jedoch erst nach elf Uhr bei ihm ein, da er die kompliziertesten Umwege wählte, um eventuelle Verfolger abzuschütteln.

»Es lief genauso, wie du gesagt hast!« rief er aufgeregt aus. »Ich mußte ihn gar nicht überreden.«

»Ich hab's dir gesagt, Logan, wenn die Falle recht gestellt ist, glaubt er dir jedes Wort, bevor du noch angefangen hast, dein Garn zu spinnen. Aber sei vorsichtig! Sei nicht schlauer, als dir gut tut. Er muß denken, daß er dich hineinlegt – nicht umgekehrt! Und vergiß nicht, sobald die Sache gelaufen ist, mußt du abhauen, Mensch! Wenn er 'rausfindet, daß er geleimt worden ist, spuckt er Rauch und Feuer vor Rachsucht!«

Drei Tage später, am Nachmittag, wurde Logan wieder geholt. Die beiden Gorillas waren so schweigsam wie zuvor, und wieder fand sich Logan von Angesicht zu Angesicht mit Morgan.

»Ich will den Druckstock sehen«, sagte dieser ohne einleitende Höflichkeiten.

»Haben Sie die fünftausend?« antwortete Logan.

»Du bist ein unverschämter Esel, das sag ich dir. Ja, ich hab' die fünftausend! Das heißt, wenn du nicht nur Luft geredet hast! Okay. Komm heute abend um halb acht wieder.«

Logan wandte sich zum Gehen. Er hatte aber kaum die Türe erreicht, als er Morgans bedrohliche Stimme hinter sich hörte. Sie klang noch unheilvoller und erschreckender als zuvor.

»Und, Mr. Logan«, sagte der Gangsterkönig langsam in drohendem Ton, »Sie halten sich schön an unsere Abmachung, oder Sie sind ein toter Mann. Verstanden? Nichts würde mir mehr Spaß machen, als dir ein Loch in den Schädel zu blasen, wenn ich 'rausfinde, daß du mich geleimt hast.«

Logan wandte sich dem Mann zu, der immer noch hinter seinem Schreibtisch saß. Bemüht, seine Stimme ruhig klingen zu lassen und seine Furcht nicht zu verraten, antwortete er: »Hören Sie, Morgan, wenn Sie das Geschäft nicht mehr machen wollen, brauchen Sie nur ein Wort zu sagen. Ich wollte sowieso nicht verkaufen. Mir wär's nur recht, wenn Sie –«

»Raus hier!« schrie Morgan zornig. »Um halb acht sind Sie hier! Verstanden?«

Bevor er noch irgend etwas sagen konnte, wurde er zur Türe hinausgestoßen und diese hinter ihm zugeworfen.

Um dreiviertel acht an diesem selben Abend wurde Logan in den Fond von Morgans chromglänzendem neuen 1932er Rolls Royce zwischen Morgan und einen seiner Gorillas geschoben. Der Fahrer war derselbe, der die Limousine bei den beiden früheren Gelegenheiten gefahren hatte. Den zweiten Schläger auf dem Vordersitz hatte Logan nie zuvor gesehen. Die unheildrohende Ausbuchtung in der Manteltasche neben ihm entging seiner Aufmerksamkeit nicht. Er wußte, heute nacht durfte er keinen Fehler machen. Die Kostümproben waren vorbei. Billy würde eben den Raum verlassen haben, nachdem er die letzten Details arrangiert hatte, um ein möglichst authentisches Bild zu bieten, bis hin zu feuchter Farbe und frischgedruckten, trocknenden Blüten.

Das gemietete Zimmer lag in der Nähe der Docks, und ein dichter Nebel trieb über den Platz. Es war 35 Minuten nach acht, als sie ankamen, und die meisten Straßen waren relativ ruhig – die Aktivitäten hatten sich bereits in die Reihe der Gasthäuser entlang der Themse verlagert.

Sie gingen hinein, und Logan drehte das Licht an – das Signal für Billy, der im Hintergäßchen wartete, die Polizei auf den Plan zu rufen.

»Da ist sie«, sagte Logan und wies stolz auf die Druckerpresse.

Alles war perfekt arrangiert, so überzeugend lebensecht, wie nur ein erfahrener Künstler wie Billy es inszenieren konnte. Neben der Druckerpresse lag ein Stapel glatte neue Banknoten, untermischt mit einigen beschmutzten Exemplaren, und dazwischen eine Anzahl Blüten, auf denen die Druckerfarbe noch feucht war. Unter dem Tisch enthielt eine große Kartonschachtel Druckpapier, Abfälle, zahlreiche Fehldrucke, einige schief, andere mit verschmierter Tinte, sogar einige echte Banknoten, die kunstvoll mit Farbe beschmiert worden waren. Billy hatte an jedes Detail gedacht.

Morgan trat sofort an den Tisch heran und streckte die Hand nach den Banknoten aus.

»Vorsicht!« warnte Logan. »Die obersten sind noch druckfeucht.«

»Warum sagen Sie mir das nicht!« rief Morgan und zog die Hand mit den tintenbeschmutzten Fingern zurück.

»Ich hab's Ihnen doch gesagt«, erwiderte Logan gereizt. »Versuchen Sie's mit einer von denen«, sagte er und langte nach einer der echten Banknoten. »Die sind von gestern. Sie müßten schon trocken sein.«

Vorsichtig ergriff Morgan die Banknote und hielt sie an einer Ecke gegen das Licht der nackten Glühbirne, die von der Decke hing.

»Hübsch«, murmelte er. »Ja ... sehr hübsch.« Er wandte sich um und trat wieder an den Tisch heran. Er betrachtete die Druckerpresse gründlich von allen Seiten und spähte schließlich an der Stelle hinein, wo der Druckstock saß. »Das Ding ist voll Farbe!« sagte er. »Wissen Sie nicht, daß ein sauberer Druckstock das Wichtigste ist?«

»Ich hab' heute daran gearbeitet«, sagte Logan, »und es noch nicht geputzt.«

»Idiot!« murmelte Morgan. Aber jetzt kümmerte er sich kaum noch um Logan. Er hatte den Köder geschluckt, ohne es zu merken, und wurde langsam an Land gezogen.

Er bückte sich, um die Abfälle zu durchstöbern, wühlte im Papier und den Schnipseln und blickte dann und wann einen der Abfälle näher an. Wie Billy gehofft hatte, erregte eine echte Banknote mit einigen Schmierstreifen seine Aufmerksamkeit. Er hielt sie ans Licht, murmelte unverständliche Worte, dann knüllte er sie zusammen und warf sie zu Boden.

»Ich möchte die Druckerpresse arbeiten sehen«, sagte Morgan.

»Klar«, antwortete Logan, ohne mit der Wimper zu zucken. »Allerdings macht die Presse einen fürchterlichen Krach. Deshalb habe ich mich hier bei den Docks eingemietet. Bei Tag merkt man es kaum, da ist draußen so viel Lärm. Wollen hoffen, daß meine Zimmerwirtin schon im Bett ist und uns keinen Ärger macht.« Während er sprach, machte er sich da und dort an der Druckerpresse zu schaffen, schmierte neue Farbe auf die Gummiwalze und rollte den Überschuß auf einem leeren Papierbogen ab. Dann, die Hand auf der Kurbel, wandte er sich zu einem von Morgans Männern um, der am Fenster stand, und sagte: »Hör mal, Kumpel, schau mal 'runter, ob dieser Bobby immer noch an der Ecke 'rumsteht. Der ist mir letzthin ein bißchen lästig geworden – ich glaube, die alte Dame hat ihn mir auf die Fersen gesetzt.«

Der Mann spähte in die Dunkelheit hinaus, dann wandte er sich zu seinem Boß um und sagte zu ihm, statt zu Logan: »Ich kann nichts sehn, Mr. Morgan, es ist zu neblig.«

»Macht nichts«, sagte Logan. »Haltet bloß die Ohren offen, ob ihr jemand die Stiegen 'raufkommen hört.« Mit diesen Worten ergriff er die Kurbel und versetzte ihr einen kräftigen Schwung. Augenblicklich erfüllte ein schnarrendes Kreischen den Raum, aber bevor Logan die Kurbel noch einmal drehen konnte, befahl Morgans scharfe Stimme ihm aufzuhören.

Logan gehorchte, wobei er sich stellte, als sei er verblüfft.

»Nimm den Druckstock 'raus, damit ich ihn ansehen kann!« befahl der Gangster. Logan gehorchte, ohne sich seine Erleichterung anmerken zu lassen. Er nahm den falschen Druckstock mit tintenbeschmierten Händen aus der Presse und reichte ihn Morgan, der ihn mit einem Ausdruck des Ekels entgegennahm und betrachtete. *Ein Glück, daß die Tinte jeden kleinen Fehler zudeckt, den er eventuell entdecken könnte. Ich wüßte gerne, wie lange es noch dauert, bis die Polizei hier auftaucht,* dachte er. Er hoffte, sie würde Billys Rat folgen und ihre Beute außerhalb des Gebäudes erwarten. Es durfte nicht so weit kommen, daß sie hier eindrangen und ihn zusammen mit Morgan hopsnahmen.

Morgans schnarrende Stimme riß ihn aus seinen Gedanken. »Fünftausend waren ausgemacht, wenn ich mich recht erinnere«, sagte er.

»Ausgemacht? Wenn ich mich recht erinnere, haben Sie mir keine Wahl gelassen.«

Morgan betrachtete Logan mit starren Blicken, die Augen zu Schlitzen zusammengezogen, als sie Logans Gesicht prüften, ob irgendein unwillkürliches Zucken seine Achillesferse enthüllte. Logan gab seinen Blick mit ruhiger Entschlossenheit zurück, in dem vollen Bewußtsein, daß die nächsten Worte sehr wohl heißen mochten: »Macht ihn kalt!«

Nach einer Zeitspanne, die ihm endlos erschien, griff Morgan endlich in seine Manteltasche und nahm einen Briefumschlag heraus, aber statt ihn Logan direkt in die Hand zu geben, reichte er ihn einem seiner Männer und sagte: »Gib ihm das, Lombardo.«

Logan öffnete den Umschlag und zählte die Banknoten nach. Dann, als eine zusätzliche Beleidigung, nahm er eine davon heraus, hielt sie gegen das Licht und prüfte sie sorgfältig.

»Nun – ein Mann, ein Wort«, sagte er schließlich, griff in eine Schublade und entnahm ihr einen Umschlag, in dem er vorher einige gefälschte Banknoten versteckt hatte. »Ich gebe die Druckstökke hier hinein, damit nicht alles mit Farbe verschmiert wird«, sagte er, schob die Platte in den Umschlag, leckte ihn ab und klebte ihn zu. Dann nahm er das Gegenstück aus der Druckerpresse und schob es ebenfalls in einen Umschlag.

Er streckte Morgan die beiden Briefumschläge entgegen. Der Gorilla Lombardo trat einen Schritt vor, um sie entgegenzunehmen, aber Logan zog die Hand zurück und blickte Morgan an. Morgan knurrte, murmelte einen gedämpften Fluch, packte die beiden Kuverts, stopfte sie in seinen Mantel und eilte ohne ein weiteres Wort zur Türe. Logan stieß einen beinahe hörbaren Seufzer der Erleichterung aus. Was hätte es genützt, wenn die Polizei Morgan stellte, während Lombardo die Platten und die falschen Banknoten in der Tasche hatte! Natürlich hätte der Gangster Stein und Bein geschworen, von nichts zu wissen, und sein schwachköpfiger Schläger hätte ihn noch dabei unterstützt und wäre an seiner Stelle ins Gefängnis gegangen.

Kaum waren die Unterweltler draußen und ihre Schritte auf den Stiegen verhallt, als Logan aufsprang, einen Schraubenzieher packte und in höchster Eile die Druckerpresse zu zerlegen begann. Billy hatte diesen Schritt viele Male mit ihm geübt. Die Zeit war hier der entscheidende Faktor. Wenn die Polizei bereits draußen wartete, hatte er höchstens fünf Minuten Zeit, um alle Spuren zu beseitigen, bevor Morgan die Konstabler die Stiegen herauf in das Zimmer führte, um seine Behauptung, er sei hereingelegt worden, zu beweisen.

In aller Eile füllte Logan die drei Jutesäcke, die er vorbereitet hatte, mit den Einzelteilen der Presse, den Banknoten, der Farbe, den Abfällen und Papierschnipseln. Er eilte zum rückwärtigen Fenster und öffnete es mit aller Vorsicht. Er hatte vorgehabt, die Säcke mit einem Seil, das er bereits am Fenster befestigt hatte, hinabzulassen. Aber da stand bereits ein Konstabler in der Hintergasse! Er hätte wissen müssen, daß sie das Gebäude umstellen würden! *Warum hat Billy daran nicht gedacht?* murmelte er, während er auf Zehenspitzen vom Fenster wegschlich, um die Lage abzuschätzen. Er war gefangen. Aber er durfte jetzt nicht die Nerven verlieren. Es gab immer einen Ausweg.

Er konnte bereits den Schritt schwer gestiefelter Füße auf den Treppen unten hören. Morgan hatte keine Zeit verloren und prompt erzählt, wie er hineingelegt worden war! Vermutlich hatte er behauptet, nicht einmal zu wissen, was sich in den Briefumschlägen befand. Aber was kümmerte es Logan jetzt, was aus Morgan wurde! Er mußte fort von hier!

Er ließ die Säcke los, schlüpfte aus dem Fenster auf die Feuerleiter und zog das Fenster hinter sich zu. Mit einem Auge beobachtete er den Polizisten unten, der mit dem Rücken zu ihm stand, die Ohren hielt er offen für die Geräusche der näherkommenden Bobbies im Inneren des Hauses, während er die steilen Metallstufen hinaufeilte. Erleichtert, daß das Haus nur vier Stockwerke hoch war, schwang er sich auf das Dach – im selben Augenblick, in dem ein Uniformierter das Fenster öffnete, aus dem er eben gestiegen war, und nach allen Seiten spähte. Seine ganze Aufmerksamkeit galt jedoch dem Geschehen unten auf der Straße. Als er dort nichts Verdächtiges entdeckte, dachte er nicht daran, nach oben zu sehen, sondern pfiff seinem Kollegen, der unten den Eingang zum Hintergäßchen bewachte.

Aber Logan konnte noch nicht aufatmen.

Mit größter Vorsicht kroch er den Dachfirst entlang und hoffte innig, die Polizisten würden nicht auf den Gedanken kommen, ihre Suche zu intensivieren. In diesem Fall wäre ihm nichts anderes übriggeblieben, als über die Dächer Londons zu fliehen, und das hätte ein paar lebensgefährliche Sprünge bedeutet, an die er nicht gerne dachte.

Er setzte sich in der finstersten Ecke, die er auf dem Dach des Gebäudes finden konnte, nieder, und dort wartete er. Gelegentlich durchbrach ein lauter Zuruf die Stille, gedämpfte Laute drangen aus dem Inneren des Gebäudes, und etwa zehn Minuten später hörte er laute und zornige Protestschreie einer Stimme auf der Straße unten, die er als die Stimme des Schlägers Lombardo erkannte.

Dann fuhr eine grüne Minna dröhnend davon, gefolgt von zwei Automobilen. Der Lärm der Sirenen schnitt durch die Nacht, als wollten sie aller Welt verkünden, daß Al Capones gefährlicher Spießgeselle verhaftet war, der gehofft hatte, in London leichte Beute zu finden.

Dann war alles still.

Logan saß immer noch in seinem Winkel. Volle zwei Stunden wartete er.

Aber es war tatsächlich eine Glücksnacht für ihn. Denn selbst wenn die Polizei Morgan seine wilde Geschichte von dem mysteriösen Schwindler geglaubt hatte, der ihn nach Strich und Faden betrogen hatte, so schien sie keineswegs geneigt, ihr nachzugehen. Sie schien ganz zufrieden damit, Chase Morgan gefaßt zu haben, zusammen mit Beweismaterial, an dem nicht zu rütteln war.

FLUCHT

Logan lag, lang ausgestreckt, auf dem Bett in seinem Zimmer. Wieder und wieder zählte er Chase Morgans Geld.

Das Gefühl der Banknoten in seinen Fingern und der Geruch von mehr Geld, als er jemals sein eigen genannt hatte, versetzten ihn in einen Taumel des Entzückens und lenkten ihn von den nackten und schmutzigen Wänden ab, die ihn umgaben, obwohl er sich nur selten darüber Gedanken machte, wie es wohl sein möchte, wie Skittles eine richtige Wohnung zu haben. Er gestattete solchen Gedanken nie, sich ernsthaft zu entwickeln. Er führte nun einmal kein Leben, bei dem man allen Ernstes daran denken konnte, ein Heim oder eine Familie zu haben.

Ein paar Frauen hatten eine flüchtige Rolle in seinem Leben gespielt. Er war jedoch niemals wirklich verliebt gewesen. Er hatte nicht den Willen – und wohl auch nicht die Fähigkeit – gehabt, einer Beziehung zu geben, was für eine dauerhafte Liebe nötig war. Und außerdem war er viel zu jung, um »sich einfangen zu lassen«, wie er es gerne nannte. Wenn Molly ihn so reden hörte, war sie jedesmal beleidigt. »Wie kann man so häßlich von einer so feinen Sache wie der Ehe sprechen!« protestierte sie dann, und für gewöhnlich wandte sie sich an Skittles und machte eine Bemerkung dazu wie: »Was sagst du dazu, alter Junge?«

Skittles gab dann jedesmal die kluge – und aufrichtige – Antwort: »Schon wahr! Aber es gibt eben nicht viele Männer, die so ein braves Mädchen wie dich erwischen, Molly!«

Logan hatte große Zweifel, daß er jemals jemand wie Molly erwischen würde. Sie war geradeheraus und ehrlich, zugleich aber sanftmütig; sie konnte starrsinnig und ruppig genug sein, um das Leben interessant zu gestalten. Und wie sie lachen konnte! Er wußte, daß Skittles an Mollys Seite immer ein gutes Leben gehabt hatte – das war wohl der Grund, warum er sie in dreißig Jahren nie betrogen hatte.

Im Augenblick freilich hatte Logan an anderes zu denken als an Liebe und Ehe. Er lag da in seinem verwahrlosten Apartment und weidete sich an seinem Sieg. Er hatte soeben die erfolgreichste Gaunerei seiner jungen Karriere abgeschlossen. Und darüber hinaus hatte er den berühmten amerikanischen Gangster gerupft und ihn ins Gefängnis gebracht. Was würde das für seinen Ruf in Londons Unterwelt bedeuten! Im Augenblick hatte Logan seine ursprüngliche Absicht völlig vergessen. Berauscht von seinem Erfolg, begann er von den Zukunftsaussichten zu träumen, die sich ihm nun eröffneten. Wer weiß – vielleicht konnte sogar er selbst Morgans Syndikat übernehmen?

Das hartnäckige Klopfen an der Türe schreckte ihn aus seinen Schwelgereien auf.

»Komm 'rein«, rief er.

Die Türe ging auf, und Billy Cochran kam herein. Er hatte immer etwas Düsteres an sich, aber nun zeigte sein Gesicht offenes Mißvergnügen.

»Warum sperrst du die Türe nicht ab?« überfiel er ihn mit Vorwürfen. »Jeder könnte hier 'reinkommen!«

Ohne sich um seine Mahnungen zu kümmern, stopfte Logan das Geld, das er in Händen hielt, in den Briefumschlag, warf ihn Billy zu und sagte: »Schau mal, ob dich das nicht aufheitert. Morgan hat seine Schulden bei Skittles bezahlt.«

Bei der Erwähnung ihres alten Freundes wurden Billys harte Züge weich, und er schüttelte langsam den Kopf. »Du hast es noch nicht gehört ...« Er ging zum Bett hinüber und setzte sich schwerfällig auf die Kante. »Skittles ... nun ja ... er ist heute morgen gestorben.«

Einen Augenblick lang schien es Billy, als hätte Logan ihn gar nicht gehört. Denn als er zu ihm hinüberblickte, sah er ihn mit leeren Augen auf die gegenüberliegende Wand starren. Die Worte waren so abrupt gekommen, wie ein Faustschlag aus dem Nichts, der ihn bewußtlos schlug.

Skittles war tot.

Logan sprang vom Bett. »Ich bringe Morgan um«, keuchte er.

Es war die Ruhe in seiner Stimme, seine beherrschte Zurückhaltung, die Billy mehr als alles andere erschreckte. Er sprang auf und ergriff Logan am Arm. »Das hilft dem armen alten Skits auch nichts mehr«, sagte er leise, aber mit Nachdruck.

»Morgan hat ihn umgebracht!«

Billy schloß die Augen. Es schien, als müßte er gegen seine eigene Rachsucht ankämpfen, denn auch er hatte Skittles geliebt. Auch er hätte Morgan gerne die Kehle abgedrückt, wäre es in seiner Macht gelegen. Aber er war alt. Vielleicht hatte ihn das Alter weise gemacht, oder er war ein Feigling geworden – er wußte es nicht. Wie auch immer, er wußte, wie sinnlos es war, Rache nehmen zu wollen.

»Versuch nicht mich aufzuhalten, Billy!« brüllte Logan und stieß Billy mit aller Kraft von sich. Der alte Ex-Sträfling stolperte rücklings, verlor das Gleichgewicht und fiel gegen das eiserne Bettgestell.

Der Schock seines plötzlichen Anfalls von Brutalität, so unbeabsichtigt er gewesen war, brachte Logan seinen klaren Kopf zurück. Er stürzte hin, um seinem Freund zu helfen.

»Billy!« schrie er. »Billy ... es tut mir leid!« Logan beugte sich nieder, legte den Arm um ihn und half ihm auf die Füße. Und während er das tat, begann etwas tief in ihm zu zerbrechen.

Ein ersticktes Schluchzen löste sich von seinen Lippen. Er kämpfte nach Kräften, um es zurückzuhalten, aber ein weiteres Aufschluchzen drängte nach. Billy streckte die Hand aus, um seinem jungen Freund die Schulter zu tätscheln. Seine liebevolle Geste machte alle weiteren Bemühungen, den Aufruhr seiner Gefühle zurückzuhalten, zunichte. Tränen sprangen Logan in die Augen. Er versuchte sie wegzuwischen, aber je mehr er sich bemühte, desto reichlicher flossen sie. Er wußte kaum noch, was er tat; er sank an Billys Schulter, und sein Körper wurde vom Schluchzen geschüttelt, während der Ältere einen Arm tröstend um seine Schulter legte. Keiner der beiden hatte eine solche tröstliche Umarmung gespürt, seit er ein Kind gewesen war.

Langsam führte Billy seinen Freund zurück zum Bett und half ihm sich niederzusetzen.

»Schon gut, Jungchen, schon gut«, sagte er mit einer Stimme, der man anmerkte, wie ungewohnt ihm solche Zärtlichkeit war. »'s ist eine elende Schande, da hast du recht ... aber verstehst du, du bist wie ein Sohn für Molly, und es würd' ihr das Herz brechen, wenn dir nun auch noch was passierte.«

»Molly!« rief Logan aus, von einer neuen Welle von Gefühlen überwältigt. »Ich hab' Molly ganz vergessen! Ich muß sofort zu ihr!«

Aber Billy hielt ihn wiederum zurück. »Lieber nicht«, sagte er. »Wenigstens nicht jetzt. 's ist besser, wenn du niemand Gelegenheit gibst, dich mit Molly in Verbindung zu bringen.«

»Morgan ist im Gefängnis.«

»Mag sein, aber er hat seine Jungs, die die Arbeit für ihn tun. Ich dachte, du hättest verstanden, als ich dir sagte, du müßtest eine Weile untertauchen. Du wirst ein paar Monate wegbleiben müssen, vielleicht noch länger. Es gibt keinen anderen Weg, Logan, wenn dir deine Haut was wert ist.«

Logan sprang auf und begann im Zimmer auf und ab zu gehen. Was für ein grandioser Schlaukopf war er gewesen! Sein großartiger

Plan hatte nichts weiter bewirkt, als daß Morgan jetzt gefährlicher war denn je zuvor. Nicht nur für ihn, sondern auch für Molly, falls er jemals herausfand, welche Verbindung zwischen ihnen bestand. Skittles war tot. Molly stand allein in der Welt. Und er konnte nicht einmal zu ihr gehen und ihr den schwachen Trost anbieten, den er zu geben hatte – nach allem, was sie für ihn getan hatte.

Mit einer langsamen Bewegung wandte er sich zu Billy um, der immer noch auf der Bettkante saß und ihm besorgt zusah, wie er auf und ab schritt.

»Gib den Jungs, die uns geholfen haben, ihr Teil«, sagte Logan, wobei er mit einer Handbewegung auf den Briefumschlag deutete. »Und hol dir deine Uhr zurück. Den Rest gib Molly.«

»Und du?«

»Ich werde eine kleine Reise machen. Dafür brauch' ich ein bißchen Geld.«

Billy reichte ihm zweihundert Pfund. Logan zögerte einen Augenblick, dann streckte er die Hand aus und nahm die Banknoten entgegen. Nach einer unbeholfenen Umarmung, bei der sogar die Augen des alten Fälschers feucht glitzerten, verabschiedete sich Billy, um Molly das Geld und weitere schlechte Nachrichten zu überbringen.

Logan sah ihm durch die schmutzige Fensterscheibe seines Zimmers nach, wie er die fast völlig verlassene Straße entlangeilte. Er seufzte schwer, als er ihn schließlich aus den Augen verlor, dann drehte er sich um und wandte sich seinem Zimmer zu. Er holte einen braunen Koffer aus dem Schrank und begann zu packen. Er besaß nicht viel, also nahm dieses Vorhaben nur wenig Zeit in Anspruch. Nachdem er seine Reisekleider angelegt hatte, nahm er Skittles' karierte Mütze zur Hand und setzte sie fast ehrfürchtig auf.

»Ich werde ihr wohl niemals gerecht werden«, sagte er zu sich selbst, »aber vielleicht bringt sie mir Glück.«

Er legte ein paar Banknoten auf die Kommode, um die noch ausstehende Miete zu begleichen. Dann trat er ins Freie. Wind und Regen schlugen ihm ins Gesicht. Er zog den Mantel am Hals zusammen, sah sich links und rechts auf der Straße um, dann eilte er hinaus in das schlechte Wetter. Es war kein guter Tag zum Verreisen.

Eine Stunde später fand er sich vor dem Tor des Bahnhofs Euston. Er hatte noch keine Ahnung, wohin er eigentlich fahren wollte, als er sich vor einem der Schalter anstellte. Aber als er dann dem Fahrkartenverkäufer gegenüberstand, kam ihm wie von selbst das Wort über die Lippen: *Glasgow.*

WIEDER ZU HAUSE

Die Reise schien kein Ende zu nehmen. Logan langweilte sich. Und welche guten Vorsätze er auch in London gefaßt haben mochte – als der Zug sich Northampton näherte, befand er sich mitten in einem hitzigen Kartenspiel, und als er in Glasgow aus dem Zug stieg, war er ein armer Mann.

Er zog seine seidene Krawatte zurecht, wischte die Spitzen seiner schwarzen Abendschuhe mit den Hosenaufschlägen blank und machte einen letzten Versuch, die Knitterfalten aus dem Kaschmiranzug zu streichen, den er zu Ehren seiner Rückkehr angelegt hatte. Auch ohne den Filzhut bot er einen eindrucksvollen Anblick, als er die Straße entlang stolzierte, als gehörte ihm dieser Teil der rußgeschwärzten Industriestadt. Er schritt so optimistisch dahin, als gehörte ihm nicht nur die Stadt, sondern die ganze Welt, wenn es ihm gefiele. Daß er keinen Pfennig in der Tasche hatte, bedeutete nur eine geringe Unbequemlichkeit für Logan MacIntyre, wenn auch eine, die er in seiner Heimatstadt nicht laut hinausposaunen wollte. Kurzfristige Verlegenheiten, wie er seine Mißgeschicke beim Karten- und Würfelspiel zu nennen pflegte, hatten keinen Einfluß auf die grandiosen Möglichkeiten, die ihm die Zukunft bot. Er dachte voll Zuneigung an seinen Freund Skittles, ja in den letzten beiden Tagen hatte er das Gesicht des Sterbenden kaum jemals aus seinen Gedanken zu verbannen vermocht, aber es sollte noch eine ganze Weile dauern, bis Skittles' Abschiedsworte ihm ins Herz drangen.

Als er an einem Wirtshaus vorbeikam, in dem er in seiner Jugend so manche müßige Stunde verbracht hatte, wurde Logans forscher Schritt langsamer, und schließlich hielt er ein. Durch das schmutzige Fenster erspähte er eine Anzahl Gesichter, die ihm bekannt vorkamen. Wie es ihm schien, saßen sie an derselben Stelle, wo er sie vor sieben Jahren verlassen hatte. Er trat ein und fragte sich, ob er selbst sich ebensowenig verändert hatte.

Er nahm Skittles' Mütze ab, wandte den Blick dem Tisch zu, wo drei alte Freunde saßen, und wartete. Es dauerte nur ein paar Augenblicke, bis auf einem der Gesichter das Wiedererkennen dämmerte.

»Das ist doch nicht Logan MacIntyre?« rief der Mann aus. Seine beiden Gesellen blickten auf und spähten ebenfalls herüber. »Hu! Jetzt seht euch den mal an!«

Logan kam langsam näher.

Bald wurde eine Runde Drinks bestellt, und keiner der drei gestattete, daß Logan auch nur einen Penny ausgab. Die Tatsache, daß er weitaus wohlhabender aussah als sie alle drei zusammen, bestärkte sie nur in ihrem Entschluß, diesen festlichen Nachmittag zu finanzieren.

»Du bist jetzt wohl Besitzer von so 'nem tollen Nachtclub, was?« fragte einer der Männer, während er das feine Tuch von Logans Anzug mit den Fingern prüfte.

»Na ja …« begann Logan, aber bevor er noch weitersprechen konnte, drängte sich der Wirt in die Gruppe, um die Gläser nachzufüllen, und das Gespräch wandte sich anderen Themen zu. Logan hatte es auch gar nicht eilig damit, den Irrtum seines Freundes zu berichtigen. Schließlich verabschiedete man sich in bester Stimmung voneinander, und die drei waren überzeugt, daß ihre frühere Straßenbekanntschaft in London das große Glück gemacht hatte.

Ein leichter Regen, mit dem man in Schottland auch an den sonnigsten Tagen rechnen muß, erwartete Logan, als er die Wirtschaft verließ. Er hatte vorgehabt, ein wenig in der Nachbarschaft herumzustrolchen, aber der Regen zwang ihn, auf direktem Wege das Haus seiner Mutter aufzusuchen.

Aber noch während er sich zum Gehen anschickte, wurde ihm bewußt, daß er einen gewissen Widerwillen dagegen empfand, ihr gegenüberzutreten. Schließlich hatte er sich seine Heimkehr in seinen Fantasien ganz anders ausgemalt, als ohne einen Groschen Geld und auf der Flucht um sein Leben vor der Türe zu stehen. Er hatte an einen Rolls Royce gedacht, an eine in Nerz gehüllte Dame an seinem Arm und eine Karrenladung Geschenke für seine Mutter – jeder Zoll das Bild des Sohnes, der sein Glück gemacht hatte. Er dachte einen flüchtigen Augenblick an die fünftausend Pfund, die er Billy in London ausgehändigt hatte. Freilich, hätte seine Mutter herausgefunden, wie er an das Geld gekommen war, so hätte sie aller Reichtum und alles weltmännische Gehabe nicht beeindruckt. Immerhin – zu wissen, daß das Geld nun Molly gehörte, war zehn Rolls Royce wert.

Nun, ein neuer Tag, ein neues Glück! Morgen mußte alles besser werden – schon deshalb, weil es nicht mehr viel schlimmer werden konnte.

Dreißig Minuten später langte er vor dem Gebäude aus grauem Granit an, in dem seine Mutter wohnte. Er stieg die Treppen hinauf und klopfte an der Türe. Was für ein seltsames Gefühl das war!

Seine Mutter öffnete die Türe.

Einen kurzen Augenblick lang war es vollkommen still. Logan mußte an die Filme denken, die er dann und wann in London gesehen hatte – manchmal stockte der Mechanismus, und alle Bewegung erstarrte. Dann begann der Film plötzlich wieder zu laufen, und Frances MacIntyre lächelte und ergriff die Hand ihres Sohnes.

Logan dachte daran, daß sie sich nicht verändert hatte. Sie war fast so groß wie er selbst, und sie trug eine würdevolle Haltung zur Schau, obwohl diese Haltung unter dem schlechtsitzenden Hauskleid von schmutziggrüner Farbe nur schwer zu erkennen war.

Einen Augenblick lang drängte es Logan, die Flucht zu ergreifen. War es kindliche Verlegenheit? Oder war es die männliche Scham darüber, daß er sie all diese Jahre vernachlässigt hatte? Wie oft hält ein Mann schon fünftausend Pfund in Händen! Aber er hatte keinen Augenblick lang daran gedacht, ein wenig davon für seine Mutter beiseite zu legen. Sie war ihm so fern erschienen, fast wie ein bloßer Schemen der Vergangenheit, solange er in London gelebt hatte. Molly und Skittles waren dort sein ein und alles gewesen. Aber nun sah plötzlich alles ganz anders aus. Er war in alte Zeiten zurückgekehrt, und hier stand sie vor ihm, von neuem ein Teil seines Lebens. Und wie verzweifelt wünschte er nun, er hätte ein paar Pfund beiseite gelegt, um ihr ein neues Kleid zu kaufen!

»Guten Abend, Mama«, sagte er und küßte sie sanft auf die Wange, als hoffte er, die Geste könnte alles andere ersetzen, das nun unmöglich geworden war.

»Du kannst einen ja ganz schön überraschen«, antwortete sie mit der melodiösen Stimme, die er immer als so beruhigend empfunden hatte. Sie führte ihn hinein, und er stellte fest, daß die meisten der alten Möbel immer noch an ihrem Platz standen. Mrs. MacIntyre setzte den Wasserkessel auf.

»Hast du schon zu Abend gegessen?« fragte sie. Logan schüttelte den Kopf. »Nun«, sagte sie, »ich habe noch ein bißchen was übrig. Ich koche immer mehr, als ich dann aufessen kann. Aber morgen gehe ich auf den Markt und kaufe ein, damit du was Ordentliches zwischen die Zähne kriegst.«

Logan lehnte sich zurück und sah ihr zu, wie sie sich an die Arbeit machte, und allmählich wurde ihm bewußt, daß er sie in einem ganz anderen Licht sah als früher. Es kam ihm völlig unerwartet, als er feststellte, daß seine Mutter immer noch eine attraktive Frau war. Er fragte sich, warum sie nicht wieder geheiratet hatte. Vielleicht war er selbst der Grund gewesen. Vielleicht hatte sie nicht gewollt, daß er eines Tages heimkehrte und einen neuen Vater in der Wohnung vorfand.

Es dauerte nur ein paar Minuten, bis sie einen Teller voll dampfender Kartoffeln und einen Teller Brot und Käse vor ihn hinstellte. Er hatte den ganzen Tag nichts gegessen und fiel mit einem Vergnügen über das Essen her, daß seiner Mutter warm ums Herz wurde. Sie schenkte ihnen beiden eine Tasse heißen, starken Tee ein. Dabei fiel sein Blick auf ihre Hände. Es waren alte Hände. Nichts anderes an ihr verriet ein Leben voll schwerer Arbeit. Selbst die Hände der alten Molly hatten niemals so abgearbeitet und runzelig gewirkt.

Impulsiv streckte Logan die Hand aus und berührte ihre Rechte. Seine Mutter hielt überrascht in der Bewegung inne, den Teekessel in der Hand. Er hob den Blick zu ihr auf und lächelte – ein wenig verlegen.

»Tut gut, wieder zu Hause zu sein«, sagte er, als fühlte er, daß er irgend etwas sagen mußte. Aber er war sich gar nicht sicher, ob er wirklich das hatte sagen wollen oder etwas ganz anderes.

»Ich freu' mich, dich wieder hier zu haben, Logan.«

»Fragst du dich gar nicht, warum ich gekommen bin?«

»Wirst es mir schon sagen, wenn dir danach zumute ist.«

»Ich wollt', ich hätt' mehr für dich getan, Mama.«

»Mach dir keine Gedanken drüber, Sohn«, erwiderte sie sanft.

»Ich hab' kein Geld.«

Mrs. MacIntyres Lippen verzogen sich zu einem Lächeln – einem sehr wohlgelungenen Lächeln, wenn man bedachte, wie selten in ihrem Leben sie Gelegenheit gehabt hatte, es zu üben. »Wie ich dich kenne«, sagte sie, »wird der Zustand nicht lange dauern.«

»Ich bin nicht deswegen zurückgekommen«, sagte er. »Ich dachte bloß, du solltest Bescheid wissen.«

»Egal, warum du gekommen bist – ich freu' mich drüber.« Sie setzte den Kessel von neuem auf den Herd. Als sie sich umwandte, meinte Logan ihrem schwachen Lächeln anzusehen, wie nahe sie den Tränen war. Sie setzte sich hastig nieder und trank einen Schluck von ihrem Tee. »Mr. Runyard braucht eine Aushilfe in seinem Restaurant«, schlug sie vor. In ihrer Stimme schwang leise Hoffnung mit, ihr Sohn könnte nun endlich nach Hause gekommen sein, um zu Hause zu bleiben.

»Ich weiß nicht, wie lang ich hierbleibe«, wich er aus. »Aber ich bringe Geld ins Haus –«

»Das habe ich nicht gemeint, Sohn«, fügte sie hastig hinzu. »Ich dachte nur, du würdest etwas unternehmen wollen.«

»Ich hab' mir immer selbst etwas gesucht.«

»Ich weiß. Aber damals warst du jünger. Und vielleicht waren es nicht gerade die Dinge, mit denen ein erwachsener Mann sich beschäftigen sollte.«

Eine lange Stille senkte sich zwischen den beiden.

Beide taten, als seien sie ganz mit ihrem Tee beschäftigt. Aber eine halbleere Teetasse kann einen nun einmal nicht in alle Ewigkeit beschäftigen. Schließlich stand Mrs. MacIntyre auf und begann das Geschirr abzuräumen.

Logan sprang auf, um ihr zu helfen.

»Setz dich«, sagte sie. »Du mußt müde sein nach der langen Reise.«

»Nicht im geringsten. Ich dachte, ich laufe noch ein bißchen in der Nachbarschaft herum.«

»Es ist schon spät –«, begann sie, unterbrach sich jedoch. »Ich geb dir den Schlüssel.«

»Danke, Mama. Ich komme nicht allzu spät heim. Und danke für das Abendessen und den Tee.«

Sie lächelte nur, als er nach Mantel und Mütze griff. Dann ging sie zu einem Porzellankrug neben der Spüle und nahm zwei Pfundnoten heraus, die sie Logan in die Hand drückte. Er wollte protestieren, aber sie schüttelte den Kopf.

»Du bist mein Sohn«, beharrte sie. »Laß mich das für dich tun.«

Er nahm das Geld und ging. Die ganze Zeit war ihm bewußt, daß es nur einen einzigen Grund gab, warum er in der Nachbarschaft spazierengehen wollte – er wollte Mutters Nähe entfliehen, die er nicht mehr gewohnt war, und er haßte sich selbst dafür. Sie wollte die Jahre seiner Abwesenheit wieder gutmachen, indem sie ihm von dem wenigen, das sie besaß, Geschenke machte – dabei war er es, der das für sie tun sollte! Aber da er das nicht konnte, fiel es ihm schwer, ihr ins Gesicht zu sehen. Im Augenblick fand er es schwierig, auch nur sich selbst ins Gesicht zu sehen. Wie viel leichter erschien es ihm da, in die vertrauten Straßen zu fliehen, wo die Welt noch voll Versprechungen war, vor allem für einen Mann, der über so viel Witz und Geschick verfügte wie Logan MacIntyre!

EIN NEUER PLAN

Als Logan am nächsten Morgen erwachte, war es bereits zehn Uhr vorbei. Er war in der vergangenen Nacht weitaus länger aus gewesen, als er vorgehabt hatte.

Er schlenderte in die Küche. Dort fand er auf dem Tisch einen Teller mit Haferkeksen und Käse vor und eine Nachricht von seiner Mutter, wann sie voraussichtlich von der Arbeit zurückkehren würde. Während er an einem der knusprigen Plätzchen kaute, kehrte er in sein Zimmer zurück und begann sich anzukleiden – diesmal in Tweed statt in Kaschmir.

Dann begann er darüber nachzudenken, was der Tag ihm wohl bringen mochte.

Die Bemühungen der letzten Nacht hatten dazu geführt, daß er wieder zehn Pfund in der Tasche hatte. Die Hälfte davon hatte er in den Porzellankrug seiner Mutter gesteckt. Er fühlte sich nun weitaus wohler in seiner Haut als am Abend zuvor. Das Leben sah überhaupt schon viel freundlicher aus, obwohl der leichte Nebel sich in einen anhaltenden Regenguß verwandelt hatte. Das Wetter verlockte einen nicht gerade zum Ausgehen. Aber was sollte er hier in der Wohnung anfangen?

Ein kleines Bücherbord zog seine Blicke auf sich, und er schlenderte gelangweilt hinüber. Seine Mutter war keine große Bücherfreundin, und diese Bücher waren, so lange er sich zurückerinnern konnte, unberührt hier gestanden, denn auch er selbst las kaum jemals ein Buch. Aus purer Langeweile griff er nach einem Band und nahm ihn herunter – Charles Dickens' »Harte Zeiten«. Einen Augenblick später stellte er ihn wieder zurück. *Kein Wunder, daß ich nichts von dem Zeug jemals gelesen habe – bei solchen Titeln!* dachte er mit einem drolligen Lächeln. Dennoch nahm er erst das eine, dann das andere Buch herunter und blätterte beiläufig in jedem herum, bis er an einen ungewöhnlich großen, schwarzen Wälzer kam. Kaum hielt er ihn in Händen, als ihm klar wurde, daß dieses Buch sich von den anderen Bänden unterschied. Es war eine Bibel, in dunkles, weiches Leder gebunden, aber so sehr Logan sich auch den Kopf zerbrach, er konnte sich nicht erinnern, daß er dieses Buch in seiner Kindheit auf dem Bücherbord gesehen hatte. Er war ganz sicher, daß er seine Mutter niemals davon reden gehört hatte, ebensowenig, wie er sie je darin lesen gesehen hatte. Wenn sie es jedoch erst kürzlich erworben hatte, war das eine merkwürdige Sache, denn das Buch war unverkennbar sehr alt. Er hatte einen Freund, der mit alten und seltenen Büchern handelte. »Ich wüßte gerne, was das wohl wert ist«, dachte er, während er gedankenlos darin blätterte. »Ich sollte es dem alten Silky zeigen, vielleicht läßt es sich – Heda!« rief er plötzlich laut aus, als ein Blatt Papier zwischen den Seiten herausfiel, »was ist denn das?«

Er bückte sich, hob das gefaltete und vergilbte Papier auf, öffnete es und sah, daß es ein Brief war, in einer kaum leserlichen Handschrift hingekritzelt.

Nun war sein Interesse erweckt. Er trug die Bibel mitsamt dem geheimnisvollen Brief zur Couch hinüber und setzte sich nieder, um zu versuchen, ob er die Schrift entziffern könnte. Das erwies sich jedoch als ein schwieriges Unterfangen, denn nach den vielen falsch geschriebenen Worten und den altertümlichen Wendungen zu schließen, stammte der Brief von der Hand eines völlig ungebildeten alten Mannes. Das Datum auf dem Brief machte Logan jedoch Mut, mit seinen Versuchen fortzufahren. Er hatte ohnehin nichts Besseres zu tun, und es lag nun einmal in seiner Art, daß er erwartete, das Glück müsse ihm an jeder Ecke zulächeln; über die Jahre hinweg hatte er sich angewöhnt, niemals etwas links liegen zu lassen, auch wenn es aufs erste wenig verheißungsvoll aussehen mochte.

19. März 1865, las er und fuhr dann fort, ein Wort nach dem anderen buchstabierend. Der Brief lautete:

Liewe kleine Maggie,

wo ich dies nun hinschiggn soll weis ich nich, aber ich bete jeden Tag, daß Sie denen die Ihnen lieben auf Stonewycke doch nochmal schreiwn. Ich schreib Ihnen dies nun damit Sie wißn was ich getan hab und auch warum. Nun sehn Sie der Schazz is mir schwer aufm Hertzen gelegn die ganze Zeit …

Logan setzte sich mit einem Ruck auf. Plötzlich war er hellwach.

Ihr Vatter is bevor er krank wurd einmal fast darauf gestoßen. Das hat mich zum Nachdenken gebracht und ich mußt immer denken wieviel Kummer und Sorgn der Schazz nun sowieso schon üwer die Welt gebrach hatt. Ich dacht am besten wärs ihn ins Meer zu schubsen, aber er gehert ja nich mir, nich. Ein Dib will ich nich sein, schon gar nicht von Ihn liewe Maggie. Ich hatte aber Angst es könnte ihn ein anderer entdecken und es beginnt wieder von vorne mit der schrecklichen Gewald und Hapsucht. So hab ich ihn weggebracht, und ihn versteggt wo wie ich zu Gott bete keiner das schreckliche Gold finden wird, wenn Sie nicht selber zurückkommen, liewe Maggie. Dann werd ich Ihn sagen wo ich ihn hingetan hab, denn Sie können damit tun was Ihn beliebt.

Logan stand beinahe der Schweiß auf der Stirn, und er las so hastig, wie die altertümliche Handschrift es erlaubte.

Aber Sie können uns glauben liewe Maggie, im Augenblick is uns kein Schazz so wichtig wie daß wir Sie bald wieder in unserer Mitte hätten. Ich würde alles Gold in der Welt dafür geben Sie nochmal auf unserm alten Raven über Braennock Ridge reiten sehn oder unten auf der sandigen Küste. Aber Ihnen zum Andenken hab ich das Gold auf ein Plazz gegeben den Sie lieben, ich denk das wird Sie freun. Denn eines Tags werden Sie die Lady von Stonewycke sein. Und ich bin für immer un ewig Ihr Diener.

Wissen Sie noch als Sie ein kleines Mädchen waren mit Cinder, und Sie versuchten's mit der Klippe un konnten nicht mehr runter? Ich hab Sie eine Weile gar nicht vermißt so frei un wild, wie Sie immer waren auf den Hügeln und am Strand. Aber als Sie mir dann abgingn da wußt ich genau, wo ich Ihn finden werde in der anderen Richtung. Sie hatten den Pfad im Felsen immer so gerne der Ihr'n Namen trägt. Ich muß so viel an Sie denken, liewe Maggie. Ich bete daß Sie eines Tages dies lesen und zurückkommen zu uns, aber das hält unser liewer Herrgott in Händen, Sein Wille geschehe.

Der Brief war unterzeichnet *Ihr ergebenster Diener, Digory MacNab.*

Logan lehnte sich zurück und stieß einen langen, gedämpften Pfiff aus.

Das war ja ein toller Fund! Vielleicht lachte ihm nun wirklich das große Glück! Und im Augenblick sah es gar nicht so aus, als seien irgendwelche krummen Touren vonnöten. Vielleicht würde er ja nun doch noch auf dem Pfad der Tugend sein Glück machen!

Natürlich – so hielt er sich selbst vor Augen – war dieser Brief 67 Jahre alt, und wer wußte, ob diese Maggie nicht schon längst zurückgekehrt war, um ihr Gold zu holen? Aber nein – sie hatte ja diesen Brief niemals erhalten! Selbst wenn sie zurückgekehrt war – der einzige Hinweis befand sich in einer Bibel, die sie nicht mehr besaß, also hatte sie nichts finden können.

Hmmm! Das sah vielversprechend aus!

Aber noch hatte er kaum einen Hinweis, an den er sich halten konnte.

Wo war dieses Stonewycke überhaupt? Seine Mutter würde vielleicht Bescheid wissen. Er warf einen Blick auf die Uhr – es würde noch Stunden dauern, bis sie von der Arbeit heimkehrte! Aber in einer Stadt wie Glasgow mußte es Hunderte von Stellen geben, wo er mit seinen Nachforschungen beginnen konnte.

Er wandte sich wieder dem kleinen Tisch zu, wo er die Bibel abgelegt hatte, und hob das Buch auf – viel vorsichtiger jetzt, nachdem es in seinen Augen plötzlich so wertvoll geworden war. Von dem schwarzen Buchrücken lösten sich winzige schwarze Lederkrümelchen und blieben an seiner Hand haften. Auf dem kunstvoll geschmückten Deckblatt standen in zarter Frauenhandschrift die Worte geschrieben:

Zum Geschenk für Digory MacNab
An seinem zehnten Geburtstag
15. Juli 1791 – Port Strathy

»Da schlägt's dreizehn!« dachte Logan. »Dieses Buch ist hunderteinundvierzig Jahre alt!«

Er rechnete hastig nach. Als MacNab den Brief geschrieben hatte, war er 84 Jahre alt gewesen. Man konnte darauf wetten, daß der alte Mann sein Geheimnis mit sich ins Grab genommen hatte!

Ein oder zwei Minuten lang saß Logan noch da und grübelte schweigend vor sich hin. Dann sprang er auf und stürzte so hastig hinaus, daß er beinahe Mantel und Mütze vergessen hätte.

Als seine Mutter dann abends heimkehrte, ließ er ihr kaum die Zeit, ihre Einkäufe auszupacken, bevor er sie mit einem Schwall von Fragen überfiel.

»Woher hast du die alte Bibel?« fing er an.

»Die war in einem Koffer mit altem Familienkram«, antwortete sie. »Ich hab gedacht, ich stell sie auf das Bord zu den anderen Büchern. Was ist? Wieso bist du so neugierig?«

»Sieh dir das an«, sagte er und legte die Bibel samt dem Brief vor sie hin. »Ich hab' mich ein bißchen umgehört heute«, fuhr er fort, »und ich war in der Bücherei, hab' ein paar alte Zeitungen nachgelesen. Es gibt tatsächlich ein Stonewycke – oben im Norden. War der größte Herrschaftssitz im Umkreis. Vor zwanzig Jahren wurde der Großteil des Landes den Pächtern zugeteilt – einfach geschenkt! Schön dumm, so was.«

»Es gibt gute Menschen auf der Welt, Sohn«, sagte Frances, während sie mit den Vorbereitungen für ihr Abendessen begann. »Wahrscheinlich waren ihnen die Menschen mehr wert als ihr eigener Wohlstand. Und wer ist jetzt der Laird?«

»'s gibt keinen Laird, jedenfalls hab' ich keinen Namen gefunden. Die Erbin ist eine Lady Margaret Duncan.«

»Da hast du ja deine Maggie.«

»Könnte sein ...« erwiderte er nachdenklich, während er sich an den Tisch setzte. Er zog eine Anzahl Zettel aus den Taschen und studierte sie von neuem. »Das Alter würde stimmen«, sinnierte er, fast im Selbstgespräch. »Sie kehrte vor zwanzig Jahren zurück und machte ihre Ansprüche auf den Besitz geltend, nachdem sie rund vierzig Jahre in Amerika gewesen war. Da wäre sie also in den Staaten gewesen, als MacNab ihr diesen Brief schrieb. Ja, das paßt alles zusammen. Verstehst du? Sie hat vermutlich keine Ahnung von dem Schatz!«

»Worauf willst du eigentlich hinaus, Junge?« fragte Logans Mutter in einem Tonfall, der verriet, daß sie die Antwort auf ihre Frage nur zu gut kannte. Das Glitzern in den Augen ihres Sohnes sagte ihr mehr als seine Worte. »Du wirst diesen Leuten doch alles erzählen – oder?«

»Oh ... ja, klar ... bei Gelegenheit.« Mit einer großartigen Gebärde, die erkennen ließ, daß er das Thema zu wechseln wünschte, breitete Logan den Brief auf dem Tisch aus und studierte ihn noch einmal sorgfältig. »Jetzt wüßte ich nur noch gerne, wer dieser MacNab war.«

Seine Mutter antwortete schlicht: »Ein Verwandter von dir, was sonst? Mein Mädchenname ist MacNab.«

Logan brauste das Blut in den Ohren vor Aufregung.

»Mein Verwandter!« sagte er. Seine Gedanken beschäftigten sich augenblicklich mit der Bedeutung, die diese Information für ihn hatte. »Das hätt' ich mir denken können – so ein schlauer alter Fuchs!«

»Ich glaube, du hast nicht mitgekriegt, was dieser Brief besagt.« Frances warf das geschnittene und geputzte Gemüse in einen Suppentopf, in dem bereits Kartoffeln kochten, dann setzte sie sich neben Logan an den Tisch. »Er sagt, daß dieser Schatz – was es auch sein mag – nichts als Unheil gestiftet hat und daß er ihn versteckt hat, um der Familie weiteres Herzeleid zu ersparen. Digory MacNab wollte nicht, daß er jemals wieder gefunden wird.«

»Außer von diesem Mädchen Maggie«, ergänzte Logan. »Oder vielleicht von jemand aus seiner eigenen Familie.«

»Das scheint mir ziemlich weit hergeholt, Sohn.«

»Aber wenn ein Mann stirbt, geht sein Besitz in die Hände seiner lebenden Verwandten über, das ist Gesetz. Wenn er keine anderen Nachkommen hatte, dann bin ich sein nächster Verwandter, und das heißt, seine Bibel und sein Brief und alles andere gehören mir. Es muß doch einen Weg geben, schwarz auf weiß zu belegen, daß ich mit dem alten Burschen verwandt bin.«

Frances seufzte, wie sie es immer tat, wenn sie wußte, daß weitere Widerworte nur zu Streit führen würden. Und Streit mit ihrem Sohn war das letzte, was sie im Augenblick wünschte.

»Du kannst dich ja in dem Sekretär umsehen, den ich nach dem Tod deines Großvaters geerbt habe«, antwortete sie etwas widerwillig. Sie wollte mit seinem Plan nichts zu tun haben, und schon gar nicht wollte sie ihn ermutigen. »Er hat viel Wert auf seinen Stammbaum gelegt. Ich hab' mich nie groß drum gekümmert, aber vielleicht findest du etwas darin.«

Logan war aufgesprungen und verschwunden, kaum daß die Worte ihr über die Lippen gekommen waren.

Er war einer großen Sache auf der Spur! Er fühlte es geradezu! Und er würde die großartige Gelegenheit nach Kräften ausnützen. Er hatte ohnehin nichts Besseres zu tun, und es mochte auch in anderer Hinsicht klug sein, in den Norden zu reisen, das wilde Hochland zwischen sich und Chase Morgan zu bringen. In Glasgow würden sie ihm bald auf die Spur kommen – die meisten seiner Freunde wußten über seine Vergangenheit in Glasgow Bescheid. Aber dort oben, im öden, ungezähmten Land hinter den Bergen, dort suchte ihn niemand.

Schon war er fest entschlossen, nach Norden zu fahren.

Die nächsten Tage verbrachte er damit, allen möglichen Leuten Fragen zu stellen (äußerst diskret, wie er glaubte) und den Staub in finsteren Ecken aufzurühren, die besser unberührt geblieben wären.

EIN VERDÄCHTIGER ANRUFER

Der Gentleman, der in seinem verdunkelten Büro am Schreibtisch saß, lehnte sich in seinen Sessel zurück und hob den Hörer des Telefons ab. Das einzige Licht im Raum – es kam von den Straßenlampen draußen – enthüllte einen modern möblierten Raum, der freilich erkennen ließ, daß er schon bessere Zeiten gesehen hatte. Der Mann saß im Schatten, aber gelegentlich fiel ein Lichtstrahl auf sein Haar und ließ breite silbergraue Streifen erkennen.

Er hörte angespannt der Stimme im Draht zu.

»Tatsächlich?« antwortete er der unsichtbaren Stimme, wobei er die Worte nachdenklich in die Länge zog. »Nachforschungen über Stonewycke, sagen Sie?«

Wieder horchte er.

»Ein Schatz? Dann sind die Gerüchte, die wir gehört haben, also wahr?«

Er beugte sich vor, ergriff einen Stift und zog einen Notizblock an sich heran. »Wie war der Name? MacIntyre ... aus London ... aha ... Nein, nein, unternehmen Sie vorderhand noch nichts. Wir wollen ihn nicht verscheuchen. Ich werde mich hier ein wenig umhören. Jetzt lassen wir ihn einmal die schmutzige Arbeit für uns tun. Aber lassen Sie ihn nicht aus den Augen.«

Wieder folgte eine Pause.

»Das hat er tatsächlich getan?«

Der Mann rieb sich in Gedanken versunken das Kinn. »Hmmm ... tun Sie dasselbe. Vergessen Sie nicht, es ist ein verschlafenes kleines Nest. Achten Sie darauf, daß er auch wirklich in Strathy aussteigt, dann fahren Sie weiter zur nächsten Station und kehren so schnell wie möglich zurück. Niemand darf wissen, daß wir an der Sache interessiert sind. Erstatten Sie mir regelmäßig Bericht.«

Wieder unterbrach ihn eine Frage. Nach einer kurzen Pasue fuhr er fort: »Verwenden Sie denselben Code wie bei unserem letzten Gemeinschaftsprojekt. Verstanden, Sprague? In Ordnung. Passen Sie nur auf, daß er Sie nicht entdeckt.«

Ohne ein weiteres Wort legte er den Hörer auf.

Obwohl er im Verlauf des Gesprächs gelegentlich die Augenbrauen hochgezogen hatte, ließ er sich weiter nichts anmerken, ob der Anruf ihm erregende Aussichten eröffnet hatte. Statt dessen blieb er an seinem Tisch sitzen und klopfte nachdenklich mit dem Schreibstift gegen die feste Walnußholzplatte.

Sein Äußeres wirkte völlig ruhig, aber im Inneren war er mehr als begeistert über die Wendung, die die Dinge genommen hatten. Hier war genau das, worauf er gewartet hatte! Zur Zeit hatte er noch keine Vorstellung, wohin die Spur ihn führen würde, aber er war sich ganz sicher, daß er von der Neuigkeit auf die eine oder andere Weise zu seinem Nutzen Gebrauch machen würde. Er hatte über die Jahre hinweg selbst einige Nachforschungen angestellt und hatte die lokale Sage vom Goldschatz der Pikten, der irgend etwas mit Gut Stonewycke zu tun hatte, gehört. Die Sache hörte sich faszinierend an, aber er hatte sie immer für leeres Gerede gehalten. Nun, vielleicht hatte er sich da getäuscht. Ein Bursche aus London, der sich nach einem Schatz erkundigte und dann mit dem Zug nach Norden fuhr – den sollte man sich näher ansehen!

Er hob den Hörer des Telefonapparats von neuem ab, suchte hastig in seinem Telefonregister nach einer Nummer, gab der Vermittlung die Stadt und die Nummer bekannt, dann lehnte er sich zurück und wartete. Nach etwa einer Minute setzte er sich aufmerksam auf.

»Hallo«, sagte er, diesmal mit einem ganz anderen Ton in der Stimme. »Ja, ja – ich bin's ... ich weiß, es ist lange her ...«

Er klopfte ungeduldig mit dem Bleistift, während er eine gute weitere Minute den Worten des Mannes zuhörte, den er angerufen hatte.

»Ja, ja – gewiß, wird gemacht«, sagte er, als er schließlich ein Wort einwerfen konnte. »Bis dahin können Sie mir vielleicht weiterhelfen ... ich brauche eine kleine Information. Ja ... Sie kennen nicht zufällig einen jungen Burschen namens MacIntyre, in den frühen Zwanzigern ...«

Die Stimme im Draht schwatzte eifrig weiter, während der Zuhörer gelegentlich eine Frage oder einen kurzen Kommentar einwarf.

»Ein kleiner Gauner ... hmmm, das wundert mich nicht.«

Wieder horchte er.

»Ein Buchmacher? ... was Sie nicht sagen ... ein alter Fälscher ... hmmm ....«

Plötzlich wandelte sich seine Ungeduld mit seinem geschwätzigen Informanten in atemloses Interesse. »Was hat er?« rief er aus. »Chase Morgan – ?«

Nach einer Weile kicherte er – der erste Sprung in seinem stählernen Panzer. »Da ist es ja gut, daß Morgan sich gute Rechtsanwälte leisten kann. Drei Monate Gefängnis ist nicht viel, aber für einen Mann wie Chase ist es genug. Das glaube ich, daß er MacIntyre das Fell über die Ohren ziehen will! … Wieviel? … Na, da wird wohl irgendein drittklassiger Bandit das Geld abkassieren, wenn ihn nicht Morgan selbst als erster in die Finger kriegt … Was mich interessiert? Oh, ganz was anderes. Ein Freund von mir hat einige Nachforschungen angestellt … die Sache klingt zu gut, um sie links liegen zu lassen. Wie? Ja, da haben Sie recht … so klug hätte Morgan auch sein müssen. Ja, ich komme nächste Woche vorbei … Danke für Ihre Hilfe.«

Während er den Hörer auflegte, dachte der Mann: Die Sache wird ja jeden Augenblick interessanter. Bei einem Bauernfänger wie diesem MacIntyre war natürlich irgend etwas im Busch – und zwar etwas höchst Zwielichtiges! Ein Glück, daß sein Mann in Glasgow auf die Sache gestoßen war. Nun, *Glück* war wohl nicht der richtige Ausdruck, dachte er dann. Schließlich war Sprague genau dafür engagiert worden, daß er Informationen sammelte. Aber diesmal hatte er in Glasgow voll ins Schwarze getroffen!

BESORGUNGEN IN PORT STRATHY

Allison wippte ungeduldig auf den Zehen, während sie mit verschränkten Armen an dem geparkten Austin lehnte.

Sie und ihr jüngerer Bruder hatten ihre Urgroßmutter in die Stadt gefahren, wo sie Besorgungen zu machen hatte. Es machte ihr nicht viel aus, auf sie zu warten, aber Nat war verschwunden, als Lady Margaret eben mit ihren Angelegenheiten fertig zu werden versprach. Vermutlich war er zum Hafen hinuntergelaufen, um die Zeit mit den Fischern zu verbringen, die er anscheinend verehrte. Natürlich würde er dabei vergessen, wie die Zeit verging, und sie würde hinunterlaufen müssen, um ihn zu holen.

Als Kind hatte sie es nicht bemerkt. Aber nun, da sie zu einer anspruchsvollen jungen Dame von siebzehn Jahren herangewachsen war, stellte sie fest, daß es in dieser Provinzstadt absolut nichts gab, das sie interessierte. Die Hauptstraße von Port Strathy hatte sich in den letzten fünfzig – oder noch mehr – Jahren nicht verändert. Der Krämerladen, Miß Sinclairs Kaufhaus, das Büro daneben, in dem nun Port Strathys erster ortsansässiger Arzt residierte, sahen genauso aus, wie sie schon immer ausgesehen hatten.

Die Fischfabrik war als einziges neu dazugekommen – sie war kurz vor Allisons Geburt erbaut worden. Aber Allison MacNeil hatte keine hohe Meinung von ihr, ebenso wenig wie von der »Neustadt«, die rund um die Fabrik emporgewachsen war. Die ganze Nachbarschaft stank ekelhaft nach Fisch, und ein zwielichtiges Viertel war dort entstanden, mit zwei neuen Wirtshäusern, in denen laute Musik und wüste Raufereien an der Tagesordnung waren.

Allison warf einen Blick in die Runde und seufzte schwer. Immer noch keine Spur von ihrer Urgroßmutter oder von Nat. Sie bemerkte ein unscheinbares Mädchen, etwa in ihrem Alter, das die Straße überquerte. »Wenn ich noch lange in Port Strathy bleibe«, dachte sie, »dann sehe ich bald genauso aus wie Patty Doohan.« Patty hatte natürlich keine andere Wahl. Sie war ein Waisenkind, das von einer älteren Schwester erzogen wurde, einer Arbeiterin in der Fischfabrik. Als Allison das Mädchen näherkommen sah, konnte sie kaum glauben, daß sie als Kinder tatsächlich Freunde gewesen waren. Ein Glück, daß sie aus solchen Kinderfreundschaften herausgewachsen war! Wenn Patty schon keine Wahl hatte – Allison hatte die Wahl, wie sie ihr Leben gestalten wollte. Jedenfalls würde sie sie eines Tages haben, und dann würde sie es allen zeigen!

»Hallo, Allison«, sagte Patty in ziemlich schüchternem Ton, als sie näherkam. Vielleicht erinnerte auch sie sich an die Tage – die noch gar nicht so lange zurücklagen –, als sie miteinander gelacht und gespielt hatten. »Ich dachte, du wärst im Mädchenpensionat?«

»Da war ich, aber ich bin schon ein bißchen alt für die Schule.« Allison merkte gar nicht, wie hoch sie die Nase trug, als sie es sagte. »Ich treibe mich hier nur ein bißchen herum, bis die Saison in London beginnt.«

»Oh«, sagte Patty ausdruckslos. Dann, als fiele es ihr eben erst ein, fügte sie hinzu: »Wie nett.«

Ein paar Sekunden verstrichen in unbehaglichem Schweigen. Schließlich verabschiedete sich Patty und ging.

Wenig später kam Nat lässig die Straße herunter geschlendert. Er kaute an einem Apfel und schien den Tag – den ersten Frühlingstag seit jener Nacht, in der der Schoner gesunken war – von ganzem Herzen zu genießen.

»Das wurde ja Zeit!« schnauzte Allison ihn an, sobald er in Hörweite war. »Dein Glück, daß ich dich nicht holen mußte!«

»Warum so hektisch? Oma ist noch nicht einmal zurück.«

Nat grinste gutmütig, aber bevor seine Schwester mit einer sarkastischen Antwort zurückschlagen konnte, sah sie ihre Urgroßmutter mit einem Päckchen in der Hand aus dem Gemischtwarenladen auftauchen. Nat eilte an ihre Seite, nahm ihr das Päckchen ab, ergriff ihren Arm und führte sie über die Straße zum Wagen.

So gebrechlich die alte Frau auch wirkte, ging sie doch mit einem sicheren, festen Schritt, der die Hilfe ihres jungen Enkels kaum nötig hatte. Aber sie tätschelte die Hand des Jungen und lächelte ihn dankbar an.

»Nun, Kinder«, sagte Lady Margaret etwas atemlos, »ich glaube, ich habe alles erledigt. Nett von euch, daß ihr mich herumfahrt. Euer Urgroßvater meint, ich sollte lernen, eines von diesen Dingern zu steuern«, sagte sie mit einer Kopfbewegung zum Auto hin, »aber ich glaube, lieber würde ich wieder reiten.«

Nat half seiner Urgroßmutter auf den Beifahrersitz des Wagens. Dann ging er um das Auto herum, um hinter das Steuer zu klettern. Aber Allison streckte die Hand aus und hinderte ihn daran, die Türe zu öffnen. »Was hast du vor?« fragte sie scharf.

»Ach, komm schon, Ali«, bettelte Nat. »Ich kann's doch.«

»Mag sein. Aber Fahrstunden nehmen kannst du mit Papa, nicht mit mir. Ich bin für das Auto verantwortlich, und ich lasse es nicht in Kinderhänden. Und nenn mich bitte nicht Ali!«

Sie drängte an ihm vorbei, kletterte auf den Fahrersitz und überließ Nat den Platz im Fond. Sie drehte den Zündschlüssel, aber der Motor ließ nur ein schwaches Aufbrummen hören und verstummte dann. Sie versuchte es ein zweites Mal, aber wieder kam keine Antwort. Mit einem ärgerlichen Schlag auf das Lenkrad öffnete sie die Türe und kletterte hinaus. Nat folgte ihr auf den Fersen. Sie riß die Kühlerhaube auf und starrte das Durcheinander im Inneren an. Nat schob sie zur Seite, und ihr blieb nichts anderes übrig, als ihn gewähren zu lassen. Schließlich war er derjenige, der von Mr. Innes gelernt hatte, wie die Maschinerie funktionierte.

»Mr. Innes hätte gewußt, was da zu tun ist«, sagte Nat, fast im Selbstgespräch, und mit einer Spur tiefer Traurigkeit in der Stimme.

Zum erstenmal an diesem Nachmittag wurde Allisons Gesichtsausdruck weich. Jedes der MacNeil-Kinder hatte auf seine Weise den warmherzigen alten Kastellan geliebt, und Allison wußte, wie ihr Bruder es empfand, daß er ihn in einem solchen Augenblick nicht zur Seite hatte. Sie tauschten einen seltenen Blick voll jäher Zärtlichkeit.

Aber ebenso rasch nahm Allisons Gesicht wieder seinen hochmütigen Ausdruck an, und sie bemerkte ziemlich ruppig: »Ich versuch's noch einmal.«

Aber der Austin gebärdete sich so widerspenstig wie zuvor. Und da es nur sehr wenige Automobile in Port Strathy gab und der nächste Automechaniker mehr als zwanzig Meilen entfernt in Fraserburg wohnte, standen den drei Gestrandeten nur sehr wenig Möglichkeiten zur Verfügung.

Allison sprang zornig aus dem Wagen, blickte sich hilflos um und versetzte dem Reifen einen sinnlosen, verdrießlichen Fußtritt.

EIN FREMDER IM FREMDEN LAND

Logan war an diesem Morgen von Bord des Schoners gegangen. Jetzt war er ein wenig zittrig in den Knien und noch mehr im Magen und fragte sich, warum in aller Welt er in Aberdeen aus dem Zug gestiegen war und den Weg übers Meer genommen hatte. Er hatte sich niemals zum Seefahrerleben hingezogen gefühlt – und jetzt wußte er, warum. Und was noch schlimmer war, es war ihm nicht gelungen, auch nur einen einzigen seiner Mitreisenden zu einem Pokerspielchen zu überreden. Er war zu dem Schluß gekommen, daß er eine trübselige Zeit in diesem Nest namens Port Strathy verbringen würde, wenn alle diese Fischertypen ihre Geldtaschen so fest zuhielten.

Er hielt Ausschau nach einem Wirtshaus, und man wies ihm den Weg zum einzigen respektablen Gasthaus in der Stadt, dem Wirtshaus »Zu Wind und Wellen«.

Es beeindruckte ihn nicht sonderlich, daß das Haus auf eine fast zweihundertjährige Geschichte zurückblicken konnte. Sein Blick war allzeit nach vorne gerichtet, und alles Alte erschien ihm als ein Rückschritt, fort von der Zukunft, wo das wirkliche Leben wartete. Er hatte genug von alten Gebäuden – insbesondere den rattenverseuchten Mietskasernen von Glasgow und London. Sein Traum war es, in einem der modernen Apartmenthäuser im West End zu wohnen, die jede nur erdenkliche Bequemlichkeit aufwiesen.

So unbeeindruckt Logan von dem Gasthaus war, so erfreut war der Wirt über seinen neuen Gast. Denn obwohl Logan nur in Tweed gekleidet war, erschien er ihm als jeder Zoll ein Gentleman, und Sandy Cobden hatte einen Blick für gut situierte Herrschaften.

»Guten Tag, mein Herr«, sagte der Wirt. »Was kann ich für Sie tun?«

Logan schlenderte lässig zur Theke und setzte sich auf einen der Barhocker. »Ein Zimmer möchte ich, guter Mann«, sagte er, »und irgend etwas, das meine vom Meer geschüttelten Innereien beruhigt.«

»Ah, da sind Sie wohl mit'm Schoner gekommen?«

»Ganz recht«, antwortete Logan. »Ich hätte auf den Zug warten sollen, aber dann hätte ich das letzte Stück der Reise auf der Landstraße zurücklegen müssen, und ich war in Eile.«

Cobden lachte und brachte eine Flasche vom besten Scotch unter der Theke zum Vorschein. »Da kommen Sie also aus Aberdeen, oder -?« Er zog die Frage in die Länge, um seinem Gast eine Antwort zu entlocken. Er nahm seine Stellung in der Gemeinschaft – wie er sie sah – sehr ernst und hielt daher allzeit Augen und Ohren offen, wo er Neuigkeiten und Klatsch aufschnappen konnte.

»Viel weiter, würde ich sagen – aus London.«

»Das dachte ich!« rief Cobden. »Gleich, als ich Ihren Akzent hörte!«

In Wirklichkeit hatte er nichts dergleichen gedacht, denn sogar nach siebenjährigem Aufenthalt in London hatte Logan seinen schottischen Zungenschlag nicht verloren. Sandy Cobdens Neugier war mehr als erregt, als er diesen gutgekleideten Londoner mit dem schottischen Akzent vor sich sah, aber er hielt sich im Augenblick von weiteren Fragen zurück. Er zog es vor, seine Informationen auf subtilere Weise zu sammeln.

Und so putzte er den Tresen und wischte eifrig Gläser aus, während Logan seinen Scotch in kleinen Schlucken trank und darüber staunte, wie ein solcher Dickwanst von einem Mann so viel Energie aufbringen konnte. Schließlich fragte der Wirt in seinem beiläufigsten Ton: »Nun ... wie lang werden Sie denn bei uns bleiben?«

»Ich kann noch nicht sagen, wie lange meine Geschäfte mich hier festhalten werden«, antwortete Logan ausweichend.

»Geschäfte, aha ...« sinnierte Cobden, in der Hoffnung, sein verwunderter Gesichtsausdruck würde dem Fremden weitere Informationen entlocken. Er dachte daran, wie vor zwanzig Jahren ein anderer gutaussehender Bursche in Geschäften nach Port Strathy gekommen war. Damals hatte der Besuch nichts als Ärger gebracht. Er hoffte, diesmal würde es anders sein. Dieser junge Mann hier sah jedenfalls richtig nett aus, entschied Cobden. Und Sandy Cobden war sehr stolz auf seine Menschenkenntnis.

»Ich denke, ich werde mich vor dem Essen noch ein wenig umsehen«, fuhr Logan fort, ohne auf Cobdens Frage einzugehen. Er war noch nicht ganz sicher, welche Schritte er als nächstes tun wollte, und er wollte sichergehen, daß er die Stadt richtig einschätzte, bevor er den Mund aufmachte. »Wären Sie wohl so freundlich, mein Gepäck aufs Zimmer zu bringen? Ich werde in etwa einer Stunde wieder zurück sein.«

Logan verließ mit selbstbewußten Schritten das Gasthaus. Er

hatte sehr deutlich das Gefühl, daß ihm hier das Glück lachen würde. Er brauchte jetzt nur noch Onkel Digorys Schatz zu finden, den nächsten Zug zu besteigen und sich zurück in die Zivilisation zu begeben.

Als erstes mußte er die Leute von Stonewycke ausfindig machen. Sie mochten sich als das schwierigste Hindernis auf seinem Weg erweisen, denn wenn sie dem Adel angehörten, waren sie vermutlich weitaus welterfahrener als dieser Cobden oder die Seeleute, denen er auf dem Schoner begegnet war. Aber welche Fußangeln auch auf seinem Pfad warten mochten, Logan schritt guten Mutes die kopfsteingepflasterte Straße dahin. Sein Blick wanderte über die ländlichen Häuser aus grauem Granit und die bäuerlich gekleideten Leute, denen er unterwegs begegnete.

Er schlenderte eben an Sinclairs Kaufhaus vorbei und warf einen Blick ins Schaufenster, als er einen Wutschrei hörte. Er hob den Blick im selben Moment, als eine aufgebrachte junge Dame dem Vorderreifen ihres Austin einen wütenden Fußtritt versetzte.

Er nahm die Szene mit amüsiertem Interesse in sich auf. Das Mädchen in Blue Jeans, mit sandblondem Haar und einem Schmierer Motoröl auf der Nase paßte zweifellos zu der Stadt, während das Auto – trotz seines ehrwürdigen Alters und seiner offenkundigen Reparaturbedürftigkeit – nicht ganz ins Bild paßte.

Ganz plötzlich, und ohne klare Überlegung, drehte Logan sich um und eilte auf den Austin zu. Sein bester Trumpf an einem solchen Ort würde sein, sich bei der Landbevölkerung lieb Kind zu machen. Und wo konnte er einen besseren Anfang machen als bei diesen gestrandeten Reisenden?

VORSTELLUNGEN

Allison hatte eben den Kopf zum Wagenfenster hineingesteckt, um ihrer Großmutter die Situation zu erklären; daher bemerkte sie im ersten Augenblick nicht, daß ein Fremder sich näherte. Als sie aufblickte, war er bereits an ihr vorbei und begrüßte Nat in munterem Ton.

»Guten Tag«, sagte der Fremde. »Gibt's Probleme?«

Nat nickte, und der Mann fuhr fort: »Ich kenne mich ein bißchen mit Autos aus. Wenn du willst, sehe ich mir die Sache einmal an.«

»Gerne«, erwiderte Nat eifrig. »Ich bringe ohnehin nicht viel zustande.«

Der junge Mann trat auf die Kühlerhaube zu und gab Allison dabei Gelegenheit, ihn näher in Augenschein zu nehmen. Kein Zweifel, dachte sie, er war ein Fremder – nicht nur seine Züge waren ihr fremd, sondern auch seine ganze Art, sich zu benehmen, und der weltmännische Schliff seines Betragens. Kein Fischer hätte sein Jackett mit solcher Sorgfalt ausgezogen, selbst wenn es ein so erstklassig geschnittenes Tweedjackett gewesen wäre, wie dieser Mann eines trug. Er faltete es sauber zusammen und legte es auf das Auto, dann krempelte er die Ärmel seines Hemdes auf. Er hatte nichts von dem muskulösen Körperbau an sich, den Allison von den Fischern und Bauern in der Umgebung von Port Strathy gewohnt war. Sie hätte ihn vielleicht für einen Studenten gehalten, aber etwas am Ton seiner Stimme und ein eigentümlicher Blick in seinen Augen paßte nicht recht zu dieser Schlußfolgerung. Er hatte etwas Unternehmungslustiges an sich, als fürchtete er nichts und niemand und sei im Gegenteil noch erfreut über Herausforderungen.

Die Tatsache, daß der neu Hinzugekommene jung und gut aussehend war, entging ihr ebensowenig, aber im Augenblick fühlte sie sich verwirrt bei der Erkenntnis, daß sie bislang völlig unbemerkt geblieben war, so sehr konzentrierte er sich auf die praktischen Aspekte der Situation. »Er mag ja recht kühn und selbstbewußt aussehen«, dachte sie, »aber versteht er auch wirklich etwas von Automobilen?« Ihren Zweifeln wurde allerdings rasch ein Ende gemacht, als der Fremde unter der Kühlerhaube heraus Nat zurief: »Versuch's jetzt einmal.«

Nat schob sich an Allison vorbei und schlüpfte hinter das

Lenkrad. Dann, wie durch ein Wunder, ertönte das Dröhnen des Motors.

Nat stieß einen Freudenschrei aus und sprang aus dem Wagen. »Danke, Mister!« rief er.

»Gern geschehen. Hat mich gefreut, wenn ich helfen konnte.«

»Was war denn nicht in Ordnung?«

Der Fremde antwortete mit einer höchst technischen Erklärung, mit der Allison wenig anfangen konnte.

»Wo haben Sie das denn gelernt?« fragte der Junge voll Bewunderung.

»Oh ... da und dort ...« antwortete der Fremde – etwas ausweichend, schien es Allison. Sie konnte es natürlich nicht wissen, aber ihr leichtes Unbehagen war begründet, denn Logan hatte sich die meisten seiner Kenntnisse durch seine Mitarbeit bei einem äußerst lukrativen, aber illegitimen Geschäft mit Autorennen erworben. Das behielt er natürlich klugerweise bei sich.

»Unser Kastellan verstand unglaublich viel von Autos«, sagte Nat, »und er brachte mir alles bei, was er selbst wußte, aber ... er starb vor einiger Zeit, und niemand in Strathy kann mir noch etwas beibringen, was ich nicht schon wüßte.«

»Das ist jammerschade.« Der Mann wischte die Hände eine an der anderen ab, dann streckte er Nat eine Hand hin. »Ich bin Logan MacIntyre. Ich bin noch eine Weile hier, falls du mal ein paar gute Tips brauchst.«

»Danke.« Nat ergriff Logans Hand und schüttelte sie unbeholfen. Er war es nicht gewohnt, so als Gleichberechtigter behandelt zu werden, wie dieser Mann es tat. »Freut mich, Sie kennenzulernen. Ich bin Nat MacNeil.«

Allison hielt es nicht länger aus, im Dunkel zu bleiben. Sie trat einen kühnen Schritt vor und räusperte sich geziert.

»Oh, das ist übrigens meine Schwester, Ali«, fügte Nat hinzu, als sei es eine überflüssige Nebenbemerkung.

»Allison«, korrigierte sie ihn mit einer mißbilligend hochgezogenen Augenbraue. »Wir sind Ihnen sehr zu Dank verpflichtet, Mr. MacIntyre«, fügte sie in ihrem erwachsensten Tonfall hinzu und lächelte reizend.

Es war ein hübsches Lächeln und hätte eigentlich eine sehr positive Wirkung auf den Fremden haben müssen, obwohl es eine Spur von Hochmut in sich trug. Tatsächlich war das Lächeln der hauptsächliche Grund für den Eindruck, den sie auf ihn machte, obwohl Allison unter seinem Blick sehr deutlich bewußt wurde, daß sie alte Kleider trug und ihr Haar vom Wind zerzaust war.

Einen Augenblick später jedoch gewann sie den Eindruck, daß der Mann sie als kleines Mädchen betrachtete und jeden Augenblick imstande wäre, die Hand auszustrecken und herablassend ihre Schulter zu tätscheln. Jetzt, so schien es ihr, wußte sie, was der eigentümliche Ausdruck in seinen Augen war, der ihr zuvor aufgefallen war: Es war der Ausdruck hochmütiger Überlegenheit. Ein Wunder, daß sie nicht früher zu diesem Schluß gelangt war, nachdem ihr diese Haltung doch so vertraut war. Und sie fand sie besonders geschmacklos bei jemand, der Nat eher als Gleichberechtigten behandelte als sie.

Ihr rasch gefälltes Urteil geriet ins Wanken, als sie seine herzliche Antwort hörte. »Sie sind mir nichts schuldig«, sagte er. »Um die Wahrheit zu sagen, ich hatte schon eine ganze Weile keine Gelegenheit mehr, an einem Auto herumzubasteln, und es hat mir großen Spaß gemacht.«

Hätte Allison den Wahrheitsgehalt dieser Bemerkung näher erforschen können, so hätte sie feststellen müssen, daß er damals nur knapp dem Zugriff des Gesetzes entkommen war und sich geschworen hatte, nie wieder ein Auto anzufassen.

Vielleicht habe ich ihn falsch eingeschätzt, dachte Allison. *Vielleicht verdient er es doch, von Port Strathy mit offenen Armen empfangen zu werden.*

»Nun, da Sie unser Auto wieder in Schuß gebracht haben«, bot sie ihm an, »können wir Sie irgendwohin mitnehmen?«

»Oh, nein, danke. Ich wohne in dem Gasthaus da unten und wüßte nicht, wo ich sonst hingehen sollte.«

»Dann sind Sie tatsächlich neu hier?« bemerkte Allison.

»Heute morgen angekommen.«

»Was machen Sie hier? Besuchen Sie Freunde?« warf Nat ein.

»Ich kenne keine Menschenseele in der Stadt«, erwiderte Logan. Dann fügte er hinzu: »Außer euch Leutchen.«

»Dann können wir uns bedanken, indem wir Sie zum Essen einladen«, erklärte Nat.

»Das ist doch nicht nötig«, antwortete Logan, im Augenblick völlig verblüfft von dieser unerwarteten Gastfreundschaft.

»Sandy Cobdens Küche läßt ziemlich zu wünschen übrig, seit Mrs. Cobden tot ist«, meldete sich eine neue Stimme aus dem Inneren des Automobils. Logan hatte zuerst gar nicht bemerkt, daß es noch einen Passagier gab. Er bückte sich und legte den Kopf schief, um die Sprecherin zu erkennen.

Eine kurze Stille breitete sich aus, während die beiden einander abschätzten. Bevor er weitersprach, räusperte Logan sich – etwas nervös, wie es Allison erschien, und sie bemerkte, daß sein kühles Selbstbewußtsein ein wenig ins Wanken geriet.

»In diesem Fall«, sagte er und bemühte sich, so gut wie möglich seine Fassung wiederzugewinnen, »sollte ich Ihr freundliches Angebot wohl am besten annehmen.«

»Toll!« rief Nat aus.

»Wir freuen uns, Sie zu Gast zu haben, junger Mann«, sagte die Frau im Austin.

»Mr. MacIntyre«, sagte Allison in ziemlich hochnäsigem Ton, »darf ich Ihnen meine Urgroßmutter vorstellen, Lady Margaret Duncan.«

Logan lehnte sich auf dem Rücksitz des Austin zurück, als dieser die kleine Stadt verließ und die steile Küstenstraße hinauffuhr.

Welch unwahrscheinliches Glück er gehabt hatte, eben den Leuten, die er gesucht hatte, über den Weg zu laufen – das hatte er einen Augenblick lang vergessen, als er der alten Dame gegenübergestanden war. Denn als sein Blick dem von Lady Margaret begegnete, hatte ein sehr seltsames und unvertrautes Gefühl ihn durchströmt. Selbst wenn er es versucht hätte, hätte er nicht beschreiben können, was er empfunden hatte. Es war ihm in diesem flüchtigen Augenblick erschienen, als könnte sie ihn tiefer durchschauen als Skittles, als seine Mutter, ja als er selbst. Er hatte eine höchst beunruhigende Vorahnung, daß er möglicherweise mehr auf den Löffel bekommen hatte, als er schlucken konnte.

Aber dieses Gefühl verging so rasch, wie es aufgetaucht war. Es war nicht Logans Art, lange über dergleichen nachzusinnen.

Das war jedoch erst der Anfang eines Nachmittags voll unerwarteter Erlebnisse.

Nach einer Weile bogen sie von der Straße ab und fuhren durch locker bewaldetes Land. Die Straße stieg weiter an, bis sich das große grau-braune, altertümliche Schloß Stonewycke vor ihnen erhob. Der Wagen fuhr durch ein kunstvoll verziertes Eisentor, und einen Augenblick lang verließ Logan all sein weltmännisches *savoir-faire.* Selbst ein Mann so voll modernem Dünkel wie Logan konnte nicht anders, als Ehrfurcht empfinden angesichts des vierhundert Jahre alten Gemäuers.

Und mit der Ehrfurcht überkam ihn ein plötzliches Gefühl des Versagens. Hier geschahen plötzlich Dinge, die er nicht geplant hatte. Wer war er, ein bloßer Sterblicher, daß er wagte, seinen kleinen Witz mit diesem Ort zu messen? Zum erstenmal überkam ihn ein Gefühl dafür, was Geschichte bedeutet. Die Mauern dieser Burg hatten Stürmen und Armeen und Revolutionen getrotzt und hatten Leben und Tod von Hunderten Sterblichen gesehen, die um nichts besser oder stärker als er selbst waren. Hier standen sie und hatten sie alle überdauert. Logan hatte in seinem Leben schon viele Hindernisse kennengelernt, er kannte Armut und Mißerfolg. Aber hier trat ihm etwas gegenüber, das er niemals hoffen konnte, zu besiegen – seelenlos und doch majestätisch.

Er kämpfte darum, einen klaren Kopf zu bekommen. Solchen Gedanken durfte er sich nicht hingeben! Er mußte auf der Hut sein. Irgend etwas an diesem Ort, und insbesondere an der Lady, beunruhigte ihn. Das durfte nicht sein. Er war in Geschäften hier. Hier hatte er seine große Chance.

»Der Name Stonewycke geht auf die Zeit der Pikten zurück«, informierte ihn Lady Margaret. »Aber das Schloß selbst besteht erst ungefähr halb so lang.«

Allison brachte den Wagen an der Toreinfahrt des großen Herrensitzes mit einem scharfem Tritt auf die Bremse zum Halten.

»Und nach vierhundert Jahren ist es noch so gut erhalten?« fragte Logan.

»Ich sehe, Sie sind vertraut mit der Geschichte unseres Vaterhauses, Mr. MacIntyre«, sagte Lady Margaret, offenkundig erfreut.

Erst da erkannte Logan seinen Fehler. »Oh, nicht mehr als die meisten Leute«, antwortete er rasch und hoffte, seinen Fehler damit gutmachen zu können. »Sie sagten, es sei weniger als die Hälfte dieser tausend Jahre hier gestanden, da dachte ich natürlich –«

»Ich verstehe«, antwortete sie.

Logan dachte: *Ich muß vorsichtiger sein, ich darf nicht gleich am Anfang des Spiels Verdacht erwecken.* Und außerdem mußte er sich rasch einen guten Grund ausdenken, warum er hier in der Stadt aufgetaucht war, denn zweifellos würde man beim Essen Fragen stellen, die in diese Richtung gingen.

Seine Gastgeber komplimentierten ihn ins Innere des Herrensitzes durch riesige Eichentüren, die fast zweimal so hoch wie er selbst waren und so dick wie Baumstämme schienen. *Hoffentlich muß ich hier nicht in aller Eile abhauen!* dachte er mit trockenem Humor.

Der Dieb in ihm konnte nicht anders, er mußte die Kostbarkeiten bemerken, die ihm entgegenblickten, kaum daß er über die Schwelle getreten war. Einige der Stücke in der Eingangshalle schienen fast so alt wie das Haus selbst zu sein. Während sie einen langen Korridor entlang eilten, spähte er links und rechts in verschiedene Räume. In einem davon fiel ihm das grandiose Porträt eines Highlander-Kriegsführers ins Auge, dessen Stil an Raeburn denken ließ. Logan verfügte über ein gewisses Kunstverständnis, denn in seinem Metier schaffte man es im allgemeinen leicht, sich zumindest oberflächliche Kenntnisse in einer breiten Palette interessanter Gebiete anzueignen. Falls dieses Gemälde ein Original war …

Aus dem Korridor traten sie in einen großen Salon, und es schien Logan, als seien sie mit einem einzigen Schritt ins 20. Jahrhundert zurückgekehrt. Der Raum war mit mehreren niedrigen, behaglichen Sofas, drei Schaukelstühlen, einer Anzahl spindelbeiniger Tische und drei elektrischen Lampen in den Winkeln und an einer Wand eingerichtet. Illustrierte und Tageszeitungen lagen herum, und ein großes Radio stand auf einer Konsole an der Wand. Es war leicht zu erkennen, daß die Familie hier einen großen Teil ihrer Zeit verbrachte. Ein helles Feuer loderte in einem riesigen Kamin, der fast die ganze Wand am entfernten Ende des Raumes einnahm.

»Bitte, machen Sie es sich doch bequem, Mr. MacIntyre«, sagte Allison. »Ich suche schnell einmal meine Eltern.« Dann wandte sie sich an Nat und sagte in einem Ton, den der Junge als sehr hochnäsig empfand: »Nat, geh und sag Claire, daß wir einen Gast zum Abendessen haben.«

Nat hatte keine Freude damit, Logan verlassen zu müssen, den er als seine höchstpersönliche Entdeckung betrachtete, und noch weniger gefiel es ihm, daß er von seiner großen Schwester herumkommandiert wurde, aber er gehorchte. Allison folgte ihm, als er das Zimmer verließ.

Nachdem die jungen Leute gegangen waren, fand Logan es ausgesprochen schwierig, es sich so gemütlich zu machen, wie Allison es ihm empfohlen hatte. Er fühlte sich noch nicht genügend vorbereitet, mit dieser einschüchternden Dame allein zu bleiben, obwohl er doch gerade ihretwegen nach Port Strathy gekommen war. Kein Zweifel, daß er sie liebgewinnen würde, sie sah ausgesprochen nett aus. Sie hatte nicht das geringste Unheimliche an sich, im Gegenteil. Sie erschien ihm von ganzem Herzen freundlich, sanft und voll Mitgefühl. Hätte er intensiver über die Sache nachgedacht, so hätte er vielleicht herausgefunden, daß es eben diese Eigenschaften waren, deretwegen er sich innerlich krümmte. Aber Logan war nicht der Mann dazu, solche Dinge ernsthaft zu bedenken, und am wenigsten neigte er zu Betrachtungen seines eigenen Gefühlslebens. Statt dessen schlenderte er zum Kamin hinüber und tat, als sei er vollauf damit beschäftigt, sich die Hände zu wärmen.

»So grandios es hier aussieht«, sagte die Stimme, die er lieber nicht gehört hätte, »haben wir doch ziemliche Schwierigkeiten, das alte Haus halbwegs zu heizen. In den Kinderzimmern haben wir allerdings Zentralheizungen installiert – es wäre zu grausam gegenüber den Kindern gewesen, es nicht zu tun. Ich weiß nicht, wie ich selbst es als Kind überstanden habe!«

»Dann haben Sie also Ihr ganzes Leben hier verbracht?« Er wußte, daß er diese Art des Ausfragens möglicherweise noch bedauern würde, aber er konnte einfach nicht anders.

»Mein ganzes Leben nicht, nein ... ich war eine Zeitlang in Amerika. Ziemlich lange Zeit, genau genommen. Aber meine Kindheit hier werde ich nicht leicht vergessen.«

»Das klingt ja so, als liebten Sie das alte Haus.«

Lady Margaret lachte ein helles, fröhliches Lachen. Es klang fast musikalisch und ließ im Augenblick ihr hohes Alter vergessen.

»Die Liebe zu Stonewycke ist fast so etwas wie ein Familienerbstück«, sagte sie mit derselben melodischen Stimme, die fröhlich und jugendlich klang. »Wir Frauen von Stonewycke geben unseren Nachkommen eine tiefe Wertschätzung für dieses Haus, dieses Gut, diese Menschen und das Land mit. Wenigstens –« Sie unterbrach sich plötzlich, und der Schatten einer dunklen Wolke zog über ihr Gesicht, als Allisons Gesicht plötzlich vor ihrem geistigen Auge auftauchte. Sie ließ den Satz unvollendet, warf einen Blick auf Logan, lächelte, und so schnell, wie er gekommen war, wich der jähe Schatten, und sie fuhr fort. »Es liegt uns einfach im Blut. Aber entschuldigen Sie, daß ich über Ihre Bemerkung gelacht habe, ich tat es nur, weil sie – nun, eine solche Untertreibung war.«

»Ich nehme an, man braucht einen Ort, wo man hingehört«, kam Logan ihr entgegen. Sein früheres Unbehagen kehrte plötzlich zurück.

»Ja, das ist es. Aber wo immer ich auch war, ich habe gelernt, daß es etwas noch Wichtigeres gibt ...«

Sie schwieg nachdenklich, dann schritt sie zu einem der Schaukelstühle hinüber und setzte sich. Während sie weitersprach, begann sie sanft zu schaukeln. »Und wo ist dieser ›Ort, wo man hingehört‹ für Sie, Mr. MacIntyre – wenn ich mir mit der Frage nicht zu viel Freiheiten herausnehme?«

Es machte ihm nichts aus, daß sie fragte. Was ihn störte, war das Gefühl, daß sie höchstwahrscheinlich bereits wußte, wie die Antwort lauten mußte.

»Ich hätte wohl sagen sollen«, antwortete er, »daß es für *manche* Menschen sehr wichtig sein muß, einen Ort zu haben, wo sie hingehören. Was mich angeht, lasse ich mir lieber alle Möglichkeiten offen, so daß ich mich frei in der Welt bewegen kann. Ich würde sagen, ich habe noch keinen Ort gefunden, an den ich gehören *möchte.*«

»Ihr Akzent klingt nach Glasgow, und so seltsam es scheinen mag, ich höre auch etwas Londoner Cockney.«

»Der Frau entgeht nicht viel«, dachte Logan. Die hätte sogar einen ehrlichen Burschen nervös gemacht! Er würde *äußerst* vorsichtig sein müssen.

»Bin in Glasgow geboren«, antwortete er. »War aber die letzten sieben Jahre in London.«

»Und immer noch keine Wurzeln?«

Der Tonfall ihrer Stimme beunruhigte ihn, aber es blieb ihm erspart, weiter darüber nachdenken zu müssen, denn Allison kehrte zurück. An ihrer Seite ging eine Frau, die er für ihre Mutter hielt. Sie war ein paar Zoll größer als Allison, sehr schlank, und bewegte sich so aristokratisch, wie es ihrem Stande entsprach. Ihr kastanienbraunes Haar, in das sich leichtes Grau mischte, war im Nacken zu einem schlichten Knoten aufgesteckt. Es umrahmte ein Gesicht mit feingemeißelten Zügen. Sie hatte etwas Jugendliches an sich, obwohl die Fältchen in ihren Augenwinkeln ihr Alter von 42 Jahren erkennen ließen. Sie trug einen marineblauen wollenen Rock und einen blaßblauen Pullover.

Sie trat auf ihn zu und streckte ihm lächelnd eine Hand entgegen. »Mr. MacIntyre, ich freue mich sehr, Sie kennenzulernen. Allison hat mir erzählt, wie Sie ihnen heute auf der Straße aus der Misere halfen. Das war sehr freundlich von Ihnen.«

Logan machte einen linkischen Schritt vorwärts, um ihre ausgestreckte Hand zu ergreifen. »Ich – äh, ich hatte grade nichts anderes zu tun«, stotterte er. »Ich fühle mich sehr geehrt von Ihrer Einladung.«

»Es wird noch ein Weilchen dauern bis zum Abendessen«, sagte Mrs. MacNeil. »Vielleicht möchten Sie sich in der Zwischenzeit ein wenig auf dem Gut umsehen?«

Allison wollte nicht mitkommen, so war es Nat, der den Gast nach draußen begleitete. Logan stieß einen Seufzer der Erleichterung aus und versteckte ihn hastig, indem er tat, als atmete er in vollen Zügen die frische Landluft ein. Er entschied, daß sich keine bessere Gelegenheit bieten würde, den Jungen fernab von der kritischen Aufmerksamkeit der Erwachsenen auszufragen. Er mußte seine Verteidigungslinien gut vorbereiten auf den zu erwartenden Ansturm der Herrschaft von Stonewycke.

Allison schrubbte sich das Gesicht, bis es glänzte. Natürlich redete sie sich die ganze Zeit hindurch ein, ihr Gesicht müßte dringend gewaschen werden, und ihrer Urgroßmutter würde es nicht recht sein, wenn sie zum Abendessen mit einem schmutzigen Gesicht und in abgetragenen Jeans erschien, besonders, wenn ein Gast zugegen war. Auf keinen Fall, so versuchte sie sich einzureden, hatte ihre Handlungsweise irgend etwas damit zu tun, wer dieser Gast war.

Aber schließlich geschah es nicht jeden Tag, daß ein gutaussehender junger Mann in Port Strathy auftauchte, selbst wenn er arrogant war und sie wie ein kleines Kind behandelte. Sie mußte freilich zugeben, daß es zumindest teilweise ihre eigene Schuld war, denn sie hatte sich an diesem Tag nicht eben von ihrer besten Seite gezeigt, mit Motorschmiere auf dem Gesicht und in ihren alten Kleidern.

Aber beim Essen würde sie alles wiedergutmachen. Sie würde schon dafür sorgen, daß er sie nicht wieder übersehen konnte. »Ich frage mich, wie lange er wohl bleibt?« sinnierte sie. »Und warum ist er überhaupt nach Strathy gekommen?« Er hatte sich ziemlich unbestimmt geäußert. Sie legte den Waschlappen hin und klopfte sich gedankenvoll mit dem Zeigefinger auf die Lippen, während sie seinen Namen einzuordnen versuchte. Unten in Edinburgh gab es Bankiers mit Namen MacIntyre. Sie waren ziemlich wohlhabend und hatten den Bankkrach im Jahre 1929 besser als die meisten anderen überstanden. Eine Tochter der Familie hatte dieselbe Schule wie Allison besucht. Sie war ein Jahr jünger gewesen, erinnerte sich Allison. Sie wünschte jetzt, sie hätte sich mit dem Mädchen angefreundet.

Ja, das mußte es sein! Er sah irgendwie nach Finanzmann aus, obwohl sie sich sein junges Gesicht nicht in Verbindung mit einem Nadelstreifenanzug und einem Schreibtisch vorstellen konnte. Bei dem Gedanken mußte sie lachen. Aber sein Gehabe zeigte doch deutlich, daß er eine gute Erziehung genossen hatte. Er hatte etwas Weltmännisches an sich, das ihr gefiel. Natürlich machte es seine Herablassung ihr gegenüber etwas schmerzlich.

Nun, sie würde heute abend dafür sorgen, daß er ihr seine Aufmerksamkeit zuwandte, und er würde kein Kind vor Augen haben!

Sie wußte nicht, wieviel Kindliches in ihr, der Siebzehnjährigen, überdauert hatte. Sie war die Älteste der Familie, und so hatte man sehr viel Reife von ihr erwartet, und sie hatte sich daran gewöhnt, dies von sich selbst zu erwarten. Sie wehrte sich dagegen, weniger zu sein als die erwachsene Frau, die sie zu werden hoffte, und wenn ihre kindliche Unsicherheit sich zuweilen bemerkbar machen wollte, so unterdrückte sie sie gewaltsam und kaschierte sie mit sehr erwachsenem Gehabe. Die Fassade war freilich sehr zerbrechlich, so gut sie sie auch zu beschützen verstand. Vor allem beschützte sie sie gegen den Vergleich mit den beiden Frauen, die sie im Erbe der Duncans erzogen hatten. Sie weigerte sich hartnäkig, solche Unterschiede zur Kenntnis zu nehmen. Der Tag, an dem sie entlarvt werden sollte, war noch nicht gekommen.

Sie öffnete ihren Kleiderschrank und begann unter den Kleidern zu wählen, die dort hingen. Keines erschien ihr recht. Schließlich entschied sie sich für das weiß und rosa geblümte Baumwollkleid mit dem schwingenden Rock und den weiten halblangen Ärmeln. Ihr Vater hatte einmal eine Bemerkung darüber gemacht, wie erwachsen sie darin wirke. Im allgemeinen gab sie nichts auf seine Meinung, aber bei dieser speziellen Gelegenheit hoffte sie, er könnte recht haben.

Sie ging zur Türe, öffnete sie, zögerte einen Moment und wandte sich ein letztesmal um, um einen Blick in den Spiegel zu werfen.

Sie sah tatsächlich reizend aus. Dieser Logan MacIntyre würde ihr Beachtung schenken müssen, ob er wollte oder nicht!

Sie schritt die Stiege so anmutig hinunter, wie alle Frauen der Duncans es vor ihr getan hatten. Aber als sie am Porträt Lady Atlanta Duncans vorbeikam, das am Treppenabsatz an der Wand hing, stockte ihr Fuß einen Augenblick lang. Das strenge Gesicht, das wie aus weißem Marmor gemeißelt aussah, schien sie spöttisch anzustarren. Es schien ihr – in jener stolzen, zurückhaltenden Art, die das Wesen ihrer Ur-Ur-Großmutter ausgemacht hatte – zu sagen: »Und wie willst *du* das Erbe weitertragen, das dir zugefallen ist?«

Allison schürzte ärgerlich die Lippen, als der Gedanke in ihr auftauchte, straffte die Schultern so aufrecht und gerade wie ihre Urahnin und schritt weiter, wobei sie dem Gemälde über die Schulter zurück einen trotzigen Blick zuwarf.

Ein angenehmer Duft, der aus einer Anzahl Blumenschalen aufstieg, erfüllte das Eßzimmer. Logan fragte sich, ob sie immer in diesem Stil aßen oder ob der Tag einen besonderen Anlaß bot. Sicherlich hatten sie all den Luxus nicht aufgeboten, um einem Gast, den sie zufällig unterwegs aufgelesen und zum Essen geladen hatten, einen Gefallen zu tun! Sterling-Silber, Kristall, teures Porzellan und Damast zierten den mit Blumen übersäten Tisch.

Mrs. MacNeil schien aus seinem verdutzten Blick den Schluß auf seine unausgesprochene Frage zu ziehen, denn sie sagte: »Im allgemeinen essen wir, ehrlich gesagt, in der Küche. Aber wir haben so selten Gäste zum Essen, daß wir – nun, bevor wir wußten, wie's geschah, hatten wir das Eßzimmer aufgesperrt und den Tisch gedeckt.«

Logan bemerkte, daß das seinem Vergnügen keinen Abbruch tun würde, bat jedoch, ihn zu entschuldigen, falls er die falsche Gabel verwenden sollte. Während seine Gastgeberin über seinen fröhlichen Humor lächelte, begann die restliche Familie einzutreffen. Lady Margaret erschien am Arm eines alten Herrn, den Logan für ihren Gatten, Lord Theodore Duncan, hielt. Logan erinnerte sich, gelesen zu haben, daß er kürzlich den Titel der Familie – Earl of Landsbury – von einem älteren Bruder geerbt hatte. Er bemerkte, daß der alte Herr bei all seinem würdevollen Benehmen etwas ausgeprägt Demütiges an sich hatte. Als Logan ihn mit »Euer Lordschaft« ansprach, wehrte er fast verlegen ab und murmelte etwas, wie bedeutungslos solche Titel doch heutzutage seien. Und wirklich, jeder außer seiner Frau nannte ihn »Großvater Dorey«, und so verlegte sich Logan darauf, ihn mit »Sir« anzusprechen, was ihm als die sicherste Anrede erschien.

Lord Duncan saß oben am Tisch, Lady Margaret am entgegengesetzten Ende. Logan saß zur Rechten der alten Dame, und Mrs. MacNeil und ihre Tochter flankierten ihn. Er bemerkte die Veränderung, die über Allison gekommen war. »Sie wäre recht anziehend«, dachte er, »wenn sie nicht so eine hochnäsig egozentrische Art hätte.« Gegenüber am Tisch saßen Nat und eine jüngere Tochter, Margaret, die von allen einfach May gerufen wurde – eine lebhafte Zehnjährige, die ihrer Mutter und Urgroßmutter trotz ihres zarten Alters und ihrer dunklen Locken ähnlicher sah als irgendeines der anderen Kinder. Neben ihr stand ein leerer Sessel.

Eine Zeitlang blieb Logan die peinliche Befragung, vor der er sich gefürchtet hatte, erspart, weil die kleine May unablässig schwätzte.

Sie hatten etwa eine Viertelstunde lang bei Tisch gesessen, als sie unterbrochen wurden. Ein Mann steckte den Kopf ins Zimmer.

»Die Stute der Johnsons hat ein niedliches kleines Fohlen bekommen!« verkündete er, während er eintrat und auf den Tisch zueilte. Aus seinem groben Arbeitsgewand, seinem gekräuselten blaßblonden Haar und seinem schweißbedeckten Gesicht schloß Logan, er müsse einer der Arbeiter sein.

»Oh, dürfen wir es sehen, Papa?« zirpte Klein May.

»Klar, kannst du, Mädel«, antwortete er. »Gleich morgen früh gehn wir mal hin.«

»Sieh einer an!« dachte Logan. Die elegante, hochgeborene Mrs. MacNeil war also mit einem gewöhnlichen Bauerntölpel verheiratet! Es sah immer mehr danach aus, als sollte er sich hier noch gut amüsieren. Als er den athletisch gebauten Mann jedoch näher in Augenschein nahm, kam Logan zu dem Schluß, er sollte doch keine allzu hastigen Urteile fällen, sondern lieber warten, bis er ihn besser kennengelernt hatte. Er konnte auf einen Blick sehen, daß man diesem Burschen besser nicht in die Quere kam.

»Alec«, sagte Mrs. MacNeil, »das ist unser Gast, Mr. Logan MacIntyre. Aus London.«

»Nett, Sie kennenzulernen, Mr. MacIntyre«, sagte Alec und trat mit ausgestreckter Hand auf den Tisch zu. Logan stand auf und schüttelte ihm die Hand. Die Rechte des großen Mannes schien seine eigene zu verschlingen, als sie mit festem Griff zupackte, dem ein kraftvolles und freundliches Schütteln folgte. »Willkommen in unserem Haus!«

Oh, Papa, um Himmels willen! dachte Allison, als ihr Vater an ihr vorbeidrängte. *Kommt ins Eßzimmer und riecht nach Stall und Scheune! Und das, wo wir einen Gast haben!* Sie bemühte sich, die Vorgänge um sich herum zu ignorieren, indem sie ihr Interesse ihrem Teller zuwandte, aber sie brachte es kaum fertig, ihre Verlegenheit und ihr Mißvergnügen zu verbergen. Die bäuerliche Art ihres Vaters, die weder Stand noch Titel noch bescheidener Reichtum im Zaum halten konnten noch die Tatsache, daß er als Laird in einem repräsentativen Schloß lebte, war eine ständige Quelle des Ärgernisses für ihre hochgezüchtete Empfindsamkeit. »Warum kann er sich nicht benehmen, wie es seinem Stand zukommt«, dachte sie, »statt immerzu den Bauerntölpel zu spielen!«

Alec verschwand und kehrte zehn Minuten später zurück, gewaschen und gekämmt, in Cordsamthosen, offenem Baumwollhemd und leicht abgewetztem Jackett. Selbst in dieser verbesserten Aufmachung sah er noch längst nicht so aus, wie man sich einen Landedelmann vorstellte.

MacNeil nahm auf dem leeren Stuhl Platz, den man ihm freigehalten hatte. Seine Reden und sein Benehmen ließen noch deutlicher als zuvor seine bäuerliche Abkunft erkennen. Das schien das Verhalten der anderen ihm gegenüber freilich auf keine Weise zu beeinflussen. Sie alle begegneten ihm mit Ehrerbietung. Es war offenkundig, daß er der Herr von Stonewycke war, aber es war keine Oberhoheit, die er verlangte oder auf der er bestand. Niemand schien darüber nachzudenken, und doch war sie einfach da, einfach aufgrund dessen, was dieser Mann als Persönlichkeit war. Logan bemerkte jedoch, daß Allisons Benehmen merklich kühler wurde, als ihr Vater sich ihr gegenüber an den Tisch setzte.

Das ist ja eine höchst ungewöhnliche Gesellschaft! dachte Logan. *Ich bin gespannt, was diese alten Steinmauern noch an Überraschungen bereithalten!*

Er hatte sich nicht gerade auf den unausweichlichen Augenblick gefreut, an dem er im Mittelpunkt des Gesprächs stehen würde. Aber als dieser Augenblick dann herankam, war er beinahe überrascht, denn er glich viel mehr dem Flüstern einer sanften Brise als dem Hurrikan, den er erwartet hatte. Der Hauptgang war eben serviert worden – ein dampfender, saftiger Lachs –, als Nat, der sich zweifellos als den örtlichen Sachverständigen in allen Fragen betrachtete, die den Fremden betrafen, das Gespräch auf das Thema Logan lenkte.

»Mr. MacIntyre weiß unheimlich gut Bescheid mit Autos«, sagte er zu seinem Vater, dem einzigen am Tisch, der über den Zwischenfall in der Stadt noch nicht Bescheid wußte.

»Tatsächlich!« sagte MacNeil. »Na, da wird es Ihnen nie an Arbeit mangeln, wenn Sie in Port Strathy bleiben wollen.«

»Ich hab' hier nicht viele Autos gesehen«, sagte Logan.

»Na ja, Autos gibt's hier nur eine Handvoll, da haben Sie recht«, antwortete Alec, »aber wir haben hier eine Menge Traktoren, Dreschmaschinen und dergleichen. Die brauchen alle Reparaturen – viel mehr als die guten alten Ochsen und Zugpferde, die man früher hatte.«

»Vielleicht solltest du den Beruf wechseln, Alec«, bemerkte Lady Margaret scherzhaft.

MacNeil lachte laut auf. »Hoho! Da hab ich's aber zehnmal lieber mit einem Brauereipferd oder einem wilden Stier zu tun als mit einer dieser verflixten Maschinen.«

»Da arbeiten Sie also mit Tieren, Mr. MacNeil?« fragte Logan.

»Ja, mach' ich. Ich bin Tierarzt.«

»Und welchen Beruf üben *Sie* aus, Mr. MacIntyre – wenn Sie nicht gerade an Autos herumbasteln?« Es war Allison, die die Frage stellte.

Zu seinem Glück hatte sich Logan den ganzen Nachmittag lang intensiv mit dieser Frage beschäftigt. Er hatte gewußt, daß sie früher oder später kommen mußte, und er hatte seine wohlformulierte Antwort bereit.

»Ich bin im Geldgeschäft tätig – Investitionen hauptsächlich«, antwortete er. »Im Augenblick bin ich allerdings auf Urlaub von meiner Firma.«

»Auf dem Gebiet ist hier nicht viel los«, sagte MacNeil.

»Suchen Sie neue Möglichkeiten für Investitionen?« fragte Allison, ohne die Bemerkung ihres Vaters zu beachten.

»Ich bin leider nicht berechtigt, nähere Auskünfte zu geben«, antwortete Logan, der sich damit begnügen wollte, den Anschein aufrechtzuerhalten, aber Allison schien es, als entdeckte sie das Glitzern eines wissenden Blicks in seinen Augen.

»Kann mir nicht vorstellen, was jemand, der sich mit Geldgeschäften befaßt, hier interessieren könnte«, beharrte Allisons Vater.

»Aber es ist ein herrliches Plätzchen, um Urlaub zu machen«, sagte Lady Margaret, die sich zum erstenmal ins Gespräch mischte. Dabei wanderten ihre Augen zu Logan hinüber. Irgendwie vermittelte ihm dieser Blick das Gefühl, daß er gerettet wurde, daß ihm weitere unbehagliche Fragen erspart bleiben sollten.

Nun, ich brauche niemand, der mich rettet, Lady! dachte er trotzig. *Und ich lasse mich auch nicht einschüchtern!*

Laut sagte er: »Genaugenommen bin ich weder rein beruflich noch rein zum Vergnügen hier.« Sein Tonfall hatte etwas Herausforderndes, als wollte er sich von ihren Fragen nicht einschüchtern lassen und sich seiner eigenen Stärke selbst in dieser so gänzlich ungewohnten Umgebung bewußt bleiben. »Ich bin hier in einer ... nun, Sie könnten es eine Herzensangelegenheit nennen«, fuhr er fort, indem er die Türe listig in die Richtung aufschob, die er gewählt hatte, und hoffte, irgend jemand würde nach dem Köder schnappen und ihn hinführen, wo er hinwollte. »Meine Mutter interessiert sich sehr für unsere Familiengeschichte, und ich bin im Augenblick gerade dabei, einem Zweig unserer Familie nachzugehen, der in dieser Gegend hier beheimatet zu sein scheint. Sehen Sie, meine Mutter ist schon ziemlich betagt ...« Er hoffte im stillen, seine Mutter würde ihm diese kleine Verdrehung der Wahrheit verzeihen, und war froh, daß keiner der Anwesenden jemals Gelegenheit haben würde, seiner Mutter zu begegnen, die keinen Tag älter war als Mrs. MacNeil. »Ich muß ihr also gewissermaßen die Füße ersetzen, wenn Sie verstehen, was ich meine.«

Ein Butler begann das Geschirr abzuräumen, während das Mädchen – das auch als Köchin fungierte – Schalen mit Beeren und Sahne vor jeden hinstellte.

»Wie faszinierend!« sagte Mrs. MacNeil und lächelte geheimnisvoll. »Ich selbst bin aus einem ganz ähnlichen Grund nach Port Strathy gekommen ...« Sie wandte sich ihrem Mann zu und zwinkerte. »Wie auch immer«, fuhr sie fort, »ich habe mehr bekommen, als ich mir jemals erwartet hätte.«

Die ganze Familie schien sich darüber köstlich zu amüsieren, und alle lachten fröhlich über die Bemerkung. Logan rührte den Zucker im Kaffee um, den das Mädchen ihm soeben eingeschenkt hatte. Er überlegte eben, was er auf diese Bemerkung antworten sollte, als Lady Margaret sich einmischte.

»Entschuldigen Sie, Mr. MacIntyre«, sagte sie. »Wir wollen Sie nicht abseits stehen lassen bei unseren Familienscherzen. Es ist eine lange Geschichte, allerdings auch eine sehr interessante. Ich bin sicher, eines Tages wird Sie Ihnen jemand von uns erzählen.«

»Ich freue mich darauf«, antwortete Logan diplomatisch.

»Vielleicht«, bot MacNeil ihm an, »können wir Ihnen bei Ihrer Suche behilflich sein?«

»Vielen Dank, Sir, aber ich glaube nicht, daß Leute Ihres Standes *meine* Verwandten gekannt haben«, antwortete Logan.

»Dies ist eine kleine Stadt«, sagte Mrs. MacNeil, »und in unserer Position kennt man fast jeden, vor allem die Familien, die schon lange hier leben.«

»Ich habe nicht viel, woran ich mich halten kann«, antwortete er bescheiden. »Da ist natürlich der Familienname meiner Mutter, und dann haben wir Aufzeichnungen gefunden, daß ein Onkel – ein Ur-Ur-Urgroßonkel, um genau zu sein – möglicherweise in dieser Gegend Schottlands gelebt hat.«

»Und darf ich fragen, Mr. MacIntyre, wie der Familienname Ihrer Mutter lautet?«

»Oh, natürlich«, antwortete Logan. »Der Mädchenname meiner Mutter ist MacNab, und unser Onkel hieß Digory MacNab.«

Die Worte waren ihm kaum von den Lippen gekommen, als Lady Margaret plötzlich erbleichte.

»Großmutter, was ist dir?« fragte Joanna erschreckt. »Alec, gib mir rasch ein Glas Wasser.«

Aber bevor ihr Gatte der Aufforderung Folge leisten konnte, schien Lady Margaret ihre Fassung zurückzugewinnen. »Nein, nein, Joanna ... bitte. Es ist schon in Ordnung.« Dann wandte sie sich Logan zu und lächelte schwach. Mit leiser Stimme fuhr sie fort: »Ich habe den Namen seit Jahren nicht mehr gehört. Ich war vollkommen überrascht.«

»Wen meinst du denn, Großmutter?« fragte May.

Aber Lady Margaret ignorierte die Frage, sie streckte die Hände über den Tisch und ergriff Logans Hände.

»Sie sind mit ihm verwandt ...« sagte sie. Es war keine Frage, sondern eine Feststellung, die ganz bewußt und voll Staunen ausgesprochen wurde. »Sie sind Digorys Neffe!« Die Worte kamen wieder im selben Tonfall heraus. Sie blickte ihn an, als wollte sie weinen oder lachen oder ihn in die Arme schließen. Einen Augenblick später hatte sie sich wieder gefaßt. Sie ließ seine Hand los, richtete sich auf und lächelte. »Entschuldigen Sie, daß ich so außer mir geraten bin. Aber es ist, als wäre ich einem Gespenst – einem höchst willkommenen und erfreulichen Gespenst! – aus der Vergangenheit begegnet.«

»Sie kannten ihn also?«

»Er war Pferdeknecht hier in Stonewycke, als ich ein Mädchen war. Er machte einen bleibenden Eindruck auf mich.«

»Nein!« rief Logan. »Das ist ja geradezu unheimlich! Ich meine, daß ich Ihnen in der Stadt begegnete und dann genau an diesen Ort geführt wurde! Was für ein unglaublicher Zufall!«

»Wir glauben hier nicht an Zufälle«, sagte MacNeil.

Die Bemerkung kam Logan völlig unerwartet, und sie erschreckte ihn so sehr, daß er um ein Haar die Fassung verloren hätte. Sie hatte beinahe drohend geklungen.

»Mein Mann will damit sagen«, warf Mrs. MacNeil ein, »daß wir an einen Herrn und Gott glauben, der der große Planer des Lebens ist. Bei ihm gibt es keine Zufälle, keine Ereignisse, die nicht eine tiefere Bedeutung hätten.«

Also hatte er nur das gemeint! Logan stieß einen Seufzer der Erleichterung aus. Es hätte nicht viel gefehlt, und er wäre in Gelächter ausgebrochen. Einen Augenblick hatte er gedacht, sie hätten ihn entlarvt! Aber jetzt wußte er nicht: Sollte er lachen oder seine Verteidigungslinien verdoppeln? Zu allem übrigen war er nun auch noch mitten in einem Haufen religiöser Fanatiker gelandet!

Mitten in der Nacht schlug das Wetter um; ein heftiger Sturm brach los. Die Windböen, die von der Nordsee kamen, stürmten mit solcher Wucht auf die Küste ein, daß drei Bäume auf den Klippen ostwärts der Stadt entwurzelt wurden und ins Meer hinunter stürzten. Am Morgen war der Himmel immer noch so schwarz, daß der Sonnenaufgang nur wie ein schwacher Protest gegen die Finsternis erschien, ein winziger Streifen Licht, der innerhalb von Minuten von den wilden, grauen, am Himmel dahinjagenden Wolken verschlungen wurde.

Gegen Mittag hatte Logan das leere, tödlich stille Gasthaus und Sandy Cobdens Gesellschaft von Herzen satt. Was hätte er nicht alles gegeben, um einen Abend mit Skittles in einem Gasthaus wie »Pellam's« verbringen zu dürfen! Er sah auf, als er Lärm hörte. Jemand war von der Küche her eingetreten, und die Schwingtüre klapperte hinter ihm.

»In ein oder zwei Tagen dürfte es deiner Katze wieder gut gehen, Sandy«, sagte der Neuankömmling.

Logan erkannte die Stimme wieder, und als er sich umwandte, sah er die mächtige Gestalt von Alec MacNeil, der in einer schwarzen Arzttasche herumkramte.

»Guten Tag, Mr. MacNeil«, sagte Logan.

Alec hob den Kopf, und ein freundliches Grinsen breitete sich über sein Gesicht. »Logan! Wie nett, Sie wiederzusehen!«

Wieder fühlte Logan, welche vibrierende Energie von diesem Mann ausging. Wer hätte erraten können, welche Position er einnahm und welche Wertschätzung er genoß, wenn man ihn in seinen dungbeschmierten Stiefeln und Arbeitskleidern sah? »Hab' gerade Hausbesuche gemacht«, fügte er hinzu, bevor er seine Aufmerksamkeit wieder der Tasche zuwandte. »Ah, da haben wir sie ja!« Er hielt eine kleine Pillenschachtel hoch und reichte sie dem Wirt. »Sie dürfte wieder gesund sein, bevor du ihr noch alle verabreicht hast.«

»Vielen herzlichen Dank, Alec«, sagte Cobden. »Ich geb's nicht gerne zu, aber seit die Frau verstorben ist, ist mir die Katze richtiggehend ans Herz gewachsen – da hab' ich doch jemand, der mir Gesellschaft leistet.« Er lehnte den Besen an die Wand und wischte die Hände an seiner schmuddligen Schürze ab. »Wie wär's mit einer Kanne Tee?«

»Das wäre herrlich, vielen Dank, Sandy«, sagte Alec. »Ich hab' gar keine rechte Lust, wieder in diesen Sturm hinauszulaufen. Sie leisten mir doch Gesellschaft, Logan, oder?«

Sie setzten sich so nahe wie möglich ans Feuer. »Aber«, sagte Alec, »mit dem *Mr. MacNeil* ist jetzt Schluß. Jeder hier in der Stadt nennt mich Alec, und es würde mich freuen, wenn Sie's auch täten.«

Logan lächelte zustimmend und setzte sich seinem Gefährten gegenüber nieder. Sie plauderten, während Cobden ihnen den Tee servierte und sich dann wieder an seine Arbeit machte. Dann fragte Alec: »Nun, und werden Sie wohl noch eine Weile bei uns bleiben?«

»Ich würde gerne mehr über meinen Onkel Digory in Erfahrung bringen und auch über den Ort, an dem er sein Leben verbrachte. Vielleicht kann ich ein oder zwei alte Leute finden, die ihn noch gekannt haben.«

»Heutzutage findet man nicht viele junge Leute, die sich so für ihre Familiengeschichte interessieren.«

»Ich tu's für meine Mutter«, stellte Logan fest. »Aber ich muß gestehen, seit ich erfahren habe, wer mein Onkel Digory war, fasziniert er mich immer mehr.«

»Er schien ein recht einfacher Mann zu sein, nach dem wenigen, was ich über ihn gehört habe«, bemerkte Alec.

»Vielleicht interessiert er mich gerade deswegen. Da muß es noch mehr geben, als man auf den ersten Blick sieht, und das interessiert mich.«

»Kann schon sein. Lady Margaret könnte Ihnen da am besten helfen. Wir würden uns alle freuen, wenn Sie ihrer Einladung nachkämen und sich weiterhin mit ihr über das Thema unterhalten wollten. Ich glaube, letzte Nacht war sie zu müde, um noch viel zu sagen.«

»Ich will sie nicht strapazieren.«

Insgeheim fragte sich Logan, ob es tatsächlich Erschöpfung gewesen war, die ihrem Gespräch beim Abendessen ein Ende gemacht hatte. Zuweilen war die alte Dame geradezu übersprudelnd gesprächig gewesen, dann wieder hatte sie sich zurückgezogen, als begäbe sie sich auf dünnes Eis. Einmal hatte er ihr eine ganz unschuldige Frage nach ihren Eltern gestellt, und da hatte sich plötzlich das Verhältnis zwischen ihnen umgekehrt, und er hatte den Eindruck gehabt, als seien es nun *seine* Fragen, die *ihr* Unbehagen bereiteten. Einen flüchtigen Augenblick lang waren ihre Augen dunkel geworden, ein Ausdruck war über ihr Gesicht gehuscht, den er nicht zu deuten vermochte, und ebenso schnell war sie in munteres Lachen ausgebrochen und hatte gesagt, es gäbe wohl interessantere Themen zu besprechen. Das Gespräch hatte sich dann anderen Dingen zugewandt, aber bevor sie gegangen war, hatte sie ihm zugesagt, noch einmal ein Gespräch über Digory mit ihm zu führen. Er wußte, es wäre unklug gewesen, an Ort und Stelle darauf zu bestehen. Er wußte nicht recht, ob er einem Wiedersehen mit Furcht oder mit Freude entgegenblickte. Es würde davon abhängen, welchen Aspekt ihres mysteriösen Wesens sie ihn dann sehen ließ.

»Oh, sie ist gesund und kräftig genug«, sagte Alec. »Aber in ihrem Alter, da gibt es eben gute und schlechte Tage.«

In diesem Augenblick öffnete sich die Türe, und ein neues Gesicht erschien im Raum. Logan, der mit dem Gesicht zur Türe saß, sah sie als erstes. Sie war eine großgewachsene Frau, und obwohl sie nicht gerade dick war, war sie von einer massigen Statur, die man selten bei Frauen findet. Ihr vom Sturm zerrauftes dickes braunes Haar, in das sich graue Strähnen mischten, umrahmte ein von schwerer Arbeit gezeichnetes, aber keineswegs unattraktives Gesicht. Sie hatte den Glanz guter Gesundheit an sich, und in ihren meerblauen Augen funkelte eine Lebhaftigkeit, die es schwer machte, ihr genaues Alter zu bestimmen, obwohl sie sicherlich den fünfzig näher als den vierzig war. Sie trug abgetragene Männerhosen mit breiten Hosenträgern über einem Arbeiterhemd. Als sie eintrat, hängte sie einen schweren schwarz-rot karierten Mantel und einen schäbigen Hut mit breiter Krempe an die Kleiderstange. In den Armen trug sie einen Irish Setter mit glattem, seidigem Fell.

»Da sind Sie ja, Alec MacNeil!« sagte sie mit einer Stimme, so rauh wie ihre äußere Erscheinung.

»Oh, Jesse ... hallo!« rief Alec aus, während er sich umwandte. »Was haben wir denn da?« Er war aufgestanden und tätschelte freundlich den Hund. Das Tier wedelte traurig mit dem Schwanz. Jetzt erst bemerkte Logan einen dicken Lumpen, der um die Vorderpfote gewickelt war.

»Luckie hat sich böse verletzt«, antwortete Jessie. »Ich hab' grad Ihr Pferd draußen stehen gesehen und dachte, ich erspare mir den Weg in die Ordination.«

Alec nahm den Setter in die Arme und trug ihn zu dem Teppich vor dem Feuer. Logan sah interessiert zu, wie der Tierarzt die Wunde reinigte und verband, während er dem Tier in sanftem, beruhigendem Ton gut zuredete. Luckie protestierte nicht, er winselte kaum, obwohl der Vorgang sicher schmerzhaft für ihn war. Es schien, als zeigte Alec MacNeils erstaunliches Charisma auch bei Tieren Wirkung.

Die Frau schien Logans hingerissenes Interesse zu bemerken und drängte sich an seinen Tisch. Mit gedämpfter Stimme, als fürchtete sie den Meister bei der Arbeit zu stören, sagte sie: »Ich würde meinen Luckie keinem anderen anvertrauen.«

»Offenbar weiß er, was er tut«, antwortete Logan. Ihrem Beispiel folgend, sprach er mit gedämpfter Stimme.

»Darf ich mich mal setzen?« fragte sie, und ohne auf eine Antwort zu warten, ließ sie sich ziemlich ungraziös auf die Bank gegenüber Logans Platz fallen. »Sie sind neu hier, was?«

»Gestern angekommen. Logan MacIntyre ist mein Name.« Er streckte der Frau die Hand hin.

»Jesse Cameron«, antwortete sie, packte seine Hand mit kraftvollem Griff und schüttelte sie energisch. Dann füllte sie die Tasse, die Alec stehengelassen hatte, mit heißem Tee und nahm einen kräftigen Schluck. »Ah! Das wärmt so richtig auf! Das ist vielleicht ein Sturm! Würd' mich gar nicht wundern, wenn man tagelang nicht ausfahren könnte!«

»Sie sind Fischer – äh, Fischerin?«

»Da staunen Sie, was? Versuchen Sie's gar nicht erst zu verbergen, junger Mann! Aber so ausgefallen, wie Sie vielleicht denken, ist das hier gar nicht; die Frauen hier sind um nichts weniger tüchtig als die Männer. Und daß mein Mann tot und begraben ist, heißt das etwa, ich sollt' das beste Fischerboot in Port Strathy verrotten lassen?«

»Aber keineswegs! Ich bin ganz Ihrer Meinung«, sagte Logan. Das war ja vielleicht eine tolle Frau! »Ich wollte Sie nicht beleidigen.«

»Ich weiß schon, daß Sie das nicht wollten. Aber 's gibt immer wieder Leute, meistens solche aus der Großstadt, die es täten. Gott weiß, ich hab' Probleme genug gehabt, die Fischfirmen in Aberdeen wollten keinen Vertrag mit einer Frau, die fischen fährt. Ich mußt' mich immer wieder unter Beweis stellen.«

»Ich verstehe. Es muß schwierig sein«, sagte Logan. »Meine Mutter versorgte meine Familie, seit ich ein Kind war, also weiß ich, was Sie meinen.« Es geschah in diesem Augenblick zum erstenmal in seinem Leben, daß Logan einen Gedanken daran verschwendete, was seine Mutter in diesen Jahren alles durchgemacht hatte. Aber, so versprach er sich selbst, er würde sie dafür entschädigen, wenn er nur erst einmal Onkel Digorys Schatz gefunden hatte.

Alec kehrte zu den beiden zurück. »Das ist ja ein ekliger Sturm, Jesse!« sagte er. »Ich hoffe doch, es war niemand auf See, als er losbrach?«

»Nein, zum Glück nicht – seit der Schoner unterging, sind alle hier sehr vorsichtig geworden. Aber danke, daß Sie den Hund versorgt haben, Alec, ich wüßte nicht, was ich ohne den guten alten Luckie täte.«

Sie manövrierte sich von der Sitzbank, hob Luckie auf die Arme und wandte sich zum Gehen. An der Türe blieb sie stehen. »Sieht man Sie mal wieder, Logan?« fragte sie. Aber wie es ihre Gewohnheit war, wartete sie nicht auf eine Antwort, sondern fuhr fort: »Wenn Sie'n Weilchen in Strathy bleiben, dann kommen Sie doch mal 'runter zum Hafen, und ich laß Sie zugucken, wie man mit 'nem richtigen Fischerboot umgeht.«

Logan lachte und sagte, er würde sie sicher besuchen kommen.

Als Jesse Cameron und Lucky verschwunden waren, wandte sich Alec an Logan und sagte: »Das ist eine bemerkenswerte Frau. Ihr Mann ist vor zehn Jahren auf See tödlich verunglückt. Sie weigerte sich, alles aufzugeben, wofür er gearbeitet hatte, also übernahm sie das Geschäft. Sie hat jetzt zwei Boote und arbeitet wie ein Mann in einem Männerjob. Jeder in Strathy hat den größten Respekt vor ihr. Aber als sie anfing, da gab's Meilen im Umkreis keinen Mann, der für eine Frau arbeiten wollte. Vielleicht kann man ihnen keinen Vorwurf draus machen – es ist ein gefährliches Geschäft, gegen die See anzukämpfen. Aber sie hat sich an die Arbeit gemacht und ist jetzt eine der Erfolgreichsten im Fischereigeschäft an diesem ganzen Küstenstrich.«

»Wie hat sie's geschafft, wenn keiner für sie arbeiten wollte?«

»Sie ist hartnäckig«, antwortete Alec. »Zuerst fuhr sie allein hinaus, und alle dachten, sie wär' aus Kummer über den Tod ihres Mannes übergeschnappt. Aber sie war fest entschlossen, das Geschäft nicht zu verlieren. Als die Leute sahen, was sie machte, da dachten einer oder zwei, sie könnten es ja mal mit ihr probieren. Und wenn sie jetzt draußen auf See sind, dann denkt kaum einer mehr dran, daß sie eine Frau ist. Vor allem: Sie ist der Boß! Und sie kommandiert auf ihren Booten wie jeder harte Bursche hier. Sie läßt sich nichts schenken. Sie sollten ihr Angebot annehmen, mit ihr hinauszufahren – Sie werden danach feststellen, daß Sie eine Menge gelernt haben. Ich bin eines Nachts mit ihr zur See gefahren. Ich werd' das nicht vergessen, so lange ich lebe.«

Alec trank den Rest Tee, den Jesse stehengelassen hatte, und stand auf. »Na, Regen oder nicht, ich muß zurück zu meiner Arbeit. Nett, Sie getroffen zu haben, Logan. Und vergessen Sie nicht, Sie sind uns jederzeit willkommen!«

Logan lehnte sich zurück an die harte hölzerne Bank. Nein, er würde diese Einladung sicher nicht vergessen! Aber er würde seine Schritte vorsichtig setzen müssen; es sollte nicht so aussehen, als sei er allzu begierig danach. Er mußte irgendeinen Weg finden, wie er häufig Besuche auf Stonewycke machen konnte, ohne Argwohn zu erregen. Lady Margaret mochte einschüchternd wirken, aber er mußte an sie herankommen. Und er war sicher, er würde mit ihr fertigwerden, wenn er nur erst einen etwas besseren Stand hatte. Er war schon aus schlimmeren Klemmen entwischt. Ihre durchdringenden Augen waren nicht halb so schlimm wie Chase Morgans Schläger, und die hatte er hineingelegt.

Ja, dachte er, die alte Dame war der Schlüssel. Sie hatte Digory gekannt. Wenn es überhaupt Hinweise gab, wo der alte Bursche seinen Schatz versteckt hatte, würde sie diejenige sein, die ihn auf die richtige Spur brachte. Diese Hinweise mochten in ihrer Erinnerung verschlossen sein, vielleicht ohne daß sie selbst es wußte – besonders, wenn sie niemals Nachricht von Onkel Digory erhalten hatte. Er mußte zuerst herausfinden, ob irgendein weiterer Brief abgeschickt worden war. Wenn nicht, dann lag der Schlüssel wahrscheinlich in irgendeiner völlig obskuren Bemerkung, die der Alte ihr gegenüber gemacht hatte, oder an einem Ort, den sie gemeinsam aufgesucht hatten. Der Schatz mochte verborgen sein, aber er war zweifellos noch da. Logan fühlte es geradezu!

Ein Jammer, daß sie keine junge Frau war, dann hätte sein Charme ihr die Antworten entlockt. Wie die Dinge lagen, mußte er irgendeinen anderen raffinierten Schachzug versuchen, um sie dazu zu bewegen, daß sie sich ihm anvertraute. Er hatte bereits bemerkt, daß es einige Facetten ihrer Jugend in Stonewycke gab, über die sie nur widerwillig sprach – aber das mochten eben jene Dinge sein, die er unbedingt wissen mußte.

Nun, er hatte Zeit. Er wollte den Schatz nur gerne finden, solange er noch jung genug war, ihn zu genießen.

Es regnete bis Freitag – fast zwei Tage lang – in einem fort. Dann jedoch begannen am späten Nachmittag die Wolken aufzureißen. Logan beeilte sich, mit seinem Frühstück fertig zu werden, packte seinen Mantel und eilte hinaus ins Freie. An diesem Nachmittag wollte er, falls das Wetter hielt, nach Stonewycke hinauswandern. Und er würde den Zeitpunkt seines Besuches so geschickt arrangieren, daß es ihm gelingen mußte, eine Einladung zum Abendessen herauszuschlagen.

Bis dahin schlenderte er, in Erinnerung an seine Begegnung mit Jesse Cameron, zum Hafen hinunter. Dreißig oder vierzig Boote waren dort vertäut und schaukelten sanft in der ebbenden See. Offenbar war er nicht der einzige, den das schönere Wetter ins Freie getrieben hatte, denn der ganze Ort summte vor geschäftiger Betriebsamkeit, kein Fischer wollte die kurze Ruhepause ungenützt verstreichen lassen. Die lauten Zurufe von Dutzenden von Fischern, das Gerassel und Geklapper von Geräten, die eingeholt wurden, und das Schnurren und stotternde Anlaufen der verschiedenen Maschinen erfüllten die salzige Luft. Ein paar Seeleute, mit denen Logan Karten gespielt hatte, riefen ihm freundliche Grüße zu. Sie hatten gute Gründe, so freundlich zu sein, dachte Logan, sie hatten ihm bei dem Spiel nämlich sein letztes Geld abgeknöpft. Ein zweites Mal würde er ihr Geschick beim Kartenspiel nicht unterschätzen.

Da erhob sich über dem Lärm der Zuruf einer weiblichen, wenn auch nicht eben sanften Stimme. »Hallo, Logan!« rief Jesse Cameron. »Da sind Sie nun doch gekommen, uns zuzugucken. Willkommen!« Jesse hockte neben dem Ruderhaus an Bord eines fünfzig Fuß langen Bootes mit Namen *Klein-Stevie*. Einen Augenblick wandte sie sich von Logan ab und schrie einem Seemann, der sich mit einem wütenden Ausdruck auf seinem runzeligen Gesicht mit der Winde abmühte, zu: »Wie geht's, Buckie? Wir wollen nicht als letzte 'raus!«

»Sie fahren hinaus?« warf Logan ein.

»Ja!« antwortete Jesse. An Bord gab es plötzlich ein heftiges Gedränge, als drei Seeleute sich an ihre Arbeit machten. Selbst Luckie – der seinen verletzten Fuß hochgezogen hielt, sonst aber wieder ganz munter aussah – eilte hin und her, als sei er ein unschätzbar wichtiges Mitglied der Mannschaft. »An Bord, junger

Mann!« rief Jesse Logan zu. »Deshalb sind Sie doch gekommen, oder? Vorwärts!« Sie streckte einen kräftigen Arm aus und zog Logan an Bord der »Klein-Stevie«, bevor er Widerspruch vorbringen konnte. Er sah sich um und fühlte sich absolut nutzlos und auf völlig fremdem Terrain – und das gefiel ihm nicht im geringsten.

Jesse nahm ihren Platz am Steuerrad ein, Buckie warf die letzten Leinen los, und Jesse begann das Boot aus der engen Mündung des Hafens von Port Strathy zu manövrieren. Logan stemmte sich steuerbord gegen die Reling; er hoffte, daß ihm nicht mehr als ein Tag auf dem Meer bevorstand – er hatte gehört, daß diese Boote zuweilen Tage, ja Wochen auf See verbrachten, bevor sie zurückkehrten. Aber es war nicht seine Art, darüber nachzugrübeln, welches Los das Leben ihm zuteilte; wenn er schon aufs Meer hinausmußte, wollte er sich gut amüsieren dabei.

Die scharfe, beißende Meeresluft erwies sich als belebend, als könnte sie den Schmutz eines zwielichtigen Stadtlebens von ihm abwaschen. Der Anblick des großen Schwarms von Fischerbooten war tatsächlich bewegend. Es dauerte keine zwanzig Minuten, bis sie die Hafenmündung hinter sich gelassen hatten und sich allein auf dem Azurblau der schaumgekrönten Wellen fanden, den blauen Himmel über sich, der mit schweren grauen und weißen Wolken bedeckt war, deren Bestimmung noch unbekannt war. Der Wind zauste sein Haar und schlug ihm ins Gesicht, und Logan stellte fest, daß er Gefallen an diesem Leben im Freien fand, so fremd es ihm auch sein mochte. Hier war dieselbe Freiheit und Herausforderung, die er in den Straßen Londons so genossen hatte.

Er wandte sich um und beobachtete Jesse durch das Fenster des Ruderhauses. Ja, er konnte es in ihren Augen sehen, dasselbe Blitzen der Begeisterung, das er in Skittles' alten Augen gesehen hatte, als sie sich in Pellam's Gasthaus darangemacht hatten, ihr Gaunerstück abzuziehen. Da war der Hunger nach Abenteuer, die Freude an der Jagd, die Verfolgung der Beute ohne andere Hilfsmittel als Kühnheit, Witz und Geschick.

An der Oberfläche gab es wohl kaum zwei Menschen, die unterschiedlicher waren als Jesse und Logan. Aber tief im Herzen waren sie einander gleich. Sie verbrachte ihr Leben damit, Fische zu fangen und gegen die anzukämpfen, die ihr Würde und Persönlichkeit absprechen wollten, weil sie eine Frau war. Was ihn anging, so war er hinter einer schwerer zu fassenden Beute her. Aber beide folgten sie demselben Weg, wenn auch zu unterschiedlichen Zielen.

Kurz darauf übernahm Buckie das Steuer, und Jesse gesellte sich zu Logan.

»Sie sind'n Stadtmensch, was?« fragte sie.

Logan nickte.

»Na, Sie sehn aus, als könnten Sie's auf dem Wasser aushalten. 's gibt kein besseres Leben, glauben Sie mir! Aber kommen Sie mal 'raus aus'm Wind, und ich gieß Ihnen 'ne Tasse heißen Kaffee ein.«

Sie gingen ins Ruderhaus, wo eine hölzerne Bank stand, breit genug, daß zwei oder drei darauf sitzen konnten. Jesse holte eine große Thermosflasche und schenkte drei Becher des dampfend heißen Gebräus ein.

»Auf See trink' ich immer Kaffee«, sagte sie, während sie Logan einen der Becher reichte und Buckie am Steuerrad den anderen. Sie nahm einen großen Schluck aus ihrem Becher, offenbar ganz unempfindlich für die Siedehitze des Getränks. Logan kam sich ziemlich verweichlicht vor, als er vorsichtig an seinem Becher nippte.

»Ich bin neugierig«, sagte er schließlich. »Die meisten Boote haben doch Frauennamen. Wie kam's, daß Sie Ihrem einen so ungewöhnlichen Namen gegeben haben?«

Ein sanftes Lächeln umspielte Jesses Mund, als ein Blick voll Zärtlichkeit in ihre Augen trat. Logan hätte meinen können, sie segelten auf einer glasklaren See unter einer warmen Sommersonne, als er den Ausdruck auf ihrem Gesicht sah. Und vielleicht war es ein solcher Tag, der nun in ihren Gedanken auftauchte. »Mein Mann unterzeichnete den Kaufvertrag für dieses Boot an dem Tag, an dem unser Sohn geboren wurde, also nannten wir es Klein-Stevie nach dem Jungen.«

»Dann war Ihr Mann der große Stevie?«

»Nein, so nannten wir den Großvater des Jungen – meinen eigenen Vater, Stevie Mackinaw.« Sie sprach den Namen fast träumerisch und mit einer Spur von Trauer aus.

»Waren Sie Ihr Leben lang Fischerin?«

»Oh, nein«, lachte Jesse. »Ich bin ganz neu im Geschäft – jedenfalls im Vergleich zu den meisten Leuten hier. Mein Papa stammte aus einer langen Reihe von Kleinbauern. Sie waren Generationen hindurch Pächter auf dem Landgut von Stonewycke. Sie hüteten Schafe und rangen den elendesten Stücken Moorland, die Sie sich vorstellen können, jedes Jahr ein paar Büschel Hafer ab. Wie sie es schafften, wird man nie erfahren. Damals, als mein Papa noch ein Junge war und eine Waise dazu, jagte der Laird ihn von Haus und Hof.«

»Einfach so? Nach Generationen?«

»Es gab keinen grausameren und hochmütigeren Menschen als James Duncan, der damals der Laird war. Dachte, das bißchen Land brächte keinen Profit mehr, wenn bloß ein Junge da wär', es zu bebauen – und mag sein, daß er recht hatte. Es hätt' der Tod für meinen Vater sein können, da weiterhin auf dem steinigen Boden zu ackern. Wie's kam, wanderte er dahin und dorthin, heimatlos und bitter arm und halb am Verhungern, weil er zu stolz war, um Almosen zu bitten. Aber schließlich, nachdem James Duncan gestorben war, fand Lady Atlanta heraus, was geschehen war, und sie gab meinem Papa ein Stückchen Land an der Küste, zwischen Strathy Summit und der Stadt.«

»Waren das dieselben Duncans, die jetzt auf dem Gut wohnen?« fragte Logan unschuldig.

»Ja. Aber die jetzt dort sind, die sind von'ner anderen Sorte.« Jesse füllte die Blechbecher von neuem, dann reichte sie die Thermosflasche einem der Männer draußen an Deck. Als sie wieder zurückkam, nahm sie das Gespräch von neuem auf. »Die lieben das Land so sehr wie wir alle. Und Lady Margaret, die hatte immer schon ein Herz dafür gehabt. An der war was Besonderes. Mein Papa pflegte zu sagen, daß sie zu der Zeit, als er 'n kleiner Junge war –«

»Er kannte Lady Margaret damals?« Logan hätte beinahe seinen Kaffee verschüttet, aber er zwang sich, seine lässige Haltung beizubehalten.

»Nun ... wie eben ein Kleinbauer die Tochter eines Lairds kennt. Damals verkehrte man nicht so frei mit Hinz und Kunz, wie's heute üblich ist. Aber Lady Margaret hatte die Gewohnheit, mit der Mutter meines Vaters zu sprechen und überhaupt mit der Familie. Er sagte immer, es sei ihretwegen gewesen, daß er mich die Wege des Herrn halten lehrte, wie er's getan hat. Um ganz ehrlich zu sein, ich denke, mein Papa war ein bißchen verliebt in Lady Margaret. Deshalb hat er wohl auch so spät im Leben geheiratet. Ein Jahr nach der Hochzeit starb seine Frau, als sie mir das Leben schenkte. Ich hab' ihm nur Kummer bereitet, vom Tage meiner Geburt an.«

»Jetzt übertreiben Sie aber«, sagte Logan, fasziniert von dem Gespräch.

»Ich wollte das Land nicht. Ich saß immer draußen auf den

Klippen und sah hinaus auf die See. Es hätt' ihn nicht überraschen dürfen, daß ich dann auch einen Fischer heiratete. Ich war damals erst sechzehn, und ich mußte von zu Hause wegziehen, denn mein Charlie war immer auf Walz, heuerte da und dort für einen Saisonjob an. Mein Papa war todunglücklich, und es gab eine Menge böses Blut zwischen uns, als ich wegging.«

»Ich bin überzeugt, jetzt ist er sehr stolz auf Sie.«

»Er ist seit vier Jahren tot«, sagte Jesse. »Zum Glück versöhnten wir uns, als ich nach Charlies Tod zurückkam ... das war 1919, nach dem Krieg, müssen Sie wissen. Wir verbrachten noch ein paar schöne Jahre zusammen, mein Papa und ich. Der Herr verwendete den Tod meines Mannes dazu, daß ich lernte, all die Dinge zu schätzen, über die ich als junges Mädchen nur gelacht hatte.«

»Sie wollen doch nicht sagen, Sie wurden Bäuerin?«

»Nein, nein«, erwiderte Jesse. »Ich meine, all die Dinge, die mein Vater mich lehrte. Als ich jung war, wußt' ich nichts damit anzufangen – mit Dingen wie Gott und der Natur, Gottes Liebe für seine Kinder, die Dinge, die wir alle von unseren Eltern gehört haben, um die wir uns aber nicht kümmern. Bis wir älter und klüger werden, vielleicht – und dann fangen wir an, uns zu erinnern, und erkennen die Wahrheit darin. Oder bis uns irgendeine Katastrophe ins Gesicht schlägt und uns zum Hinhören zwingt. Ich weiß nicht, warum wir immer erst hören, wenn wir uns in Schwierigkeiten gebracht haben. Aber erst mußten mein Charlie und mein kleiner Sohn sterben, damit ich aufwachte.«

»Und selbst nach allem, was Ihnen passiert ist, blieben Sie dem Fischerhandwerk treu?« fragte Logan und versuchte das Gespräch von dem unbehaglichen Thema abzulenken.

Jesse stand auf und schritt durch den kleinen Raum zum Steuerrad hinüber, wo sie neben Buckie stehenblieb und über die weite blaue Fläche hinausblickte, die sich um sie erstreckte.

»Es läßt einen nicht los, Logan«, sagte sie nachdenklich. Ihr Blick glitt über die offene See, und ihr zufriedener Seufzer sagte ihm den Rest.

Kurz vor Mittag verlangsamte die »Klein-Stevie« ihre Fahrt und hielt schließlich an. Jesse sagte Logan, sie würden nun das Netz hinunterlassen.

Er suchte sich einen Platz, wo er nicht im Wege stand, dann sah er zu, wie die Mannschaft mit kundigen Griffen das Schleppnetz hinabließ. Logans ungeübtem Auge schien es, daß alles sehr glatt ging, aber Buckie war nicht zufrieden mit der Winde. Wieder versuchte er, sie zu justieren, diesmal mit dem Schraubenzieher in der Hand.

Als das Netz schließlich richtig plaziert war, verschwand Jesse, und Logan entnahm dem Rauch, der aus dem Rauchfang stieg, daß sie die Maschinen feuerte. Als sie sich wieder zu ihm gesellte, war die »Klein-Stevie« bereits wieder unterwegs. Diesmal stand ein anderer von der Mannschaft am Steuerrad.

»Jetzt können wir uns mal'n bißchen ausruhen«, sagte sie. »Wir ziehen das Netz so drei oder vier Stunden, bevor wir es wieder einholen. Jetzt können wir uns ausgiebig um die Kombüse kümmern – ich hoffe, Sie haben 'n ordentlichen Hunger mitgebracht.«

Bis zu diesem Moment hatte Logan kaum einen Gedanken an Essen verschwendet. Aber jetzt, wo von einer Mahlzeit die Rede war, wurde ihm bewußt, daß er einen Bärenhunger hatte. Gleichzeitig fiel ihm auf, daß die auf und ab wogende See hier seinen Innereien keineswegs so übel mitgespielt hatte wie damals auf dem Schoner. Im Geiste klopfte er sich selbst auf die Schulter und überlegte, welches riesige Vermögen sich ein Mann von seiner einzigartigen Begabung an Bord eines Luxusozeanriesen erwerben könnte.

Jesse gelang es, den Tisch hübsch zu decken, obwohl die Kombüse – die direkt unter dem Ruderhaus eingezwängt lag – klein und vollgeräumt war. Geräucherter Fisch, Haferkekse und frisch aufgebrühter Tee, der auf dem Kessel im Maschinenraum gekocht worden war, schmeckten Logan in diesem Augenblick so köstlich wie nur je eine Mahlzeit, die er in London genossen hatte.

Auch Jesses Gesellschaft gefiel ihm. Die warmherzige und offene Art der Frau milderte alle groben Ecken und Kanten ihres ungeschliffenen Wesens. Vielleicht war sie nur eine etwas vergröberte Version von Molly Ludlowe. Kein Zweifel, daran mußte es liegen, daß er sich in so kurzer Zeit so sehr zu ihr hingezogen gefühlt hatte. Er stellte fest, daß er mit ihr sprach, wie er mit Molly oder Skittles gesprochen hätte, und ein- oder zweimal ertappte er sich dabei, daß er um ein Haar zuviel davon enthüllt hätte, wer er war und was er in Port Strathy im Schilde führte.

Und als er zurückfiel in sein altes Laster der Heuchelei, konnte er ein jähes Gefühl ganz unvertrauten Schuldbewußtseins nicht zurückhalten, als müßte er sich tatsächlich eingestehen, daß er – ausgerechnet das! – *Lügen erzählte.* Die Erfahrung war ihm neu, und er fand sie höchst beunruhigend. Aber es gelang ihm, diese kleinen Stachel des Gewissens zu entschärfen, indem er sich sagte: Sobald er erst einmal Digorys Schatz gefunden hätte, würde er Jesse Cameron ein neues Boot kaufen, eines mit einem modernen Dieselmotor und Motorwinden und sogar einer Funkausrüstung. Sie hatte davon gesprochen und hatte ihm sogar ein Foto einer solchen Anlage gezeigt, das sie aus einer Illustrierten ausgeschnitten und im Ruderhaus aufgehängt hatte.

»Ich wüßt' zwar nicht recht, was ich mit einer Funkanlage tun sollte«, hatte sie lachend gesagt. »Wer in der ganzen Flotte sollte mit mir reden? Kein einziger von ihnen hat Funk an Bord, außer der ›MacD‹, und die ist nie auf See, wenn die Fischschwärme ziehen.«

Aber Logan dachte bei sich: »Ich kaufe der ganzen Flotte Funkanlagen!«

Am Morgen dieses Tages hatte er noch keine Sekunde darauf verschwendet, an das Wohlergehen der Fischereiflotte von Port Strathy zu denken. Aber nun fühlte er sich ihrem Wohl und Wehe seltsam verbunden.

Buckie hatte bereits vor einer Weile bemerkt, daß der Wind auffrischte, obwohl sie übereingekommen waren, das Netz noch ein oder zwei Stunden zu schleppen. Und die wenigen anderen Boote, die sie in der Ferne sahen, schienen ebenfalls auszuhalten. Aber gegen halb drei war der Himmel schwarz, und die »Klein-Stevie« schaukelte auf zehn Fuß hohen Wellen. Sie konnten nichts anderes tun, als das Netz einzuholen und sich auf den Heimweg zu machen. Jetzt wurde jeder Mann gebraucht, denn plötzlich sprang der Wind um und schwoll zu doppelter Stärke an. Ein gefährlicher Kampf gegen Wind, Wellen und das schlingernde Schiff begann. Logan beteiligte sich mit seinen unerfahrenen Händen an der Arbeit, und zum erstenmal fiel ihm auf, wie weich sie waren.

Mitten in der Arbeit brach der Regen los. Jetzt war es doppelt schwierig, mit den Tauen zurechtzukommen, und das Deck war zu schlüpfrig, um sicheren Stand zu finden. Hartgesottenen Fischern waren solche Schwierigkeiten vertraut und bedeuteten keineswegs unlösbare Probleme. Logan jedoch mußte alle Kraft zusammennehmen, um sich auch nur auf den Füßen zu halten, und schaffte es kaum noch, sein Teil der immer schwerer und sperriger werdenden Last zu tragen.

Das schlechte Wetter hatte jedoch auch einen Vorteil. Die Fischgründe waren an diesem Tag besonders reichlich gewesen, und das Netz quoll beinahe über. Logan hatte sich einen Platz an der Reling steuerbord gesucht und hielt ein Tau fest, während die anderen Männer das Netz einholten, das der Wind über ihren Köpfen in mörderische Schwingungen versetzte. Im selben Augenblick, in dem die schwere Last den höchsten Punkt über dem Deck erreicht hatte, gab die Winde unter dem Druck und dem Gewicht nach. Die Leine, die Logan in der Hand hielt, schnellte ohne Vorwarnung nach vorne davon.

»Loslassen!«

Logan hörte den Zuruf kaum. Er fühlte sich von den Füßen gerissen; selbst die Gummistiefel, mit denen Jesse ihn ausgerüstet hatte, konnten ihn nicht davor bewahren, daß er auf dem nassen Deck jeden Halt verlor.

Im nächsten Augenblick wurde er über Bord gerissen und fiel in die eisige See.

Als eine wütende Welle ihn überschwemmte und in die Tiefe drückte, war sein erster Gedanke, daß er Jesse jetzt niemals mehr ein neues Boot kaufen würde. Der nächste war, daß er ja gar nicht schwimmen konnte. Und der dritte, der augenblicklich auf die anderen folgte, während sein Kopf sich über das Wasser hob und sofort von einer nächsten Welle verschlungen wurde, war, daß er sterben und seine Mutter niemals wiedersehen würde.

Wieder kam sein Kopf an die Oberfläche. Logan schnappte nach Luft, bekam aber statt dessen mehr als einen Mundvoll des eisigen Salzwassers ab. Verzweifelt sah er sich nach der »Klein-Stevie« um, konnte aber nichts sehen außer Wasser und Himmel. Er versuchte zu schreien, aber nur ein Spucken und Gurgeln entrang sich seiner Kehle; seine verzweifelten Lungen waren bereits voll Salzwasser. Eine weitere riesige Welle brandete über ihn hinweg, und alles um ihn wurde schwarz. Er schlug um sich, erreichte aber die Oberfläche nicht mehr, und das einzige, woran er sich später noch erinnern konnte, war das Gefühl, daß eine böse Macht an ihm zerrte und ihn hinunterzog in die Tiefe … in die Tiefe … in die Tiefe.

Langsam ließ sein Kampfeswille nach. Er fühlte, wie die Kraft, die ihn nach unten zog, fester zupackte. Er begann sich zu entspannen. Es war so viel einfacher, nachzugeben … diese Macht tun zu lassen, was ihr beliebte. Wenn er nur einschlafen konnte … dann würde ihm wieder warm werden … dann konnte er aufwachen und alles wäre -

Plötzlich umschlang ihn ein Paar starker Arme. Sie zogen ihn nicht hinunter, sondern hinauf – hinauf – hinaus aus dem Meer!

Sekunden, nachdem er über Bord gegangen war, hatte Jesse sich eine Rettungsleine um den Leib geschlungen und war ihm nachgesprungen. Und obwohl es Logans verwirrten Sinnen erschien, als könnte er gar nicht aus den Fluten gerettet sein, weil ihn doch Tausende Fische umgaben, lag er tatsächlich auf dem Deck, mitten unter dem Fang des Tages.

Er hatte nur zwei oder drei Minuten lang das Bewußtsein verloren, denn Jesse klopfte immer noch seinen Rücken und pumpte das Meerwasser aus seinen Lungen, als er erwachte. Er wälzte sich herum, keuchte und röchelte ein paar Sekunden lang, aber es dauerte noch eine ganze Weile, bis er wieder sprechen konnte. Als die Worte schließlich aus seiner Kehle kamen, waren sie kaum mehr als ein schwacher Hauch.

»Tut mir leid!« japste er.

»Papperlappap!« rief Jesse aus. »Es ist allein meine Schuld. Ich hätte Sie nicht dorthin stellen dürfen.«

Der Zwischenfall hatte der abgebrühten Seefahrerin einen Schrecken versetzt, wie sie ihn schon lange nicht mehr erlebt hatte. Viele Jahre waren vergangen, seit Mann und Sohn auf See verunglückt waren, aber sie hatte immer noch gelegentlich Alpträume, in denen sie sie hilflos in den eisigen Wassern der Nordsee um sich schlagen sah. Ihr Sohn war erst zehn Jahre alt gewesen, und hätte er gelebt, so wäre er jetzt in Logans Alter gewesen. Bei dem Gedanken überkam sie ein Schauder, und sie empfand Ärger über sich selbst, weil sie nicht besser auf ihren jungen Gast geachtet hatte. So lag in ihrem rauhen Ton eine tiefere Bedeutung verborgen, als Logan hätte ahnen können. Als sie den jungen Mann anblickte, wie er da auf dem Deck lag, da sah sie in ihm ihren eigenen Sohn. Und es war ein Gefühl, an das sie noch lange denken sollte.

Sie und Buckie halfen Logan nach unten, wo Buckie ein paar Decken und trockene Kleider für ihn ausfindig machte und ihm eine Tasse heißen Tee eingoß. Nachdem Jesse im Ruderhaus ihre eigenen nassen Kleider gewechselt hatte, steckte sie den Kopf bei der Türe herein, um nachzusehen, wie es um ihn stand. Er hob den Blick von seiner zweiten Tasse Tee und sah sie an, einen feierlichen Ausdruck auf dem Gesicht, den man selten bei ihm fand.

»Ich stehe tief in Ihrer Schuld, Jesse«, sagte er in einem Ton, der zu seinem Gesicht paßte. »Ich werde es Ihnen irgendwie vergelten. Ich werde Ihnen das niemals vergessen.«

Sie erwiderte kratzbürstig: »Ach was, Sie sind mir nichts schuldig! Auf See gibt jeder sein Bestes – das wird von uns erwartet. Anders könnten wir nicht überleben.« Aber trotz ihrer Worte verriet die Stimme von Jesse Cameron, daß sie von dem Zwischenfall tief berührt war. Das Herzeleid ihres eigenen Lebens hatte sie vorbereitet, ein Werkzeug in Gottes Händen zu werden und das reinigende Werk der Erlösung im Herzen dieses jungen Mannes zu beginnen, der fast ihr eigener Sohn hätte sein können.

Logan beobachtete sie, wie sie sich eine Tasse Tee einschenkte, und dachte daran, was Alec über sie gesagt hatte. Er mußte ihm recht geben. Sie war tatsächlich eine bemerkenswerte Frau.

Allison parkte den Austin auf der High Street, der Hauptstraße, die das eigentliche Port Strathy mit New Town, der Neustadt, verband – und zwar genau vor einer der beiden Gastwirtschaften. Die zweite befand sich am anderen Ende der Straße. Sie blieb im Wagen sitzen, in der Hoffnung, Mr. MacIntyre würde von selbst auftauchen, so daß es ihr erspart bliebe, auszusteigen und sich auf die Suche nach ihm zu machen.

Sie war im Kaufhaus einkaufen gewesen, als ihre Mutter angerufen hatte. Der Traktor hatte einen Motorschaden, und weder die Arbeiter noch Nat noch Alec hatten ihn reparieren können, wie sie es üblicherweise taten. Und da keine Zeit mehr zu verlieren war, wenn die Frühlingspflanzungen rechtzeitig fertig werden sollten, hatte sie Allison gebeten, in der Stadt nach Mr. MacIntyre zu fragen. Würde er so freundlich sein, sollte sie ihn fragen, ihnen wieder aus der Patsche zu helfen, diesmal natürlich zu angemessenem Lohn?

Allison nahm den Anruf entgegen, knallte den Hörer auf die Gabel und stürzte aus dem Laden, ohne Miss Sinclair ein Wort der Erklärung abzugeben. Jetzt betrachtete man sie also als gewöhnliches Laufmädchen! Und sie wollte doch zu ihrem Treffen mit Sarah Bramford! Obwohl ihre Mutter versprochen hatte, die Bramfords anzurufen und ihnen mitzuteilen, sie würde sich ein wenig verspäten, brachte die ganze Sache sie aus dem Gleichgewicht.

Ihre einzige Hoffnung war, daß dieser Auftrag ihr Gelegenheit geben würde, die nähere Bekanntschaft des mysteriösen Mr. MacIntyre zu machen. Allerdings – seit er bei seinem Besuch seine niedrige Abstammung verraten hatte, war sie sich gar nicht sicher, ob die Mühe überhaupt lohnte. Der Großneffe eines Stallknechts! Nein, da gab es für sie wirklich bessere Aussichten!

Aber da war etwas an ihm, das nicht dazupaßte ... eine bezaubernde Seite. Er war kein Tölpel, so gewöhnlich seine Abstammung auch war. Er benahm sich wie ein Mann von Welt. Hätte sie seinen familiären Hintergrund nicht gekannt, sie wäre stolz darauf gewesen, ihn ihren Freunden vorzustellen. Und dieser einzigartige Akzent, ein Hauch von Schottisch, gemildert durch den vornehmen Londoner Beiklang – das machte sich sehr hübsch.

Es war ärgerlich, daß er sie so gut wie völlig ignoriert hatte. Der Rest der Familie hatte ihn schändlicherweise vollkommen mit

Beschlag belegt. Vielleicht war es gar nicht seine eigene Schuld. Wer weiß – vielleicht hatte er sich von ihr angezogen gefühlt, hatte sogar die Gelegenheit gesucht, mit ihr zu sprechen, aber festgestellt, daß es in der unbehaglichen Umgebung eines Familienabendessens unmöglich war?

Vielleicht ergab sich nun die Gelegenheit, aus dem unwillkommenen Auftrag ihrer Mutter das Beste für sich herauszuholen!

Im Gasthaus »Zu Wind und Wellen« begegnete man Allisons Nachforschungen jedoch mit einem Kopfschütteln. »Kam gestern abend heim«, sagte Cobden, »und sagte kein Wort, daß er nicht zum Abendessen hier sein würde! Kam spät heim, saß 'ne Weile mit den paar Gästen zusammen, die ich zu der Zeit hatte, dann ging er auf sein Zimmer und kam ein paar Minuten später zurück, von Kopf bis Fuß neu angezogen, und machte sich auf den Weg in die Neustadt – einfach so. Ich glaub' nicht, daß er nachts zurückgekommen ist.«

»Das war gestern abend, Mr. Cobden«, sagte Allison ungeduldig. »Was ist mit heute?«

»Ich hab' ihn seither nicht mehr gesehen.«

»Er hat doch nicht etwa die Stadt verlassen?«

»Nein, nein.« Der Wirt schüttelte den Kopf. »Sein Zeug ist alles noch hier.«

Allison wartete nicht länger. Ohne ein Wort des Dankes eilte sie aus der Herberge und machte sich auf den Weg nach New Town, und dort saß sie nun und wurde mit jedem Augenblick gereizter. Nachdem sie die verlassene Straße so lange beobachtet hatte, wie sie es nur aushielt, wollte sie eben aussteigen und auf eines der Gasthäuser zugehen, als die Türe, die sie beobachtet hatte, geöffnet wurde, und mehrere Gestalten herausgestolpert kamen.

Kein Zweifel, einer von ihnen war der Mann, den sie suchte. Seine karierte Mütze saß auf dem Hinterkopf, und sein Gesicht zierte ein Zweitagebart. Sein Anzug, der einmal sehr elegant gewesen war, war zerknittert und offensichtlich eine Nacht lang getragen worden. Im Mundwinkel trug er eine Zigarre zur Schau, die er unbändig genoß. In seiner Gesellschaft waren drei oder vier Männer aus dem Ort. Sie lachten alle, aber wie sie im gleißenden Sonnenlicht blinzelten, sahen sie an diesem sonnigen Morgen völlig deplaziert aus.

Allison stieg aus dem Austin und näherte sich Logan, mit der Hand winkend. »Mr. MacIntyre!« rief sie mit angespannter Stimme und machte keinen Versuch, ihre Verachtung zu verheimlichen.

Logan hob den Kopf, nahm die Zigarre aus dem Mund und lächelte. Nun, wenigstens an seinem Lächeln war nichts auszusetzen, dachte Allison. Warum mußte an allem anderen, das ihn betraf, so viel auszusetzen sein?

»Oh, Miss MacNeil«, sagte er, »welch ein Vergnügen! Was führt Sie an einem so herrlichen Morgen hierher?«

Sie konnte nicht erkennen, ob seine freundliche Herablassung die Folge von Trunkenheit war oder ob er nur einfach blendend gelaunt war. »Ich habe Sie gesucht«, antwortete sie kühl.

»Ah«, deklamierte er, während er den anderen Männern einen wissenden Blick und ein Augenzwinkern zukommen ließ, »kann ich Ihrer Familie von neuem zu Diensten sein, oder vielleicht gar Ihnen selbst?«

Bevor sie noch antworten konnte, begannen die Männer rund um Logan zu winken und zu rufen. Erst dachte sie, der Wirbel gelte ihr, aber dann stellte sie fest – zu ihrem noch größeren Ärger –, daß sie sie kaum zur Kenntnis genommen hatten und statt dessen einer Frau zuriefen, die von der anderen Straßenseite herüberkam.

»Morgen, Liz«, sagte einer von Logans Kumpanen.

»Hallo, Jimmy – hallo, Jungs«, antwortete die Frau. Als sie näherkam und sie begrüßte, wanderten ihre Augen zu dem Neuankömmling hinüber, und sie schätzte ihn mit einem nachdenklichen Lächeln ab.

Allison brauchte all die Selbstbeherrschung, die sie aufbringen konnte, um ein Schnauben der Verachtung zurückzuhalten. War das nicht Liz Doohan, Pattys ältere Schwester? Sie trug einen schlichten Baumwollrock und einen dunkelroten Tuchmantel, der sich schrecklich mit ihrem roten Haar biß, und sah ziemlich ordinär aus, mochte aber vor einigen Jahren sehr hübsch gewesen sein. Aber Arbeiterinnen altern schneller als andere Frauen, und es stand ihr nicht mehr gut, daß sie nun auf offener Straße mit Männern flirtete. Allison wäre zweifellos erstaunt gewesen – ihrem hochmütigen Sarkasmus zum Trotz – zu hören, daß Liz Doohan erst sechsundzwanzig war.

Ein lebhaftes Wortgeplänkel hatte sich zwischen Logans kleiner Freundesgruppe und Liz entwickelt, die nun alles über die Ereignisse des Vortages hörte, wie gut der neue junge Freund aus London sich auf See gehalten hatte – sein Abenteuer im Wasser erwähnten sie barmherzigerweise nicht. Allisons Gegenwart hatte man völlig vergessen.

»Mr. MacIntyre«, unterbrach Allison und kam mit energischen Schritten näher, »wenn Sie erlauben –«

»Oh, Miss MacNeil. Was war es doch gleich, das Sie von mir wollten?«

Vielleicht hatte er nicht vorgehabt, in einem so herablassenden Ton mit ihr zu sprechen, aber in ihrer gegenwärtigen Stimmung konnte Allison es kaum anders interpretieren.

»Wir haben Probleme mit dem Traktor«, antwortete sie, von der Wendung, die die Ereignisse genommen hatten, doppelt verärgert, »und wir würden gerne *Ihre Dienste in Anspruch nehmen.*« Sie betonte die Worte, um nur ja keinen Zweifel an ihrer eigenen überlegenen Haltung zu lassen.

»Bin immer gerne behilflich«, antwortete er gutmütig.

»Es ist ziemlich dringend. Können Sie sich wohl für kurze Zeit hier losreißen?«

Er wandte sich seinen Freunden zu. »Die Pflicht ruft«, sagte er. »Ich geb' euch dann heut' abend eine Chance auf Revanche.«

»Hast es verdient, zu gewinnen«, rief Buckie lachend. »Besonders nach dem harten Tag gestern.«

»Aber wir nehmen dein Angebot gerne an«, lachte Jimmy.

»Es war nett, dich kennenzulernen, Logan«, schnurrte Liz, »vielleicht sieht man sich bald wieder – ?«

»Aber sicher«, antwortete er mit einem Grinsen, das alles offen ließ.

Schließlich – nachdem die Fischer Logan allesamt brüderlich auf den Rücken geklopft hatten, als kannten sie ihn seit Jahren – trennte man sich.

Allison fuhr Logan zum Gasthaus zurück, damit er seine Kleider wechseln konnte, sprach aber kaum ein Wort. Sie ließ ihn aussteigen, dann fuhr sie zum Kaufhaus zurück, um einige Einkäufe nachzuholen, die sie als Folge des aufgeregten Anrufs ihrer Mutter vergessen hatte. Warum sie so wütend war, wußte sie selbst nicht recht. War es deshalb, weil er sich die ganze Nacht im übelsten Viertel der Stadt herumgetrieben hatte? Oder weil er darauf bestand, sie zu behandeln, als wäre sie ein kleines Kind? Oder war der wirkliche Grund der, daß sie von ihm beachtet werden wollte, wie er Liz Doohan Beachtung geschenkt hatte? Das konnte sie niemals zugeben. Liz war ... ein Niemand. Wie konnte er ihr mehr Aufmerksamkeit schenken als einer Schloßerbin wie ihr! Er mußte blind sein für die Wirklichkeit des Lebens!

Als sie zur Herberge zurückkehrte, sah sie Logan vor dem Haus stehen, lässig gegen einen Pfosten gelehnt, die Arme vor der Brust verschränkt. Die Art, wie er den Blick über die Stadt schweifen ließ, legte die Vermutung nahe, daß er der Meinung war, der Ort gehöre ihm. Sein Gesicht war rasiert, und man konnte kaum erkennen, daß er die ganze Nacht durchgemacht hatte.

Und plötzlich wurde Allison klar, warum seine selbstsichere ich-brauch-niemand-Attitüde sie zugleich irritierte und auf seltsame Weise anzog. Man konnte nicht anders, als sich von jemand angezogen zu fühlen, der so unabhängig war. War das nicht dasselbe, das sie für sich wünschte?

Zwischen einem alten Gerümpel von einem Traktor und einem Sportwagen bestand ein beträchtlicher Unterschied, aber Logan war entschlossen, möglichst überzeugend den Eindruck zu erwecken, daß er wußte, was er tat. Eines hatte Skittles ihn gelehrt: Wenn das, was man tatsächlich konnte, nicht mehr ausreichte, dann mußten schöne Worte her. Logan hatte sich schon aus schlimmeren Situationen als dieser hier herausgeschwindelt. Nur – diesmal mußte das Endergebnis seiner Bemühungen ein funktionierender Traktor sein. Wenn er das schaffte, dann hatte er damit seine Eintrittskarte nach Stonewycke in Händen.

Allison setzte ihn vor den Ställen ab, einem großen Steingebäude hinter dem Haus. Der Traktor stand davor. Allison wendete den Austin und brauste davon, daß Logan hustend in einer Staubwolke zurückblieb. Die Familie mochte nicht seinen Vorstellungen von den Besitzern eines Schlosses wie Stonewycke entsprechen, aber Allison entsprach ihnen, denn sie paßte nicht zum Rest der Familie. Sie machte ihre Stellung auf Schritt und Tritt geltend, als wäre sie die Tochter eines Königs. Was für ein Unterschied zwischen ihrem hochmütigen Benehmen gegenüber Jesse Camerons Mannschaft und der Art und Weise, wie ihr Vater Jesse selbst begrüßt hatte! Vielleicht war Alec im Grunde seines Herzens immer noch einer der einfachen Leute aus der Stadt. Aber Logan konnte sich nicht vorstellen, daß selbst jemand wie Lady Margaret die Leute aus dem Städtchen mit solcher Verachtung behandelte wie Allison.

Wo hatte Allison solche Attitüden angenommen, fragte er sich, wenn sie nicht aus ihrer eigenen Familie stammten? Eins war sicher – Allison MacNeil meinte etwas beweisen zu müssen. Aber er war keineswegs sicher, was es war. Sie hatte alles, was sie sich nur wünschen konnte. Ihre Mutter und Urgroßmutter waren die geachtetsten Frauen in der Gegend, und sie selbst wurde von den Leuten in der Stadt natürlich ebenfalls mit Respekt behandelt. Aber sie schien alles zu verachten.

»Nun«, schloß er zuletzt, »Allison mag ein Rätsel in einer Familie voller Rätsel sein, aber es ist nicht meine Sache, mir die Leute zu erklären.« Er mußte einen verborgenen Schatz finden, und dann würde er von hier abhauen.

Noch während er dem davonbrausenden Austin nachsah,

hörte er, wie Fergusson Dougall ihm etwas zurief, der Verwalter von Stonewycke, der die Stelle des verstorbenen Walter Innes eingenommen hatte.

»Sie müssen MacIntyre sein!« sagte der Verwalter, während er, so schnell er nur konnte, auf Logan zueilte, der immer noch in Gedanken versunken dastand. Es wäre schwierig gewesen, die Bewegungen des Mannes zu beschreiben. Sie ähnelten mehr einem Watscheln als dem Gang eines Mannes, denn Dougall war ein außergewöhnlich fetter Mann, dessen Gewicht sich mit den Jahren vor allem in seinen unteren Regionen abgesetzt hatte, so daß er eine recht unförmige birnenförmige Statur hatte. Sein rundes sonnverbranntes Gesicht mit den Hängebacken war freundlich, und seine Stimme hatte einen bescheidenen, fast entschuldigenden Klang.

»Ich bin der Verwalter hier«, sagte er. »Fergusson Dougall, zu Ihren Diensten, aber jeder hier nennt mich einfach Fergie, und tun Sie's ruhig auch, Mr. MacIntyre.«

»Danke. Und ich bin Logan für Sie.«

»Bin ehrlich froh, daß Sie gekommen sind«, sagte Dougall, erleichtert, daß die lästigen Formalitäten damit erledigt waren und man sich mit geschäftlichen Dingen befassen konnte. »Da ist der Traktor – das garstige Tier!«

»Na, gucken wir ihn uns mal an«, sagte Logan, dann zögerte er einen Augenblick lang. Er hoffte, Dougall würde die Initiative ergreifen und die Motorhaube der Maschine öffnen, denn er wußte nicht einmal, wie er diesen grundlegenden Handgriff bewerkstelligen sollte.

Fergie tat es wirklich. Logan spähte hinein und stellte zu seiner großen Erleichterung fest, daß er die meisten Teile wiedererkannte, obwohl sie in einer anfangs verwirrenden Weise angeordnet zu sein schienen. Er drehte sich um und ergriff einige der Werkzeuge, die man vorsorglich für den »Traktorexperten« bereitgelegt hatte.

»Startet er überhaupt nicht?«

»Nein, spuckt und rattert nur.«

»Hmmmm«, sinnierte Logan. »Hören wir's uns mal an.«

Der Verwalter versuchte, die Maschine zu starten. Seine Beschreibung des Ergebnisses war durchaus zutreffend gewesen. Logan warf einen zweiten Blick auf den Traktor und dachte insgeheim, es sei erstaunlich, daß das Ding jemals funktioniert hatte.

»Es würd' mich nicht wundern, wenn man's nicht mehr reparieren könnte«, sagte der Verwalter. »Wir haben es immer Walter überlassen, mit den Maschinen umzugehen, und er hätt' sie ja auch von keinem anderen anfassen lassen, außer von Nat. Er behandelte sie wie lebende Wesen – genauso, wie er die Pferde behandelte. Ich versteh' was von der Landwirtschaft, aber diese Apparillos da, von denen versteh' ich nichts und will auch nichts verstehn.«

»Die Zeit wird kommen, Fergie«, philosophierte Logan, »wo man nicht mehr ohne sie auskommen wird.«

Logan begann an dem Motor herumzuwerkeln, bis er allmählich durchschaute, wie die Maschine funktionierte. Allmählich löste er das Rätsel, welcher Teil welchem Zweck diente. Nach einer Stunde war ihm klar, woran der Fehler lag, und wie er gefürchtet hatte, würde ein Ersatzteil notwendig sein. Er war jedoch grimmig entschlossen, die Maschine wieder funktionsfähig zu machen. Wer wußte, wie lange es dauern würde, das Ersatzteil zu bestellen, wenn es überhaupt erhältlich war? So viel Zeit hatte er nicht.

So sagte er zu Fergie: »Ich werde mal den Vergaser durchputzen und einstellen ... Vergaser muß man regelmäßig einstellen, das hat Mr. Innes Ihnen wohl gesagt? Tja ... ich werde versuchen, ob ich was machen kann. Wenn wir die ganze Angelegenheit ordentlich reinigen, dann läuft er möglicherweise wieder.«

Fünf Minuten später, nachdem er da und dort etwas zurechtgerückt und die Maschine gründlich gereinigt hatte, setzte er den Vergaser wieder an seinem Platz ein.

»Geschafft, Freund!« rief er schließlich, während er sich streckte, aber vor der Motorhaube stehen blieb. »Versuchen Sie's mal – und halten Sie die Daumen!«

Er hielt den Atem an, als die Maschine spuckte, nochmal spuckte und schließlich zum Leben erwachte.

»Mehr Gas geben!« brüllte Logan über den Lärm, während er hineinlangte, um den Vergaser nachzustellen.

Der Verwalter gehorchte.

Innerhalb einer halben Minute beruhigte sich der Motor und begann, wenn schon nicht zu schnurren, so doch ziemlich regelmäßig zu tuckern.

Der Verwalter, der sich als Sieger über das »garstige Tier« sah, stieß einen Freudenschrei aus und stand auf, um aus dem Fahrersitz zu springen. In seiner Aufregung jedoch stieß sein fettes Bein gegen die Schaltung, und der Traktor machte einen plötzlichen Satz nach vorne. Fergie fiel krachend in den Sitz zurück und schaffte es nur mit letzter Kraft, nicht völlig vom Traktor zu fallen. Logan, der immer noch vor der Motorhaube stand, konnte gerade noch beiseite springen, bevor das wildgewordene Vehikel seinen Fuß unter dem Vorderrad zerquetscht hätte. Als er zurücksprang, stolperte er über die Werkzeugkiste und verknackste sich den Knöchel. Er fiel zu Boden, während der Traktor gefährlich nahe an ihm vorbeirumpelte.

Fergie brachte die Maschinerie mit einem Tritt auf die altersschwachen Bremsen zum Halten, dann hievte er mühsam seine Leibesfülle vom Traktor.

»Guter Gott!« schrie er auf, als er Logan da liegen sah. In der Aufregung hatte er den jungen Mann nicht beiseite springen sehen und dachte, er hätte ihn überfahren. »Ich habe ihn umgebracht!«

»Aber keineswegs, guter Mann«, widersprach Logan mit einer Stimme, die schwach, aber tapfer klingen sollte. »Helfen Sie mir nur aufstehen.«

Fergie legte seinen fleischigen Arm um Logan und zog ihn hoch, aber kaum stand Logan aufrecht und versuchte das Gewicht auf seine eigenen Füße zu verlagern, als sein linker Fuß unter ihm wegknickte.

»Sie haben sich den Fuß gebrochen!« jammerte der Verwalter. »Keinen Schritt weiter«, sagte er, während er Logan umfaßte und ihn vorsichtig zu Boden gleiten ließ. »Ich hole Hilfe.« Kaum hatte er es Logan bequem gemacht, als er davonrannte wie ein Elefantenbulle, wobei er, schwer schnaufend, mehr Lärm als Tempo zustande brachte.

Logans Knöchel schmerzte, aber er war ganz offensichtlich nicht gebrochen. Wahrscheinlich war er nicht einmal gezerrt. Er konnte gehen, wenn er sich Mühe gab, und in ein paar Tagen würde er wieder ganz in Ordnung sein. Aber wenn schon der Verwalter ihm so viel Mitgefühl entgegenbrachte, wie würde es erst mit den Familienmitgliedern sein? Vielleicht fühlten sie sich gar verpflichtet, ihn gesundzupflegen? Das konnte sein Schlüssel zum Wohlwollen der Familie sein. Er wäre ein Narr gewesen, ein solches Geschenk des Schicksals zurückzuweisen!

Augenblicke später kamen Joanna MacNeil, Klein May und zwei Landarbeiter aus dem Haus gerannt. Dougall humpelte hinter ihnen her, keuchte erschreckend und wischte sich die Stirn mit einem großen roten Taschentuch.

Joanna erreichte den hingestreckten Logan als erste, und er lächelte schwach. »Tut mir leid, daß ich Ihnen so viel Ärger mache«, sagte er.

»Es ist wirklich nicht Ihre Schuld«, antwortete sie, während sie an seiner Seite niederkniete. »Ich hätte Allison niemals bitten dürfen, Sie hierher zu bringen. Darf ich Ihren Fuß ansehen? Ich möchte feststellen, ob er gebrochen ist oder nicht.«

Vorsichtig betastete sie den verletzten Fuß. Logan zuckte schmerzlich zusammen, so oft es ihm angebracht erschien.

»Gebrochen ist er offenbar nicht«, verkündete sie, sichtlich erleichtert, »aber Sie haben ihn wohl böse gezerrt. Wenn es Ihnen recht ist, tragen Harry und Russel Sie ins Haus. Ich rufe dann den Arzt.«

»Aber ich bitte Sie, keine Umstände –«

»Unsinn! Das ist das wenigste, was wir für Sie tun können.«

Logan wurde ins Haus getragen und in ein Gästezimmer im zweiten Stock einquartiert. Man legte ihn in ein frischgemachtes Himmelbett. Als die Männer ihn alleingelassen hatten, sah er sich um und nickte wohlwollend. So ließ es sich leben! Selbst der Herzog von Windsor hätte an einer solchen Umgebung nichts auszusetzen gefunden. Der Raum war im viktorianischen Stil eingerichtet und sehr wertvoll, aber wie alles in Stonewycke, war er schlicht und geschmackvoll. Logan sann nach, wie lange man mit einem gezerrten Knöchel wohl stilliegen mußte und ob er sich noch einige andere Symptome zulegen sollte. Der Arzt war natürlich ein Problem. Aber wenn er so simpel war wie der Rest der ländlichen Bevölkerung in diesem entlegenen Winkel der Erde, dann konnte es nicht allzu schwierig sein, ihn zu überzeugen. Natürlich konnte er nicht ewig hier liegenbleiben. Aber wenn er es geschickt anstellte, dann würde er zu dem Zeitpunkt, wo seine Verletzung ausgeheilt war, bereits einen anderen guten Grund haben, um auf Stonewycke zu bleiben.

Bald darauf klopfte es sanft an der Türe, und Joanna trat ein. Sie trug ein Teetablett.

»Verzeihen Sie, daß ich Sie so lang alleingelassen habe«, sagte sie, während sie den Tee einschenkte. »Ich habe versucht, den armen Fergie zu beruhigen.«

Zum erstenmal empfand Logan einen Stich leisen Schuldbewußtseins wegen seines Tricks. Der Verwalter war ein netter Kerl und meinte es gut. Es tat ihm leid, daß er ihm das antat. »Aber er wird schon darüber hinwegkommen«, sagte er zu sich selbst. Wenn das alles überstanden war, würde der Mann mehr an ihm hängen als jeder andere auf dem Gut, und das konnte späterhin ein handfester Vorteil sein. Und er würde den Verwalter irgendwie dafür entschädigen. Schließlich war es Dougall gewesen, der ihm, ohne es zu wissen und zu wollen, den größten Glücksfall seines Lebens beschert hatte. Ja, er war ihm etwas schuldig!

In der Zwischenzeit war es sehr angenehm, von Lady MacNeil bedient zu werden.

»Fergie sagte, es sei alles nur passiert, weil Sie den Traktor in Ordnung brachten. Sie sind ja ein Wundertäter als Mechaniker, Mr. MacIntyre.«

Dann traf der Arzt ein. Als er den Knöchel untersuchte, stellte er fest, daß er nicht geschwollen war – das einzige Symptom, das Logan nicht vortäuschen konnte. Aber alles andere war zu seiner medizinischen Zufriedenheit, und seine endgültige Diagnose war noch ernster: Es konnte ein Muskel- oder Sehnenriß vorliegen, der noch schlimmer war als eine Zerrung. Er hinterließ einige Anordnungen, kalte Wickel zu machen und ihn nach zwei Tagen wieder zu rufen, falls der Fuß dann immer noch kein Gewicht tragen konnte. Logan nahm zwei der kleinen Schmerztabletten, die der Arzt dagelassen hatte, und schlief augenblicklich ein, wobei ihm zweifellos die Tatsache zugute kam, daß er gut 36 Stunden lang nicht ins Bett gekommen war.

Dunkle Schatten hingen über dem Raum, als er einige Stunden später erwachte. Er hatte tief geschlafen, aber irgendwie hatte der Schlaf ihm nicht die rechte Erfrischung gebracht. Es war ihm ganz unbekannt, daß ein schlechtes Gewissen den Schlaf rauben kann, und so schob er sein Unbehagen auf die Wirkung der Tabletten. Einige Minuten lang lag er benommen und verwirrt im Bett, aber als es an der Türe klopfte, war er augenblicklich hellwach.

Joanna trat ein, und Alec folgte ihr. Wieder trug sie ein Tablett, diesmal eines mit verschiedenen dampfenden Schüsseln darauf und einer Kanne Tee.

»Ich hoffe, Sie haben gut geschlafen«, sagte sie.

»Ja, danke, das habe ich. Die Tabletten müssen sehr stark gewesen sein.«

Joanna streckte die Hand aus, um die Kissen aufzuschütteln.

»Lady MacNeil, Sie sollen mich doch nicht so bedienen.«

Alec machte zum erstenmal den Mund auf. »Wissen Sie, Logan«, sagte er, »meine Frau ist die geborene Krankenschwester, also versuchen Sie nicht, sie abzuhalten.« Er lachte leise, als er sie beobachtete, aber seinen Augen war anzusehen, wie stolz er auf sie war. Dann fuhr er fort: »Sie haben schon wieder ein Wunder gewirkt, höre ich, diesmal mit unserem Traktor?«

»Nichts Besonderes«, antwortete Logan. »Ich hab' ihn zurechtgeflickt, aber er braucht ein paar neue Teile.«

Einen kurzen Augenblick herrschte Schweigen, dann sprach Alec von neuem. »Logan«, begann er in geschäftsmäßigem Tonfall, »ich bin gekommen, um zu sehen, wie's Ihnen geht, aber da ist noch etwas. Meine Frau und ich haben darüber gesprochen – sehen Sie, wir haben hier ziemlich viel Maschinen, einige ziemlich alt, und alle sehr vernachlässigt, seit unser alter Verwalter vor ein paar Monaten gestorben ist. Und mehr als das, Walter machte sich auch den Bauern und Fischern und Kleinhäuslern unentbehrlich. Jetzt kommen sie zurecht, wie sie auch ohne Tierarzt zurechtkämen, wenn's sein müßte, nehme ich an, aber's ist doch was anderes, jemand mit Spezialkenntnissen bei der Hand zu haben. Also ... das war jetzt eine sehr komplizierte Art, Ihnen zu sagen: Wir würden Sie gern hier auf Stonewycke anstellen, damit Sie für uns arbeiten, und wir könnten Sie ausleihen an die anderen in Port Strathy, die einen Mechaniker brauchen. Wir wissen, Sie haben Ihre Arbeit in London, aber Sie sagten ja selbst, Sie seien zur Zeit beurlaubt. Wollen Sie sich's überlegen? Wir bieten Ihnen Kost und Logis und zehn Pfund Gehalt im Monat.«

Logan hatte ernste Zweifel, daß selbst sein glattzüngiges Gerede ihm ein besseres Angebot hätte bescheren können. Aber er wollte nicht allzu begierig erscheinen. »Hmmm«, machte er, »tja, es wäre nett, dem Getriebe in London eine Weile zu entgehen.« Er trank einen langen, nachdenklichen Schluck Tee, und als er weitersprach, klang es, als habe er seinen Entschluß eben erst gefaßt. »Nun, wie ich schon sagte, habe ich zur Zeit keine festen Verbindlichkeiten ...«

»Sie machen es also?« fragte Alec lächelnd.

Logan zögerte gerade lang genug, um nachdenklich zu wirken, dann nickte er. Die beiden Männer schüttelten einander die Hand, während Joanna ihrem neuen Mechaniker eine Tasse Tee eingoß.

Als Logan in dieser Nacht endlich einschlief, war er sehr zufrieden mit sich selbst. Es hätte nicht besser laufen können, hätte er alle Einzelheiten geplant. Hier war er, ein Angestellter auf Stonewycke! Er konnte sich jetzt frei auf den Ländereien bewegen, und was noch wichtiger war, er konnte sich näher an Lady Margaret heranarbeiten. Die Dinge liefen wunderbar – fast zu gut! Wäre er jetzt in den Hintergassen Londons gewesen, so hätte Skittles ihm geraten, darauf zu achten, was in seinem Rücken geschah; wenn alles so glatt ging, wurde einem zumeist ein Bein gestellt.

Aber Logan hing diesem Gedanken nicht weiter nach. Wer sollte ihm hier ein Bein stellen? Niemand wußte, daß er überhaupt hier war. Wer konnte an ihm Interesse haben? Nein, er saß fest im Sattel, und alles ging seinen Gang, wie er es wünschte. Er streckte sich auf dem luxuriösen Federbett aus und lächelte zufrieden.

EIN WEITERER FREMDER IN DER STADT

Roy Hamilton war es nicht gewohnt, Logiergäste aufzunehmen.

Seine Gastwirtschaft an der High Street der Neustadt war zum Trinken da und für nichts anderes. Er hatte zwar ein Gästezimmer, das neben seinem eigenen Wohnzimmer im ersten Stock lag. Aber er verwendete es als Rumpelkammer, und, um ehrlich zu sein, er hätte es auch lieber weiterhin als solche verwendet. Wenn man einmal damit anfing, Logiergäste aufzunehmen, hatte man nichts als Ärger! Das Trinken war es, das die Kasse klingeln ließ, und so sollte es auch bleiben.

Er spülte einen weiteren Teller ab und stellte ihn aufs Tropfbrett. Es war nicht der zusätzliche Abwasch, der die Sache so unerfreulich machte. Den mußte er sowieso machen, obwohl er meistens nur Gläser abzuwaschen hatte. Aber nun mußte er das Zimmer gelegentlich auskehren und vielleicht sogar die Bettwäsche wechseln, gar nicht davon zu reden, daß er die Mahlzeiten kochen mußte! Hamilton war Junggeselle, ein magerer Mann, der ebenso selten aß, wie er sich wusch. Aber seine Kunden erwarteten keine Sauberkeit, sondern Schnaps, und er servierte eine ziemlich bescheidene Sorte Alkohol.

Er hätte den Mann glatt abgewiesen. Er war schon drauf und dran gewesen, aber dann hatte der Fremde einen dicken Packen Banknoten herausgezogen, und Roy Hamilton war kein Narr, daß er die auch zurückgewiesen hätte. Und nun hatte er einen Gast. Einen höchst sonderbaren Gast, das konnte man wohl sagen, einen Mann, der eifersüchtig über seine Geheimnisse wachte und nur wenige Worte für ihn übrig hatte. Das einzige, was er gesagt hatte, hatte fast wie eine Drohung geklungen: Der Wirt solle nur ja nichts über seine Anwesenheit verlauten lassen. Aber für den Preis, den dieser Bursche zahlte, konnte man ihm ruhig ein Zimmer geben und den Mund halten.

Hamilton wußte nicht, warum er nicht in das Gasthaus »Zu Wind und Wellen« gegangen war, wo Besucher von Port Strathy üblicherweise ein Zimmer nahmen. Er hatte danach gefragt, aber der Mann hatte sich nicht sehr mitteilsam gezeigt. Und er war schweigsam geblieben. Letzte Nacht hatte er alleine in einem Winkel gesessen und getrunken. Er war nicht einmal daran interessiert gewesen, den Ortsansässigen eine Chance zu geben, ihm ein wenig von dem

Kleingeld abzunehmen, mit dem er seine Taschen ausstopfte. Der andere Fremde, dieser junge Kerl, hatte wenigstens eine lockere Hand gehabt, was sein Geld anging – er hatte ein schönes Stück Geld verloren, als er das letzte Mal in Hamiltons Lokal gewesen war, dann allerdings einen ordentlichen Batzen gewonnen, als er am anderen Straßenende in MacFarlane's Pub gewesen war.

Ross Sprague zog an seiner Havanna, dann stürzte er den letzten Schluck seines stark mit Rum versetzten Tees hinunter.

Es war nicht seine Gewohnheit, so früh am Morgen schon Alkohol zu trinken, aber er wußte keinen anderen Weg, wie er den Geschmack des Unrats loswerden sollte, den der Wirt ein Frühstück nannte. Er hätte damit rechnen müssen, daß ein Nest wie dies hier nur ein einziges anständiges Hotel aufwies. Er war in einer Stadt aufgewachsen, die um nichts größer war als Port Strathy. In dieser Stadt hatte es nur ein Hotel gegeben, und Mae Wadell, die es führte, hatte keinen allzuguten Ruf in Aldo, Oklahoma, gehabt. Er hatte das eine oder andere dort gelernt, aber das Wichtigste, was er gelernt hatte, war, so rasch wie möglich aus Aldo zu verschwinden. Als er mit siebzehn fortgegangen war, hatte er sich geschworen, niemals zurückzukehren – und er war nie zurückgekehrt. Jetzt war er 45, schätzte feine Zigarren, teuren Scotch und Hotels, in denen es nicht vor Ungeziefer krabbelte wie in dieser Flohfalle hier.

Unglücklicherweise war MacIntyre als erster angekommen und hatte das bessere Etablissement mit Beschlag belegt. Er mußte sich wohl glücklich schätzen, daß MacIntyre immer noch hier war. Wenn er ihn aus den Augen verlor, konnte es ihn den Kopf kosten! Er hatte nicht vorgehabt, MacIntyre vier Tage Vorsprung zu lassen, aber der Sturm und ein paar andere Verwicklungen, an die er nur ungern dachte, hatten ihn aufgehalten. Er war nicht allzu ängstlich gewesen, denn wenn MacIntyre sich auf Schatzsuche befand, dann dauerte das ja wohl eine Zeitlang. Er bezweifelte, daß der Bursche eine gute Fährte gefunden hatte, und nach allem, was er von MacIntyre bereits gehört hatte, war er seinem Ziel nicht viel näher gekommen.

Sprague fuhr sich mit einer Hand über das stark gelichtete grau-blonde Haar. Er wunderte sich, daß sein Boss es für so wichtig hielt, daß er MacIntyre auf den Fersen blieb. Warum sollte ein erfolgreicher Mann wie sein Boss seine Zeit damit verschwenden, daß er sich mit Gerüchten über einen lächerlichen Schatz aus uralten Zeiten abgab – der höchstwahrscheinlich nichts als ein Ammenmärchen war? Nackte Gier, nahm er an. Der Mann hätte beim

Zusammenbruch der Wall Street um ein Haar sein gesamtes Vermögen verloren und war seither um so mehr darauf bedacht, seine alte Macht und seinen Wohlstand abzusichern. Aber er schaffte es bereits wieder, zur Spitze aufzusteigen, mit einem exklusiven Apartment im Londoner West End und einem Geschäftsunternehmen, das nicht nur in London, sondern auch in Paris und Berlin Filialen hatte. Er war niemals zufrieden, und das würde ihn zweifellos wieder zum Erfolg führen. Dennoch, die ganze Sache paßte auf eine merkwürdige Weise nicht zu seiner sonstigen Art, und Sprague konnte sich des Gedankens nicht erwehren, daß etwas Persönliches mitspielte, etwas, das mehr als nur Geschäft war – Rache vielleicht. Oder wußte der Boss mehr, als er sagte?

Sprague wurde gut bezahlt für seine Dienste, so gut, daß er niemals Fragen stellte. Aber die Dinge begannen höchst rätselhafte Gestalt anzunehmen, und er konnte sich nur mit Mühe davor zurückhalten, neugierig zu werden. Erst hatte er nach Glasgow reisen müssen, mit dem Auftrag, Nachforschungen betreffs verschiedener Landbesitzer anzustellen, besonders solcher mit Gutsbesitz an der schottischen Küste, und dann speziell nach den Pachtparzellen, die früher einmal die riesigen Ländereien von Stonewycke gewesen waren. Er hatte den Auftrag bekommen, die Namen aller Landbesitzer im Tal und entlang der Küste festzustellen. Er nahm an, sein Boss wolle ein Haus mit schöner Aussicht auf die Küste kaufen und ein besonders gutes Geschäft machen, indem er jemand, der von dem Bankkrach hart betroffen war, das letzte Hemd auszog.

Dann hatte der Befehl plötzlich gelautet, alles liegen und stehen zu lassen und diesem Kerl MacIntyre zu folgen. Der war sicher gewesen, daß sein sogenannter Schatz sich auf dem Land der Duncans befand. Es gab da einen Zusammenhang. Aber warum sollte sein Boss auf etwas hereinfallen, das doch nur ein billiger Trick eines kleinen, windigen Gauners sein konnte?

Das beste, dachte er, war wohl, MacIntyre zu stoppen, bevor er das Geheimnis des Schatzes weitererzählte – man mußte ihn eben bezahlen oder sonst alles Nötige tun. Wenn an dem Schatzmärchen irgend etwas dran war und jemand gab den Duncans einen Tip, dann bedeutete das das Ende für einen günstigen Landkauf.

Sprague atmete tief den Rauch seiner Zigarre ein, zwei-, dreimal hintereinander. Nein, solchen Tabak hatte man in Aldo nicht gefunden! Vielleicht in Muskogee, aber selbst wenn es ihn dort gegeben hätte, damals hatte er nicht das Geld gehabt, kubanische Zigarren zu kaufen. Er hatte es seinem generösen Boss zu danken, daß er nun einen unbegrenzten Vorrat davon besaß – wer war er also, daß er das Urteil seines Boss' in Zweifel ziehen sollte?

Bleiben Sie MacIntyre auf den Fersen. Lassen Sie sich nicht erwischen.

So lauteten seine Befehle. Und Ross Sprague führte Befehle aus. Auf die Art und Weise war er dorthin gekommen, wo er sich heute befand. Und er würde Befehle ausführen, bis eines Tages *er* derjenige war, der die Befehle gab!

Logan fand keine Ruhe.

Jetzt, wo er keinen verletzten Knöchel mehr brauchte, mußte er damit aushalten. Er konnte nicht gut aus dem Bett springen und behaupten, ein Wunder sei geschehen! Der Arzt hatte ihm zwei Tage Bettruhe verordnet, und das hieß, daß er nicht vor dem nächsten Tag aufstehen durfte. Selbst dann würde er darauf bedacht sein müssen, noch eine gute Woche lang zu humpeln.

Aus purer Langeweile schlug er eines der drei Bücher auf, die Lady MacNeil ihm gebracht hatte. Sie wüßte nicht, welchen Lesestoff er bevorzugte, hatte sie gesagt, daher hätte sie ihm drei verschiedene gebracht. Er warf einen Blick auf Dickens »Große Erwartungen« und schob es beiseite. Er hatte noch in Erinnerung, wie die Lehrer in der Schule es ihm in den Hals gestopft hatten. Das nächste war Scotts »Guy Mannering«. Wer wollte sich durch den winzigen Druck und die altertümliche Sprache hindurchquälen? Schließlich griff er nach dem dritten Buch, einem Gedichtband von George MacDonald. Der Name klang ihm vage vertraut, aber Logan wußte nicht recht, wo er ihn hintun sollte – ein Schotte, dachte er, vielleicht aus dem 19. Jahrhundert. Er war sich nicht sicher. Er hatte nie viel für Lyrik übrig gehabt, aber die Gedichte waren kurz und sahen genießbarer aus als die beiden anderen Bücher. Er öffnete das Buch in der Mitte. Während er durch die Seiten blätterte, entdeckte er ein Gedicht, das mit Booten zu tun hatte, und da es ihm schien, er könnte ebenso gut hier wie irgendwo anders zu lesen beginnen, suchte er nach dem Anfang der Verse.

Oh Herr, du arbeitest mit manchem niedern Ding'
geringen Seelen, schwachem Menschenherz, und mußt daher
solch' schlichte Weg und Mittel wählen, meine ich,
daß es uns so schwer erscheint, dein Wirken zu verstehn,
daß es tatsächlich in uns Raum gewonnen hat:
Denn wir sind schlechte Schifflein, die der Sturm
umherstößt, schlecht bemannt, mit zweifelhaften Steuerleuten …
So ist es schwer für dich, dein Werk zu tun,
wenn jene, die zur Freiheit auserkoren sind,
nicht frei sein wollen: mit dem schwächlichen Geschlecht
mußt du dann tun, als wärst du selbst ein Mensch …

Logan hörte zu lesen auf.

Das waren ja nur religiöse Gedichte, und altmodische dazu! Er hätte es sich denken können!

Logan hatte keine persönliche Abneigung gegen Religion. Seine Mutter war zu Zeiten sehr fromm gewesen und hatte ihn zuweilen in die Kirche mitgeschleppt, wenn es ihm am Sonntagmorgen nicht gelungen war, ihr rechtzeitig zu entkommen. Aber er hatte nie im Leben das Gefühl gehabt, daß er irgendein Bedürfnis nach Religion hätte.

Denn wir sind schlechte Schifflein, die der Sturm
umherstößt, schlecht bemannt, mit zweifelhaften Steuer-
leuten ...

Ja, das traf auf ihn zu, konnte man sagen. Jedenfalls hatte er an jenen wenigen Sonntagen, an denen er zur Kirche gegangen war, dasselbe gehört. »Du bist ein fauler Apfel, Logan MacIntyre. Sieh dich vor, daß du nicht in der Hölle landest!«

»Nein, danke«, dachte er. Für solchen fanatischen Pessimismus hatte er nichts übrig. Wenn die Leute hier die Gefangenen solcher Ängste sein wollten, war das ihre Sache. Aber er brauchte das nicht. Er war frei. Bei dem Gedanken kehrten die Worte zurück, und er warf einen weiteren Blick auf die Buchseite, um herauszufinden, was der Dichter genau gesagt hatte.

So ist es schwer für dich, dein Werk zu tun,
wenn jene, die zur Freiheit auserkoren sind
nicht frei sein wollen ...

Was konnte der Mann damit gemeint haben? Was für ein merkwürdiger Ausdruck!

Er war doch frei, oder etwa nicht? Er war ziemlich stolz auf diese Tatsache. Nichts und niemand fesselte ihn, er hatte immer Vergnügen an dieser Art Leben gehabt. Von welcher Freiheit dieser altmodische Poet auch schreiben mochte, er meinte sicherlich nicht jemand wie Logan MacIntyre damit.

Er schloß das Buch, als scharf an die Türe geklopft und er jäh aus seinen Träumereien gerissen wurde.

Es würde eine Erleichterung sein, Gesellschaft zu haben. Er war niemals ein Grübler gewesen und hatte nicht die Absicht, jetzt damit anzufangen. Kein längst verstorbener Dichter würde ihm den Kopf mit schrulligen Phantasien vollstopfen. Irgendwie hatte er das Gefühl, Lady Margaret müßte sich mit dergleichen Dingen gut auskennen. Das Gedicht erinnerte ihn fast an den geheimnisvollen Blick in ihren Augen. Es hätte ihn gar nicht gewundert, hätte sie den alten Burschen gekannt, der es geschrieben hatte.

»Herein«, rief er.

Die Türe wurde geöffnet, und Allison führte eine Gesellschaft herein, die in den alten Granitmauern von Stonewycke so deplaziert wirkte wie Allison auf der Hauptstraße der Neustadt. Es waren Jesse Cameron, Buckie Buchannan und Jimmy MacMillan.

»Sie scheinen ja ordentlich vom Pech verfolgt zu werden hier in Strathy«, sagte Jesse, während sie seine Hand nahm und sie herzlich schüttelte.

»Ha!« lachte Jimmy, der an dem Pokerspiel bei MacFarlane teilgenommen hatte. »Redet mir bei diesem Burschen nicht von Pech! Ich hab's erlebt, wie er Glück hatte!«

»Ja«, fügte Buckie mit einem freundlichen Grinsen hinzu. »Der hat Port Strathy genug Silber abgeknöpft, um sich's einen Monat lang im Bett bequem zu machen!«

»Was für eine Überraschung, euch zu sehen!« rief Logan und lachte mit ihnen.

»Sie haben doch nicht gedacht, wir würden unseren besten Mann krank im Bett liegen lassen und ihn nicht besuchen?« sagte Jesse mit gespieltem Erstaunen.

»Wenn Sie erlauben«, meldete sich Allisons kühle Stimme, ein deutlicher Kontrast zu den herzlichen Tönen der anderen, »werde ich Sie jetzt mit Ihren – äh, Besuchern alleinlassen, Mr. MacIntyre.« Dann wandte sie sich Jesse zu. »Ich nehme an, Sie finden selbst zur Türe, wenn Sie sich verabschieden wollen?«

»Ja, Mylady«, erwiderte Jesse mit dem ruhigen Respekt einer Frau, die ihren Platz im Leben kannte, wenn man sie auf diesen Platz verwies. »Vielen Dank, Mylady.«

Allison ließ den Blick auf eine Weise durch den Raum gleiten, als wüßte sie nicht recht, ob die Besucher der Versuchung widerstehen würden, das Familiensilber davonzutragen; dann wandte sie sich scharf auf dem Absatz um und rauschte hinaus.

»Holt euch mal ein paar Sessel 'ran«, sagte Logan zu seinen Gästen. Als er sah, wie Buckie sich im Zimmer umblickte und dann leise pfiff, fügte er hinzu: »Sieht gut aus hier, was?«

»Wer sagt, der Kerl hätte kein Glück!« sagte Jimmy, während er sich breitbeinig auf einem zierlichen Queen-Anne-Stühlchen niederließ.

Jesse und Buckie nahmen auf zwei weiteren Sesseln Platz und begannen dann augenblicklich ein Gespräch über das Wetter, über die Aussichten auf guten Fang und die neuesten Reparaturen an der »Klein-Stevie«. Eine Woche zuvor hätten solche Themen Logan nicht im geringsten berührt, aber nun stellte er fest, daß ihn sogar die trivialsten Details interessierten. Er wußte nun aus erster Hand, wie lebenswichtig das Wetter für die Fischer war, und seit seiner »Seereise« hatte er hie und da bemerkt, daß er den Himmel mit einer Aufmerksamkeit betrachtete, die er zuvor nie empfunden hatte. Würden diese Wolken Regen bringen? Aus welcher Richtung kam der Wind? Konnte die »Klein-Stevie« einen weiteren Sturm überdauern? So hörte Logan weitaus aufmerksamer zu, als er es selbst für möglich gehalten hätte.

Sie merkten es kaum, wie eine Stunde verging. Jesse war die erste, die sich erhob.

»Wir wollten nicht Ihre ganze Zeit mit Beschlag belegen, und wir haben heute auch noch einiges zu tun«, meinte sie.

»Meine Zeit!« sagte Logan. »Zeit ist alles, was ich habe!«

Sie lachte. »Das bequeme Leben macht sich schon bemerkbar, scheint mir!«

»Ich wäre lieber auf Ihrem Deck in einem Unwetter, als hier eingesperrt«, antwortete Logan.

Ein ernster Ausdruck glitt über Jesses Gesicht, wie Logan ihn noch nie zuvor an ihr gesehen hatte. »Der Herr hat Sie einmal verschont, mein Freund«, sagte sie, »und Sie sollten ihn lieber nicht versuchen, bevor Sie nicht herausgefunden haben, wozu er Sie gerettet hat.«

Logans ausdrucksloses Gesicht schien sie anzutreiben, ihm noch mehr zu sagen.

»Wenn wir auf'm Wasser draußen sind, und der Sturm bricht los, da gibt's manchmal 'n Donnerschlag, daß ich denk, nu ist's alle mit uns. Oder manchmal fährt'n Blitz aus'm fast heiteren Himmel. Und so was passiert manchmal auch im gewöhnlichen Leben. Was Schreckliches passiert, ohne daß es vorher 'ne Warnung gegeben hätte, und von da an ist alles anders, und 's Leben wird nie wieder, wie's mal war. Wie damals, als mein Charlie und mein Junge verlorengingen. Und dann hängt's davon ab, wie man auf so'n Unwetter an Schwierigkeiten reagiert. Was machst du nachher, wenn der Donnerschlag verklungen ist? Ist dein Leben nachher besser als vorher, oder schlechter? Läßt du zu, daß der Blitz dir die Augen öffnet, oder machst du sie doppelt fest zu?«

»Ich fürchte, ich verstehe nicht ganz, wovon Sie reden, Jesse«, sagte Logan in entschuldigendem Ton.

»Na, dann will ich mal sehn, ob ich'n bißchen mehr Klartext reden kann, mein Junge«, antwortete sie. Nach einer kurzen Pause fuhr sie fort: »Ich glaub nu mal nich' an Zufälle. Alles hat seinen Sinn. Daß Sie hierherkamen und daß Sie Ihr'n Unfall auf'm Boot hatten und vielleicht auch Ihr'n Unfall hier, was weiß ich! Sehn Sie's nicht selbst, Jungchen? Gott versucht, Sie auf sich aufmerksam zu machen. Hier ist der Blitzschlag in Ihr'm Leben. Er versucht, Sie aufzuwecken. Und das hab' ich schon anfangs gesagt, Sie sollten man lieber versuchen, 'rauszufinden, wofür er Sie nu gerettet hat, bevor er die Geduld mit Ihnen verliert und Sie sich selbst überläßt.«

Logan schwieg und versuchte, über ihre Worte nachzudenken, aber in Wirklichkeit drangen sie kaum in sein Bewußtsein ein.

»Wir haben's fast vergessen«, warf Buckie in fröhlicherem Tonfall ein, »wir haben Geschenke mitgebracht.«

»Geschenke! Ich hab' doch nicht Geburtstag, Buckie!« lachte Logan.

»Jesse hatte die Idee, aber wir haben ihr alle zugestimmt, daß es 'ne gute Idee war«, antwortete der Erste Maat, schob die Hand in die Tasche und zog drei Zigarren hervor. »Vielleicht haben Sie Lust auf'n guten Tabak«, fügte er hinzu, während er sie aufs Bett legte.

Logan hob eine der Zigarren auf und schnüffelte ausdauernd daran. »Ah«, sagte er, »das ist vielleicht eine gute Zigarre!«

»Ich hab' auch was mitgebracht«, sagte Jimmy, »aber ich hab's bei der Köchin gelassen. Wir haben einen Teil von dem Fang geräuchert, bei dem Sie uns geholfen haben.«

»Von Hilfe war doch wohl kaum die Rede!«

»Sie waren da, und das genügt«, sagte Jesse, und Logan wußte, sie meinte es ehrlich. Dann entnahm sie ihrer Tasche ein kleines Päckchen. »Die Jungs dachten, die könnten Sie vielleicht gebrauchen.«

Es war ein Kartenpäckchen. Logan schüttelte es aus der Schachtel und fächerte es kunstvoll auf; man merkte, daß seine Finger mehr als nur flüchtig vertraut mit dem Spiel waren. Plötzlich begann er aus vollem Halse zu lachen. Jede Karte trug auf dem Rücken das Bild eines Fisches.

Er blickte Jesse an und merkte, wie sie ihm zuzwinkerte.

Plötzlich war ihm ganz wunderlich zumute. Er biß sich auf die Lippen und senkte hastig den Blick auf das Kartenpäckchen, als müßte er es genauer in Augenschein nehmen. Er wußte nicht recht, was das für ein Gefühl war, das in ihm aufwallte, noch, was er sagen sollte. Als er endlich sprach, klang seine Stimme hohl. Er konnte nicht sagen, was er empfand, ohne zuviel zu sagen.

»Danke. Ihr seid alle ... ihr seid gute Freunde«, war alles, was er sagte, aber als er es wagte, Jesse einen Blick zuzuwerfen, wußte er, daß sie ihn verstand.

Sie luden ihn ein, sie wieder auf dem Boot zu besuchen, obwohl er nun ja ein wichtiger Mann geworden war und für die Herrschaft arbeitete. Dann gingen sie, und Logan blieb allein zurück.

Er lag still im Bett. Ihm war sehr seltsam zumute – und ausgesprochen unbehaglich. Er spielte mit dem Kartenpäckchen und schnupperte an der Zigarre.

»Was hätte ich denn tun sollen?« Er schrie fast auf, warf die Decken zurück und sprang aus dem Bett.

Während er auf dem persischen Teppich auf und ab schritt, hielt er ein Zwiegespräch mit sich selbst. »Sie würden es verstehen! Sie würden an meiner Stelle dasselbe tun, wenn sie nur die Möglichkeit dazu hätten! Hier geht's um einen hohen Einsatz! Freunde oder nicht, ich bin zu weit gegangen, um jetzt sentimental zu werden!«

Dann, als wollte er seinem augenblicklichen inneren Zwiespalt ein Ende machen, packte er eine der Zigarren, biß das Ende ab, das er auf den Boden spuckte, zündete sie an und rauchte in tiefen Zügen. Er fand, daß die Zigarre längst nicht so gut schmeckte, wie er erwartet hatte. Es war ja nicht so, als hätten die Jungs ihren letzten Penny dafür ausgegeben! Er sog wieder den Rauch ein und versuchte einen Rauchring zu blasen. Aber seine Bemühungen blieben umsonst. Diesen Trick hatte Skittles ihm niemals beibringen können.

Armer alter Skittles ...

Warum mußten die Dinge sich verändern? Warum konnte er nicht in London sein, wo er hingehörte, unter Menschen, zu denen er gehörte? Er hatte gewußt, was er wollte und wie er es bekommen konnte. Dort hatte es keine tieferen Lebensfragen gegeben – jedenfalls nicht so viele. Und hier war Jesse, die von Donnerschlägen aus dem Himmel sprach, und ein Dichter aus lang vergangener Zeit, der von Menschen fantasierte, die nicht frei sein wollten! Was für ein Unsinn!

Plötzlich hörte er ein Geräusch vor der Türe.

Wie ein unartiges Kind sprang er zurück ins Bett und kroch unter die Decken. Sein Herz hämmerte wild. Die Zigarre hatte allen Geschmack verloren. Niemals zuvor hatte er sich so sehr wie ein ganz gewöhnlicher Gauner gefühlt.

DAS TREIBHAUS

Nachdem sie Logan seinen Freunden überlassen hatte, kehrte Allison reichlich schlecht gelaunt ins Erdgeschoß zurück. Es war eine Schande, wie sie alle diesen Menschen behandelten – wie sie ihm das beste Gastzimmer zur Verfügung stellten, ihn hinten und vorne bedienten und seinen derben und übelriechenden Freunden gestatteten, im Haus herumzulaufen!

Aber all das hatte sie nicht halb so sehr irritiert wie die Bitte ihrer Mutter, die Besucher zu MacIntyres Zimmer zu führen. Für solche Aufträge hatte man die Dienerschaft!

Dabei wußten ihr Vater und ihre Mutter, was für eine Art Mensch er war; Allison hatte viel Wert darauf gelegt, ihnen haarklein zu erzählen, in welchem Zustand sie ihn in der Stadt angetroffen hatte. Aber hätte *sie* jemals daran gedacht, mit so jemand Freundschaft zu schließen, da hätten sie nach Kräften Einspruch erhoben!

Als sie den Fuß der Freitreppe erreichte, trug sie einen gespannten, säuerlichen Ausdruck auf dem Gesicht, den Joanna einfach nicht übersehen konnte. Die aufmerksame Mutter konnte sich eine ungefähre Vorstellung machen, was der Grund dafür war, denn sie hatte den Widerspruch in den Augen ihrer Tochter in dem Augenblick gesehen, in dem sie gebeten wurde, Logans Gästen den Weg nach oben zu weisen. Joanna fragte sich oft, ob sie den richtigen Weg gewählt hatte, mit Allisons Problemen umzugehen, indem sie sie zwangsweise in Situationen versetzte, die sie herausforderten und ihre arrogante Haltung als solche demaskierten. Sie hoffte, daß es weitaus mehr bewirken würde als die mütterlichen Predigten, wenn Allison ihr wahres Wesen erkennen mußte. Joanna ermahnte sich selbst immer wieder, Geduld zu üben und beharrlich für ihre Tochter zu beten – dies waren ihre stärksten Waffen gegen das Unwesen, das Allison verzehrte. Aber manchmal war es so unendlich schwer, sich davor zurückzuhalten, einfach zu sagen, was ihr auf der Zunge brannte.

»Mutter!« sagte Allison in verweisendem Ton, wie eine Herrin, die eine Magd zurechtweist. »Wie konntest du nur! Es gehört sich doch wirklich nicht, daß ein Familienmitglied die Gäste eines Angestellten durchs Haus führt! Wie willst du hier für Ordnung sorgen, wenn solche Dinge einreißen? Und solche Gäste noch dazu!«

Der arrogante Ton ihrer Tochter strapazierte Joannas Zurückhaltung bis zum äußersten. *Vielleicht braucht sie eine gesunde Tracht Prügel!* dachte sie. Aber statt dessen holte sie tief Luft und antwortete ruhig: »Daran hatte ich nicht gedacht.«

»Daran würdest du auch nie denken, Mutter«, antwortete Allison. »Manchmal gestattest du wirklich, daß sie auf dir herumtrampeln!«

»Tatsächlich?«

Allison nickte. Sie machte ein Gesicht, als erwartete sie einen Angriff von ihrer Mutter. Aber Joanna fuhr mit derselben beherrschten Stimme fort: »Ich gehe hinüber zum Treibhaus.« Bei diesen Worten bemerkte Allison zum ersten Mal, daß ihre Mutter ein Körbchen trug. »Dorey sagte, wir könnten uns heute ein paar Rhododendren abschneiden. Möchtest du mitkommen?«

Allison zögerte.

Die Einladung schien keine Drohung zu beinhalten. Dennoch, sie war ein wenig seltsam. Warum hatte ihre Mutter ihr diesmal nicht die sonst übliche Predigt gehalten, man müsse alle gleich behandeln? Sie wollte schon eine Entschuldigung vorbringen, als sie sich plötzlich sagen hörte: »Ja.«

Der Tag lud nicht gerade zu einem Morgenspaziergang ein. Ein beharrlicher Wind hatte sich erhoben und blies nun von Norden her. Er brachte die Drohung neuerlicher Unwetter mit sich. Er wehte Allison das Haar ins Gesicht, und sie zog ihren Sweater eng um sich. Während sie dahineilten, war es unmöglich, miteinander zu sprechen; sie hätten einander in die Ohren brüllen müssen.

Im Augenblick, in dem sie das Treibhaus betraten, schienen sie eine völlig andere Welt zu betreten. Die Glaswände schnitten augenblicklich das Geheul des Windes ab, und sie fanden sich von einer stillen, feuchten Wärme umgeben.

Joanna blickte sich lächelnd um.

»Ich erinnere mich noch, wie ich zum erstenmal an diesen Ort kam«, sagte sie nachdenklich. »Dein Vater und ich hatten uns durch eine Lücke in der Hecke auf das Gut geschlichen. Ich zitterte, als wir durch die Türe kamen, und mit gutem Grund, denn ich war ein unwillkommener Eindringling.«

»Ich habe die Geschichte schon ziemlich oft gehört, Mutter.«

»Ja ... das hast du wohl.« Joanna nahm eine Blumenschere von einem Haken an der Wand. »Ich wollte sie dir nur erzählen, damit du weißt, warum ich mich gegenüber den Leuten hier so und nicht anders verhalte.«

»Weil du einmal eine von ihnen warst?«

»Ja. Auch ich war eine Außenseiterin. Ich habe niemals aufgehört, ›eine von ihnen‹ zu sein, wie du es ausdrückst.« Sie schritt zu einigen Rhododendronbüschen hinüber, die mit großen, tief dunkelroten Blüten beladen waren. »Ich nehme an, ich habe von meinem eigenen Hintergrund her die Erfahrung gemacht, daß nichts Wunderbares daran ist, eine Duncan zu sein. Und als ich mich näher mit der Familiengeschichte befaßte, erfuhr ich, daß es nicht einmal etwas Begehrenswertes ist.«

»Mutter! Wie kannst du so etwas sagen!«

»An uns ist nichts Besonderes, mein Kind, außer in Gottes Augen – in denen jedes seiner Kinder etwas unendlich Besonderes ist.« Joanna schnitt eine der Blüten ab und legte sie in ihren Korb. »Vor vielen hundert Jahren ergab es sich, daß ein Mann namens Ramsey seinem König das Leben rettete, und der König schenkte ihm Ländereien und einen Titel zum Lohn. Es hätte jedem passieren können.«

»Es passierte aber nicht jedem.«

»Andrew Ramsey war ein außergewöhnlicher Mann. Er war mutig, und er schätzte das Leben eines anderen höher als sein eigenes. Das war etwas Besonderes, und er verdiente den Lohn, den er bekam. Aber der Rest ... in einer Weise hatten sie nicht mehr Anrecht auf den Lohn, als ich damals ein Anrecht gehabt hatte, in diesem Treibhaus zu stehen.«

»Wir haben uns unseren Platz verdient, indem wir das Herrengut treu verwalteten«, widersprach Allison.

»Weißt du«, sagte Joanna, deren Gedanken in eine neue Richtung wanderten, »dein Bruder möchte nach Amerika fahren, vielleicht beschließt er, für immer dort zu bleiben. Nat hat kein Interesse daran, ein Landedelmann zu sein – ich glaube, er wäre viel lieber ein Fischer. Daher wirst du wohl die nächste Herrin von Stonewycke sein, Allison.«

Allison hatte ihre Mutter nie zuvor so sprechen gehört. Es ernüchterte sie, ja es ängstigte sie sogar ein wenig. Allison mochte es nicht, wenn sie Furcht empfand, und sie reagierte darauf, indem sie sich mit einer harten, kalten Schale umgab. Im Augenblick sagte sie erst einmal gar nichts.

»Ich stimme dir in einer Hinsicht zu«, fuhr Joanna fort. »Wir haben eine einzigartige Verantwortung der Gemeinschaft gegenüber. Die Menschen hier erwarten von uns eine gewisse Stabilität und Autorität, und das ist eine gute Sache, wenn man weisen Gebrauch davon macht. Aber es liegt nicht daran, wer wir sind, nicht einmal daran, was wir sind, sondern daran, was Stonewycke ist, wofür es bei diesen Menschen und in der Geschichte ihrer Gemeinschaft steht und und wofür es immer gestanden ist. Allison, wir sind an diesen Platz gestellt worden, um den Menschen um uns zu dienen. Zu dienen – das ist die höchste Berufung von allen.«

»Wußt' ich's doch, du würdest einen Weg finden, um es so hinzudrehen«, erwiderte Allison zornig. »Niemand erwartet Knechtschaft von uns, am allerwenigsten die Leute von Port Strathy. Sie haben es gerne, wenn sie mit dem ortsansässigen Adel renommieren können, wie es alle gewöhnlichen Leute gerne tun. Es scheint mir eher, daß es ihnen peinlich ist, wie sich diese Familie zuweilen benimmt, als wären wir nichts Besseres als sie.«

»Und sind wir denn etwas Besseres?«

»Vielleicht war ›besser‹ ein ungeschickt gewähltes Wort. Aber doch, wir sind dazu bestimmt, einen anderen Platz, eine höhere gesellschaftliche Stellung einzunehmen. Es ist doch auch zu ihrem Besten, siehst du das nicht ein? Sie brauchen es, daß wir über ihnen stehen.«

»Und du meinst, wir sollten sie beherrschen, weil unsere Stellung im Leben das verlangt?«

»Weißt du, was das wirkliche Problem ist, Mutter?« fragte Allison, ohne weiter auf die Frage ihrer Mutter einzugehen.

Joanna hob nur fragend die Augenbrauen. Sie wußte, ihre Tochter würde Antwort geben, was immer sie auch sagte.

Allison sagte: »Ich glaube, du hast Angst davor, was deine Position wirklich bedeutet, Angst, du könntest *wirklichem* Adel nicht das Wasser reichen.« Joanna starrte sie an, zu verblüfft von den Gedankengängen ihrer Tochter, um ihr zu antworten. »Ich glaube, du versteckst dich einfach hinter all dem schönen Gerede vom Dienst an anderen!« fügte sie in einem letzten wilden Ausbruch hinzu.

Joanna schloß die Augen, die Blumenschere entglitt ihrer Hand. »Oh, Allison ...« hauchte sie, spürbaren Schmerz in der Stimme. »Ich ... ich fürchte, wir können über diese Dinge nicht miteinander sprechen.« Sie wollte weitersprechen, dann hielt sie ein. Ihre Lippen zitterten, als sie die Tränen zurückzuhalten versuchte, denn sie wußte, Tränen würden niemals Allisons Mitgefühl erwecken, sondern höchstens ihre Verachtung.

Joanna brachte kein Wort mehr über die Lippen. Sie war verletzt, enttäuscht, auf eine stille Weise sogar zornig, und sie fürchtete sich davor, was ihr über die Lippen kommen mochte – was für schreckliche Worte sie ihrer eigenen Tochter entgegenschleudern könnte.

Sie wandte sich um und eilte aus dem Treibhaus, das Körbchen mit Doreys lieblichen Blumen immer noch in der Hand.

Allison sah ihr nach, aber ihr eigener – und wie sie meinte, gerechter – Zorn bewahrte sie davor, die durchdringenden und herzzerreißenden Gefühle ihrer Mutter nachempfinden zu können. Sie hatte nicht bemerkt, wie sich jemand mit leisen, schlurfenden Schritten ihr näherte, und so erschrak sie, als eine sanfte Altmännerstimme sagte: »Ich wollte nicht stören.«

Sie fuhr herum. Es war Dorey.

»Oh, Großvater«, sagte sie und zwang sich rasch zu einem respektvollen Gesichtsausdruck, denn er war einer der wenigen Erwachsenen, deren Meinung sie noch respektierte. »Du hast mich erschreckt.«

»Du hast mich erschreckt, meine Liebe«, antwortete er in ruhigem Ton, der gar nicht nach einem alltäglichen Schrecken klang. Er hinkte langsam zu der Stelle hinüber, wo Joanna die Blumenschere fallengelassen hatte, und hob sie auf. »Ich wollte mich gerade bemerkbar machen, als deine Mutter hinausging.«

»Es ist unmöglich, mit ihr zu reden«, sagte Allison. Verteidigungsbereitschaft klang in ihrer Stimme mit.

»Das scheint eine sehr weit verbreitete Krankheit zwischen Müttern und Töchtern zu sein, nehme ich an«, sagte der alte Mann.

»Sie versteht mich überhaupt nicht.«

»Sie versteht dich nur allzu gut, meine Liebe«, sagte Dorey. Auf seinem Gesicht zeichnete sich der Vorwurf ab, von dem seine sanfte Stimme sich nichts anmerken ließ. »Und ich habe dich auch verstanden.« Er trat auf sie zu und nahm ihre Hände in die seinen – knorpelige alte Hände, rauh von der Arbeit in der Gärtnererde und ein wenig zittrig vom Alter. Aber sein Griff war fest und warm, von einer Liebe erfüllt, die seine Urenkelin – wie er wohl wußte – niemals offen anerkennen würde.

»Ich hörte etwas in deiner Stimme«, sagte er, »und ich sehe es in deinen Augen, und es erschreckt mich, liebe, liebe Ali.« Er war der einzige, dem sie gestattete, sie bei dem Namen zu nennen. »Wir würden es gerne vergessen, aber wir können es nicht vergessen ... daß auch *sein* Blut in unseren Adern fließt. Als ich in deine Augen blickte, da sah ich seine Augen darin. Ich könnte sie niemals vergessen.«

»Von wem sprichst du, Großvater?« Nun zitterte auch Allisons Stimme ein wenig. Sie wußte, daß ihr Großvater furchtbar gelitten hatte und vor vielen Jahren geistig verwirrt gewesen war, und hin und wieder – wenn auch nicht oft – sagte er etwas, das sie an diese Zeiten erinnerte.

»Ich spreche von James Duncan«, sagte er mit schmalen Lippen. Es fiel ihm immer noch schwer, den Namen auszusprechen.

»Er war ein ziemlicher Schurke, nicht wahr?«

»Er war dein Ur-Ur-Großvater«, war Doreys einzige Antwort. Er zog ihre Hände an die runzligen Lippen und küßte sie sanft.

»Mutter hat die rosaroten Blüten vergessen«, sagte Allison. Sie machte sich brüsk aus Doreys Zugriff frei, nahm die Blumenschere zur Hand und begann wie ein Schmetterling von Blüte zu Blüte zu eilen.

Dorey schüttelte traurig den Kopf. »Wirst du dich bei deiner Mutter entschuldigen?« fragte er.

»Warum sollte ich?« antwortete Allison und schnippelte wie wild die Blüten ab.

»Du hast sie schrecklich verletzt.«

»Das war nicht meine Absicht.«

»Wir wollen diejenigen, die wir lieben, niemals mit Absicht verletzen«, sagte er und stieß einen müden Seufzer aus. »Aber es geschieht nur allzu oft. Du darfst solche Dinge nicht zwischen euch schwären lassen.«

»Nun ja ... ich hätte es wohl besser in einem anderen Ton gesagt«, räumte sie ein, wenn auch widerwillig. »Jetzt sind es wohl genug rosafarbene, was meinst du?« Sie ließ die Schere auf den Tisch fallen und flitzte zur Türe. »Das Mittagessen ist bald fertig, Großvater, komm nicht zu spät.«

Sie war bei der Türe draußen und verschwunden, bevor er antworten konnte.

Dorey seufzte schwer. »Lieber Gott«, betete er mit leiser Stimme, »laß sie nicht diesen Weg gehen – seinen Weg. Zieh sie früh im Leben an dich, damit sie sich noch viele Jahre an deiner Liebe erfreuen kann. Sie braucht dich so sehr. Hilf ihr erkennen, wie sehr sie dich braucht ...«

Seine Gedanken kehrten viele, viele Jahre zurück zu einem jungen Mann und was alles notwendig gewesen war, damit er sein Bedürfnis nach Gott erkannte. Bei dem Gedanken krümmte er sich vor Schmerzen, wenn er an Allison dachte. Aber das Grauen war noch stärker, wenn er daran dachte, wie er das grausige Glitzern in James Duncans Augen in den Augen seiner lieben Allison gesehen hatte.

»Tu was du tun mußt, Vater.« Es waren harte Worte. Und vielleicht hätte er sie nicht über die Lippen gebracht, hätte er nicht gewußt, daß er sie zu einem liebenden und barmherzigen Gott sagte.

Logan umfaßte den Krückstock und tat ein paar zaudernde Schritte vorwärts. Er hob den Blick und lächelte Joanna an, die ihm ermutigend zusah.

Es war der dritte Tag seit dem Unfall, und endlich hatte er die offizielle Erlaubnis erhalten, aufzustehen und das Bett zu verlassen. Alles, wonach er sich jetzt sehnte, war frische Luft und Bewegung. Eine Weile war es ja sehr angenehm gewesen, in diesem königlichen Zimmer verwöhnt zu werden. Aber jetzt hätte er es keinen Tag länger mehr ausgehalten!

»Kann ich mich schon ein bißchen auf meinem zukünftigen Arbeitsgebiet umsehen?«

»Aber natürlich«, antwortete Joanna. Fünf Minuten später hatten sie den Hinterausgang in der Nähe der Ställe erreicht. Dort verließ ihn Joanna, nachdem sie ihm den Weg gewiesen hatte, und Logan hinkte den Rest des Weges allein weiter.

Der vordere Teil des gewaltigen Steingebäudes war abgemauert worden und diente nun als Garage und eine Art Werkstatt. Er stieß die hölzerne Türe auf. Zuvorderst lag ein großer offener Raum, sehr alt, mit einem Boden aus gestampftem Lehm und spinnwebverhangenen Wänden und Decken aus nackten Balken. Nachlässig über den Raum verteilt standen da die landwirtschaftlichen Maschinen des Gutes, einige alt und rostig, andere noch voll im Gebrauch. Ein zerbrochener hölzerner Karren, der an einer Wand stand, mußte fünfzig Jahre oder noch älter sein. Er erkannte eine primitive Dreschmaschine, wie er sie zuweilen auf Bildern gesehen hatte; sie sah aus, als könnte sie noch funktionieren. Einige Pflüge lagen auf dem Boden. Weder der Austin noch der Traktor waren zu sehen, aber der Raum bot genug Platz für sie beide. Im Winkel zur Rechten befand sich die moderne Abteilung; dort gab es Werkzeuge und Geräte, die offensichtlich zur Reparatur von Motoren dienten. Ein alter Reifen lehnte an der Wand, eine verrostete Kühlerhaube und Behälter mit Öl und Diesel standen in der Nähe. »Das muß Innes' Nische gewesen sein«, dachte Logan. Er hatte einen Freund, der eine kleine Garage besaß, und dort sah es genauso aus wie in diesem Winkel.

Während Logan sich weiter ins Innere des Raumes begab, schien er mit jedem Schritt weiter in der Zeit zurückzugehen. Eine steinerne Esse mit einem altertümlichen Blasebalg darüber erzählte von den Zeiten, als ein Hufschmied hier gearbeitet hatte, um den Pferden die Hufe zu beschlagen oder zerbrochene Wagenräder zu flicken. Logan schlenderte hinüber und streckte die Hand nach dem hölzernen Hebel aus, mit dem der Blasebalg bedient wurde. Er war steif vor Alter, aber er schaffte es, ein wenig Luft hindurchzuquetschen, so daß eine winzige Staubwolke in der Esse auffuhr.

Plötzlich wurde ihm klar, daß sein Onkel Digory an diesem Ort gearbeitet haben mußte. Tag für Tag war er hier hereingekommen, wie er es eben getan hatte, war an dieser selben Stelle gestanden und hatte vielleicht den Blasebalg bedient als Gehilfe eines muskelbepackten Hufschmieds, der über dem prasselnden Feuer stand und nützliche Dinge aus rohem Eisen hämmerte.

Er sah sich um. Jetzt gab es keine eisernen Hufeisen und eisenbeschlagenen Wagenräder mehr, sondern Gummireifen und unbeseelte Maschinen. Keine Pferde und Ochsen und handgeführten Pflüge, sondern Automobile und Traktoren und die Mechanismen der modernen Zeit. Ein unwillkürlicher Stich Traurigkeit durchzuckte Logans Herz bei dem Gedanken. Er hatte niemals zuvor daran gedacht, aber die alten Methoden hatten etwas Anziehendes an sich, und ihr Verschwinden erweckte leise Melancholie.

Er atmete tief ein, als suchte er nach den schwachen Düften längst vergangener Zeit. Dann, mit einem letzten Blick in die Runde und einem unwillkürlichen Seufzer, schritt er tiefer in das Gebäude hinein, bis er schließlich vor einer Mauer anlangte, die vom Boden bis zur Decke reichte. Sie schien relativ neu zu sein und reichte über etwa zwei Drittel des Raumes, zweifellos, um die moderne Garage von den alten Ställen abzuteilen, die immer weniger gebraucht wurden.

Er schob die Türe inmitten der Wand auf und trat ein.

Das Schnauben eines Pferdes erschreckte ihn, aber sofort war alles wieder still, vom dem Geräusch abgesehen, das die unruhigen Füße mehrerer Tiere machten. Es war, als hätte er noch einen weiteren Schritt zurück in die Vergangenheit getan, denn hier fand er die traditionellen Requisiten bäuerlichen Lebens vor. Kein Zweifel, an diesem Ort hatte sein Onkel einen Großteil seiner Zeit zugebracht. Fliegen summten herum, der Duft süßen Heus mischte sich mit dem Pferdegeruch und erfüllte die Luft, und das gelegentliche Schnauben der Bewohner unterbrach die Stille. Wie weit war diese Welt entfernt von dem Leben, das Logan auf den Straßen Londons kennengelernt hatte! Und dennoch, der Zauber, der ihn ergriffen hatte, als er vor dem Blasebalg gestanden war, wurde immer mächtiger. In der Luft um ihn war etwas Lebendiges, etwas Elementares. Wieder atmete er tief ein, aber diesmal fühlte er weniger Traurigkeit als eine intensive innere Freude. Hier war etwas Heilsames, etwas Erdhaftes, etwas Belebendes, als wären hier, und nur hier, die Fundamente des Lebens selbst zu entdecken. Hier war Stille. Hier war Frieden. Hier konnte man die Welt ausschließen und sich in eine innere Stille zurückziehen, die man auf den geschäftigen Straßen und hektischen Gassen des Lebens nicht kannte.

Er dachte an den majestätischen Prunk des Schlosses, das er soeben verlassen hatte und das keine hundert Meter entfernt stand. Die Menschen, die es bewohnten, mochten recht fügsam sein, aber das Schloß selbst strömte eine strenge, ja hartherzige Autorität aus. Da stand es, kalt, unbeweglich, gefühllos – ein Wächter vergangener Zeiten, eine Erinnerung an die turbulenten und gewalttätigen Epochen der schottischen Geschichte.

Aber inmitten dieser eindrucksvollen Festung unnachgiebiger Macht stand der Stall und hatte gemeinsam mit ihr überlebt – ein beruhigendes, beschützendes Element im Vergleich zu dem grimmigen Schloß. Bei dem Gedanken fühlte sich Logan an die Worte erinnert, die Lady Margaret beim Abendessen an diesem ersten Abend gesprochen hatte.

»Ich verbrachte viele Stunden in Digorys Stall«, hatte sie gesagt. »Ich liebte Pferde, aber vielleicht noch mehr liebte ich den Frieden und die Zurückgezogenheit, die mir dort geboten wurden.« Digory war ihr einziger wahrer Freund gewesen, hatte sie gesagt, und sie hatte sich danach gesehnt, daß seine Welt die ihre sein möge. Aber immer wieder war sie gezwungen gewesen, in die ernüchternde Wirklichkeit des Lebens im Schloß zurückzukehren.

»Aber Ihre Familie muß den Ort für Sie doch etwas aufgeheitert haben?« hatte Logan gefragt.

In dem Augenblick hatte sie eine Veränderung überkommen – ihre Augen waren dunkel geworden, und das Gespräch war ins Stocken geraten. Sie hatte den Anfall jedoch rasch wieder abgeschüttelt, und so neugierig er auch gewesen war, hatte Logan doch Hemmungen gehabt, weiterzufragen.

Nun war er hier, in Digorys Welt, an dem Ort, den das junge Mädchen mit ihm geteilt hatte und an dem sie gerne mehr Anteil gehabt hätte. Hatte der Mann irgendwie das Wesen des Ortes verkörpert? Den Frieden und die Gelassenheit und die Ruhe? Warum hatte Lady Margaret als Kind seinen Onkel aufgesucht?

Während er diesen Gedanken nachhing, schlenderte Logan

an den Boxen vorbei, in denen die Pferde standen. Viele waren jetzt leer, eine weitere Erinnerung daran, daß der Stall nicht mehr das war, was er einmal gewesen war, aber es waren noch fünf oder sechs schöne Exemplare vorhanden: zwei prächtige Apfelschimmel, eine schwarze Stute mit drei weißen Socken und eine adrette Kastanienbraune, die er als Vollblut erkannte. Er blieb beim Stall der Kastanienbraunen stehen und streckte die Hand hinein, um ihre seidige Nase zu tätscheln. Sie wieherte und stampfte mit dem Huf.

»Du würdest beim Rennen in Epsom ja einen schönen Batzen Geld einbringen!« sagte Logan laut.

»Wir ließen sie nur bei lokalen Rennen laufen«, sagte eine Stimme hinter ihm. »Und später haben wir sie überhaupt zur Zucht verwendet.«

Erschrocken fuhr Logan mit einer scharfen Bewegung herum. »Lady Margaret – guten Tag.«

»Tut mir leid, wenn ich Sie erschreckt habe. – Sie haben einen guten Blick für Pferde. Kommen Sie einmal hierher.« Voll Enthusiasmus ergriff sie Logans freien Arm und führte ihn zur nächsten Box. »Das ist ihr Fohlen. Eine Schönheit, nicht wahr?«

Obwohl es noch ein klappriges Fohlen war, ließ das Tier dennoch in jeder kraftvollen Sehne seine vornehme Abkunft erkennen. Der junge Hengst war tief bernsteinfarben, mit einem blaßbraunen Stern auf der Nase.

»Er ist großartig!« sagte Logan. Die Bewunderung in seiner Stimme war nicht zu überhören. »Den sollten Sie aber Rennen laufen lassen!«

Margaret lachte über sein Entzücken, sagte dann aber: »Wir haben ihn schon verkauft.« Sie sprach die Worte traurig aus, ja bedauernd. Logan spürte, daß die Tiere ihr weitaus mehr bedeuteten als lebende Wertgegenstände.

»Hat Digory Sie gelehrt, die Pferde so zu lieben?« fragte Logan. Wäre er imstande gewesen, seine eigenen Motive zu analysieren, so hätte er voll Überraschung festgestellt; daß er die Antwort wirklich wissen wollte und die Frage nicht nur aus List stellte. Still und unmerklich lockte ihn dieses Leben, in das er erst nur zufällig hineingeraten war.

»Digory strömte eine solche Liebe für alles aus, daß sie einfach abfärben mußte«, antwortete Lady Margaret. »Ich hatte fast schon vergessen, wie viel er mir bedeutete. Irgendwie brachte Ihr Auftauchen hier die ganze Erinnerung zurück. Er war der erste, der mich ›Maggie‹ nannte, als ich noch ein Kind war, das kaum auf eigenen Füßen laufen konnte.«

Sie hielt inne, offenkundig von Gefühlen überwältigt, die die Erinnerung in ihr aufstörte. Ihre Augen füllten sich mit Tränen, dann lachte sie. Logan lachte mit ihr.

»Ach, Logan, ich kann nicht an ihn denken, ohne daß ich weinen möchte! Es macht mich gleichzeitig traurig und glücklich. Er war ein so guter Mensch. Er lehrte mich noch so viel anderes – außer der Liebe zu Pferden.«

»Wie kam das?«

»Hauptsächlich durch die Art, wie er lebte. Er war kein Mann, der viele Worte gemacht hätte, und er war nicht besonders intellektuell. Aber er lebte, was er glaubte, und ich denke, das formte mich als Kind mehr als jede andere Erfahrung meines Lebens. Meine Mutter pflegte mich auszuschelten, sie sagte, es gehöre sich nicht, so viel Zeit mit einem gewöhnlichen Pferdeknecht zu verbringen, und noch weniger, sich von ihm belehren zu lassen. Obwohl sie im Grunde ihres Herzens Digory genauso liebte. Jeder tat es – vielleicht mit Ausnahme meines Vaters, obwohl es mir scheint, als hätte selbst er Digory einen gewissen Respekt entgegengebracht. Digory mußte einfach tun, was er tat. Es war nicht so, als hätte er mir irgend etwas eindrillen wollen. Einfach in seiner Gesellschaft zu sein, war schon ein Lernen und ein Erlebnis. Manchmal brauchte er nicht einmal ein Wort zu sagen. Man konnte es daran sehen, wie er die Pferde behandelte, oder an dem leuchtenden Frieden in seinen Augen, daß er etwas Besonderes an sich hatte, wie man es an einem gewöhnlichen Menschen nicht findet. So viele Menschen unseres Standes blicken herab auf diejenigen, die sie ›das Volk‹ nennen. Aber wie oft sind in Wirklichkeit jene, die in der Welt hochgeachtet werden, die wirklich Niedrigstehenden! Wirklicher Adel ist eine Sache des Herzens, Logan, und ich kann Ihnen sagen, Ihr Onkel Digory war kein gewöhnlicher Mensch. Er war ein wirklicher Aristokrat. Wenn er sprach, hatte jedes Wort Bedeutung und entsprang aus einem Herzen voll Liebe.«

»Dann war er also ein gebildeter Mann?«

»Oh, nein, keineswegs«, antwortete Margaret. »Ich bezweifle, daß er je in seinem Leben ein Buch gelesen hat, außer seiner Bibel natürlich. Aber das war auch das einzige Buch, das er jemals brauchte. Aus ihm nahm er die Worte des Lebens, und die gab er anderen weiter, vor allem mir, mit einer tiefen und zugleich schlichten Weisheit, wie ich sie selten von einem Geistlichen gehört habe.«

»Das bezweifle ich nicht«, antwortete Logan mit mehr als einem Hauch Zynismus in den Worten.

»Sind Sie ein religiöser Mensch, Logan? – Ich darf Sie doch einfach Logan nennen, oder nicht?«

»Natürlich. Nur zu!« sagte Logan und nickte. »Ich habe keine Kirche mehr betreten«, fuhr er fort, »seit ein höchst überheblicher Pfarrer mir sagte, ich sollte mich bessern, oder ich würde zur Hölle fahren. Ich war damals vierzehn und fand, daß ich es nicht nötig hatte, mich zu bessern.«

»Und denken Sie immer noch so?« fragte sie schlicht. Ihr Tonfall war gütig, fast unschuldig, aber er wußte, worauf sie hinauswollte.

»Ich behaupte nicht, vollkommen zu sein«, verteidigte er sich, »aber ich bin nicht weniger vollkommen als ein anderer, besonders dieser Pfarrer. Was hätte Digory dazu gesagt?«

»Vermutlich gar nichts«, antwortete sie.

Logan war merklich erstaunt über diese Antwort.

»Solange ich ihn gekannt habe«, fuhr sie fort, »hörte ich ihn niemals mit irgend jemand über Moral oder Theologie streiten. Ich nehme an, er verstand, daß man niemanden dazu bringen kann, zu glauben oder die Lücken in seinen Wertmaßstäben zu sehen, indem man ihn niederknüppelt. Nur Gott, nicht ein Mensch, kann das Herz eines Menschen ändern.«

»Was hat dann all das für einen Sinn – die Predigten und Prediger und Kirchen und das ganze Brimborium?«

»Manchmal nur sehr wenig. Aber wir wissen niemals, welches Werkzeug Gott dazu gebraucht, seine Veränderungen herbeizuführen – manchmal mag es sogar etwas so Ausgefallenes sein wie eine Predigt in der Kirche.«

Als sie zu sprechen aufhörte, kroch ein kleines Lächeln über ihr Gesicht und weitete sich langsam zu einem schelmischen Lächeln. Logan grinste ebenfalls. Er hätte es nicht gerne zugegeben, aber die Art der alten Dame gefiel ihm. Dann fuhr sie fort: »Sagen Sie mir, Logan, glauben Sie an Gott?«

»Oh, sicher«, antwortete er rasch. Allzu rasch, denn er hatte niemals darüber nachgedacht, welche Konsequenzen der Glaube an Gott haben mochte, und hatte auch keine Lust, darüber nachzudenken.

»Ich bin sicher, das hätte Digory Freude gemacht«, antwortete Margaret. Sie ließ ihrer Stimme nichts davon anmerken, daß sie genau wußte, was hinter Digorys Antwort steckte.

Sie hatten auf das entfernte Ende des Stallgebäudes zuzuschlendern begonnen und gelangten schließlich zu einer steilen Treppe im hintersten Winkel. Sie war überaus verwahrlost und zerfallen, und aus dem Staub und den Spinnweben schloß Logan, daß sie seit vielen Jahren nicht mehr in Gebrauch war. Er warf einen Blick nach oben, sah aber nur ein geschlossenes Türchen.

»Hier wohnte Digory«, sagte Margaret, die sein Interesse bemerkte.

»Tatsächlich?« sagte Logan, dem nun plötzlich sein ursprünglicher Plan wieder in den Kopf kam. Er inspizierte die Treppe von neuem, diesmal mit verdoppeltem Interesse. Die Stufen waren steil und eng, und es gab keinen Hinweis darauf, daß sich hier jemals ein Geländer befunden hatte. Für einen alten Mann, dachte er, war das aber höchst unsicher. Laut sagte er: »Ich dachte, ein so hoch geschätzter Diener hätte etwas Besseres verdient gehabt.«

»Ich war die einzige, die Digory besonders hoch schätzte. Aber er selbst wählte diesen Ort als seine Wohnung. Er liebte die Pferde, und ich habe keinen Zweifel daran, daß er auch die Gerüche und Geräusche des Stalles liebte, wie ich es tat.«

»Wie lang arbeitete er in Stonewycke?«

»Sein Leben lang«, antwortete Margaret. »Sein Vater war vor ihm Pferdeknecht hier. Digory erbte die Stellung gewissermaßen. Er besaß nicht viel – ein winziges, zugiges Kämmerchen über dem Stall. Keine Besitztümer außer einer alten schwarzen Bibel. Kein großes Vermögen, finden Sie nicht auch?«

Logan zuckte zusammen, als das Wort fiel. Er blickte auf und gab Lady Margarets Blick einen Moment lang zurück. Er dachte: *Versucht sie mich zu ködern? Was mag sie wohl wissen?* Schließlich sagte er: »Eine Bibel …?«

»Ja. Das werde ich niemals vergessen«, antwortete sie. Ihr Blick wanderte die Stiegen hinauf. Ihrer Stimme war nichts von einem heimlichen Beweggrund anzumerken. Allmählich entspannte Logan sich wieder. *Es war wohl nichts,* sagte er zu sich selbst. »Das Buch war schon völlig abgegriffen«, fuhr sie fort. »Ich erinnere mich, als er einmal krank war, bat er mich, ihm daraus vorzulesen. Ich frage mich, was wohl daraus geworden ist.«

»Ich glaube, ich habe diese Bibel jetzt«, sagte Logan. Er staunte fast über sich selbst, daß er diese Information so bereitwillig preisgab. Aber warum hätte er sie auch verbergen sollen? Und es hätte schlimm für ihn ausgesehen, hätte man später entdeckt, daß er bei der gesprächsweisen Erwähnung der Bibel nichts über deren Verbleib gesagt hatte. »Unter den Besitztümern meiner Mutter befand sich eine alte Bibel. Sie war in einer Kiste unter anderen Familienerbstücken.«

»Natürlich«, sinnierte Margaret. »Ich nehme an, als er starb, muß jemand seine wenigen Besitztümer zusammengepackt und an seine Verwandten geschickt haben.« »Ja, das stelle ich mir auch so vor. Tatsächlich war es diese Bibel, die mich nach Port Strathy wies.« »Könnte ich sie vielleicht sehen? Es würde mir sehr viel bedeuten.«

»Aber gewiß. Alec war so freundlich, mein Gepäck aus der Herberge zu holen, also werde ich sie Ihnen vorbeibringen, sobald ich wieder auf mein Zimmer komme.«

Sie schlenderten weiter durch den Stall und bewunderten von neuem die Pferde, und Logan fragte sich, wie er am besten das Gespräch wieder auf das Kämmerchen bringen konnte. Aber bevor er noch dazu kam, sein Anliegen in Worte zu fassen, kam Lady Margaret von selbst darauf zu sprechen.

»Sicher sind Sie ebenso neugierig auf Digorys Zimmer wie ich auf seine Bibel«, sagte sie. »Um ganz ehrlich zu sein, ich würde es gerne selbst wieder sehen. Ich war seit der Zeit, als er krank war, nicht mehr dort oben.«

»Niemals?«

»Ich verließ Schottland kurz darauf ziemlich abrupt, und dann war ich vierzig Jahre lang im Ausland. Als ich zurückkam ... nun, ich gebe es nicht gerne zu, aber ich habe bis jetzt nur selten daran gedacht. Digorys Gegenwart blieb mir stets lebendig, aber andere Dinge verblaßten in meiner Erinnerung. Und natürlich hat der allgemeine Verfall des Ortes, von meinem Alter gar nicht zu reden, Nachforschungen schwierig gestaltet.«

»Dann war diese ganze Zeit hindurch niemand dort oben?« Logan bemühte sich, beiläufig zu klingen, aber er fürchtete, das leise Zittern in seiner Stimme könnte seine Gier verraten.

»Warum hätte irgend jemand hinaufsteigen sollen? Den Raum brauchten wir ja für nichts. Natürlich mußte jemand seine Sachen packen, als er starb – vermutlich meine Mutter.«

»Lady Atlanta?«

»Sie sind ja schon bestens versiert in unserer Familiengeschichte!«

»Ich versuche auf dem laufenden zu bleiben«, lachte Logan.

Seit ihm die Existenz des Kämmerchens enthüllt worden war, hatte Logan die Hoffnung gehegt, Digory hätte den Schatz einfach in seiner eigenen kleinen Wohnung über dem Stall verborgen. Das wäre kein sehr intelligenter Schachzug gewesen, aber Digory war ja ein schlichter Mann gewesen, dessen Welt nur aus seinen Pferden und seiner schwarzen Bibel bestand. Vielleicht war er nicht raffiniert genug gewesen, an ein besseres Versteck zu denken. Wenn dort oben alles unberührt geblieben war …

Er mußte unbedingt in diesen Raum gelangen!

So ruhig er nur vermochte, wandte er den Blick von der zerbrochenen Stiege ab und blickte Lady Margaret an.

»Ich überlegte soeben«, sagte er, »und ich hoffe, es ist nicht allzu kühn von mir, ein solches Ansinnen vorzubringen, aber Mrs. MacNeil erwähnte, daß ich Kost und Logis als einen Teil meines Gehalts erhalten sollte. Wäre es wohl möglich, daß ich in Digorys Kämmerchen wohne?«

Margaret lächelte. Sie wußte selbst nicht, warum der Vorschlag ihr so gelungen erschien. Lag es daran, daß dieser junge Mann vom selben Blute war wie ihr alter Freund? Sie konnte nicht verleugnen, daß sie sich auf besondere Weise zu ihm hingezogen fühlte – beinahe vom ersten Augenblick an. Deshalb erschien es ihr ganz recht, daß er dort wohnen sollte, wo Digory einen Großteil seines schlichten Daseins verbracht hatte.

»Ich denke, dem steht nichts entgegen«, antwortete sie schließlich.

»Ich danke Ihnen, Lady Margaret«, antwortete Logan ernsthaft. »Das bedeutet mir sehr viel.«

Er war in bester Laune, als sie ihn verließ.

Er konnte sich zu seiner grandiosen List gratulieren. Selbst wenn der eigentliche Schatz sich nicht dort oben befand, so mochte der Raum doch voll versteckter Hinweise sein. Nach allem, was Lady Margaret gesagt hatte, war der alte Bursche geradezu ein Heiliger gewesen. Aber Logan glaubte nicht recht an Heilige. Jeder Mensch hatte seinen Pferdefuß. Welchen hatte wohl Digory MacNab gehabt? Aber mußte er das wirklich herausfinden? Was kümmerte ihn der alte Mann, soweit es nicht um Hinweise auf den Schatz ging?

Und doch konnte er nicht anders, er fühlte sich berührt von der Persönlichkeit des Mannes, der sein Urahne gewesen war. Mußte es ihn nicht freuen, zu sehen, wie sein Nachkomme zu Wohlstand kam?

Tief in Gedanken versunken, hörte Logan gerade noch rechtzeitig das Tor zwischen Garage und Stall in den Angeln knirschen. Er packte seinen Gehstock und fuhr herum.

HITZIGE WORTE

Es war zu erwarten, daß es noch vor Abend regnen würde, aber Allison nahm sich vor, noch ein paar Stunden auszureiten.

Jede Erbin von Stonewycke hatte reiten können, und Allison machte keine Ausnahme. Sie hatte nicht allzu viel übrig für Pferde, aber das Reiten bot ihr ein wenig Ablenkung von dem fast unerträglichen Gefängnis, das ihr Zuhause für sie bedeutete.

Als sie die alten hölzernen Stalltüren durchschritt, die immer noch offenstanden, dachte sie an die längst vergangenen Tage, als ihre Großmutter noch ein Mädchen gewesen war, als der Stall von Stonewycke mit dem schönsten Pferdebestand in mehreren Grafschaften hatte auftrumpfen können und alles nötige Personal dagewesen war, um die Tiere zu versorgen – Pferdeknechte, Stallburschen und ein Hufschmied.

Heutzutage gab es nur mehr sechs Pferde. Alles gute Pferde, unbestritten. Aber es gab kein Personal mehr. Ihr Vater – sie schauderte bei dem Gedanken – versorgte die Pferde, und Nat und ein paar Landarbeiter putzten die Ställe aus, wenn sie nichts anderes zu tun hatten. Mr. Dougall sah von Zeit zu Zeit nach dem Rechten, aber wenn Allison daran dachte, daß ihr Vater Pferde fütterte und trockenrieb und ihr Bruder, der eines Tages den Familientitel tragen mochte, den Mist aus den Ställen räumte, hätte sie am liebsten geschrien vor Zorn.

Keine der anderen Familien, die sie kannte, führte ein solches Leben. Die Bramfords hatten einen viel kleineren Landbesitz, aber er war komplett und ordentlich ausgestattet. Man stelle sich vor, Edward Bramford IV. müßte Pferdeäpfel ausfegen! Es war unvorstellbar. Ihre Mutter hielt ihr Predigten über harte Zeiten und gutes Haushalten, aber Allison wußte, daß es ihre Eltern im Grunde *genossen*, ein solches Leben zu führen. Sie hätten sich auch wie Bauern benommen, wäre Stonewycke immer noch so reich und mächtig gewesen wie in seinen besten Tagen.

Sie dachte: »Eines Tages werde ich, wie Mutter sagte, vielleicht die Herrin von Stonewycke sein. Und dann wird hier ein anderer Wind wehen!«

Als sie die Türe aufriß, die ins Innere des eigentlichen Stalles führte, bemerkte sie ein Licht. Vielleicht war also doch jemand hier, der ihr Pferd satteln würde.

»Hallo«, rief sie, »ist jemand da?«

»Ich bin's, Miss MacNeil«, sagte Logan und humpelte aus seinem Eck herbei. »Guten Tag.«

Sie nickte ihm kurz zu und ging zum Sattelgestell hinüber, wo sie verschiedene Sättel in Betracht zog, ehe sie einen davon auswählte. Sie begann ihn herunterzuheben, dann warf sie Logan einen raschen Blick zu. »Mr. MacIntyre, wenn Sie so freundlich wären –«

Er lächelte und hob seinen Gehstock, um sie daran zu erinnern, daß er Invalide war.

»Oh, das hatte ich vergessen. Es tut mir leid.« Ihre Stimme klang jedoch nicht nach Bedauern, sondern eher nach Ärger.

Logan war jedoch entschlossen, freundlich zu sein. Dieses Mädchen mochte die lästigste Person sein, die ihm seit langem in die Quere gekommen war, aber er dachte nicht daran, sich von ihrer üblen Laune einschüchtern zu lassen.

»Bitte, Miss MacNeil«, sagte er, »jeder hier nennt mich schon Logan, warum tun Sie's nicht auch?«

»Mr. MacIntyre«, antwortete sie sehr von oben herab, »ich hoffe, die Liebenswürdigkeit meiner Familie hat Ihnen nicht Anlaß gegeben, zu vergessen, wer Sie sind und wer wir sind. Ich hoffe insbesondere, daß Sie nicht vorhaben, unsere Freundlichkeit auszunützen. Sie sind ein Angestellter hier, sonst gar nichts. Und Sie würden gut daran tun, wenn Sie Ihre Stellung nicht vergessen wollten.«

Einen Augenblick lang konnte er vor Staunen über diesen Anpfiff nur offenen Mundes dastehen. Im nächsten Augenblick brach er in helles Lachen aus. Das konnte sie doch nicht ernst meinen! Das klang ja einfach zu komisch!

»Wie können Sie es wagen, mich auszulachen!« schrie sie in leidenschaftlichem Zorn.

»Meine Stellung! Ha ha! Sie wissen wohl nicht, daß das mit Königin Viktoria ausgestorben ist, oder?«

»Vielleicht in den Hintergassen, die Sie Ihre Heimat nennen«, sagte Allison, »aber Menschen mit guter Kinderstube wissen noch, wem sie Respekt schulden.«

Wenn es eine Sache gab, die Logan von Herzen verachtete, so war es Snobismus. Er war überzeugt, daß er so gut wie irgendein anderer war, sei er Bettelmann oder König. Er nahm Arroganz nicht unwidersprochen hin, vor allem, wenn sie gegen ihn selbst gerichtet war. Damit hatte er sich früher schon Schwierigkeiten eingehandelt, und zweifellos würde es wieder der Fall sein.

Sein Lachen erstarb rasch, und er funkelte Allison an. Seine nächsten Worte kamen ihm kühl und beherrscht über die Lippen. »Und Sie sind wohl dazu berufen, mich an meine soziale Stellung zu erinnern?«

»Falls notwendig, ja.«

»Sie sind es, junge Dame, die daran erinnert werden muß, wohin sie gehört – und ich bin offenbar derjenige, der das tun muß!« Obwohl auch er jetzt zornig war, war sein Ton gemessen und nicht ohne Schelmerei. Aber Allison hatte kein Vergnügen an einem Humor, der auf ihre Kosten ging.

»Wie können Sie es wagen!« knirschte sie. »Ich werde zusehen, daß Sie Ihren Job verlieren!«

»Das wäre es mir wert, *Mylady*«, antwortete er.

Daß er ihren Titel so sarkastisch zitierte, ärgerte Allison besonders, und Logan, der ihre Reaktion mit dem größten Vergnügen beobachtete, fuhr fort: »Ich muß Ihnen gegenüber ganz ehrlich sein, Mylady. Sie sind der übelste Snob, den ich je kennengelernt habe, Miss Allison MacNeil.«

»Wie können Sie es wagen!« kreischte sie.

»Denken Sie, was Sie wollen«, fuhr er fort, »aber daß Sie eine Duncan sind, gibt Ihnen noch längst nicht das Recht, herumzulaufen und andere Leute wie den letzten Dreck zu behandeln. Falls Sie's noch nicht bemerkt haben, wir leben im 20. Jahrhundert. Wir sind nicht Ihre Leibeigenen.«

»Ich brauche mir das nicht anzuhören!« schäumte sie. »Verlassen Sie augenblicklich den Stall!«

»Und wenn ich's nicht tue?« fragte Logan, lehnte sich an das Sattelgestell und legte den Kopf schief.

»Verlassen Sie diesen Raum!« wiederholte Allison. »Sie haben kein Recht, hierzusein. Ich befehle Ihnen zu gehen!«

»Sie befehlen es mir!« lachte Logan. »Sie sind so unausstehlich, daß ich eigentlich nur darüber lachen kann. Sie leben ja im Mittelalter, Miss MacNeil!«

Kochend vor Wut riß Allison einen Sattel vom Gestell und eilte die Reihe der Boxen entlang, bis sie zu der schwarzen Stute kam. Sie warf den Sattel auf den Rücken des Pferdes, das mit dem Huf stampfte und diese rauhe Behandlung offenkundig übelnahm. Sie begann das Tier loszubinden, in der Absicht, es nach draußen zu führen und dort zu satteln.

Aber Logan, der noch längst nicht mit ihr fertig war, hinkte ihr nach. »Wollen Sie behaupten, ich wäre der erste Mensch, der Sie auf diesen Charakterfehler aufmerksam macht?«

Allisons Hand fiel vom Riegel der Stalltüre. Ihre einzige Antwort war ein wütendes, aber lautloses Ausstoßen des Atems.

Die Konversation hatte einen ganz anderen Verlauf genommen, als Allison geplant hatte. Sie hatte vorgehabt, ihn erst mit ihrer Überlegenheit zu beeindrucken, dann ein wenig nachzugeben und ihm das Privileg zu gestatten, sie beim Vornamen zu nennen, ja ihn vielleicht sogar zu dem Ritt einzuladen. Jetzt war sie so außer sich vor Wut, daß sie kein Wort über die Lippen brachte.

Mit Fingern, die unbeherrscht zitterten, versuchte sie den Sattel festzuschnallen. Sie zog den Sattelgurt so heftig an, daß die Stute beiseite sprang. Aber bei Logans letzten Worten fuhr sie herum.

»Charakterfehler!« antwortete sie indigniert. »Wofür halten Sie sich denn, daß Sie glauben, so mit mir sprechen zu können!« Ihre Stimme war eiskalt geworden und voll Stolz auf ihre eingebildete Überlegenheit, als wollte sie ihn fragen, ob er es wagte, ihr eine Antwort zu geben.

Logan hatte plötzlich genug. Er wußte, er konnte niemals einen Streit mit jemand gewinnen, der so leidenschaftlich war, oder ihre Einwände überschreien. Vielleicht würde sie auf Vernunftgründe hören.

Sein Ton mäßigte sich, und seine Stimme wurde weich. »Wofür ich mich halte? Ich war einfach jemand, der freundlich sein wollte«, sagte er. »Ich hab' Ihnen nur den Vorschlag gemacht, mich beim Vornamen zu nennen, nicht, mich zu heiraten und den kostbaren Stammbaum der Duncans zu verunehren.«

Sie stellte die Haare auf, und er fügte hastig hinzu: »Ich nehme an, ich hoffte nur, daß Ihr kühles und formelles Benehmen mir gegenüber nicht einer persönlichen Aversion entspringe. Und ich dachte, vielleicht, wenn Sie mich beim Vornamen nennen würden – aber ich mußte Ihren Worten entnehmen, daß ich wohl nicht gut genug bin, daß Sie meine Bekanntschaft machen möchten.«

Sie unterdrückte ein befriedigtes Lächeln. Er versuchte also nachzugeben, er duckte sich! Er akzeptierte also ihre Überlegenheit.

»Nun ...« antwortete sie und zog das Wort kokett in die Länge, »ich könnte vielleicht einmal eine Ausnahme machen – für Sie.«

»Nein, wirklich?« Er preßte die freie Hand aufs Herz und strahlte sie dümmlich an. »Das würden Sie wirklich tun – für mich?« Er hielt sie zum besten, aber sie begriff es fürs erste nicht.

»Nun, natürlich«, begann sie, »ich könnte vielleicht –«

Plötzlich hielt sie inne, als sie sah, wie sein Gesicht – er konnte sich nicht länger beherrschen – sich zu einem Lächeln verzog.

Sie begriff, daß er sich auf ihre Kosten einen Spaß gemacht hatte, und versuchte eine Antwort zu finden, aber da sie zu verblüfft war, fehlten ihr die Worte, und es war Logan, der als nächster sprach. Sein Lachen hatte brutalem Ernst Platz gemacht. »Sie sind es, Mylady, die nicht gut genug ist für mich!«

Seine grausamen Worte sollten sie treffen, und sie verletzten Allison um so mehr, als er sich umwandte und davonhinkte. Sie wollte ihm nachschreien, wollte ihm eine vernichtende Beleidigung nachsenden, die den Plebejer auf seinen Platz verwies. Aber die Befriedigung wollte sie ihm nicht gönnen. Sollte er doch denken, daß ihre Worte ihn nicht im geringsten berührt hatten. Und sie hatten sie auch kein bißchen berührt!

Sie starrte ihm wortlos nach, und als er die Hintertür des Stalles erreichte, die ins Freie führte, fiel ihr plötzlich sein Hinken auf. Jetzt hinkte er mit dem *rechten* Fuß. Aber war es nicht der linke gewesen, den er verletzt hatte? Sie beobachtete ihn wortlos, bis er die Türe hinter sich geschlossen hatte, dann rannte sie eilig hin und spähte durch eine Ritze. Kein Zweifel: Er schonte den rechten Fuß, verlegte sein Gewicht auf den linken! Sie würde ihn später am Tage noch einmal beobachten müssen, um herauszufinden, ob das Humpeln ihres neuen Mechanikers sich wiederum verändert hatte.

Langsam schritt sie zurück in den Stall und kümmerte sich um die Stute, sattelte sie fertig, führte sie hinaus und stieg auf.

Welches Spiel spielte der Mann eigentlich? Warum hatte er eine Verletzung vorgetäuscht? Um den Job zu bekommen? Das war nicht sonderlich plausibel. Ihre Eltern hatten ihn ja förmlich angefleht, die Stelle anzunehmen. Oder versuchte er, sich bei der Familie einzuschmeicheln? Nun, bei ihr hatte er es heute jedenfalls nicht versucht!

Sie würde ihn beobachten und ihrer Familie gegenüber schweigen. Sie würde keinen offenen Vorwurf gegen MacIntyre erheben. Jedenfalls jetzt noch nicht. Sie würde abwarten. Sie mußte einen offenkundigen Vorteil auf ihrer Seite haben, um mit einem Mann fertigzuwerden, der so arrogant und selbstsicher und nicht auf den Mund gefallen war wie dieser. Inzwischen würde sie die Augen offenhalten und herauszufinden versuchen, was er vorhatte. Und wenn sie ihren Eltern einen konkreten Vorwurf gegen ihn präsentieren konnte, würden sie wohl in Zukunft ihre Meinung ein wenig höher schätzen.

Sie stieß die Fersen in die Flanken der Stute und galoppierte davon, voll Vorfreude auf die Tage, die vor ihr lagen. Die Herausforderung eines kleines Geheimnisses wirkte immer sehr belebend. Ja, die nächsten Tage und Wochen konnten sehr interessant werden. Und wenn schon nichts anderes geschah, so würde sie sich jedenfalls von ihrer Langeweile befreit fühlen.

DIE JAGD BEGINNT

Es dauerte zwei Tage, bis Logan die Treppe zu Digorys Kammer repariert hatte. Er hatte den Großteil der Arbeit selbst gemacht, da die Männer mit der Frühlingsaussaat beschäftigt waren. Daher war er ganz allein, als er das letzte Brett festnagelte.

Er stieg auf Zehenspitzen die Stufen hinauf, nicht, weil er ihre wurmstichige Schwäche fürchtete, sondern aus angespannter Erwartung dessen, was hinter der geschlossenen Türe oben liegen mochte. Was mochte ihm das Zimmerchen seines Onkels enthüllen? War er vielleicht schon am Ende seiner Suche angekommen? Er mußte nur den Riegel zurückschieben, um die Antwort zu finden.

Er streckte die Hand aus, legte sie auf den altertümlichen eisernen Riegel und stieß das grob gezimmerte Türchen auf, das in seinen jahrelang unbenutzten Angeln knirschte. Das Licht drinnen war trüb und schattig. Hoch in der anstoßenden Wand befand sich ein einzelnes Fenster, das gerade groß genug war, um einen Hauch des Morgenlichts einzulassen, das draußen glänzte. Logan hatte sich auf fast völlige Schwärze vorbereitet, und nun hielt er die Kerosinlampe hoch, die er in der anderen Hand trug. Plötzlich erfüllte ein heftiges Flügelflattern den Raum. Logan sprang beiseite und duckte sich, als eine Fledermaus direkt auf ihn zuschoß, Zentimeter an seinem Kopf vorbeihuschte und durch die Türe in den Stall entfloh.

Das große Zimmer war als Folge langer Vernachlässigung mit einem dünnen Schmutzfilm bedeckt, und überall hingen Spinnweben. Logan trat nun ganz durch die Türe und sah, daß es sich tatsächlich um zwei Räume handelte. Der eine, in dem er stand, enthielt einen kleinen gußeisernen Ofen und ein Bett mit einem von Ratten zerfressenen Strohsack. Der andere, wenig mehr als ein Verschlag in der Dachschräge, enthielt einen groben Tisch aus Fichtenholz und einen einzelnen Stuhl. Ein leeres Wandbord hatte früher wohl Bücher oder Küchenutensilien enthalten. Zwischen den beiden Räumen klaffte eine breite Türöffnung. Zwei Menschen hätten sich in diesem Quartier wohl sehr beengt gefühlt, aber für einen einzelnen Mann mit schlichten Bedürfnissen mochte es durchaus zufriedenstellend sein.

Schließlich, dachte Logan mit trockenem Humor, hatte er in London schon in weit schlimmeren Löchern gehaust. Er stellte die

Lampe auf den Tisch und ging dahin und dorthin, von gelegentlichem Husten geschüttelt, als seine Füße den seit Jahrzehnten abgelagerten Staub aufrührten. Alles, was er berührte, war mit einer dünnen Schicht Grau bedeckt. Aber in einem Punkt war er sich sicher – kein einziges Stück persönlichen Besitztums, das dem alten Digory gehört haben mochte, lag hier herum. Wer immer diesen Raum ausgeräumt hatte, hatte schon vor Jahren gründliche Arbeit getan. Nichts war geblieben außer Schmutz und Staub. Dennoch verlor Logan den Mut nicht. Er würde den Schmutz wegputzen und herausfinden, was sich darunter verbarg.

Logan wandte sich um und sprang die Stiegen hinunter, um einen Besen zu holen. Inzwischen hatte er den Krückstock abgelegt und gab nicht mehr vor, zu hinken. Als er Lord und Lady Duncan auf die Treppe zukommen sah, geriet er nicht in Panik, sondern verlangsamte seine Sprünge nur zu einem gemessenen Schritt, wie er für jemand, der sich erst vor kurzem von einer Verletzung erholt hatte, angemessen erscheinen mochte. Er freute sich, sie zu sehen, denn er hatte ein wenig Angst gehabt, seine Anstellung könnte – da er nun gewissermaßen ein fester Bestandteil des Haushalts war – seine Beziehung zu Lady Margaret hemmen.

»Wir hörten, Sie wären fast fertig mit der Reparatur der Stiege«, sagte Lady Margaret.

»Vor einer Sekunde habe ich das letzte Brett angenagelt«, antwortete Logan und grinste vor Entzücken.

»Lady Margaret hat keine ruhige Minute mehr gehabt, seit Sie mit Ihrer Arbeit begannen«, sagte Lord Duncan. Er warf seiner Frau einen fröhlichen Blick zu und drückte voll Zuneigung ihre Hand.

»Nun, Sir«, antwortete Logan, »die Arbeit an der Stiege ist beendet, und ich denke, die Stufen sind solide genug, daß Sie sich hinaufwagen könnten. Allerdings, Mylady, ist es dort oben schrecklich staubig. Ich war gerade auf dem Weg, einen Besen zu holen.«

»Sie kommen ja schon gut zurecht mit Ihrem Knöchel. Er ist bemerkenswert schnell geheilt«, sagte Dorey.

»Ja ... das scheint mir auch so«, sagte Logan. »Er fühlt sich schon fast wieder normal an.«

»Ein bißchen Staub erschreckt mich nicht«, sagte Margaret, die sich von ihrer Absicht nicht abhalten lassen wollte. »Und sobald Sie einmal saubergemacht haben und eingezogen sind, würde es mir nicht im Traum einfallen, bei Ihnen einzudringen.«

Logan trat beiseite und ließ sie die Treppe hinaufgehen, dann folgte er ihnen. Lady Margaret trat als erste durch die offene Türe, und bald standen alle drei in der Mitte des größeren Raumes. Lady Margaret wandte sich hin und her und betrachtete ihre Umgebung, und ein unbestimmter Ausdruck der Enttäuschung zog allmählich über ihr Gesicht.

»Was ist, meine Liebe?« fragte Lord Duncan, der die Stimmungen seiner Frau aufmerksam zu registrieren pflegte.

»Ich weiß nicht genau, was ich erwartete«, antwortete sie. »Es hätte mir bewußt sein müssen, daß ein Zimmer nicht mehr ist als eben das – Wände und ein paar Möbelstücke. Wenn kein Stückchen aus Digorys Besitz mehr herumliegt, besteht fast keine Beziehung mehr zu ihm. Ich nehme an, ich habe gehofft, daß ein paar süße Erinnerungen wieder aufflackern würden. Aber hier ist nichts von Digory geblieben – es ist nur einfach ein Zimmer.«

Dann wandte sie sich erwartungsvoll an Logan. »Mehr als in diesen vier Wänden ruht die Erinnerung an ihn in Ihnen, Logan. Und so sollte es sein. Das Erbe, das ein Mann oder eine Frau hinterlassen, lebt in ihren Nachkommen weiter, nicht in ihren Besitztümern; in den Gefühlen und den geistlichen Werten, die einer weitergibt, nicht in den Dingen, die er einst sein eigen genannt hat. Digory hatte keine eigenen Kinder. Aber irgendwie scheint es mir, als wären Sie zu seinem Nachkommen berufen – zu dem, der die Erinnerung an ihn lebendig halten soll.«

Logan schluckte schwer.

Es klang, als wäre ihm eine große Ehre verliehen worden – die Erinnerung an einen bedeutenden Mann wachzuhalten und sein Erbe zu bewahren, einen wichtigen Mann, der in Wirklichkeit nichts weiter gewesen war als ein schlichter Stallknecht, ein armer Mann, der ein vergleichsweise völlig unbedeutendes Leben führte. Aber sie sah es tatsächlich so an, daß er ein großer Mann gewesen war, aller Bewunderung, aller Ehrfurcht und Ehrerbietung würdig.

Logan konnte nicht anders, er krümmte sich innerlich unter der Verantwortung, die ihre Worte ihm aufluden. Er fand, daß er ihre Worte nicht so einfach beiseiteschieben konnte. Dann fiel ihm etwas ein.

»Warten Sie hier einen Augenblick«, sagte er, während er sich umwandte und die Stiegen hinuntereilte in den Stall, wo er bereits den Karton mit seinen bescheidenen Besitztümern abgestellt hatte. Als er eine Minute später zurückkehrte, trug er ein altertümliches und abgegriffenes Buch in Händen – Digorys Bibel. Er hatte nur den Brief herausgenommen, sonst war die Bibel noch genauso, wie er sie in Glasgow vorgefunden hatte.

»Oh du meine Güte«, sagte Lady Margaret, als sie das Buch zur Hand nahm. Ihre Lippen zitterten, als sie erfolglos zu sprechen versuchte. Schließlich sagte sie mit einiger Anstrengung: »Er saß immer dort drüben« – sie wies mit der Hand auf den Alkoven –, »am Tisch, die Lampe stand fast an derselben Stelle wie jetzt, und das Buch lag aufgeschlagen vor ihm. Lieber Gott ...« Sie schloß die Augen und lächelte. »Ich höre fast noch seine Stimme vor mir, diese sanfte Stimme mit dem derben Akzent, wenn er mir als Kind vorlas. Ich konnte ihn oft kaum verstehen. Ach Digory ... ich habe deine Worte im Herzen bewahrt, und sie wuchsen und trugen Blüten, wie du es vorausgesehen hast. Ich hoffe, du kannst die Früchte deines unerschrockenen Glaubens sehen ...«

»Er sieht sie, geliebte Maggie ... er sieht sie«, murmelte Dorey.

Eine lange Stille herrschte zwischen den dreien, von denen jeder aus seinen eigenen Motiven in diesen leeren Raum gekommen war, in dem ein Mann schlichten Glaubens gelebt hatte. Selbst Logan fühlte sich erfaßt von diesem Augenblick der Besinnung. Er tat einen flüchtigen Blick auf den Mann, der Digory in Wirklichkeit gewesen war, den Mann, vor dem er seine Augen so fest verschlossen hatte. Er sah ihn vor sich, wie Lady Margaret ihn beschrieben hatte, über seine Bibel gebeugt, die runzligen Lippen murmelten die Worte, die ihm so kostbar waren und von denen er hoffte, daß sie auch andere berühren würden. Aber er hätte sich selbst wohl kaum so hoch eingeschätzt, daß er gemeint hätte, sein Leben würde Generationen später auf einen anderen Mann einen bleibenden Eindruck machen. Plötzlich mußte Logan daran denken, daß der alte Pferdeknecht wohl keine Freude damit gehabt hätte, einen wie ihn zum Nachkommen zu haben. Wenn er ein solcher Heiliger gewesen war, schien es irgendwie recht unpassend, daß ein Gauner wie er sein Abkömmling sein sollte.

Aber Logan schüttelte den Zauber ab. Er durfte sich von den gefühlvollen Erinnerungen der Dame nicht beeinflussen lassen. Er zwang sich, an seine dunklen Pläne zu denken, aber noch während er es tat, wurde ihm bewußt, daß es ihm zunehmend schwerer fiel. Je mehr die Persönlichkeiten Digorys und Lady Margarets ihn gefangennahmen und je mehr die ganze Aura des Stalles und dieser Menschen und des Schlosses ihn umspann, desto schwerer fiel es ihm, die zarten Hinweise abzuschütteln, daß hier etwas zu ihm sprach, das er sein ganzes Leben lang ignoriert hatte – die Stimme seines Gewissens. Übte der Ort einen solchen Einfluß auf ihn aus? Nein! Er durfte das nicht zulassen. Er hatte eine Aufgabe zu erledigen, und dies hier war nur eines der vielen Hindernisse, die er dabei überwinden mußte. Wenn sein Gewissen das Problem war, dann würde er damit fertigwerden, wie er mit Chase Morgan fertiggeworden war.

Die nächsten Worte kamen ihm schwer von den Lippen, als wüßte er, wieviel Täuschung in ihnen steckte; er sprach wie ein Mann, der verzweifelt versucht, aus tiefer Benommenheit zu erwachen.

»Ich wollte, ich hätte Ihre Erinnerungen«, sagte er. Seine Stimme fühlte sich schwer und widerspenstig an. Aber eine solche Gelegenheit mochte nicht so schnell wiederkommen, und er mußte herausfinden, was nur ging, bevor sich dieses Fenster in die Vergangenheit wiederum schloß.

»Und ich wünschte, ich könnte sie auf eine bessere Weise mit Ihnen teilen«, sagte die Lady. »Er liebte die Pferde so sehr, ebenso wie seine Bibel«, fuhr sie in träumerischem Ton fort. »Ich erinnere mich, wie er unsere beiden Pferde verwöhnte, Raven und Maukin. Erinnerst du dich an sie, Ian?«

Der alte Mann nickte, Tränen standen ihm in den Augen. »Ob ich mich erinnere? Wie könnte ich vergessen, was diese beiden Pferde uns bedeuteten!«

»Deshalb bedeuteten sie wohl auch Digory so viel. Ich denke, er liebte sie deinetwegen und meinetwegen mehr als alle anderen. Die Pferde waren sein ganzer Lebensinhalt. Er verließ kaum jemals den Stall.«

»Niemals?« fragte Logan verblüfft.

»Jedenfalls nicht sehr oft. Er war ja schon ein alter Mann, als ich noch ein Mädchen war. Einmal allerdings –«

Plötzlich zuckte sie zurück, als hätte etwas einen entblößten Nerv berührt, eine Erinnerung, die zu schmerzlich war, um beiläufig darüber zu sprechen.

Aber Logan spürte instinktiv, daß hier etwas war, das er wissen mußte. Vielleicht würde er sich später dafür hassen, aber jetzt mußte er sie bedrängen. »Was geschah?«

Sie warf einen Blick auf ihren Gatten. Logan konnte den Blick nicht deuten, der zwischen ihnen hin und her ging, aber Lord Duncan runzelte finster die Stirn.

»Wir ritten hinaus zu den Granitpfeilern auf Braenock Ridge«, antwortete sie in einem Ton, als zwinge sie sich zu antworten, um nicht länger von düsteren Erinnerungen gequält zu werden. »Ich hätte ihn niemals dazu bewegen dürfen, daß er mitkam, aber ... ich brauchte seine Hilfe ... ich konnte es nicht allein tun. Ich – ich glaube, er wurde deshalb bald darauf krank. Es war eine schreckliche Nacht.«

Der alte Mann streckte die Hand aus und berührte sanft ihren Arm. Das Gefühl, daß sie die Erkrankung des alten Mannes verschuldet hatte, bereitete ihr offensichtlich seit langer Zeit Schmerzen.

»Braenock Ridge?« fragte Logan. »Ist das hier in der Gegend?«

»Ein paar Meilen südlich von hier«, antwortete Lady Margaret, um Fassung ringend.

»Kein schöner Ort«, warf Lord Duncan grimmig ein. »Dort wächst nichts als Ginster und drahtiges Heidekraut und auch das nur auf dem bißchen Erde zwischen den Felsen. Der Rest ist ödes Torfmoor und tückische Sumpflöcher.«

Margaret lächelte ihren Gatten an. Es schien, als hätte sie ihre kurzfristige Melancholie überwunden. »Hier spricht der wahre Liebhaber von Blumen und Wäldern«, sagte sie. »Aber das Moor hat seine Vorzüge. Tatsächlich war es Digory, der mich Braenock Ridge schätzen lehrte. Er dachte, Gott hätte den Flecken vielleicht besonders lieb, weil er so unverwüstlich war. Man fand dort gelegentlich eine Primel, nicht oft, aber wenn man eine fand, war sie kräftiger als die Primeln im Tal.«

»Oh, Mädchen«, scherzte Lord Duncan, »da muß ich wohl wieder einmal einen Spaziergang machen und mir deinen Garten Eden ansehen!«

»Ja, ich würde den Ort auch gerne wiedersehen«, antwortete Margaret. Dann wandte sie sich Logan zu und entschuldigte sich. »Mr. MacIntyre, ich fürchte, wir stehlen Ihnen die Zeit mit unserem Alte-Leute-Geschwätz.«

»Ich habe jede Minute genossen«, antwortete Logan. »Ich würde gerne wieder einmal darüber sprechen.«

»Unbedingt. Und vielen Dank, daß wir Ihr neues Quartier ansehen durften.«

Logan begleitete sie die Treppe hinunter, dann eilte er davon. Er wußte, er hatte aus der Frau fürs erste genug Informationen über Braenock Ridge herausgequetscht. Aber er mußte mehr herausfinden. Da war etwas in ihrem Tonfall gewesen, im jähen Versagen ihrer Stimme, das es ihm überaus wichtig erscheinen ließ, diesen Ort zu erforschen, von dem Digory so viel gehalten hatte.

BRAENOCK RIDGE

Für jemand, der auf dem Pferderücken noch längst nicht zu Hause war, war Braenock Ridge am besten auf Schusters Rappen zu erreichen. Jedenfalls war das Fergies Meinung.

»Was willst du denn da draußen, mein Junge?« fragte der Verwalter. »Dort gibt's nichts außer Felsen und Unterholz und Sumpflöcher, in denen die Pferde sich die Beine brechen.«

»Bin bloß neugierig«, antwortete Logan unbestimmt. »Klingt ja nach einem interessanten Ort.«

»Die Ruinen sind total überwachsen.«

»Ruinen?«

»Ja, klar. Deswegen kommen die Fremden ja, um sich die anzusehen. Vor tausend Jahren oder mehr stand dort draußen ein Piktendorf, direkt bei den Felsen.«

»Tatsächlich?« sagte Logan und versuchte ein Gesicht zu machen, als interessierte ihn diese Äußerung, die sich nach dem Vorspiel zu einer langweiligen Geschichtslektion anhörte.

»Ja. Aber das Dorf wurde von brandschatzenden Wikingern ausgerottet. In einem einzigen Blutbad, heißt es, wurden Männer, Frauen und Kinder getötet. Bloß weil die Wikinger dachten, die Pikten besäßen Gold –«

Bei dem Wort lebte Logans Interesse plötzlich auf. »Gold, sagst du?«

»Ich persönlich glaube, das mit dem Gold wurde später hinzugefügt, um die Sache interessanter zu machen. Wenn du mich fragst, haben sie's für eine Brotkruste getan. Damals war das gar nicht so selten.«

»Wie komm' ich hin?« fragte Logan. »Gibt's eine Straße?«

»Nun ja, so eine Art Straße, ein Stück des Weges jedenfalls. Danach gibt's nichts mehr als einen alten Hirtenpfad, und der ist zum größten Teil auch schon verwachsen. Dort draußen wohnt ja jetzt niemand mehr. Jesse Camerons Vater lebte draußen, als er ein Junge war, und die Grants und die MacColls, aber die sind ganz aus dem Tal weggezogen. Das ist schon viele Jahre her … solang ich lebe, hat keiner mehr dort draußen gewohnt. Wer will schon in einem Sumpf leben, wo's immer zu trocken oder zu naß ist!«

Am späten Nachmittag brach Logan zu seinem einsamen Spaziergang ins Moor auf.

Ein grauer Himmel dräute über dem Tal, und ein kalter Südwind blies von den Bergen herab. Ein heftiger Windstoß drohte seine karierte Mütze wegzureißen, und er griff hastig danach und setzte sie fester auf den Kopf. Die Bewegung ließ ihn an Skittles denken. Der Schmerz über seinen Tod schien nun viel ferner, ebenso wie die Gedanken an Molly und den alten Billy. Er dachte darüber nach, was sie wohl gerade taten. Und zum ersten Mal seit langer Zeit schob sich flüchtig das Bild von Chase Morgans Gesicht vor sein geistiges Auge. Er schauderte und stieß einen Kiesel mit einem groben Fußtritt weg. Seine Rache an dem Gangster hatte ihm nichts genützt, nicht das geringste. Sie hatte nicht einmal seinen Zorn besänftigt. Er wußte, wenn Morgan ihn jemals zu fassen bekam, würde sein Schicksal um nichts besser sein als das jenes Kieselsteins. Was hatte alles genützt? Molly hatte ein wenig Geld, genug, um sich in einer harten Zeit leichter zu tun. Aber wie Billy ihn gewarnt hatte, hatte nichts von all dem Skittles zurückgebracht. Statt dessen war Logan von denen getrennt worden, die er liebte.

Seltsam, dachte Logan, während er weiterschlenderte, wie eine so simple Geste wie der Griff nach einem Hut so viele Erinnerungen aufstören konnte. Er hatte noch nicht einmal zwei Wochen im Strathy-Tal verbracht. Aber seine Erinnerungen an London erschienen ihm so fern wie Lady Margarets Erinnerungen an Digory. Würde vielleicht auch er seine Freunde niemals wiedersehen, wie Lady Margaret Digory niemals wiedergesehen hatte, nachdem sie Schottland vor fast siebzig Jahren verlassen hatte? Es erschien ihm unfaßbar, daß er niemals nach London zurückkehren würde. Aber vielleicht hatte sie damals genauso empfunden.

Logan verließ die Straße, wie Fergie es ihm gewiesen hatte, und ging auf dem Hirtenpfad weiter. Der mit Felsbrocken übersäte Pfad kroch in Windungen durch eine graue Decke von verblühter Heide, die fast völlig von den dürren Büschen überwachsen war. Man vermochte sich kaum vorzustellen, daß im Sommer diese ganze Hügelflanke in lebhaftem Purpur erglühte. Nun lag sie grimmig und feucht vor ihm, und der Wind heulte eine einsame Melodie über die stille Erde. Logan mußte Lord Duncan zustimmen – es war tatsächlich ein trostloser und wenig gastfreundlicher Ort.

Als Logans Blick über den Horizont schweifte, blieb er an einem mißgeformten Haufen von Granitfelsen hängen, die etwa eine halbe Meile entfernt aus dem Moor ragten. Er bog vom Pfad ab und kämpfte sich in gerader Linie durch das Heidekraut auf die Felsen zu. Die Stelle, wo eine Rotte blutdürstiger Wikinger ein ganzes Dorf entvölkert hatte, war ein höchst ominöser Ort, um seine eigene moderne Schatzsuche zu beginnen, aber Logan ließ sich von Legenden aus alter Zeit nicht so leicht einschüchtern.

Keine zehn Minuten später hatte er den Fuß der granitenen Hügel erreicht, die sich gute zwanzig Fuß hoch über ihn erhoben. Er betrachtete sie von allen Seiten wie ein Alpinist, der eine Herausforderung ins Auge faßt. Logan war freilich kein Mann der Berge, und er hoffte sehr, er würde hier nirgends hinaufklettern müssen, denn die Seitenwände waren von Wind und Wetter glattgeschliffen. Freilich nur die exponierten Seitenwände – die geschützten Teile, wo die mächtigen Felsen wie zufällig aneinander lehnten, waren immer noch zackig und tückisch. Fünf oder sechs besonders große Steinpfeiler ragten über die anderen empor und sahen um nichts einladender aus als diese.

Logan brauchte zwanzig Minuten, um das gesamte Gebiet zu umkreisen. Er stöberte herum, stocherte da und dort in dem alles überwuchernden Heidekraut und Farn am Fuß der granitenen Türme. Er hatte nicht die geringste Vorstellung, wonach er hier eigentlich suchte; sein einziger Hinweis war Lady Margarets schmerzliche Erinnerung an den Tag, an dem sie und ihr Stallknecht an diesen Ort gekommen waren. Sie hatte gesagt, sie hätte ihn »dazu gebracht«, sie zu begleiten. Was hatte sie in diesem öden Winkel der Ländereien überhaupt zu tun gehabt?

Schließlich setzte Logan sich auf einem kleinen Stein nieder. Noch einmal blickte er in die Runde. Zu beiden Seiten standen die steinernen Pfeiler. Vor ihm lag eine eingesunkene kleine Mulde, die wohl einmal groß genug gewesen war, um in sie hinabzusteigen, jetzt aber ganz vom Unterholz überwachsen war. Er hatte keine Ahnung, was er als nächstes anfangen sollte. Vielleicht hatte diese vermeintliche Fährte, die ihn nach Braenock Ridge führte, gar nichts zu besagen gehabt, war nur eine falsche Spur? Aber tief im Inneren spürte er irgendwie, daß dieser Ort mit dem Schatz zu tun hatte oder zumindest einmal etwas damit zu tun gehabt hatte. Hatten die Pikten ihr Gold tatsächlich hier irgendwo vergraben, und war es Jahrhunderte später entdeckt worden? Und wo befand es sich jetzt? »Was wolltest du Maggie sagen, Onkel Digory?« dachte Logan. »Sie sagte, du hättest Pferde geliebt. In deinem Brief war ja auch die Rede vom Reiten. Und einer Klippe ... und irgendeinem Pfad. Wenn du den Schatz anderswo hingebracht hast, dann kann er nicht mehr hier sein. Es muß aber irgend etwas mit den Pferden zu tun haben ... du und Maggie, ihr seid irgendwo hingeritten. Aber wenn nicht hierher, wohin dann?«

Schließlich erhob Logan sich seufzend. Hier konnte er nichts mehr tun. Er wußte einfach noch nicht genug.

Er wandte sich zur Rückkehr in eine andere Richtung, als er gekommen war, und marschierte einige hundert Meter weit nach Süden, die Pfeiler im Rücken, dann begann er den Höhenrücken in westlicher Richtung hinabzusteigen, in der Hoffnung, wieder auf die Straße zu stoßen. Während er dahinstapfte, jetzt ohne einen Pfad, der ihm den Weg gewiesen hätte, erspähte er in der Ferne etwas, das wie ein verfallenes Haus aussah. Er ging weiterhin darauf zu und sah beim Näherkommen, daß es eines der Kleinbauernhäuser gewesen sein mußte, von denen Fergie ihm erzählt hatte. Zäune hatten vorzeiten einen kleinen Garten und zweifellos auch einen bescheidenen Bestand an Nutztieren umschlossen. Das Haus hatte, wie alle diese verlassenen Katen im Hoch- und Tiefland Schottlands, kein Dach mehr, aber vier kräftige steinerne Mauern, denen weder Wind und Wetter noch die Zeit etwas anhaben konnten. Es war eine traurige und melancholische Erinnerung an vergangene Zeiten, in denen das Land, wie arm es auch gewesen sein mochte, doch in der Lage gewesen war, die armen Pächter zu ernähren, die es im Schweiße ihres Angesichtes und mit liebenden Händen bestellten.

War das vielleicht der Ort, wo Jesse Camerons Vater geboren und aufgewachsen war? fragte sich Logan. Sie hatte gesagt, es sei hier draußen gewesen. Und in diesem Falle war auch Lady Margaret hier gewesen. »Sie muß das ganze Tal und die umgebenden Hügel sehr gut gekannt haben«, murmelte Logan. »Kein Wunder, daß sie Pferde so liebt, sie muß hier und überall in der Runde stundenlang ausgeritten sein.« Raven und Maukin – an die Namen erinnerte er sich. Und Digory hatte von einem Pferd namens Cinder gesprochen. Wenn das Versteck des Schatzes irgendwie mit ihren Ausritten zu tun hatte, dann konnte es einfach überall sein!

Logan kam einem endgültigen Schluß nicht näher, als er ihm schon zu Beginn seines nachmittäglichen Ausflugs gewesen war. Er ließ das verlassene Bauernhaus hinter sich, schlug den Weg zur Straße ein und kehrte von dort zurück nach Port Strathy.

EIN TELEGRAMM VOM FUCHS

MacIntyre hatte sich also in dem alten Schloß verschanzt! Ross Sprague verließ in aller Hast und Eile das Gasthaus »Zu Wind und Wellen«, wo er dieses kostbare Stück Information von dem geschwätzigen Wirt erhalten hatte. *Der Junge ist ja recht geschickt,* dachte Sprague, während er den katzenkopfgepflasterten Bürgersteig der Hauptstraße entlangeilte. Er hatte nie erwartet, daß MacIntyre es schaffen würde, sich so nahe an den ortsansässigen Adel heranzuarbeiten. Er fragte sich, wie er das wohl bewerkstelligt hatte und ob er dem Schatz damit näher gekommen war.

Seit Spragues Ankunft in Port Strathy waren erst einige wenige Tage vergangen, und nichts sonderlich Wichtiges hatte sich ereignet. Er war seiner Beute auf den Fersen geblieben, indem er auf den Klatsch in der Stadt horchte und gelegentlich ein paar unschuldig klingende Fragen stellte. Es schien, als hätte MacIntyre sich an den Kartentischen einen Namen gemacht, und obwohl er kürzlich einige Ortsansässige bis aufs Hemd ausgezogen hatte, schätzte man ihn sehr.

Nun, Logan MacIntyre, dachte Sprague, während er sich dem Kaufhaus zuwandte, *genieße es, solange du kannst – es dauert nämlich nicht mehr lange.*

Sprague hatte kein besonderes Vergnügen daran, anderen Böses zuzufügen. Wenn die Zeit reif geworden war, daß er Logans schwer erarbeitete Pläne zerstörte, würde er sich weder innerlich erhoben noch besonders vergnügt fühlen. Vermutlich würde er überhaupt nichts fühlen. Er ließ sich niemals gefühlsmäßig in seine Arbeit verstricken und galt deshalb bei einigen Leuten als ausgesprochen kaltblütig. Aber man kam im Leben nicht weiter, wenn man sich von seinen Gefühlen beherrschen ließ, sagte er sich. Und genau das war Spragues Ziel – im Leben weiterzukommen. Er würde alles tun, um dieses Ziel zu erreichen.

Er nahm an, sein Boss würde abwarten, bis MacIntyre den Schatz gefunden hatte, und dann würde Sprague sich auf ihn stürzen und das Gold in Besitz nehmen. Es war ein ziemlich schlichter Plan, der ohne Schwierigkeiten funktionieren dürfte, besonders wenn ein Mann wie Sprague die Sache in der Hand hatte. Er war weder gierig noch jähzornig noch rachsüchtig – Emotionen, die für gewöhnlich selbst den besten Plan zum Scheitern brachten.

Sprague hatte den Verdacht, daß das Interesse seines Auftraggebers an dieser ganzen Affäre seine Wurzeln im Irrationalen hatte – Rache war das Motiv, das er vor allem vermutete. Aber das kümmerte Sprague kaum.

Er schritt auf den mit Waren vollgehäuften Ladentisch zu. Die Frau hinter dem Tisch war etwa in seinem Alter, obwohl ihre derbe Erscheinung sie älter wirken ließ. Sie saß in einem alten Kapitänsstuhl und blätterte in einem Katalog von Booten und Fischereiausrüstungen.

»Guten Morgen«, sagte Jesse Cameron, die kurzfristig eingesprungen war, während Olive Sinclair Besorgungen machte.

»Hallo«, sagte Sprague in einem Tonfall, der nicht eben unfreundlich war, aber doch von einer gewissen Arroganz durchdrungen. »Ich hörte, Sie hätten hier einen Telegrafen.«

»Haben wir, ja.« Sie legte ihren Katalog beiseite und erhob sich, wobei sie ihm winkte, ihr zu folgen. Sie betraten ein kleines Hinterzimmer mit einem Rolladen-Schreibtisch, vielen Stapeln Kartonschachteln und einem kleinen Tisch, auf dem die Telegrafenausrüstung stand. Jesse blies etwas Staub von der Maschinerie. »Schreiben Sie Ihre Botschaft einfach hier hin«, sagte sie, während sie ihm ein kleines Stück Papier reichte.

Sprague räumte eine Ecke des Tischchens frei, um Platz zum Schreiben zu haben, dann kaute er einen Augenblick lang an seinem Bleistift, während er sich den Code ins Gedächtnis zurückrief, auf den er und sein Auftraggeber sich geeinigt hatten. Schließlich kritzelte er einige Zeilen auf das Papier und reichte es Jesse.

»Lassen Sie's mich mal lesen, damit ich auch weiß, ob ich alles wirklich richtig mitgekriegt hab'.« Sie räusperte sich und deklamierte wie auf der Bühne: *»An den Falken: Die Taube ist im Nest. Die Rotkehlchen sind blind. Der Wurm ist noch verborgen. Wann und wie schlägt der Fuchs zu? Gezeichnet: D.E.R. Fuchs.«*

Jesse hielt inne und warf ihrem Kunden einen überraschten Blick zu. »Das wollen Sie wirklich so abschicken, Mr. Fox?« fragte sie, kaum fähig, den Unglauben in ihrer Stimme zu unterdrücken.

»Wir sind Vogelforscher«, bot Sprague ihr als Erklärung an. »Mein Auftraggeber ist einer von diesen ... wie nennt man das? Ornithologen, und er ist ein bißchen exzentrisch.«

»Oh ... verstehe.« Aber die Art, wie Jesse die Worte in die Länge zog, ließ erkennen, daß sie gar nichts verstand, aber die Sache fürs erste auf sich beruhen lassen wollte. »Na gut«, fuhr sie munterer fort, »Olive wird es abschicken, sobald sie zurückkommt.«

»Es ist aber dringend.«

»Ja, aber ich kann die Maschine nicht bedienen. Olive wird bald zurück sein.« Jesse spießte das Telegramm dekorativ an die Wand. »Ich sehe zu, daß Olive das gleich als erstes erledigt.«

»Und ich erwarte eine Antwort. Sie soll in Roy Hamiltons Gasthaus abgegeben werden.«

Er drehte sich scharf auf dem Absatz um und verließ den Laden, während Jesse zurückblieb, verwirrt den Kopf schüttelte und sich fragte, wie das alles noch enden sollte.

Sprague warf einen Blick auf seine Uhr. Falls der Telegraf dem Niveau der übrigen Dienstleistungen in diesem Nest entsprach, war vor morgen nicht mit einer Antwort zu rechnen. Das würde bedeuten, daß er einen weiteren Tag lang in diesem verschlafenen Städtchen herumhocken mußte. Er würde den Verstand verlieren, bevor er noch irgendeinen wirklichen Auftrag zu erledigen hatte. Das Telegramm würde seinen Auftraggeber vermutlich dazu bringen, daß er endlich handelte. Aber was konnte er tun, bevor MacIntyre den Schatz fand?

Wie immer die Antwort auf sein Telegramm lauten mochte, er mußte einen praktikablen Weg finden, MacIntyre auf den Fersen zu bleiben. Er konnte nicht gut den ganzen Tag um Stonewycke herumschleichen, ohne die Aufmerksamkeit auf sich zu ziehen.

Sprague beschloß, den Rest des Tages darauf zu verwenden, daß er das Personal des Schlosses unter die Luppe nahm. Es mußte dort zumindest einen Menschen geben, der käuflich war, jemand, der ihm regelmäßig Nachricht über MacIntyres Aktivitäten zukommen ließ, und vor allem jemand, der den Mund halten konnte.

Erfreut über die Aussicht, endlich handeln zu können, betrat Sprague Roy Hamiltons Gasthaus in weitaus besserer Laune, als er es eine Stunde zuvor verlassen hatte.

EINE UNERWARTETE EINLADUNG

Allison stieß in der Küche auf ihn.

Aber wie er da stand, von der trüben Glut des Herdfeuers beleuchtet, während gespenstische Schatten sein Gesicht umspielten, glich er so sehr einem Dieb in der Nacht, daß sie erst ein wenig Furcht empfand, sich ihm zu nähern.

In den zwei Tagen seit ihrem hitzköpfigen Gespräch hatte sie viel über Logan MacIntyre nachgedacht. Wie konnte ein Mann sie so sehr erbittern und sie gleichzeitig so faszinieren? Vielleicht war das zumindest teilweise der Grund für ihre derzeitige Schüchternheit.

Aber sie konnte diese gute Gelegenheit nicht vorbeigehen lassen. Sie durfte es nicht dulden, daß sie die Situation nicht in der Hand hatte. Etwas mußte getan werden, um ihre Oberhoheit über ihn wiederherzustellen. Sie hatte ihn in den letzten 24 Stunden überall gesucht, ihn aber immer wieder verpaßt. Zuweilen war sie ihm auch begegnet, ohne daß er es bemerkte, hatte aber immer wieder den Mut verloren und sich zurückgezogen.

Schüchternheit war keiner der Fehler, die man Allison MacNeil vorwerfen konnte. So war es auch nicht Schüchternheit, was sie zurückhielt, sondern Hartnäckigkeit und Stolz. Es ärgerte sie, daß sie sich mit ihm versöhnen sollte – *er* sollte zu Kreuze kriechen, nicht sie! Und dennoch, die bloße Tatsache, daß sie wußte, er würde niemals einen solchen Schritt tun, zwang sie, ihrerseits aktiv zu werden. Sie hatte niemals jemand getroffen, der so … so unglaublich unberührt war von dem, was sie als die überwältigende Macht ihrer Persönlichkeit betrachtete. Er kümmerte sich keinen Pfifferling darum, was sie von ihm hielt. Natürlich haßte sie ihn dafür! Und dennoch, zur selben Zeit konnte sie nicht anders als fühlen …

Ach, sie wußte nicht, was sie fühlte!

Sie mußte sich daran erinnern, daß sie ihre Entscheidung mit einer bestimmten Absicht getroffen hatte. Sie würde ihn mit weiblicher List umgarnen, und zuletzt – nun, das wollte sie vorerst noch offen lassen, ob der arrogante Mr. MacIntyre seine gerechte Strafe empfing oder ob sie noch einmal Gnade vor Recht ergehen lassen würde.

Allison räusperte sich, um ihre Gegenwart anzukündigen, und trat mit einem kühnen Schritt in den Raum, als sei er tatsächlich ein Dieb und sie wollte ihn fassen. Aber als er sich umwandte und ihr ins Gesicht sah, wurde ihr Ausdruck weich, und sie erinnerte sich selbst daran, daß sie es diesmal mit einem anderen Trick probieren wollte.

»Guten Abend, Mr. MacIntyre«, sagte sie mit süßer Stimme. »Kann ich Ihnen behilflich sein?«

»Hallo, Miss MacNeil«, antwortete er. Er ließ sich nicht anmerken, daß ihr plötzliches Eintreten ihn gestört hätte, noch zeigte er Überraschung über ihren liebenswürdigen Ton. »Die Köchin sagte, ich sollte mir alles Nötige in der Küche holen, wenn ich eine Mahlzeit verpaßt hätte. Ich habe mir heute einen kräftigen Appetit geholt.«

»Es ist ziemlich weit nach Braenock Ridge.« Während Allison sprach, legte sie die Hand auf den Lichtschalter. Die Glühbirne flammte auf, als ihr das letzte Wort über die Lippen kam, und die Beleuchtung ließ erkennen, wie bestürzt sie war, daß ihr etwas entschlüpft war, das sie besser bei sich behalten hätte.

»Ich wußte nicht, daß Sie die Aktivitäten der *Dienerschaft* so aufmerksam verfolgen.«

Das letzte, was sie zugegeben hätte, war, daß sie sich nach ihm erkundigt hatte, also sagte sie: »Ach ... es war nur, daß ich den Wagen brauchte und nicht wußte, ob er funktioniert.« Die Lüge war offenkundig, aber das konnte sie jetzt nicht mehr ändern.

Logan ging zum Herd hinüber und fand dort einen Rest Nierenpastete in einem zugedeckten Topf. Er fragte sich: Was ging in ihr vor? Und warum war sie so nervös ... und gleichzeitig so freundlich? Es war ja ein recht interessanter Gedanke, daß die grandiose Lady Allison sich nach ihm erkundigt hatte. Das Spiel reizte ihn, und da er keine Drohung in ihrem Benehmen entdeckte, beschloß er, mitzuspielen.

»Sieht gut aus!« bemerkte er, während er den Deckel vom Topf nahm. »Soll ich den Teekessel aufsetzen?«

»Das ist Frauenarbeit«, antwortete sie, während sie zum Herd eilte, als sei es ihr vertraut, sich dort zu schaffen zu machen. Logan unterdrückte ein merkwürdiges inneres Bedürfnis, eine sarkastische Bemerkung über ihre höchst uncharakteristischen Worte zu machen. Statt dessen streckte er die Hände aus und ergriff die ihren.

»Seltsam«, sagte er, »ich konnte mir nie vorstellen, daß diese Hände Arbeit tun – welche Arbeit auch immer.« Sie straffte sich, wich aber nicht zurück. »Es tut mir leid«, sagte er, nun selbst beinahe verlegen. »Ich wollte Sie nicht erschrecken. Aber es sind liebliche Hände. Sie sind nicht zur Arbeit geschaffen.« Langsam, fast widerstrebend, löste er seinen Griff, und sie ließ die Hände an den Seiten herabfallen.

Sie eilte hastig, mit fast übertriebenem Eifer, zu einem Wandschrank und entnahm ihm Tassen und Untertassen und Teller.

»Und wie steht's mit Ihren Händen, Mr. MacIntyre?« fragte sie hochmütig. »Die fühlen sich auch nicht eben wie rauhe Arbeiterhände an.«

»Nein. Wie ich kürzlich erwähnte, bin ich im Geldgeschäft tätig.«

»Ach ja, das hatte ich vergessen.«

Allison deckte den Tisch, und als sie zwei Scheiben von der Nierenpastete abgeschnitten hatte, pfiff auch schon der Teekessel.

»Es freut mich zu sehen, daß Sie mir Gesellschaft leisten«, bemerkte Logan beiläufig.

Allison schenkte den Tee ein, und sie setzten sich an den alten runden Tisch, der in einem warmen Winkel der riesigen alten Küche stand. Eine Weile plauderten sie leichthin über harmlose Themen. Allison vergaß sich ein oder zweimal so weit, daß sie lachte – ein freies, unbekümmertes Lachen. In solchen Augenblikken schienen sich die Konturen ihres Gesichtes und der Ausdruck ihrer Augen zu ändern. Frische und Unschuld wurden blitzartig sichtbar. Sie sah aus, als könnte sie freundlich und warmherzig sein, wenn sie es sich selbst nur gestatten wollte. Aber unmittelbar danach verkrampfte sie sich, als sei selbst der Klang des Lachens aus ihrem eigenen Mund eine Gefahr, und Logan fragte sich, was sie wohl unter dem Firnis hochmütiger Distanz verbarg.

»Aus Ihren Reden schließe ich«, bemerkte Logan, »daß Sie sehr an diesem Land hängen.«

»Überrascht Sie das?«

»Nun ...« Er zögerte. Er wollte die frühere Spannung zwischen ihnen nicht wieder heraufbeschwören. »Bislang hatte ich den Eindruck, Sie wären nicht eben sehr glücklich mit Ihrem Leben auf Stonewycke. Ich sehe ein Mädchen, das alles hat, was das Herz begehrt, und ich frage mich, was könnte Ihnen wohl fehlen, daß Sie so unglücklich sind?«

»Sie wollen mir doch keine Predigt halten, Mr. MacIntyre?«

»Lieber Himmel, nein!« Er warf die Hände in spöttischem Erstaunen über ein solches Ansinnen hoch.

»Gut«, sagte sie brüsk und kehrte zu ihrem alten Wesen zurück. »Ich bekomme nämlich schon zu viele Predigten zu hören.«

»Ich glaube, ich verstehe«, sagte er, während er die Worte nachdenklich in die Länge zog. »Es ist also die Familie, die den Grund Ihres Unbehagens darstellt.«

Allison schwieg, und ein Augenblick der Stille folgte, in dem Logan sich fragte, ob er zu weit gegangen war.

Allison suchte tatsächlich bereits nach einer sarkastischen Bemerkung, die ihn auf seinen Platz verweisen würde, als sie von neuem an ihre Freunde dachte und an den ursprünglichen Grund, warum sie Logan aufgesucht hatte. Sie wurde innerlich still; sie erinnerte sich daran, daß sie erfolgreicher sein würde, wenn sie die Fassade bewahrte. Sie konzentrierte sich ganz auf ihre eigenen Pläne, und es gelang ihr, ihr Unbehagen bei seiner Fragerei zu vergessen und auch alles andere, was sie ihm gegenüber empfinden mochte.

Logan spürte, daß ihre frühere freundliche Stimmung dahin war und daß sie ihm wieder eine Maske zuwandte. Die Worte jedoch, die aus ihrem Mund kamen, waren freundlich genug.

»Ich hatte Vergnügen an unserem Gespräch, Mr. MacInytre«, sagte sie, während sie frischen Tee nachschenkte.

»Ich ebenfalls.«

»Ich fürchte, Sie haben mich bei unserer letzten Begegnung ein wenig mißverstanden.«

»So muß es wohl gewesen sein«, antwortete er.

Noch während er sprach, dachte er, daß er sie damals recht gut verstanden hatte. *Jetzt* verwirrte sie ihn – dieser ständige Wechsel, dieses Hin und Her ihrer Launen, diese Liebenswürdigkeit, der ein unausgesprochenes Wetterleuchten des Zorns folgte. Was ging im Inneren dieses gutaussehenden jungen Mädchens vor, das ein so dringendes Bedürfnis nach Freundschaft und Liebe zu haben schien, aber jede Annäherung so heftig zurückwies? Sie war faszinierend, trotz der Verwirrung, die sie in ihm anrichtete. Es hätte Logan zweifellos aufs beste amüsiert, zu erfahren, daß sie selbst ihm gegenüber ganz genauso empfand.

»Ich würde das gerne ein wenig wiedergutmachen«, sagte die liebenswürdige Allison.

»Falls irgend etwas wiedergutzumachen gewesen wäre«, antwortete er ritterlich, »so haben Sie das soeben getan.«

»Ich dachte an etwas anderes«, sagte die listig planende Allison. »Sie mögen denken, es sei allzu kühn von mir, einen solchen Vorschlag zu machen, aber ich fühle mich im Recht mit der Annahme, daß Sie sich nach der Gesellschaft von Leuten Ihres Alters sehnen müssen – jeder hier ist so uralt. Nun – diesen Samstag ist ein Treffen meiner Schulfreunde auf Lord Bramfords Gut angesagt. Und ich dachte, Sie würden mich vielleicht gerne begleiten.«

Logan stellte sich unwillkürlich die Frage, was er mit einem Haufen Teenager wie Allison anfangen sollte. Und die Art, wie sie die Einladung formulierte, klang, als täte sie ihm einen grandiosen Gefallen damit. Oder meinte sie es vielleicht doch ehrlich? Er hatte seine Zweifel daran. Etwas in ihrer Stimme …

Andererseits gab es wohl keine bessere Gelegenheit, herauszufinden, was in der komplizierten Allison MacNeil eigentlich vorging. Er konnte die Gereiztheit, die ihr Ton in ihm aufstörte, beiseite schieben; schließlich starben alte Gewohnheiten nicht so schnell. Und er neigte dazu, die Einladung auf jeden Fall anzunehmen. Das Rätsel dieser jungen Dame war einfach zu faszinierend, obwohl er im selben Augenblick wußte, daß er sich leicht die Finger verbrennen konnte, wenn er sich allzu eng mit ihr einließ. Ihr Gefühlsleben war nicht von der Art, mit der man spielen durfte.

»Das ist eine sehr freundliche Einladung«, antwortete er langsam, nach einer längeren Pause. »Aber ich bezweifle, daß ich dazu passe.«

»Ich bin sicher, daß Sie nicht das geringste Problem damit hätten, dazu zu passen«, antwortete sie, und die Maske fiel einen neuerlichen Augenblick lang von ihrem Gesicht.

Logan war sich dessen absolut sicher. Er hatte sich schon früher in solchen Kreisen bewegt und wußte, wie man sich benahm. Wie hätte er sonst auch Zugang gefunden zu den erstklassigen Spielsalons oder den geldschweren Kartentischen? Dennoch zögerte er. Er dachte daran, daß er seine ursprüngliche Absicht, warum er nach Stonewycke gekommen war, im Auge behalten mußte, daß er seinen Plan in keiner Weise gefährden durfte, indem er sich zu eng mit einem dieser Menschen hier einließ.

»Ich weiß nicht recht«, sagte er und sah ihr tief in die Augen, in der Hoffnung, irgendwo in ihrer Tiefe die wirkliche Allison zu finden.

»Ich … ich hätte es gerne, daß Sie mit mir kommen«, sagte sie und gab den Blick zurück.

Er starrte sie an, immer noch verdutzt. *Das Mädchen ist ja wirklich was Besonderes!* dachte er.

»Ich bezweifle sehr, daß Ihre Eltern es billigen würden, daß Sie von einem Angestellten begleitet werden«, sagte er.

Allison lachte, und die Bitterkeit in ihrer Stimme ließ das Paradox noch krasser hervortreten.

»Glauben Sie mir«, sagte sie, »meine Eltern sehen nichts lieber als die Vermischung der Klassen. Ihretwegen brauchen Sie sich keine Gedanken zu machen!«

»Nun, wenn sie nichts dagegen haben, würde ich mich freuen, Ihr Begleiter zu sein.«

Sie erhob sich. »Es wird spät. Ich danke Ihnen.«

Er stand ebenfalls auf und verbeugte sich mit großer Gebärde. »Das Vergnügen war ganz meinerseits.«

Sie schien auf Wolken zur Türe zu schweben. Dann hielt sie inne, wandte sich um und fügte hinzu: »Übrigens ist Abendanzug angesagt. Ich hoffe, das bereitet Ihnen keine Schwierigkeiten.«

»Aber nicht im geringsten«, antwortete Logan.

Die junge Dame tanzte geradezu, als sie durch die Korridore in ihr Zimmer zurückeilte. Sie war sehr zufrieden mit sich selbst. Sie hatte MacIntyre fest in der Hand! Aber darüber hinaus – obwohl die hochmütige Allison es niemals zugegeben hätte – freute sie sich ungemein an der Aussicht, mit diesem Mann zusammen zu sein. Sie hatte an diesem Abend riesigen Spaß an seiner Gesellschaft gehabt und konnte beinahe darüber hinwegsehen, daß er von niedriger Geburt war.

Sie hoffte allerdings, er würde diese Tatsache am Samstag diskret bei sich behalten. Sie fragte sich, was ihre Freundinnen wohl davon halten würden, wenn sie ein Rendezvous mit jemand von dieser Art hatte. Vielleicht hielten sie es sogar für ausgesprochen schick, dachte sie.

Nun, was immer am Samstag geschehen sollte, es würde zweifellos ein Abend werden, der einem in Erinnerung blieb. Die drei Tage bis dahin würden ihr unendlich lang erscheinen. Wenigstens hatte sie ihr neues Kleid bekommen – nicht hundertprozentig dasjenige, das sie sich gewünscht hatte, aber doch eines, das ihm hinreichend nahe kam.

Jeder würde davon hingerissen sein. Einschließlich Logan MacIntyre.

Wer die Armut kennengelernt hat, verfügt oft über einen Stolz, der nicht so sehr aus edlen Quellen entspringt, sondern das Resultat von hartnäckiger Starrköpfigkeit ist.

Logan MacIntyre hatte einen solchen Stolz, wenn auch vermischt mit einem degenerierten Gefühl für Moral. Er wollte seinen Weg in der Welt aus eigener Kraft machen, was immer das kosten mochte. Niemand sollte ihm etwas schenken. Er würde sein Geld lieber beim Pokerspiel »verdienen« und dabei sogar recht zwielichtige Künste einsetzen, als von einem mitfühlenden Freund ein paar Shillings anzunehmen. Als er daher unmittelbar nach Allisons Einladung seine kümmerlichen Geldmittel abschätzte, stellte er fest, daß sie in keiner Weise ausreichend sein würden, um alles zu beschaffen, was der Situation angemessen war. Es kam nicht in Frage, Alec zu bitten, ihm einen Smoking zu leihen. Nicht nur, daß Alec einige Nummern größer war als Logan, es wäre auch allzu erniedrigend gewesen, eine solche Party im geborgten Anzug zu besuchen. Logan war überaus heikel, wenn es um seine äußere Erscheinung ging. Sein Geld hatte er immer für das Beste vom Besten ausgegeben. Von seinem Londoner Schneider hieß es, er habe einmal sogar den Herzog von Marlborough zum Kunden gehabt. Solche Dinge waren Logan wichtig.

Unglücklicherweise hatte er gerade jetzt nicht die Mittel dazu, seinem Standard gerecht zu werden. Aber er wußte, wo er sie rasch herbekommen konnte. So saß er am nächsten Abend in Hamiltons Lokal an einem groben Tisch, in Gesellschaft einiger seiner neuen Bekannten. Buckie war unter ihnen, ein paar andere Fischer und ein oder zwei Bauern. Die Einsätze waren nicht hoch, aber er brauchte nur zehn oder fünfzehn Pfund, und das konnte nicht allzu schwierig sein. Logan vertraute so fest auf seinen Erfolg, daß er sich bereits bei einem Schneider in Aberdeen hatte Maß nehmen und sich für den folgenden Tag von Stonewyke beurlauben lassen.

Buckie gab die Karten aus, und die Einsätze wurden auf den Tisch gelegt.

Es war eine freundliche, lockere Gruppe von Leuten, die da zusammengekommen waren; keiner von ihnen hatte die Art, zornig auf seine Kameraden loszufahren, wenn das Glück sich gegen ihn wandte. Logan spielte ehrlich, kümmerte sich nicht darum, ob er gewann oder verlor, sondern achtete nur darauf, daß ihm sein Einsatz erhalten blieb, wenn es später an das richtige Spiel ging.

In dieser Nacht fiel es ihm schwer, nicht daran zu denken, wie gern er diese einfachen Leute mochte. Vor allem fiel es ihm schwer zu vergessen, daß Buckie ihm das Leben gerettet hatte. Später würde er alles wiedergutmachen, sagte er sich. Jetzt aber brauchte er das Geld, und er wußte keinen anderen Weg, wie er daran herankommen sollte. Später würde er ihnen allen eine faire Chance geben, jeden Shilling, den sie jetzt verloren, zurückzugewinnen. Aber er hatte seinem sonst so unempfindlichen Gewissen in letzter Zeit zu oft Gelegenheit gegeben, sich bemerkbar zu machen, und es brauchte mehr als eine gewaltige Anstrengung, dessen ständige Hinweise zu unterdrücken, daß er im Begriff war, Böses zu tun.

»Ich hab' das Pokern satt«, sagte er schließlich und lehnte sich gähnend in seinem Sessel zurück. »Wie wäre es mit etwas anderem? Vielleicht Glasgow Red Dog? Kennt jemand von euch das Spiel?«

Sie alle schüttelten die Köpfe. Logan zog die Karten heraus, die Jesse ihm geschenkt hatte. »Ich erklär' euch die Regeln. Ich gebe fünf Karten aus, wie beim Poker. Jetzt seht ihr nach, was ihr in der Hand habt, und wenn ihr meint, ihr habt was Besseres als die Karte, die ich als nächstes aufdecke, dann macht ihr eure Wette, wie's euch beliebt, von einem Shilling aufwärts. Wenn ihr gewinnt, nehmt ihr euch aus dem Geld am Tisch, was ihr gewonnen habt. Wenn ihr verliert, bleibt euer Einsatz am Tisch.«

Rund um den Tisch antworteten ihm Nicken und allgemeines Gelächter.

»Na, versuchen wir's mal«, sagte Buckie.

»Okay«, sagte Logan. »Jeder von euch setzt einen Shilling ein. Von jetzt ab könnt ihr von einem Shilling aufwärts setzen, nach oben gibt's keine Grenze.«

Jeder warf einen Shilling auf den Tisch, und Logan gab die Karten aus. Jeder machte seine Wette, dann deckte Logan die oberste Karte im Päckchen auf. Zwei der Männer gewannen, vier verloren – unter ihnen war Logan; als die zweite Runde begann, besaß die Bank acht Shillings. Mit jeder Runde wuchs die Summe an. Manchmal schrumpfte sie wieder, wenn irgend jemand eine Wette um fünf oder zehn Shillings gewann, aber im allgemeinen gewann die Bank. Nach einer Stunde lagen fünf Pfund auf dem Tisch. Logan selbst setzte regelmäßig einen Shilling, nicht mehr und nicht weniger.

Während der nächsten Runden änderte sich die Stimmung; jeder der Männer beäugte gierig das viele Geld auf dem Tisch. Dann kam der Augenblick, auf den Logan gewartet hatte. Er hatte ein As, zwei Könige, einen Buben und eine Neun und wußte, daß nur eine einzige Karte im Päckchen sein konnte, die seine Karten ausstechen konnte. Er kam zu dem Schluß, daß das Risiko nicht zu hoch war, und riskierte es.

»Vier Pfund«, kündigte er an.

»Das ist fast alles, was du hast, Logan«, erinnerte ihn Buckie.

»Mag sein, aber jetzt ist's mir danach zumute, gefährlich zu leben«, sagte Logan und lachte. »Komm, Andy, deck die Karte auf.«

Andy drehte die Karte um – es war der Pik-König. Logans schwarzes As war mehr wert.

»Da schlägt's dreizehn!« rief Jimmy. »Als hätt' er gewußt, was kommen würde!«

»Ihr habt alle gesehen, wie Andy die Karte aufgedeckt hat«, sagte Logan und strich seinen Gewinn ein. Jetzt lagen acht Pfund vor ihm und nur mehr vier auf dem Tisch.

Einige schüttelten ungläubig den Kopf, aber eine Anzahl Augen funkelte mit frischer Begeisterung. Wenn Logan das fertigbrachte – und hatten sie nicht alle gesehen, daß das Spiel ehrlich war? –, dann brachten sie es auch fertig. Und es gab immer noch eine Menge Geld zu gewinnen. Logan hatte recht gehabt: Man konnte soviel gewinnen, wie man nur wollte.

Wieder wurden Wetten gemacht, um fünf oder zehn Shillings, gelegentlich um ein Pfund. Nur Logan setzte wieder ein ums andere Mal einen Shilling. Er ließ sich Zeit, wartete auf eine Gelegenheit, beobachtete wie ein Falke die Karten, die ausgespielt wurden, behielt jede einzelne im Gedächtnis. Erst nachdem eine weitere Stunde vergangen war, kam seine Chance. Er besaß etwa achteinhalb Pfund, die Bank besaß etwas mehr als sieben.

Die Karten, die er bekommen hatte, waren nicht viel wert – ein König, zwei Buben, ein Zehner und eine Sieben. Da Jimmy, der neben ihm saß, ausgab, war er jedoch der letzte, der ausspielte. Als die Zeit an ihn kam, seine Wette zu machen, lagen daher bereits vierundzwanzig Karten offen auf dem Tisch. Zusammen mit seinen eigenen fünf kannte er also die Hälfte des Päckchens. Alle Herzen, die höher waren als seine Sieben, lagen da, alle Pik über seinem Pik-Zehner, und so weiter.

Als er an die Reihe kam, war Logan voll Selbstvertrauen.

»Alles gegen die Bank!«

»Oh!« pfiff Jimmy. »Logan, das wird das Ende des Spiels!«

»Oder mein Ende!« bemerkte Logan mit trockenem Grinsen.

»Irgendwie bezweifle ich das«, sagte einer der Mitspieler, der Farmer Andy, in sarkastischem Ton. Er war nicht gerade der Meinung, daß dieser aalglatte Bursche aus London betrog. Aber es gefiel ihm nicht, daß der immer nur einen Shilling gesetzt hatte, bis – Wumm!

»Also, wie sieht's aus, Jimmy?« fragte Buckie, der ungeduldig das Spiel fortsetzen wollte.

Langsam und mit dramatischer Gebärde hob Jimmy die Karte ab und klatschte sie vor Logan auf den Tisch.

»Karo-Zehn!« schrie Buckie. »Das stichst du nicht aus!«

»Mit einem Karo-König schon«, antwortete Logan und legte seine Karten auf den Tisch.

»Ich hab's gewußt!« sagte Andy. »Ich hab's einfach gewußt!«

»Tja, Jungs«, sagte Buckie mit einem Seufzer, »damit ist das Spiel wohl zu Ende – jetzt hat Logan unser sauer verdientes Geld.« Sie alle standen auf, und Buckie klopfte Logan freundschaftlich auf den Rücken. »Hab' nie einen Burschen gesehen, der so viel Glück hatte wie du!«

»Ich geb' euch demnächst die Chance, es mir heimzuzahlen«, sagte Logan, während er die sechzehn Pfund – das meiste davon in Münzen – in die Tasche stopfte.

»Hoffentlich«, sagte Buckie. »Ich hab' die Woche nämlich schon tief ins Wirtschaftsgeld gegriffen, und meine Frau wird mir die Hölle heiß machen.«

Logan konnte nicht verhindern, daß ihn ein Stich schlechten Gewissens durchfuhr, aber er schob ihn rasch beiseite, indem er dachte: *Ich mach es wieder gut an euch, Jungs. Wartet nur. Ich finde den Schatz, und dann bringe ich alles in Ordnung!*

»Hier in Strathy«, sagte Buckie, »ist es üblich, daß der Gewinner eine Runde für alle zahlt!«

Logan lachte herzlich. »Na, dann bleibt mir wohl nichts anderes übrig, mein Freund«, sagte er, froh, daß er sich mit ein paar Humpen Bier aus einer Situation freikaufen konnte, die vielleicht doch noch unerfreulich geworden wäre.

Die Männer standen auf, schoben ihre Stühle zurück und eilten zur Bar, um ihre Gläser nachfüllen zu lassen, denn Roy pflegte seinen Gästen nicht am Tisch zu servieren. Logan, der als letzter ging, eilte an dem kleinen Tischchen vorbei, an dem ein einsamer

Gast saß und in aller Ruhe an einem Brandy nippte. Als ihre Blicke sich trafen, warf der Fremde ihm ein schlaues halbes Lächeln hin.

»Die Dummköpfe haben's nicht kapiert, was?« sagte Ross Sprague in sanftem, fast verschwörerischem Ton.

»Was soll das heißen?« Logans Antwort klang doppelt verteidigungsbereit, weil er seine Schuldgefühle zu unterdrücken versuchte. »An dem Spiel war nichts Linkes. Jeder hatte dieselben Chancen.«

»Aber der, der das Spiel kennt, hat bessere. Ich kenn' einen Kartenhai eine Meile gegen den Wind.« Aber kaum wollte Logan antworten, als Sprague abwehrend die Hand hob. »Oh, keine Sorge. Ihr Geheimnis ist bei mir sicher.«

»Was verschafft mir die Ehre?«

»Wir beide leben nach denselben Grundsätzen, mein Lieber.«

Logan nickte ihm zu, aber nach dieser Begegnung schmeckte ihm sein Bier nicht mehr besonders gut. Dennoch goß er mehr als sein übliches Maß von Hamiltons abscheulichem Gebräu die Kehle hinunter, und für den Augenblick jedenfalls brachte es seine Gewissensbisse damit zum Schweigen.

In dieser Nacht kehrte er nicht nach Hause zurück.

Irgendwie zog es ihn so gar nicht in jenes schlichte Kämmerchen, in dem sein Ahne gewohnt hatte. Statt dessen torkelte er die Straße hinauf zum »Wind und Wellen«, wo Sandy Cobden ihm ein Bett vermietete. Logan wankte mit weichen Knien die Treppe hinauf, fiel aufs Bett nieder und versank in einen unruhigen Schlaf. Träume erfüllten ihn, wie sie den Schlaf von Drachen erfüllen mögen, die auf ihrem zusammengeraubten Hort hocken. Einmal träumte er tatsächlich von einem Drachen, der einen exquisiten Smoking trug und eine unansehnliche Fischersfrau am Arm führte. Sie trug ein leeres Körbchen, das für Buckies Einkäufe bestimmt gewesen war.

Aber noch im tiefsten Schlaf preßte Logan fest die Augen zusammen, als der Drache sich in seine Richtung wandte, und weigerte sich, ihm ins Gesicht zu blicken.

Logan holte Allison pünktlich um fünf Uhr ab.

Joanna lud ihn in den für offizielle Besucher reservierten Salon ein, wo sie einige Minuten in höchst unbeholfener Konversation verbrachten, bis Allison schließlich eintrat.

Er hatte bis zu diesem Augenblick nicht bemerkt, was für eine bezaubernde *Frau* sie war. Er hatte immer gewußt, daß sie hübsch war, aber an diesem Abend schien sie weit über ihre siebzehn Jahre hinaus gereift. Zuvor war sie ein attraktives *Mädchen* gewesen, aber nun beherrschte ihre knospende Weiblichkeit das Feld. Ein Teil davon war zweifellos Pose. Aber Logan war tief berührt von der natürlichen Schönheit und Grazie, die niemand vortäuschen konnte, einem Hauch der Lieblichkeit und natürlichen Würde ihrer schönen Mutter.

Ihr seidiges goldiges Haar war in Locken auf ihrem Scheitel aufgetürmt, die ihr zierlich in die Stirn fielen. Ein Tüllschleier war wie ein Diadem zwischen den Locken festgesteckt. Ihr blaues Kleid erinnerte an das Modell, das sie im Katalog entdeckt hatte, aber seine strenge Linie wurde gemildert durch weite Ärmel und einen Satingürtel mit einer Schließe aus Rosenknospen. Eine altertümliche Perlenkette, die ihrer Urgroßmutter gehört hatte, zierte ihren lieblichen, porzellanglatten Hals.

In diesem Augenblick hatte Logan kein so unbehagliches Gefühl mehr wegen seiner Gewinne in der vergangenen Nacht. Er war in Aberdeen gewesen und hatte einen Smoking gekauft, der vielleicht der beste war, den es in dieser Provinzstadt überhaupt zu kaufen gab, auf jeden Fall aber ein mehr als adäquates Gegenstück zu allem, was er an Herrenkleidung nördlich von London antreffen würde.

Logan hatte sich der Hilfe Doreys versichert, der ihm ein Kränzlein cremeweißer Orchideen gebunden hatte, die der Laird selbst liebevoll in seinem eigenen Treibhaus gezüchtet hatte. Er befestigte die Blüten an Allisons winzigem Handgelenk.

Als er Allison in ihre Kaninchenpelz-Stola half, bemerkte er, daß in Joannas Augen eine Träne glitzerte. Er fragte sich, ob es wirklich nur die Sentimentalität einer Mutter war, die ihre Tochter so erwachsen sah, oder ob sie tieferliegende Gründe hatte. Hatte sie in letzter Minute Angst bekommen, ihre kostbare Tochter mit einem Mann ausgehen zu lassen, den sie doch kaum kannte? Sie hatte ihre Zustimmung erteilt, aber vielleicht hatte sie nun doch ihre Meinung geändert.

Nun, dafür war es jetzt zu spät, und vielleicht spürte Joanna das auch. Sie sagte ihnen Auf Wiedersehen und blieb nicht einmal an der Türe stehen, während Logan den Austin die lange Auffahrt hinunter und durch das eiserne Tor manövrierte.

Der Landbesitz der Bramfords lag einige Meilen südwestlich von Culden und war einer jener Herrensitze aus frühviktorianischer Zeit, die mit den Jahren entweder den Zauber des Antiquierten annehmen oder zu verwahrlosten Absonderlichkeiten verkommen. Im Fall der Bramfords hatten ständige Instandsetzungsarbeiten und ein kontinuierliches Interesse der Familie an ihrem Besitz dafür gesorgt, daß glücklicherweise das erstere der Fall war, und das Haus zählte zu den eleganteren Familiensitzen in der gesamten Region.

Das ständige schlechte Wetter hatte es verhindert, daß man irgend etwas im Freien unternehmen konnte, und als Logan und Allison aus dem Austin ausstiegen und ihn dem Parkwächter überließen, sammelten sich bereits von neuem dunkle Wolken am Himmel. Aber das konnte die festliche Stimmung unter den jungen Leuten, die sich drinnen versammelt hatten, nicht dämpfen. Die Musik, zu der viel Blasinstrumente und Schlagzeug gehörten, dröhnte aus dem Ballsaal und schuf eine Szene, die ganz anders war als jene, die der Ballsaal zu Zeiten der Königin Viktoria gesehen hatte. Die jungen Leute tanzten in einem Stil, der auf Lady Edwina Bramfords vornehmem Gesicht einen Ausdruck der Verwunderung hervorrief. Sie stand an der Türe, um die Gäste zu begrüßen, und lächelte jeden der Neuankömmlinge mit schmalen Lippen an. Die meisten von ihnen kannte sie überhaupt nicht, und sie fragte sich, wie lange ihre mütterlichen Pflichten sie wohl zwangen, inmitten dieser unschicklichen Zurschaustellung moderner Fröhlichkeit auszuharren. Sie stammte noch aus der alten Schule, in der junge Damen sich nicht auf diese Weise auf dem Tanzboden *gewunden* hatten, und junge Herren höflich anfragten, ob eine Dame ihnen die Gunst eines Tanzes schenkte, anstatt lässig hinzuwerfen: »Komm, Baby, laß uns mal 'ne Runde drehen.« Wie sie die Lage einschätzte, war den ganzen Abend noch kein höfliches Wort gesprochen worden. Und dies waren die Blüten der Bevölkerung, die Nachkommen der Allerbesten – Lords und Ladies, Finanzmagnaten, militärische Führungspersönlichkeiten. Wie sollte das noch enden, wenn die Kinder der Elite vergessen hatten, wie man sich benahm?

Als daher Logan und Allison auf die Türe des Ballsaales zuschritten, war es kein Wunder, daß Lady Bramford angenehm überrascht war. Allison wäre in den Raum geeilt, ohne der Frau mehr als einen Seitenblick zu gönnen, aber Logan ergriff Lady Bramfords Hand, küßte sie respektvoll und verbeugte sich, wie es ihr schien, mit ritterlicher Geste.

»Ich fühle mich geehrt, Mylady«, sagte er, nachdem man sich vorgestellt hatte.

»Wir freuen uns, daß Sie kommen konnten, Mr. MacIntyre«, antwortete Lady Bramford. »Ich habe Ihren Namen noch nicht gehört, aber gewiß kennen Sie meinen Sohn aus Oxford.«

»Ich fürchte, ich hatte noch nicht das Vergnügen, ihn kennenzulernen, ihn oder sonst jemand aus Ihrer ehrenwerten Familie.«

»Mr. MacIntyre ist ein Freund … meiner Familie«, warf Allison ein, die nun das Gefühl hatte, eine Erklärung abgeben zu müssen.

Schließlich steuerte Allison Logan auf den Tanzboden. Eine fünf Mann starke Band hämmerte die Melodie von »Mein blauer Himmel«, und der glänzende Parkettboden war gedrängt voll mit Tanzpaaren, alle in leuchtenden Farben gekleidet, die den Reichtum ihrer Familien zur Schau stellten. Allison wurde wiederholt freundlich gegrüßt, worauf sie jedesmal zurückwinkte und sich ganz allgemein benahm, als sei der Ball der Bramfords nur ihretwegen gegeben worden. Die Grüße galten Allison, aber Logan galten neugierige Blicke und gemurmelte Kommentare wie: »Wer ist das, den sie da mitgebracht hat … sieht gut aus, der Bursche, was meinst du?« Einige der jungen Männer warfen ihm Blicke zu, die nicht gerade feindselig, aber doch argwöhnisch waren, als wollten sie sagen: »Er ist zu glatt … er hat nichts Gutes vor.« Die Mädchen jedoch fragten sich eine wie die andere, wo Allison einen solch aufregenden Mann aufgegabelt haben mochte, und einige überlegten, ob sie sich an ihn heranmachen sollten oder ob Allison ihn bereits völlig mit Beschlag belegt hatte.

Sandra Bramford, die Gastgeberin, eröffnete das Gespräch mit den Neuankömmlingen. »Ich bin so froh, daß ihr kommen konntet! Es ist eine so lange Fahrt, und dieses abscheuliche Wetter! Und du hast es sogar noch fertiggebracht, einen Gast mitzubringen!« Sie lächelte Logan an. »Ich hörte, er sei dein Cousin – oder etwas in der Richtung?« Sie wollte sofort wissen, in welchem Verhältnis Allison und dieser gutaussehende Logan MacIntyre zueinander standen.

»Weder verwandt noch verschwägert«, sagte Allison.

»Ich arbeite für die MacNeils«, begann Logan, aber Allisons Stimme fiel hastig ein. »Er ist Investmentberater.«

Logan schloß den Mund wieder und fragte sich, was er wohl gesagt hätte, hätte Allison ihm die Chance gegeben, etwas zu sagen. Er konnte sie nicht gut eine Lügnerin nennen, also mußte er mitspielen.

»Mühsames Geschäft heutzutage«, sagte Eddie Bramford.

»Oh, schau mal!« fiel Allison hastig ein. »Punsch! Ich sterbe vor Durst!« Sie packte Logan am Arm und zog ihn zu dem Tisch mit den Erfrischungen.

Logan reichte ihr ein Glas mit dem süßen roten Getränk, aber Allison starrte hinein, als hätte sie vergessen, was es war.

»Sollen wir tanzen?« fragte er. Es war mehr ein Befehl als eine Frage.

Sie schreckte leicht zusammen und blickte ihn an, nicht wenig verwirrt von der Aufforderung. So oft sie sich diesen Abend auch im voraus im Geiste vorgestellt hatte, so hatte sie doch nie daran gedacht, wie es sein würde, wenn Logan MacIntyre sie tatsächlich in die Arme nahm und mit ihr tanzte. Sie hatte viel darüber nachgedacht, was sie anziehen wollte, welches Parfüm sie wählen wollte, was ihre Freunde sagen würden und wie sie mit Logan gerade genug flirten würde, um zum Beispiel Charles Fairgate auf sich aufmerksam zu machen. Aber sie hatte nicht wirklich daran gedacht, wie es sein würde, wenn sie sich auf dem Tanzboden bewegten, wenn sie einander in den Armen hielten und sich zu den Klängen der Musik drehten, wenn ihr Gesicht nur Zentimeter von seiner Schulter entfernt war. Vielleicht hatte sie Angst davor gehabt, welche Wirkung ein solcher Augenblick auf sie haben würde.

Die Band hatte eben angefangen, »Mädchen meiner Träume« zu spielen, und Logan umschlang ihre Hüfte zum Walzer mit mehr Kraft, als sie gewohnt war. Sie überlegte, ob er ärgerlich war, aber als er sprach, war seine Stimme glatt und liebenswürdig.

»Ich denke, Ali, meine Liebe«, sagte er, »Sie hätten mehr aus mir machen können. Warum ein schlichter Investmentberater? Sie hätten mir wenigstens einen Grafentitel verleihen können.«

»Ich dachte, Sie würden mir *dankbar* sein.«

»Wofür?«

»Ich wollte Ihnen nur unnötige Peinlichkeiten ersparen.«

Er kicherte leise in ihr Ohr, das seinen Lippen sehr nahe war. »Peinlichkeiten für wen«, fragte er sich im stillen. »Für dich oder für mich?« Aber er machte keine weitere Bemerkung. Er hatte zu viel Geld in diesen Anzug gesteckt, um den Abend in einer Streiterei enden zu lassen. Außerdem wollte er sich amüsieren. Was immer ihre Pläne gewesen waren, dachte er, sie hatte sich offenbar vorgenommen, das Beste aus der Situation zu machen, denn sie drückte sich enger an ihn, als die Musik weiterspielte. So heftig sie sich vor ein paar Tagen gestritten hatten, nun schienen sie sich wie ein einziger Tänzer zu bewegen, in fast völligem Gleichklang. So argwöhnisch sie einander gegenübergestanden waren, so wenig brauchte es nun, daß sie es genossen, gemeinsam über den Tanzboden zu gleiten. Sie sprachen eine ganze Weile lang kein Wort. Sie tanzten dahin, und Allison hatte eben ihren Kopf sanft an Logans Brust gelehnt, als er einen kräftigen Griff an der Schulter spürte, der ihn jäh aus seinen zufriedenen Gedanken riß.

Er ließ Allison los und fuhr herum, und was er sah, war ein unbehaglich vertrautes Gesicht aus seiner Vergangenheit. Plötzlich verblaßten die dazwischen liegenden Jahre, und er war wieder fünfzehn, saß am Kartentisch und versuchte sein Glück gegen den reichen Sohn eines Lords. Und selbst nach sieben Jahren hatte sich sein Gegner nicht verändert, obwohl er nun älter und klüger und ein erwachsener Mann war. Sein düsteres und arrogantes Aussehen war eher noch ausgeprägter geworden.

Charles Reynolds Fairgate III! dachte Logan und schaffte es unter Aufbietung aller Kräfte irgendwie, seinen gelassenen Gesichtsausdruck beizubehalten. *Wenn er mich wiedererkennt, bin ich im Topf! Dem würde doch nichts mehr Spaß machen, als mich jetzt bloßzustellen, nachdem er mir damals nichts anhängen konnte! Aber vielleicht erkennt er mich nicht wieder, so weit weg, in einer anderen Umgebung, nach sieben Jahren …*

Aber Fairgate runzelte nachdenklich die Stirn, als könnte er seine Gedanken lesen. »Sind wir uns schon einmal begegnet?« fragte er.

»Ich glaube nicht«, antwortete Logan und streckte die Hand aus. »Darf ich mich vorstellen … MacIntyre.« Er krümmte sich innerlich, als ihm der Name über die Lippen kam, aber er wußte nicht, wie er es hätte vermeiden können. Er hoffte nur, Fairgates Namensgedächtnis sei so verschwommen, wie es offenbar sein Gedächtnis für Gesichter war. Außerdem war Logan in jenen vergangenen Tagen unter so vielen falschen Namen unterwegs gewesen, daß es vielleicht nur ein geringes Risiko bedeutete, seinen wirklichen Namen zu nennen.

»Hmmm ...« murmelte der junge Lord gedankenverloren. Dann wechselte er das Thema. »Allison«, sagte er, »ich habe auf einen Tanz mit dir gewartet.«

»Aber gewiß, Charles.« Sie ließ Logan stehen, allerdings mit einem leisen Stich der Enttäuschung, der sie mehr als jeden anderen überraschte, und ließ sich von Charles Fairgate in die Arme nehmen.

Logan trat einen Schritt zurück, verschränkte die Arme vor der Brust und sah zu, wie das tanzende Paar von ihm wegwirbelte. Er bemühte sich, sein nonchalantes Lächeln beizubehalten, aber es fiel ihm nicht so leicht, wie es ihm früher gefallen wäre. Er hatte diesen letzten Tanz wirklich genossen, oder, noch besser gesagt, er hatte es genossen, Allison in den Armen zu halten.

Kein Zweifel, die meisten Zuschauer hatten sie beide als ein hübsches Paar betrachtet, dachte er. Vermutlich hatte Allison ihn hierhergebracht, um Fairgate desto fester in ihre Netze zu spinnen. Das hätte ihr ähnlich gesehen, dachte er. Aber als er ihnen beim Tanz zusah, konnte er nicht umhin, zu denken, daß etwas Hartes und Unpassendes an dem Nebeneinander von Fairgates harten, ekkigen Zügen und Allisons sanfter Lieblichkeit war. Es traf ihn an einer empfindlichen Stelle, obwohl er sich selbst zu überzeugen versuchte, daß er sich nicht darum kümmern brauchte, mit wem Allison tanzte. So lange würde er gar nicht mehr hier sein. Er würde hier verschwinden, und die Sache war erledigt.

Als seine Gedanken zu seinen Geschäften in Port Strathy zurückkehrten, mußte er voll Schrecken daran denken, daß Fairgates plötzliches Auftauchen sich als ein Problem ersten Ranges erweisen konnte. Falls er sich zufällig an ihre frühere Begegnung erinnerte und enthüllte, was er wußte, würde Logan Schwierigkeiten haben, sich noch einmal herauszureden. Aber er blieb nicht lange seinen Gedanken oder seiner Einsamkeit überlassen. Kaum war Allison mit Fairgate verschwunden, als ein Schwarm von Mädchen auf ihn zueilte. Logan wurde von einer Schönen zur anderen gereicht, und mehr als einmal warfen ihm die jungen Männer böse Blicke zu, wenn sie den Eindruck hatten, ihre Partnerinnen seien allzu angetan von Allisons mysteriösem Freund.

Es gelang ihm, weiteren Begegnungen mit Fairgate aus dem Weg zu gehen, obwohl es dessen Begleiterin, Angela Cunningham, bei jeder Gelegenheit in Logans Richtung zog. Als die riesige Großvateruhr in der Halle zehn Uhr schlug, begann Logan allmählich an die Rückfahrt zu denken. Die Fahrt zu den Ländereien der Bramfords hatte schon am Nachmittag eine gute Stunde in Anspruch genommen, aber seit ihrer Ankunft war ein neuerlicher Sturzregen niedergegangen, und auf den Straßen, die bereits in schlechtem Zustand waren, mochte die Heimfahrt noch einmal eine Stunde länger dauern. Die MacNeils hatten nichts davon gesagt, wann sie ihre Tochter zurückerwarteten, aber er wollte ihr Wohlwollen ihm gegenüber nicht aufs Spiel setzen.

Er wollte mit Allison bei nächster Gelegenheit darüber sprechen. Als die Musik jedoch wieder schwieg, war es, weil ein Löffel mit scharfem Klingeln an ein Glas geschlagen wurde. Alle Augen wandten sich Lady Bramford zu, die auf dem Orchesterpodium neben den Musikern stand.

»Kinder«, sagte sie, »ich habe euch etwas Wichtiges mitzuteilen.« Sie schwieg eine Sekunde, als wollte sie die gespannte Erwartung im Saal steigern, dann fuhr sie fort. »Mir wurde soeben mitgeteilt, daß die Straße unpassierbar ist. Ich fürchte, ihr alle sitzt sozusagen fest –«

Bevor sie den Satz noch zu Ende bringen konnte, brachen Jubelschreie in der Menge aus, denn nach Meinung der jungen Leute konnte es kein besseres Ende für einen festlichen Abend geben, als daß er gar kein Ende nahm!

Lady Bramford war nicht eben erfreut über die Aussichten, die sich ihr eröffneten, aber sie versuchte das beste daraus zu machen. Sie räusperte sich wohlerzogen. Als das keinerlei Wirkung auf die jubelnde Menge zeigte, blies der Saxophonist einen schrillen Ton, der alle im Saal zum Schweigen brachte. »Wie ich sagte«, fuhr sie fort, »werdet ihr bis morgen unsere Gäste sein; dann können wir Männer ausschicken, die die Straße reparieren. Unterkünfte werden für euch alle vorbereitet; ich hoffe, es macht euch nichts aus, wenn ihr ein wenig zusammenrücken müßt.«

Den Gästen machte es nicht das geringste aus, im Gegenteil, sie fanden, es gäbe nichts Aufregenderes! Logan freilich hatte keine Freude an der Aussicht, noch einmal zwölf Stunden in solch hochgestellter Gesellschaft verbringen zu müssen. Er hätte viel darum gegeben, hätte er die Nacht bei den Fischern in Hamiltons Gasthaus verbringen können.

Die nächste Stunde verging damit, daß alle ihre Familien anriefen und ihnen die Neuigkeit mitteilten, doppelt aufgeregt, weil auch die Telefonleitungen jeden Moment unterbrochen sein konnten..

Um Mitternacht waren alle Schlafgelegenheiten arrangiert – für die jungen Damen im Ostflügel, für die jungen Herren im Westen.

Es sollten freilich noch Stunden vergehen, bis die Gäste, ob im Osten oder im Westen, im Schlummer lagen. Im Osten verhinderte das endlose Geschwätz über die Ereignisse des Abends den Schlaf, wobei Logans Name häufig in den verschiedenen Gästezimmern genannt wurde. Wer war der gutaussehende Fremde? Warum hatte man von seiner Familie bislang noch nichts gehört? Kam er vielleicht vom Kontinent? Nein, er hatte doch einen unüberhörbaren schottischen Akzent gehabt! Aber hatte nicht irgend jemand behauptet, er komme aus London? Was für ein Jammer, daß Allison alles für sich behalten hatte!

Allison ihrerseits war keineswegs sicher, wie sie auf all die Aufmerksamkeit reagieren sollte, die Logan unter ihren Freunden und Freundinnen hervorgerufen hatte. Nun hatte sie ihn ja zu genau diesem Zweck mitgebracht, aber nachdem alles so gut gelaufen war, hegte sie sehr gemischte Gefühle. Er war ihre Entdeckung, und das Entzücken der jungen Damen warf seinen Glanz auch auf sie. Aber in einer Weise lenkte es natürlich von ihr ab. Es hätte ihr weniger ausgemacht, wäre er während ihrer Flirts mit anderen jungen Männern untätig und mißmutig über ihre Abwesenheit in einem Winkel gestanden. Aber er hatte nicht den Eindruck gemacht, als ob er ihre Gesellschaft auch nur im geringsten vermißte.

Sie beteiligte sich halbherzig an dem mädchenhaften Geplänkel rundum und war richtig mürrisch gelaunt, als sie sich schließlich unter die Decken kuschelte und ein wenig Trost im Schlaf zu finden hoffte. Sie hätte nicht genau sagen können, was sie sich von dem Abend eigentlich erwartet hatte. Hatte sie MacIntyre in der Hoffnung hierher gebracht, er würde sich in sie verlieben? War sie verärgert, weil sie völlig unerwartet feststellen mußte, daß sie diejenige war, die sich zu verlieben begann? Nein – natürlich nicht! Das war lächerlich! Er war ein Niemand! Ein Plebejer! Und ein rüder Egoist obendrein! Sie weigerte sich, noch weiter darüber nachzudenken.

Und inmitten dieses Wirbels von Verwirrungen und ungelösten Fragen fiel Allison schließlich in einen unbehaglichen, aber traumlosen Schlaf.

Logans Gedanken beschäftigten sich zur selben Zeit mit anderen Dingen. Er hatte ein schlechtes Los gezogen und war mit dem flegelhaften Clifford Arylin-Michaels und Charles Fairgate gemeinsam untergebracht worden. Sein erster Gedanke war gewesen, daß der junge Lord die scheinbar zufällige Zuweisung der Schlafräume irgendwie manipuliert hatte und ihn allein zu fassen bekommen wollte, vielleicht um ihn zu befragen, oder aus anderen, noch ungenannten Gründen. Irgendwie konnte er sich nicht vorstellen, daß Fairgate dem Zufall unterworfen war. Da der Adelige aber nichts sagte, konnte Logan ihn nicht ausfragen, ohne seinem Gedächtnis gefährlich auf die Sprünge zu helfen. Seine einzige Chance im Augenblick war, weiterhin den Unschuldigen zu spielen und zu hoffen, daß von allem, was Fairgate über seinen Glasgower Hintergrund wußte, nichts ans Licht kommen würde.

Kaum hatten sie sich einigermaßen eingerichtet, als Eddie Bramford und zwei andere Männer, die Logan nicht kannte, ins Zimmer kamen.

»Es ist noch zu früh zum Schlafen«, sagte Bramford und zeigte ein Kartenpäckchen vor. »Macht jemand mit?«

Fairgate nickte, während Arylin-Michaels abwinkte. Dann wandten sich mehrere Augenpaare Logan zu. Was er am meisten fürchtete, war, in ein Spiel verwickelt zu werden, das eine Wiederholung der so viele Jahre zurückliegenden Situation bedeutete und daher Fairgates Erinnerungsvermögen nur allzu sehr auffrischen mochte. Er hatte sich sehr verändert seit der Zeit, als er ein ungehobelter und schmutziger Fünfzehnjähriger gewesen war. Aber nicht genug, um einen so harten Test zu bestehen.

»Ich passe«, antwortete er und unterstrich die Worte mit einem wohlgelungenen Gähnen und Strecken. »Ich bin furchtbar müde.«

»Ach, kommen Sie schon«, drängte Bramford. »Sie haben uns heute alle unsere Mädchen entführt. Da ist es das Wenigste, was Sie tun können, uns eine Gelegenheit zur Revanche zu geben.« Seine Stimme enthüllte sein fröhliches Wesen.

»Ich hoffe, Sie denken nicht, ich hätte versucht –«

»Nein«, unterbrach Bramford. »Solche Kleinigkeiten machen wir niemand zum Vorwurf. Sie können ja wohl nichts dafür, daß die verrückten Mädelchen – sie sind schließlich alle jünger als wir *Männer*« – er schenkte seinen beiden Freunden einen wissenden Blick und ein schlaues Lächeln – »alle ganz aus dem Häuschen geraten, wenn sie einmal ein neues Gesicht sehen.«

Logan lachte. Sein Blick glitt hastig von einem Gesicht zum anderen. Alle schienen derselben Meinung zu sein, Fairgate ausgenommen. Sein Blick verriet – so sehr er sich bemühte, es zu verbergen, war es doch ganz offenkundig für jemand wie Logan, dessen Geschäfte die Kenntnis von menschlichen Gesichtern und ihren Masken erforderlich machten –, daß er nicht vergessen hatte, wie

Logan sich um seine Angela Cunningham bemüht hatte. Sein Schweigen war besonders bedrückend, wenn man bedachte, was er wußte, und Logan fragte sich, welche Rache der junge Lord wohl jetzt gerade plante.

»Ich bin kein Kartenspieler«, sagte Logan.

»Wir bringen es Ihnen gerne bei«, antwortete Fairgate. Es war das erste Mal, daß er etwas sagte, und er blickte Logan geradewegs in die Augen dabei.

»Wir akzeptieren kein ›Nein‹«, beharrte Bramford, »außer von Clifford, denn der ist sowieso ein Muttersöhnchen.«

Logan mußte einsehen, daß eine weitere Weigerung mehr Fragen aufwerfen würde als ein Nachgeben, also ergab er sich in sein Schicksal.

Die fünf, unter ihnen Bramfords Oxforder Studienfreunde Raymond Crawford und Mitchell Robertson, setzten sich im Kreis auf den Boden, da kein Tisch im Raum groß genug war für die Runde der Spieler. Ray brachte eine Schachtel voll Jetons zum Vorschein und begann einen Stapel davon vor jeden Mitspieler hinzustellen.

»Ich fürchte«, sagte Logan in einem letzten Versuch, sich zurückzuziehen, »ich habe nicht viel flüssiges Geld mitgebracht –«

»Keine Sorge«, sagte Bramford, »Ihr Wort ist uns gut genug.«

Logan wollte gar nicht daran denken, was dieser Stapel Jetons wert sein mochte, und er dachte auch nicht daran, zu fragen. Vielleicht hatten diese Jungen, die ja nur die *Söhne* reicher Leute waren, nur wenig wirklichen Reichtum zur Verfügung. Vielleicht waren die Einsätze gar nicht so besonders hoch. Aber wer wußte das? Er durfte einfach nicht daran denken. Er mußte sich darauf konzentrieren, wie ein Amateur zu spielen, darauf achten, daß er nicht zu viel gewann oder verlor, und achtgeben, daß die Aufmerksamkeit sich auf jemand anderen konzentrierte, wenn erst einmal viel Geld auf dem Tisch lag.

Bramford gab als erster die Karten. Jeder Spieler setzte einen weißen Jeton. Logan hatte keine Ahnung, ob dieser Jeton einen Shilling, eine Guinea oder hundert Pfund wert war, aber er warf ihn hin, als sei er nicht mehr wert als das Holz, aus dem er gemacht war.

Das Spiel ging ohne Zwischenfall weiter. Die Einsätze blieben bescheiden, und Logan schaffte es, gelegentlich einmal kräftige Verluste zu verbuchen, die er dann im Verlauf der nächsten Spielrunden in kleinen Portionen zurückholte, so daß er eine ziemlich obskure Figur im Spiel blieb.

Fairgate legte eine entnervende und eingebildete Art an den Tag, und obendrein spielte er unglaublich schlecht Poker. Logan mußte sein Bestes geben, um auch weiterhin wie ein unerfahrener Neuling zu wirken. Er konnte eine solche Gelegenheit, die »goldenen Jungen« an die Wand zu spielen, nicht vorbeigehen lassen – insbesondere Fairgate.

Schließlich kam die Gelegenheit, auf die er gewartet hatte. Logans Augen glänzten in dem alten Fieber, als er einen Jeton auf den Tisch legte, kurz zögerte und dann einen weiteren Jeton setzte.

»Wollen doch mal sehen, wie gut Ihre Karten sind, Fairgate«, rief er.

»Sie haben ja Mut, MacIntyre«, antwortete Fairgate. »Am Pokertisch wie auch auf dem Tanzboden. Aber diesmal glaube ich nicht, daß Sie mich schlagen. Genaugenommen, MacIntyre«, fügte er hinzu, wobei er seinen ohnehin verächtlichen Mund noch weiter verzog, »glaube ich, daß Sie bluffen. Ich glaube, Sie sind nicht Manns genug für dieses Spiel. Ich weiß nicht, woher Sie kommen, obwohl ich schwören könnte, daß ich Sie schon einmal gesehen habe. Aber eines werden Sie rasch lernen müssen, nämlich wegzubleiben, wo Sie nicht hingehören«.

Mit diesen Worten warf er mit kühner Gebärde einen letzten blauen Jeton in die Mitte des Kreises auf den Boden, und dann verzichtete er großartig auf alles Herkommen und zeigte allen in der Runde seine Karten offen her.

»Schlagen Sie das, MacIntyre!« sagte er mit einem hämischen Lächeln, während er Logan tief in die Augen blickte, als versuchte er immer noch vergeblich, sich ihre frühere Verbindung in den Sinn zu rufen.

Logan gab seinen Blick zurück. Er kämpfte mit sich selbst. Nach einigen kurzen Augenblicken lachte er, fast nervös, und sagte: »Sie haben recht, Fairgate, Sie sind ein besserer Mann als ich!« Und damit warf er seine Karten mit den Farben nach unten zu Boden. »Sie haben gewonnen!«

DIE FAHRT NACH HAUSE

Allison war froh, als sie sich schließlich von allen verabschiedet hatten und sich auf den Weg machen konnten. Sie war sich nicht sicher, wie sie die Ereignisse des Abends deuten sollte oder wie sie nun eigentlich zu Logan stand. Sie hatte gehofft, in der Wertschätzung ihrer Freunde zu steigen und zugleich in Logans Augen an Ansehen zu gewinnen, indem sie ihn einlud. Aber nun sah es aus, als sei er das Hauptgespräch des Balls gewesen, nicht sie.

Der Regen hatte am Morgen nachgelassen, so daß die Arbeiter das zerstörte Straßenstück reparieren konnten. Aber als Allison und Logan die Brücke über den Lindow erreichten, hatten sich bereits wieder dunkle Wolken gesammelt. Als der Austin über die altertümliche hölzerne Brückenkonstruktion fuhr, konnten sie das Wasser des Flusses fast auf gleicher Höhe mit der Straße gegen die Stützpfeiler schlagen sehen. Allison hatte noch nie gesehen, daß der Fluß so viel Wasser führte, aber sie hatte von Überschwemmungen im Tal gehört, die die Brücke, die Straße und alles, was sich im Umkreis von einigen hundert Fuß vom Flußufer entfernt befand, weggerissen hatten. Jetzt schon ächzten und stöhnten die Pfosten der Brücke unter dem Ansturm des Wassers. Allison hielt den Atem an, als sie hinüberfuhren, und fragte sich besorgt, wie die Straße vor ihnen wohl aussehen mochte.

Logan ging vom Gas weg, während er den Wagen durch den Schlamm hinter der Brücke steuerte, und machte den Vorschlag, umzukehren. Aber Allison nahm das Wetter auf die leichte Schulter.

»Ach, das ist nichts. So ist es hier jeden Frühling.« Sie konnte freilich kaum verbergen, daß sie mehr als eine Spur von Angst hatte, so auf der Straße herumzuschlittern. Aber sie wollte nach Hause, und sie konnte zu einem Weltmann wie Logan nicht von ihren heimlichen Ängsten sprechen.

Logan fuhr weiter. Die Straße war schlammig, an manchen Stellen völlig überschwemmt, aber immer noch passierbar. Der Austin kroch dahin wie eine seltsame amphibische Kreatur. Plötzlich erschütterte ein ohrenbetäubender Donnerschlag die Landschaft, und der Himmel schüttete fast augenblicklich einen neuen Wolkenbruch über sie aus. Der Regen fiel so schwer, daß die kleinen Scheibenwischer des Wagens keine Chance hatten, ihre Aufgabe zu erfüllen. Logan konnte nicht das Geringste sehen.

»Ali«, sagte er, »steck mal den Kopf aus dem Fenster und sag mir, wann ich in die Kurve gehen muß.«

»Du scherzt wohl! Ich ertrinke ja!«

»Möchtest du lieber im Straßengraben enden?«

»Hier kommt noch meilenweit keine Kurve!«

»Da ist eine genau vor uns!«

»Unmöglich!«

Logan stieß scharf den Atem aus. »Ali, *du* bist unmöglich!«

»Nenn mich nicht Ali!«

»Ich nenn dich, wie ich will«, gab er zurück. Die Anspannung, bei dem Unwetter einen Wagen zu steuern, nahm ihm viel von seiner üblichen Geduld. »Und wenn du vermeiden willst, daß mir ein paar höchst unerfreuliche Namen einfallen, dann solltest du lieber –«

Er unterbrach sich, als das Lenkrad plötzlich nicht mehr gehorchte und die Räder des Wagens über den schlammigen Straßenrand rutschten. Logan trat wütend auf die durchnäßten Bremsen. Es war jedoch kaum nötig. Der Wagen rumpelte vorwärts und blieb mit einem Ruck stehen, die beiden Vorderreifen standen im wassergefüllten Straßengraben, der Motor war abgestorben. Logan drehte den Zündschlüssel, aber der Motor hustete und spuckte nur.

»Da hast du's«, bemerkte Allison mit glatter Stimme.

Logan wandte sich ihr zu und starrte sie an. Seine glühenden Augen sagten mehr als Worte.

Sie wandte sich ab. »Was machen wir jetzt?« fragte sie in zerknirschtem Ton.

»Am besten bleiben wir hier sitzen, bis das Unwetter vorbei ist.«

»Das kann eine Ewigkeit dauern!«

»Was sollen wir sonst tun? Soll ich dem Regen sagen, daß er aufhören soll? Oder sollen wir durch Sturm und Regen rennen und jemand suchen, der uns abschleppt?«

Allison verschränkte schmollend die Arme vor der Brust und starrte aus dem Fenster, als könnte sie tatsächlich etwas sehen. Schließlich sagte sie, den Blick starr geradeaus gerichtet: »Ich nehme an, ich hätte dir helfen sollen, als du darum batest. Ich … ich … es tut mir leid, daß ich dir die Schuld gegeben habe.«

»Mach dir keine Gedanken deshalb«, antwortete er. »Ist schon in Ordnung.«

»Was sollen wir jetzt tun, Logan?« fragte sie nach einer Weile.

»Wir steigen aus«, sagte er voll Selbstvertrauen. »Wir könnten einen Wagen anhalten. Schlimmstenfalls müssen wir zu Fuß gehen.«

»Logan, es ist Sonntagmorgen! Niemand wird unterwegs sein, besonders bei diesem Wetter.«

»Keine Sorgen. Denk daran, ich bin ein Glückskind.«

Sie warf ihm einen Blick zu und brachte es fertig, zu lachen. Dann wurde sie wieder ernst. »Logan, meinst du, der Fluß wird über die Ufer treten?« fragte sie. »In dem Fall würde das Wasser nämlich die Straße hier entlangströmen und sie in einen neuen Fluß verwandeln.«

Er wollte nicht daran denken. Statt dessen streckte er die Hand aus und berührte sanft die ihre. Etwas an ihrer Verletzlichkeit hatte ihn berührt. Das war eine Seite Allison MacNeils, die er bislang noch nicht zu sehen bekommen hatte. Plötzlich sah er sie mit all ihrem Getue und affektiertem Gehabe. Wieder fragte er sich, warum sie sich wohl mit einer solchen harten Schale umgab. Er fragte sich auch, was die wirkliche Allison MacNeil noch alles an sich haben mochte, das er jetzt noch nicht sehen konnte.

Sie zog die Hand nicht zurück. Aber sie blickte auch nicht zu ihm hinüber. Der Augenblick verging in tiefer Stille. Logan zog unbeholfen seine Hand zurück. Dann zog er seinen Mantel um sich, öffnete die Türe des Wagens und kletterte hinaus in den wütenden Sturm.

Der Wind peitschte ihm wie Nadeln ins Gesicht. Der Himmel war so finster, daß es genausogut Abend wie Morgen hätte sein können. Wo er stand, leckte Wasser an seinen Knöcheln. Seine Schuhe und die neuen Smokinghosen waren ruiniert. Er watete zurück auf die Straße, die jetzt kaum noch sichtbar war unter dem Wasser, das darüber hinwegströmte. Es sah aus, als sei es in den wenigen Minuten, seit sie steckengeblieben waren, beträchtlich gestiegen. Er blickte sich um und versuchte, ihre Chancen abzuschätzen. Dann entdeckte er plötzlich einen Gegenstand, anscheinend ein Stück Holz, der im wassergefüllten Graben auf der anderen Straßenseite dahinschwamm. Er eilte hin, bückte sich und zog ihn heraus. Es war kein Baumast, sondern ein altes Stück Zimmermannsholz, das an einem Ende abgebrochen war. Natürlich konnte es von allem möglichen herstammen, aber er dachte sofort an die Brücke. Wenn die Brücke einzustürzen drohte, würden keine Reisenden mehr diese Straße entlangkommen. Und wenn der Lindow so rasch anstieg, wie er befürchten mußte, dann konnten Allison und er nicht mehr zu Fuß vor der Flut flüchten. Sie *mußten* den Wagen fahrtüchtig machen, bevor der Fluß über die Ufer trat und sich über das gesamte Tal von Strathy ausbreitete. Es war ihre einzige Hoffnung, selbst wenn es nur ein Strohhalm war. Und sie mußten es schaffen, bevor das Wasser auf der Straße so tief wurde, daß sie nicht mehr fahren konnten.

Logan wandte sich wieder dem Wagen zu, das Brett immer noch in Händen. Der Austin schien tiefer als zuvor in dem schlammgefüllten Graben zu stehen, das Wasser reichte ihm bereits bis zur Stoßstange. Es würde ein Wunder geschehen müssen, um ihn dort herauszukriegen, aber Logan wußte, daß er einen Versuch machen mußte.

Allison spähte besorgt aus dem Fenster nach ihm aus, als er sich näherte. Die Furcht stand ihr auf dem Gesicht geschrieben. Logan steckte den Kopf durchs Fenster und lächelte, als wollte er ihre Befürchtungen zerstreuen. Plötzlich wurde ihm bewußt, welche Verantwortung auf ihm lastete. Er wußte, daß sie von ihm abhängig war, und diese Erkenntnis stimmte ihn ebenso demütig wie ängstlich. Er versuchte, etwas von seinem üblichen Selbstvertrauen in seine Stimme zu legen.

»Setz dich hinters Lenkrad«, wies er sie an. »Ich versuche dieses Brett als Hebel zu verwenden. Geh es vorsichtig an – gib fürs erste nicht zu viel Gas.«

Er ging zur Kühlerhaube des Austin und kniete im Wasser nieder, rammte ein Ende des Brettes in den Boden und hob es hoch, bis es gegen die Kühlerhaube stieß. »Starte den Motor!« rief er Allison zu.

Sie gehorchte. Als die Räder sich zu drehen begannen, stemmte Logan sich mit seinem ganzen Gewicht gegen das Brett, das an der Kühlerhaube des Austin lag, und versuchte, das Auto so weit rückwärts zu schaukeln, daß die Hinterräder faßten. Aber es hatte keinen Zweck. Er erreichte nichts weiter, als daß das Auto vor und zurück schaukelte. Die glatten Gummireifen drehten durch in den Spuren, die sie in den Schlamm gegraben hatten.

»Noch einmal!« schrie er verzweifelt und stemmte sich mit aller Kraft, die er aufbieten konnte, gegen das Brett. Der Wagen rührte sich nicht. Das Brett jedoch, das in dem lockeren Grund keinen allzu festen Halt gefunden hatte, rutschte ab, und der Stoß brachte Logan aus dem Gleichgewicht. Im nächsten Augenblick lag er rücklings im Graben.

Sekunden später hatte Allison den Zündschlüssel abgedreht

und sprang, ohne eine Sekunde zu überlegen, aus dem Wagen, um ihm zu Hilfe zu kommen.

»Oh, Logan ... Logan!« rief sie. »Bist du verletzt?« Sie kämpfte sich durchs Wasser und über den unebenen Grund, um ihn zu erreichen, und dachte keinen Augenblick daran, daß der Regen ihre hübschen Locken durchnäßte und das schlammige Wasser ihr teures neues Kleid besudelte.

Logan blickte mit einem Grinsen zu ihr auf. Es war schwer, seinen schlammbedeckten Körper inmitten all des Schlamms und des Treibguts, das ihn umgab, zu erkennen.

»Da hast du dein Glückskind«, sagte er und lachte.

»Du bist doch nicht verletzt?« fragte sie und streckte ihm die Hand entgegen.

»Verletzt ist nur mein Stolz«, antwortete er.

Nun endlich erschien ein Lächeln auf Allisons Lippen, das sich rasch zu einem Kichern und zuletzt zu einem herzlichen Lachen auswuchs. »Jetzt ist nicht die rechte Zeit dazu, schwimmen zu gehen, Mr. MacIntyre«, sagte sie, als er ihre Hand ergriff.

Er lachte mit ihr. Ihre Lage war um so lächerlicher, als es ihr nicht gelang, ihn beim ersten Versuch herauszuziehen. Ihre dünnen Schuhe und ihr Mangel an Erfahrung machten sie hilflos im Schlamm, und bei ihrem zweiten Versuch rutschte sie mit einer wilden Bewegung aus und fiel neben ihm ins Wasser.

Er brach in lautes Gelächter aus.

»Das hast du absichtlich gemacht!« rief sie in ihrem alten verdrießlichen Tonfall.

»Selbst wenn ich die Absicht gehabt hätte«, erwiderte er, immer noch lachend, »hätte ich es niemals gewagt!«

Nun lachte sie auch. »Du solltest dich sehen, wie du da im Schlamm liegst in deinem brandneuen Smoking –«

»Wieso weißt du, daß er brandneu ist?«

»Wofür hältst du mich, für einen kompletten Dummkopf? So schlau bist du nicht, wie du glaubst.«

»Was weißt du sonst noch über mich?« fragte er.

»Nur, daß ich froh bin, daß du uns in der Stadt geholfen hast, unser Auto in Ordnung zu bringen.«

»Das freut mich auch«, sagte er. »Und ich freue mich, daß du mich eingeladen hast, dich zu den Bramfords zu begleiten.«

Einen Augenblick schwiegen sie beide. Dann sprach Logan als erster. »Weißt du, Ali – ich meine, Allison –«

»Geht schon in Ordnung. Du darfst mich Ali nennen«, antwortete sie. »Es klingt gut, wenn du es sagst, wie bei Großvater Dorey.«

»Danke. Ich wollte sagen – so wie du jetzt bist, gefällst du mir am besten.«

»Was! Über und über voll Schlamm und klatschnaß bis auf die Haut?«

»Du weißt, was ich meine«, fuhr er fort und versuchte, ernst zu bleiben. »Es gefällt mir, wie du lachst ... wirklich lachst, so von Herzen.«

»Wir kriegen beide Lungenentzündung, wenn wir noch lange hier bleiben«, sagte sie und schluckte hinunter, was sie am liebsten hinausgeschrien hätte. Es war nicht leicht, ihm jenen Teil ihres Lebens zu eröffnen, der so lange vor aller Welt verborgen gewesen war.

Logan kämpfte sich hoch, dann ergriff er die Hand, die sie ihm entgegenstreckte, und zog sie hoch. Er ließ ihre Hand jedoch nicht sofort wieder los, sondern hielt sie mit seinen beiden Händen umschlossen.

Ein jähes Bedürfnis überkam ihn, ihr alles zu sagen. Er zögerte jedoch, nicht aus Furcht davor, seinen Plan mißlingen zu sehen, sondern weil er sich so verzweifelt wünschte, sie möge nie mehr ärgerlich auf ihn sein. So sagte er nichts, und statt dessen beugte er sich vor und küßte sie sanft auf die regennassen Lippen.

Es ging viel zu schnell vorbei. Allison war sich nicht einmal sicher, daß es tatsächlich passiert war. Aber sie wußte, es war geschehen, und es war schön gewesen. Sie hatte es so sehr genossen, daß sie sich dazu zwang, die Täuschung mit seinem verletzten Fuß zu vergessen. Es gab zweifellos eine Erklärung dafür. Es war wohl besser, zuzuwarten, bis er von selbst bereit war, ihr davon zu erzählen. Sie fühlte sich so wunderbar, daß all diese Dinge an Bedeutung verloren hatten.

Logan ließ ihre Hand los, und sie gingen zurück zum Wagen, immer noch unsicher, was sie tun sollten.

»Darf ich dich was fragen?« sagte Logan nach einer Weile. »Warum magst du es nicht, wenn man dich Ali nennt? Es scheint so viel besser zu dir zu passen als Allison.«

»Komisch«, antwortete sie nachdenklich. »Großvater Dorey sagt das auch immer. Warum?«

»›Allison‹ klingt so nach einem zerbrechlichen kleinen Mädchen. Du weißt schon – mit blassem Gesichtchen und einem dünnen Stimmchen.« Er sah, wie sie gereizt aufblickte, und fügte hastig hinzu: »Ich sag das nicht von dir. Warum meinen alle, eine solche junge Dame sei viel begehrenswerter als eine mit Mut und Persönlichkeit – oder, wie ein Freund von mir zu sagen pflegte, ›mit Pfiff‹. Das ist eine ›Ali‹ – ein Mädchen mit Pfiff. Wie du eines bist.«

»Ich nehme an, die Leute bevorzugen die Blassen«, seufzte Allison, »weil sie gut und fromm und freundlich sind.«

»Das kannst du doch nicht im Ernst glauben. Schau dir nur einmal deine Mutter und Urgroßmutter an!«

»Genau! So sind sie ja!« gab sie zurück, als erhebe sie eine Anklage.

»Lady Margaret sieht mir aber ganz wie eine Frau aus, die das Herz auf dem rechten Fleck hat, besonders für eine Frau über achtzig! Ich wette, in deinem Alter war die eine tolle Person!«

»Schon möglich«, antwortete Allison niedergeschlagen. »Aber verstehst du nicht? Das ist es ja eben. Ich kann mich mit ihr nicht messen, und doch erwarten sie alle genau das von mir. Ich entspreche nicht einmal meinem Namen. Ich habe es versucht, aber es ist unmöglich. Mädchen mit Pfiff können einfach keine guten Christinnen sein.«

»Tja, da kann ich nicht mitreden. Meine Mutter war ziemlich fromm, aber ich selbst hab' nie viel damit anfangen können. Aber ich denke, was du sagst, stimmt nicht. Guck dir einmal Jesse Cameron an. So wie sie redet, würde ich sagen, sie ist eine Christin. Jedenfalls klingt sie religiös genug. Aber du solltest einmal hören, wie sie an Bord ihres Schiffes herumkommandiert – und ich hab' noch nie jemand gesehen, der so wenig Zerbrechliches an sich gehabt hätte! Aber ich kenne auch kaum jemand, der mich mit soviel Freundlichkeit behandelt hätte. Nein, Ali, ich denke, was du gesagt hast, das stimmt nicht.«

»Na, in einem werde ich aber wohl recht behalten«, sagte sie und wechselte das Thema, »nämlich daß wir ertrinken werden, wenn wir noch lange hier herumstehen und philosophieren.«

»Wie weit ist es von hier nach Stonewycke?« fragte Logan.

»Vermutlich sieben oder acht Meilen.«

»Na, wir müssen uns auf die Beine machen. Das Wasser steigt rasch.«

»Ich wollte, ich könnte beten«, sagte Allison.

»Ich wollte, ich könnte wenigstens glauben, daß da oben einer ist, der mich hört, falls ich bete.«

Sie starrte ihn in leiser Verblüffung an. »Glaubst du denn nicht an Gott?« Sie hatte niemals jemand gekannt, der entweder ehrlich oder unverschämt genug war, so etwas offen zuzugeben.

»Ich weiß nicht«, antwortete Logan. Er streckte die Hand nach ihr aus und zog sie an sich. Er betrachtete ihr Gesicht einen Augenblick lang sehr nachdenklich, dann sagte er: »Laß uns Freunde bleiben.« Er hätte sie gerne noch einmal geküßt. Aber jetzt fühlte er sich seltsam verlegen – ausgerechnet er, Logan MacIntyre! Der Kuß, den er ihr zuvor gegeben hatte, war einer impulsiven inneren Bewegung entsprungen, bevor er noch recht gewußt hatte, was er tat. Jetzt schien es mehr zwischen ihnen beiden zu geben. Und ein Kuß bedeutete jetzt viel mehr. Mehr, als er glaubte, geben zu können.

Aber sie gab bereits Antwort auf seine Worte; vielleicht hatte sie den unbehaglichen Augenblick, der zwischen ihnen verstrichen war, nicht einmal bemerkt.

»Das würde mich freuen, Logan«, hatte sie gesagt. »Das würde mich wirklich freuen.«

Tatsächlich hatte sie sein Zögern sehr wohl bemerkt. Aber wie Logan war auch Allison verwirrt und ängstlich. Zu viele unvertraute Gefühle stürmten zugleich auf sie ein.

Um es genauer zu sagen: So neu waren die Gefühle gar nicht. Aber sie hatte so lange alles darangesetzt, Gefühle wie Ehrlichkeit, Aufrichtigkeit und Zärtlichkeit zu unterdrücken, daß ihr wohler zumute war, wenn sie so tun konnte, als existierten sie nicht.

Aber sie konnte nicht leugnen, daß diese letzten fünfzehn Minuten mit Logan wunderbar gewesen waren; sie hatte sich frei gefühlt, sie selbst zu sein, wie noch nie. Aber ihren Schutzschild aufzugeben, selbst für jemand wie Logan, würde heißen, sich gewissen Schwierigkeiten zu stellen.

Wie jämmerlich hatte sie ihr Leben lang vor den Erwartungen ihrer Familie versagt! Wußten sie nicht, daß sie niemals wie sie sein konnte? Sie konnte nicht perfekt sein, konnte keine Heilige sein. Wie hätte Logan wissen können, wieviel tiefere Wurzeln das alles hatte? Ihm erschien das alles nur als ein schrulliger Charakterzug an ihr.

Sie eilten nebeneinander her, beide tief in Gedanken versunken. Nun, da sie beide ihre Furcht und ihren Argwohn abgestreift hatten, waren sie einander und ihrem eigenen inneren Selbst gegenüber offener geworden. Und nun entdeckte Logan, daß seine Gedanken sich dem Mann zuwandten, der den ersten Anlaß dazu gegeben hatte, sich an diesem Ort einzufinden – seinem Onkel Digory. Wenn man Lady Margaret glaubte, war er sehr wohl ein Mann gewesen, der beten konnte, wenn er in Schwierigkeiten geriet. Er stellte fest, daß er halb und halb wünschte, Digory könnte jetzt für sie ein paar gute Worte himmelwärts senden. *Wenn wir aus diesem Schlamassel hier herauskommen,* dachte Logan, *dann lese ich vielleicht wirklich einmal in deiner alten Bibel.*

Plötzlich ergriff Allison seinen Arm. »Logan ... hör einmal!«

»Was ist?« Logan horchte angespannt, und wirklich konnte er in weiter Entfernung ein Geräusch ausmachen, das er nicht einordnen konnte. Es war nicht das Geräusch, auf das er gehofft hatte – das Dröhnen eines Motors. Statt dessen hörte er ein ächzendes Geräusch, als bewegte sich Holz, vermischt mit einem regelmäßig wiederkehrenden *Klopp – platsch, kloppklopp – platsch* ... Er mußte jedoch nicht lange grübeln, denn ein paar Augenblicke später tauchte aus dem Nebel des Gewitterregens ein Gefährt auf, das er als letztes erwartet hatte – ein klappriger alter Heuwagen, von zwei mächtigen grauen, nassen, müde aussehenden Ackergäulen gezogen.

Er und Allison schrien und winkten beide zugleich; Allison sprang vor Freude in die Höhe, und Logan schlug vor Erleichterung eine Faust in die andere. Aber selbst in seinem Jubel galt sein erster Gedanke dem Schwur, den er in Hinblick auf Digorys Bibel getan hatte.

War es möglich, daß irgend jemand diese Gedanken tatsächlich gehört hatte? Gab es tatsächlich einen Gott, der in das Geschehen eingriff, selbst wenn es um Ungläubige und Zweifler ging?

Er würde einmal ernsthaft darüber nachdenken müssen. Er war nicht bereit, dies ein Wunder zu nennen. Aber es warf einen Schatten, schwerer als die Wolken am Sturmhimmel, über seinen früheren selbstzufriedenen Unglauben.

Ferguson Dougall kam in Sicht, der auf dem hölzernen Kutschbock saß. Allison kletterte auf den Karren, schlang die Arme um ihn und küßte ihn unbekümmert auf die Wange.

»Gott sei gelobt!« sagte der Verwalter, nachdem sie ihm in kurzen Worten die Geschichte von dem Unglück mit dem Wagen erzählt hatten. »Die Herrschaften haben mich ausgeschickt, nach Ihnen zu suchen, als sie merkten, daß Sie längst zu Hause sein sollten und der Fluß immer höher steigt. Ich war der einzige, den sie schicken konnten. Ihr Vater ist heut' schon früh am Morgen 'rausgefahren, um mitzuhelfen, ein paar von den Farmern in Sicherheit zu bringen. Die meisten Bauernhäuser im Tiefland stehen schon unter Wasser. Ihr habt Glück gehabt, daß die Straße vor allem übers Hügelland führt, sonst hättet ihr es nicht mehr bis hierher geschafft.«

»Und wie geht es zu Hause?« fragte Allison.

»Im Haus ist alles in Ordnung, bloß durchgeregnet hat es, aber wir haben schon drei- oder vierhundert Hektar Neupflanzungen verloren. Es war die schlechteste Zeit für eine Überschwemmung.« Während er sprach, war Fergie in flottem Tempo weitergefahren, aber als er zu Ende kam, hielt er an. Er blickte nach vorne und zur Linken und fuhr dann fort: »Ich würd' lieber nicht auf der Culdener Straße fahren. Seht mal dort drüben.« Er wies ins Tal hinunter, wo es sich zum Meer hin erstreckte; wo gestern noch grünes Ackerland gewesen war, erstreckte sich nun ein gewaltiger brauner See. Von der Straße war keine Spur mehr zu sehen.

»Wir fahren einmal, so weit es geht, und biegen dann nach Braenock ab. Ich kenn' dort ein paar Hirtenpfade und dergleichen. Wir können Gott dankbar sein, daß ich mit dem Karren gekommen bin und nicht mit einem Auto.«

»Hirtenpfade, Fergie!« bemerkte Allison niedergeschlagen. »Kann der Wagen darauf überhaupt fahren?«

»Wenn's zum Schlimmsten kommt, hab' ich ein paar Sättel hinten liegen, und wir können die Pferde ausspannen und reiten. Wenigstens ertrinken wir dann nicht.«

»Haben Sie vielleicht auch dran gedacht, ein paar trockene Kleider und Regenmäntel mitzubringen?« fragte Logan, der keine Freude an dem Gedanken hatte, noch einige weitere jämmerliche Stunden in durchnäßter Abendkleidung zu verbringen.

»O ja«, erwiderte Fergie und sah selbstzufrieden aus, »Lady Joanna hat uns gut ausgerüstet. Wir finden sicher bald ein verlassenes Bauernhaus, wo ihr euch umziehen könnt.«

Sie fuhren eine runde Stunde lang über eine leidlich gute Straße dahin, während der Regen immer noch unbarmherzig niederprasselte. Aber selbst in dieser kurzen Zeit gewannen sie merklich an Höhe, und es schien, als hätten sie die Überflutung weit hinter sich gelassen. Dann jedoch wandte sich die Straße wieder zur Linken und begann allmählich ins Tal abzusteigen, das nun ein See war. Dann verschwand sie. Fergie führte die Pferde nach rechts, abseits der Straße. Nun war der Weg rauh und uneben, voll Schlaglöcher, Schlamm, Felsen und Unterholz, so daß es beinahe eine Stunde dauerte, eine Meile zurückzulegen; die drei Passagiere wurden unbarmherzig durchgerüttelt auf den harten Holzbänken des Karrens, aber Fergie trieb die beiden Pferde hartnäckig vorwärts.

Schließlich erreichten sie einen niedrigen Hügelrücken, und da, in einer kleinen Mulde, am Rande von Braenock Ridge, stand ein kleines steinernes Häuschen, das sich vollkommen in die öde Szenerie des Moors und des tristen Wetters einfügte. Selbst als es noch bewohnt gewesen war, hatte es keinen besonders reizvollen Anblick geboten, aber nun war es, als kehrte eine traurige Erinnerung zurück. An verschiedenen Stellen war der Mörtel zwischen den Steinen herausgebröckelt, so daß sich Ritzen in den Mauern öffneten, die die mit Brettern verschlagenen Fenster doppelt traurig und hoffnungslos aussehen ließen. Neben dem Häuschen befanden sich die Überreste einer Viehhürde, von der nur noch drei Mauern standen; das Dach war völlig verschwunden. Über dem Haus selbst befand sich jedoch noch ein Dach. Aber es sackte bedrohlich durch, und es würde nicht mehr viele Jahre dauern, bis es ebenfalls einstürzte und von diesem Häuschen eines armen Mannes nichts weiter übrig blieb als eine leere Hülle wie von so vielen tausend anderen auch, die in den armen Gebieten dieses nördlichen Landes verstreut lagen.

Im Augenblick, in dem sie eintraten, war es ihnen klar, daß zwar das Dach noch da sein mochte, daß es aber kaum einen Schutz gegen einen so wütenden Regen bot. Zahlreiche schlammige Pfützen auf dem Boden zeigten an, wie viele Löcher sich über ihren Köpfen befanden. Der Lehmboden war kaum in besserem Zustand als der Boden draußen, außer daß hier kein Sturm wehte und daß ein etwas geschützterer Winkel übriggeblieben war, der sich dem zerstörerischen Zugriff der Zeit irgendwie entzogen hatte. Allison trat als erste ein, suchte sich ihren Weg durch das Labyrinth von Pfützen zu dem einzigen trockenen Fleck Erde, der hier zu finden war, und wechselte ihre Kleider. Ihre Mutter hatte Cordsamthosen, ein Flanellhemd, frische Socken und schwere Stiefel für sie eingepackt. Dann warf sie sich den Regenmantel über die Schultern und trat ins Freie, während Logan hineineilte und sich ebenfalls umzog. Für ihn waren Kleider aus Alecs freilich viel zu großer Garderobe bereitgestellt worden. Zu ihrer großen Erleichterung schlug Fergie vor, noch ein paar Augenblicke drinnen zu bleiben und die kalte Mahlzeit zu genießen, die Lady Joanna für sie eingepackt hatte.

Der trockene Winkel der Hütte hätte unter gewöhnlichen Umständen wohl kaum als behaglich gegolten, aber wie willkommen war er den drei Reisenden! Sie packten in Scheiben geschnittenen Käse, frisch gebackenes Brot, Haferkekse und knackfrische rote Äpfel aus und dazu eine Thermosflasche mit heißem Tee zum Hinunterspülen. Als das bescheidene, aber köstliche Mahl gegessen war, hatte keiner von ihnen so recht Lust, sich dem Ansturm der Elemente so bald wieder auszusetzen. Fergie lehnte sich an die Mauer und zündete seine Pfeife an, hatte aber kaum drei Züge daran getan, als er auch schon einschlief. Logan griff hin, nahm ihm die immer noch rauchende Pfeife aus der Hand und legte sie auf den Lehmboden. Allison zog die Knie an den Leib, um die Kälte abzuwehren.

»Ist das Stevie Mackinaws Häuschen?« fragte Logan.

»Woher weißt du etwas über ihn?«

»Jesse Cameron hat mir das eine oder andere erzählt.«

»Oh. Ich vergaß, daß ihr befreundet seid.« Ihre Stimme enthielt eine Spur der alten Hochnäsigkeit, aber es war ihr wohl selbst aufgefallen, denn ihre nächsten Worte waren gemäßigter. »Lady Margaret stand den Mackinaws ziemlich nahe, als sie ein junges Mädchen war. Sie wohnten ein Stückchen entfernt von hier, höher oben auf Braenock Ridge. Dies hier muß das ehemalige Häuschen der Krueger sein, nehme ich an. Nach allem, was sie erzählte, besuchte sie beide ziemlich oft.«

»Ja. Jesse erwähnte es. Sie sagte auch, Stevie Mackinaw sei wohl in deine Urgroßmutter verliebt gewesen.«

»Das überrascht mich nicht«, seufzte Allison. »Jedermann – vor allem die Kleinhäusler – liebte sie. Es war vermutlich noch ausgeprägter, als sie noch jung und schön war. Hast du gewußt, daß es die Liebe war, die sie aus Schottland forttrieb?«

»Nein. Ich habe noch nicht viel von eurer Familiengeschichte gehört.«

»Lady Margaret heiratete Großvater Dorey, obwohl ihr Vater gegen die Ehe war; er war rasend vor Wut und schwor, an ihnen Rache zu nehmen; er versuchte einmal sogar, Großvater zu töten.«

»Und deshalb mußten sie fortziehen?«

»Meine Urgroßmutter fuhr nach Amerika, aber Großvater Dorey blieb zurück, um seinen Namen von einem Mord reinzuwaschen, den James Duncan ihm anzuhängen versuchte. Er sollte später nachkommen, aber sein Schwiegervater intrigierte weiter gegen sie, so daß zuletzt jeder der beiden den Gatten für tot hielt. So erzählte mir meine Mutter die Geschichte. Weder meine Urgroßmutter noch Großvater Dorey sprechen viel darüber, aber meine Mutter hat allmählich alles von ihnen erfahren und die Geschichte niedergeschrieben, damit es niemals in Vergessenheit geraten soll, wie sehr sie einander liebten und welche Opfer sie für ihr Land und für Stonewycke brachten. Meiner Mutter war das sehr wichtig. Es erscheint mir fast, als betrachte sie es als ihre Lebensaufgabe, dieses Erbe zu bewahren.« Sie unterbrach sich und schwieg eine Weile.

»Was geschah weiter?« fragte Logan. »Lady Margaret war in Amerika, und ...?«

»Großvater Dorey verlor den Verstand vor Schmerz. Lady Margaret blieb vierzig Jahre im Exil, denn sie dachte, er sei tot, und warum sollte sie jemals zurückkehren?«

»Und warum tat sie es schließlich doch?«

»Tatsächlich war es so, daß meine Mutter als erste zurückkam, während Großmutter schwerkrank in Amerika im Spital lag. Meine Mutter wußte gar nichts von der Familie in Schottland. Sie kam einfach blindlings hierher, in der Hoffnung, Großmutters letzten Wunsch zu erfüllen, bevor diese in Bewußtlosigkeit versunken war.«

»Sie wußte überhaupt nichts von der adeligen Familie oder dem Erbe, das hier auf sie wartete?«

»Deshalb sagt sie ja immer, sie bekam mehr, als sie erwartete. – Aber nichts davon bedeutet ihnen etwas.« In Allisons Worten schwang ein deutlich hörbarer Vorwurf mit, und der alte Tonfall kehrte zurück. Ein aufmerksamer Zuhörer hätte eine Spur von Neid festgestellt, der Allison selbst nicht bewußt war. »Das Prestige, das Stonewycke genießt, bedeutet ihnen nichts. Sie verschenkten die Hälfte der Ländereien an die Pächter, und was den Schatz angeht –«

»Ein Schatz?« Logans Stimme war so ruhig, daß Allison niemals erraten hätte, daß ihm bei diesen Worten beinahe der Teebecher aus der Hand gefallen wäre.

»Als sie heimkehrte, sah Lady Margaret an der Stelle nach, wo sie ihn verborgen hatte, bevor sie Schottland verließ, aber er war verschwunden. Und niemand versuchte jemals, ihn wiederzufinden – ja auch nur festzustellen, ob er überhaupt jemals existiert hatte! Aber da hast du wieder einmal einen Beweis dafür, wie wenig sie sich um die Stellung unserer Familie kümmern. Sie alle wären genauso zufrieden in einer Fischerhütte! Meine eigenen Eltern lebten jahrelang in einem winzigen Häuschen. Ich wurde dort geboren, kannst du dir das vorstellen? Ich habe überhaupt erst einige Jahre auf Stonewycke gelebt.«

»Willst du sagen, deine Großmutter hätte sich den Schatz vielleicht nur *eingebildet*?« Logan konnte nicht anders, selbst wenn er die Frage zu einem ungünstigen Zeitpunkt stellte. Er mußte es einfach wissen!

»Du weißt doch, wie das mit alten Leuten und ihren Erinnerungen ist«, antwortete Allison. »Warum interessiert es dich?«

»Nichts – gar nichts!« antwortete Logan hastig, vermutlich etwas zu hastig. »War nur neugierig.« Seine Gedanken umkreisten in wilder Hast Lady Margarets Persönlichkeit. *Nein, an den Erinnerungen der alten Dame fehlt es nicht,* sagte er sich. Da war ein Schatz gewesen. Sie hatte ihn gefunden. Sie hatte ihn irgendwo anders hingebracht. Und jetzt war er verschwunden. War es möglich, daß von Anfang an nur sie und Digory von seiner Existenz gewußt hatten? Hatte sie ihrem Gatten beim Abschied nichts davon gesagt?

Logan fragte sich, ob er wohl jemals die ganze Wahrheit herausfinden würde. Er konnte nicht herumlaufen und viele neugierige Fragen stellen. Er mußte sich damit zufrieden geben, da und dort einen Brocken aufzuschnappen. Er hoffte, eines dieser Bröckchen würde ihn zu dem Schatz führen. Nichts anderes zählte.

Oder doch?

Plötzlich mußte er wieder an Allison denken. Hatten die Ereignisse dieses Tages irgend etwas verändert? Bei der bloßen Erwähnung des Schatzes waren seine Gedanken in Aufruhr geraten, er hatte völlig die kurzen Augenblicke vergessen, in denen sie einander nahe gewesen waren. Es war, als bestünde er aus zwei getrennten Personen – dem alten Logan, der sich für nichts anderes als den Schatz interessierte, und dem Teil seiner selbst, der es kaum verleugnen konnte, daß er sich mehr und mehr zu diesem Ort und seinen Menschen hingezogen fühlte, vor allem zu Allison. Und selbst Allison, dachte er, hatte plötzlich wieder den charakteristischen Tonfall ihres alten Selbst angenommen, als sie über ihre Familie zu reden begonnen hatte. War dies ein Teil des Fluches, der dem Schatz anhing, wie Onkel Digory meinte? Jeder suchte den Schatz um des Reichtums willen, den er bedeutete, aber war er nicht vielmehr ein Vorbote des Bösen? Was war dieser Schatz überhaupt? War er etwas, das Friede und Erfüllung und dauerhaften Sinn ins Leben brachte? Oder war er statt dessen etwas, das man am besten in die See warf oder zerstörte? Was war der wirkliche Schatz?

Er wurde aus seinen Gedanken gerissen, als Fergie plötzlich aus dem Schlaf hochfuhr. »Bin ich eingeschlafen?« rief er aus. »Ihr hättet mich nicht einschlafen lassen dürfen wie einen Säugling«, fügte er errötend hinzu. »Wir müssen weiter.«

Sie sprangen auf, packten ihre Sachen zusammen, zogen die Regenmäntel so eng wie möglich um den Leib und traten hinaus in den Sturm.

Der Regen hatte ein wenig nachgelassen, aber ihr Weg – zuweilen ein Schäferpfad, zuweilen offenes Moor mit tückischen Moorlöchern, vor denen man sich in acht nehmen mußte – wurde immer schwieriger zu befahren, je weiter sie sich von Braenock Ridge entfernten und die Richtung zu den höhergelegenen Landstrichen jenseits der Straße, quer über Strathy Summit und nach Nordosten, einschlugen. Sie waren nicht länger als eine Stunde unterwegs, als Fergie die Pferde zügelte und anhielt.

»Können nicht weiter mit dem Karren«, verkündete er. »Wir müssen ihn holen, wenn das Wetter wieder besser ist.«

Fergie kletterte vom Wagen und spannte die beiden Pferde aus, während Allison und Logan die Vorräte auf eines der Reittiere packten. Das junge Paar ritt auf einem Pferd, während Fergusson – der beinahe mehr Gewicht auf die Waage brachte als die beiden anderen zusammen – auf dem anderen Pferd saß. Der behäbige Verwalter ritt voran, ein bemerkenswerter Anblick, wie er da breitbeinig auf seinem Pferd saß und seine gewaltige Leibesfülle bei jedem Schritt hüpfte und schaukelte, während Logan und Allison ihm nachritten.

Sobald sie den Karren einmal hinter sich gelassen hatten,

mußten sie nicht mehr den ganzen Weg bis zur Straße zurücklegen, und sie wandten sich statt dessen nach Norden, geradewegs in Richtung Stonewycke, das sie auf diese Weise von hinten erreichen würden. Vor Zeiten hatte es hier einen steilen und ziemlich ausgetretenen Pfad gegeben, dem sie nun folgten. Während sie dahinritten, begannen Logan und Allison wieder zu plaudern, und es schien, als kehrten sie zurück zu der freien und lässigen Art, die sie am Morgen an den Tag gelegt hatten. Allison war freilich kalt, und sie war müde und hatte diese Reise, die nicht enden wollte, gründlich satt. Sie begann zu wünschen, sie wäre niemals zu dieser Party eingeladen worden.

Ihr Gespräch stockte, und Allison versank in gereizte Stimmung, als das Wetter und ihre Erschöpfung Wirkung zeigten. Unbekümmert um den Schlamm, der unter den Pferdehufen aufspritzte, und den unerfahrenen Reiter im Sattel hinter ihr begann sie das Pferd anzutreiben, so oft der Pfad es gestattete.

»Ali, mußt du denn in jede Pfütze treten!« sagte Logan schließlich in fröhlichem Ton, während er sich einen neuen Schlammspritzer von der Wange wischte.

»Was gibt's zu meckern?« fuhr sie ihn an.

»Ich hab' nur Spaß gemacht«, lachte er, ohne die Gefahr zu bemerken, die ihr Stimmungswechsel mit sich brachte. »Ich finde an diesem heutigen Tag rein gar nichts zu bemeckern.«

Dabei löste er den Griff vom Sattelrand, legte den Arm um ihre Mitte und zog sie eng an sich.

»Was soll das?« bellte sie ihn in heller Wut an. »Daß du mir einen Kuß gestohlen hast – in einem Augenblick, in dem ich wehrlos war – heißt noch lange nicht, daß du dir alles mit mir erlauben kannst!«

»Ich hatte nicht die Absicht –« begann er, unterbrach sich jedoch. Er weigerte sich beharrlich, sich jeder ihrer Launen anzupassen. Er kam zu dem Schluß, daß er es nicht notwendig hatte, sich zu verteidigen. »Was ist denn in dich gefahren?« fragte er. »Ich dachte, wir hätten beschlossen, Freunde zu sein.«

»Freunde betatschten einen nicht«, antwortete sie in blasiertem Ton.

»Kannst recht haben«, antwortete er niedergeschlagen. Er hatte keine Ahnung, ob sie im Recht oder Unrecht war, aber er sah keinen Sinn darin, weiter zu debattieren. Er hatte aus den Erfahrungen der Vergangenheit gelernt, daß die hochnäsige Allison nicht bereit war, vernünftig zu debattieren. Und er wollte keine weiteren Schreiduelle mit ihr. Wenn sie zu ihrem alten Ich zurückkehrte, mußte er noch lange nicht dasselbe tun.

Die nächsten zehn Minuten war kein anderes Geräusch zu hören als das *Klopp – platsch, klopp klopp – platsch* der Pferdehufe und der ständige Fall der Regentropfen auf den Boden und in die Pfützen rundum. Keiner von beiden sprach ein Wort.

Schließlich seufzte Allison. »Logan«, sagte sie, in dem Bewußtsein, daß sie möglicherweise ein wenig unfair gewesen war, »ich ... ich ...« Sie wollte sich entschuldigen, aber das war Neuland für sie. »Nun ja ... wir sind bald wieder zu Hause, und ich ... muß doch ... wie du sicher weißt, erwartet man eine gewisse Würde von mir – ich muß meine Stellung bedenken. Und ich bin mir einfach nicht sicher –«

»Sprecht nicht weiter, Mylady«, fiel Logan ein, ohne jede Erbitterung in der Stimme. »Wie wir befürchtet haben, betreten wir von neuem die Welt der Wirklichkeit. Und in dieser Welt bist du eine Erbin, und ich bin der Nachkomme eines Pferdeknechts. Du weißt natürlich, daß ich mich keinen Pfifferling um Klassenunterschiede schere. Aber ich verstehe, daß du mit ihnen aufgewachsen bist. – Ich habe heute etwas Besonderes in dir gesehen, Allison MacNeil«, fuhr er ernsthaft fort, »aber ich habe auch ein sehr verwirrtes und konfuses junges Mädchen gesehen. Ich bin bereit, Geduld zu üben, bis du die beiden auseinandergehaspelt hast.«

»Wie liebenswürdig von dir!« schnappte sie sarkastisch. Dann ließ sie den Kopf hängen, verwirrt und vielleicht auch ein wenig beschämt, und fügte hinzu: »Ach, vergiß es!«

Sie schwiegen von neuem und sprachen nicht wieder, bis die grauen Mauern von Stonewycke durch den grauen Nebel des Unwetters hindurch sichtbar wurden.

Das Schloß war nicht gerade ein Anblick, der einen willkommen hieß. Als es vor vierhundert Jahren erbaut worden war, war sein erklärter Zweck gewesen, die Herzen aller, die sich ihm zu nähern wagten, mit Furcht zu erfüllen. Aber Allison war dennoch froh, es zu sehen.

Sie brauchte den Schutz seiner dicken Granitmauern, denn ihre eigenen inneren Mauern waren im Augenblick weitaus dünner, als ihr lieb war.

GROSSVATER DOREY

Aber selbst Stonewyckes Festungsmauern waren nicht stark genug, um Allison zu beschützen, denn es waren ihre eigenen innersten Gedanken und nichts anderes, das sie beunruhigte.

Seit Jahren hatte sie ihren verwirrten und einander häufig widersprechenden Emotionen gestattet, den Strom ihrer Persönlichkeit nach Belieben zu lenken. Selbst als sie ein Alter erreicht hatte, in dem es möglich war, ernsthaft über die Dinge nachzudenken, hatte sie sich beharrlich geweigert, die Fragen zu analysieren, warum sie sich verhielt, wie sie es tat, warum sie sich so und nicht anders fühlte und wie sie sich dem Leben stellen sollte. Kurz gesagt, sie vermied es, im stillen einen ernstlichen Blick auf ihre Seele zu tun und die grundlegendste Frage des Lebens zu beantworten: *Wer bin ich, und wie soll ich leben?*

Seit den frühesten Kindheitsjahren hatte sie zwei Dinge gewußt: daß ihre Familie an die aktive Einwirkung Gottes auf ihr Leben glaubte und daß ihre Familie eine wichtige und hoch geschätzte Stellung in der Welt einnahm. Als Kind hatte sie den äußeren Anschein erweckt, den geistlichen Werten ihrer Eltern nachzueifern. Aber als sie zum Teenager heranwuchs, begann sie – ohne es jemand anderen wissen zu lassen – immer deutlicher eine Kluft zwischen ihren frommen Eltern und ihrer eigenen inneren geistlichen Leere zu fühlen. Wie konnte sie von dem inneren Aufruhr wissen, von den Kämpfen und den weiten Strecken voller Zweifel, die ihre Eltern und Großeltern auf dem Wege zu ihrem jetzigen Glaubensleben durchlitten hatten? Sie wußte nur, daß sie redeten und handelten, als sei Gott ein guter Freund, während für Allison »Religion«, wie sie es nannte, eine trockene und unpersönliche Angelegenheit war. Das Endresultat dieser Kluft war das Gefühl, daß irgendwie irgend etwas mit ihrem innersten Wesen nicht stimmte. Sie paßte nicht dazu. Irgend etwas an ihr war unvollständig und unzulänglich. Sie sollte wie sie sein, war es aber nicht. Und doch konnte sie nichts an diesem Zustand ändern. Und je mehr dieses Gefühl sie überwältigte, desto mehr versuchte sie es zu verbergen, sowohl vor ihren Eltern und Großeltern wie auch vor sich selbst.

Dazu kam die Erkenntnis, daß jedermann zu ihrer Mutter und ihrem Vater, zu der Matriarchin und dem Patriarchen der Burg, Lady Margaret und Großvater Dorey, mit einer Liebe und

Bewunderung aufblickte, wie man sie königlichen Personen entgegenbringt. Es konnte ihr nicht entgehen, daß das Erbe seit Lady Atlanta immer auf die Frauen der Familie übergegangen war, alle charakterfest, tugendhaft, stark, tüchtig und – wie Allison es sah – weitaus religiöser und den Leuten von Port Strathy gegenüber weitaus mitfühlender als sie. Und hier stand sie nun, die nächste, die das Erbe übernehmen sollte, und es fehlte ihr so völlig an den Haltungen und Eigenschaften, die ihre Mutter und Großmutter in den Augen der Menschen zu etwas so Besonderem machten. Alle würden erwarten, daß sie wie sie war – gut und selbstlos und weise und stark und gottgefällig. Aber im tiefsten Grunde wußte Allison, daß sie nichts von alledem war. Und vielleicht würde sie es auch niemals sein.

Das Resultat war ein Empfinden ständig wachsenden Drucks, der um ihr zehntes Lebensjahr herum begann, etwas darzustellen, das sie nicht war. So hatte es sich ergeben, daß die junge Allison, in der Verwirrung und Verletzung eines Mädchens, das darum kämpft, zur Frau heranzuwachsen, eben jene Dinge abzulehnen begonnen hatte, nach denen sie sich am meisten sehnte. Was sie als ihre Unfähigkeit betrachtete, den ihr gesetzten Maßstäben in geistlicher und gesellschaftlicher Hinsicht zu entsprechen, führte dazu, daß sie eben jene Fundamente von Tugend und Heiligkeit einzureißen suchte.

So hatte ihre eigene geistliche und persönliche Unsicherheit zu der Zeit, als sie fünfzehn Jahre alt war, die Gestalt einer Unabhängigkeit angenommen, die entschlossen schien, ihr Leben auf eine Weise zu gestalten, die allem widersprach, wofür die Generationen vor ihr eingetreten waren. Im Grunde ihres Herzens – ein Teil ihrer selbst, der mittlerweile so tief verborgen war, daß sie selbst nichts mehr von seiner Existenz wußte – hungerte sie immer noch verzweifelt nach der Realität einer Freundschaft mit Gott, wie sie sie täglich bei ihrer Mutter und ihrem Vater beobachtete und noch deutlicher in den beiden älteren Leuten. Aber an der Oberfläche ihres Alltagslebens widersetzte sie sich deren Versuchen, ihr zu erklären, daß Gott ein »persönlicher« Gott war. *Für mich ist er nicht persönlich,* dachte sie. *Und ich brauche ihn auch nicht! Ich komme allein zurecht; ich brauche weder ihn noch sie.*

Nun war sie siebzehn und hatte sich immer noch nicht gestattet, ernsthaft über die Dinge nachzudenken. Wenn ihr Gewissen sich rührte, schob sie diese Gewissensbisse hastig als kindische Überbleibsel der verstaubten Werte ihrer Eltern beiseite. Sie brauchte sie nicht, versuchte sie sich selbst zu überzeugen. Dies war ein neues Zeitalter, und sie würde ihr eigenes Leben führen. Sie erkannte nicht, daß jemand ständig an die Türe ihres Herzens klopfte. Ihre Stunde war noch nicht gekommen, aber sie war nahe. Die Gebete von Generationen sollten an ihr erfüllt werden. Denn kein Wort aus dem Munde des Herrn kehrt leer zurück, sondern erreicht immer, was ihm gefällt. Die Gebete der Gerechten bewirken viel im Leben ihrer Nachkömmlinge, denn Gott gießt seine Liebe und sein Erbarmen über die dritte und vierte Generation derer aus, die ihn lieben und seine Gebote halten. Die Gebete der jungen Maggie in ihrer Verbannung hatten sich teilweise im Leben ihrer Enkelin erfüllt, deren eigene Gebete für ihre Tochter sich mit ihnen verbanden im geheimnisvollen Strom von Gottes gewaltiger Absicht – und nun entfalteten sie ihre Wirkung auf das Herz der jungen Allison MacNeil, die sich Gott verweigerte, die aber von ihm erwählt war, das Erbe der Heiligen zu teilen.

Und das Werkzeug in Gottes Hand, diesen Heilungsprozeß zu beginnen, war einer, in dem der kostbare Strom der Gerechtigkeit durch Generationen hindurch ebenfalls in aller Stille am Werk war. Wie hätte der alte, fast verkrüppelte Digory MacNab vorhersehen können, daß seine stillen Gebete in seinem einsamen Dachkämmerchen sich über die Jahre hinweg ausstrecken würden, über Jahre und Jahrzehnte hinweg, um die Herzen sowohl seiner eigenen Nachkommenschaft wie auch der Nachkommen seiner geliebten Maggie aufzuschließen, für die das demütige Zeugnis seines eigenen Lebens so viel bewirkt hatte? Aber niemand kann jemals wissen, wie weit seine Gebete und die Wirkung seines Lebens reichen. In der unendlichen Fürsorge der göttlichen Weisheit erreichen die Gebete der Gerechten immer ihr Ziel, obwohl niemand außer dem Gott, der sie inspiriert hat, jemals ihre volle Reichweite kennen wird.

Allison stand am Fenster und starrte in die trübe Nässe hinaus. Sie wußte kaum, was sie dachte. Sie fühlte sich verwirrter als noch vor zwei Tagen. Sie hatte sich so sehr auf die Party gefreut. Nun hinterließ selbst die Erinnerung einen bitteren Geschmack auf ihrer Zunge. Alles war ganz schief gegangen! Das Leben war so glatt verlaufen – ein wenig langweilig vielleicht, aber wenigstens vorhersehbar. Aber jetzt, wo Logan aufgetaucht war, war alles durcheinander! Wer war der Kerl überhaupt? Angeblich der Neffe eines tölpelhaften alten Pferdeknechts. Sie bezweifelte es. Er war ein Schwindler. Hinkte mit dem falschen Fuß! Aber natürlich waren alle von ihm begeistert und dankten ihm überschwenglich dafür, daß er sie sicher heimgebracht hatte. Daß sie beinahe von den Fluten hinweggerissen worden wäre, darum kümmerte sich niemand! Was wäre gewesen, wenn die Brücke unter ihr eingestürzt wäre? Was hätten sie dann wohl von ihrem großartigen Logan MacIntyre gehalten? Was für ein Dummkopf war sie gewesen, sich von ihm küssen zu lassen! Jetzt würde er natürlich denken, sie hätte etwas übrig für ihn. Er würde anfangen, sich Freiheiten herauszunehmen. Natürlich hatte sie nicht das Geringste für ihn empfunden!

Allison wandte sich vom Fenster ab, zögerte einen Augenblick lang und floh dann aus ihrem Zimmer. Sie hielt dieses innere Ringen nicht mehr aus. Alles war so durcheinander!

Sie konnte nicht nach draußen gehen. Dort war es naß und kalt. Und schließlich hätte sie *ihm* begegnen können, was noch schlimmer gewesen wäre.

Sie wandte sich um und eilte auf die Bibliothek zu.

Als sie die mächtige Eichentüre des düsteren Raumes mit seinen Bücherwänden öffnete, verhielt sie den Schritt. Ihr Urgroßvater stand vor einem Bücherregal. »Ali, wie nett, dich zu sehen«, sagte er in dem sanften und aufrichtigen Ton, den er in diesen Tagen so oft gebrauchte. »Komm doch herein und setz dich.« Er schritt zu einem der bequemen brokatbezogenen Sessel, die den Lesern zur Verfügung standen. Er setzte sich und wies auf den danebenstehenden Sessel. »Ich habe gehofft, dich bald zu sehen«, fuhr er fort. Sein Verhalten ließ erkennen, daß ihm diese Begegnung weit besser gefiel als die mit den alten ledergebundenen Büchern. »Es tut mir leid, daß die Einladung eine solche Enttäuschung für dich wurde.«

»Enttäuschung?« Sie konnte an mancherlei Bezeichnungen für diesen Tag denken, aber irgendwie war *enttäuschend* keines der Worte, die sie gewählt hätte. »Ich nehme an, es war eine ziemliche Katastrophe«, fuhr sie nach einer kurzen Pause fort, »aber – na ja, es war nicht weiter schlimm.«

Dorey kicherte leise. »Ich hatte fast vergessen, wie leicht es euch jungen Leuten fällt, aus allem das Beste zu machen. Das ist eine geradezu göttliche Eigenschaft, möchte man sagen. Denn schließlich war Gott es, aus dem die Wahrheit entsprang, daß alle Dinge zum Besten wirken können – obwohl man das natürlich auf einer viel höheren Ebene verstehen muß.« In Wirklichkeit hatte er das keineswegs vergessen. Er wußte vielleicht besser als jeder andere, daß man mit zunehmendem Alter diese Wahrheit immer deutlicher erkennt und daß die Jungen für sie oft völlig blind sind – wie er selbst es einst gewesen war. Aber er hatte schon lange ein leises inneres Drängen verspürt, mit ihr über diese Dinge zu sprechen, und so machte er nun das Beste aus der Gelegenheit, die sich ihm anbot.

In ihrem augenblicklichen, ziemlich konfusen inneren Zustand ärgerte sich Allison darüber, daß ihr Großvater das beginnende Gespräch – das durchaus erfreulich hätte werden können – wieder in einen religiösen Vortrag umwandelte. Üblicherweise war er in dieser Hinsicht weniger entnervend als die anderen. Deshalb schlug sie einen bissigeren Tonfall an, als es üblicherweise ihre Art ihm gegenüber war.

»Mir ist nicht ganz klar, wieso ausgerechnet du das sagst, Großvater. Nach allem, was du mitgemacht hast, wie kannst du da noch behaupten, daß Gott alles zum Guten wendet?«

»Ich habe nicht gesagt, daß er das *tut*, Allison«, antwortete Dorey. »Ich habe gesagt, es *ist möglich*, daß alle Dinge zum Besten dienen.«

»Jetzt mach's nicht kompliziert, Großvater. Wo liegt der Unterschied?«

»Da ist ein großer Unterschied, meine Liebe. Gott wendet die Dinge nur dann zum Guten, wenn wir es ihm gestatten. Die Bibel sagt, er läßt denen, die ihn lieben, alle Dinge zum Besten gereichen, wenn sie nach seinem Willen leben. Das ist ein ziemlich bedeutsames *wenn*.«

Allison lächelte merkwürdig. Sie wußte schon, worauf er hinauswollte. Aber sie wollte sich nicht dorthin manövrieren lassen.

»Das mag schon sein«, sagte sie. »Es klingt mir ein bißchen zu fromm. Aber ich möchte immer noch wissen, wie du behaupten kannst, dir habe alles zum Besten gedient, nach all den Scheußlichkeiten, die du durchmachen mußtest?«

»Tatsache ist, meine Liebe, daß ich das wohl besser als andere sagen kann. Als ich jung war, war ich entschlossen, mein Leben einzurichten, wie es *mir* am besten erschien. Ich kümmerte mich nicht um Gott, und – du hast recht – es ging nicht gut mit mir. Mehr und mehr sah ich die Notwendigkeit, Gott mein Leben zu übergeben – mein ganzes Leben, nicht nur da und dort ein Stückchen davon. Dann würde er die Zügel in der Hand haben und alles zu meinem Besten wirken. Und hier bin ich nun, zufrieden und glücklich, umgeben von meiner lieben Familie, im Frieden und voll

Ruhe und viel bereiter, als ich jemals in der Vergangenheit war, in den Händen meines Herrn zu sein. Mein Leben ist ein vollkommenes Beispiel für diese Wahrheit.«

»Aber, Großvater«, beharrte Allison, »dein Leben war alles andere als glücklich!«

»Ach, meine Liebe«, seufzte Dorey, »wir sind auf der Erde nicht dazu bestimmt, Glück zu ersehnen oder zu erreichen. Es mag uns geschenkt werden oder auch nicht. Aber wir sind zu Größerem berufen.«

»Wozu?«

»Gott zu erkennen! Wenn es uns Herzeleid und Verlust kosten muß, ihn zu erkennen, so ist das doch nur ein geringer Preis für diesen zeitlosen und ewigen Schatz. Ali, weißt du, daß ich nicht eine Stunde, nicht eine Minute meiner Vergangenheit für viele Jahre irdischen Glücks hingeben würde? Ich war ein so trotziger junger Mann. Jahre des Elends waren nötig, meinen hartnäckigen Stolz zu brechen. Und ich bin so dankbar, daß Gott mich genug geliebt hat, das auch gründlich zu tun.«

Er hielt inne, und Alisson konnte fast ein Leuchten auf seinem Gesicht erkennen. Sie konnte kaum die Tiefe seiner Worte erfassen, aber sie spürte, wie ernst er alles meinte, was er sagte. Er war wirklich, wie er sagte, dankbar für das Auf und Ab in seinem Leben. Der Ausdruck auf seinem Gesicht ernüchterte sie und nahm ihr das Bedürfnis, an seinen Worten herumzukritteln.

»Siehst du, Ali«, fuhr er fort, «Gott ist es, der Böses oder Unheil oder Verwirrung oder Herzeleid zum Guten wenden kann, selbst wenn der, der es empfängt, sich seiner Hand nicht bewußt ist.«

Allison wußte, daß diese Bemerkung ihr galt, aber sie mußte dennoch fragen. »Meinst du wirklich, daß Gottes Hand auf mir liegt?«

»Auf allen deinen Wegen, meine Liebe.«

»Aber ich versuche nicht immer, nach seinem Willen zu leben, wie du es genannt hast. Wie kann er trotzdem Gutes in meinem Leben bewirken?«

»Weil er dich zu einem bestimmten Zweck gebrauchen will, Ali. Der Tag wird kommen, an dem du fühlst, wie seine Hand dich leitet.«

»Wenn ich das nur glauben könnte, Großvater«, seufzte Alisson.

»Er liebt dich, Ali!« sagte Dorey zärtlich und nahm die Hand seiner Urenkelin in die seine. »Und ich tue dasselbe und alle anderen auch. Es sind viele hier, die für dich beten, Ali. Du bist nicht allein. Möge dich das ermutigen.«

Allisons Augen waren feucht, aber sie kämpfte gegen den überwältigenden Drang, in die Knie zu brechen. Sie mußte Fassung bewahren! »Ich – ich bin wohl eine schreckliche Enttäuschung für dich«, platzte sie heraus.

»Ach, Ali«, antwortete Dorey mit einer Stimme, in der sich Besorgnis und Mitleid mischten. Tränen standen in seinen alten Augen. »Das warst du niemals! Gott verzeih uns, wenn wir dir jemals Anlaß gegeben haben, dergleichen zu denken!«

»Du vielleicht nicht, Großvater«, sagte sie, »aber ich weiß, Mutter und Vater sind der Meinung, ich werde den großen Traditionen der Familie nicht gerecht.« Diesmal war keine Spur von Anklage in ihrer Stimme, nur die Verletzung, die sie sich selbst zufügte.

»Da mußt du sie mißverstanden haben, Ali. Ich weiß, dein Vater hat eine hohe Meinung von dir. Er –»

Plötzlich wurde die Türe aufgerissen, und Allison wurde davor bewahrt, die Tränen zeigen zu müssen, die nicht hinter den Lidern bleiben wollten. Das Tor, das sie dem Herzen ihres Urgroßvaters geöffnet hatte, schloß sich rasch wieder, und sie benahm sich wie üblich.

Nats roter Kopf schob sich in die Bibliothek, und er rief atemlos: »Ach, da bist du ja, Allison! Du hast einen Besucher!«

Während sie die Stiegen hinabeilte, überprüfte Allison hastig ihre äußere Erscheinung. Vielleicht hätte sie sich noch ein paar Minuten Zeit nehmen sollen, ihre Kleider zu wechsel? Aber vielleicht war es gar nicht von Bedeutung.

Sie trug einen Kilt mit dem grünen Schottenmuster der Familie Duncan und einen blauen Kaschmirpullover, denn es war schon recht kühl geworden. Die marineblauen Kniestrümpfe ließen sie noch mehr nach Schulmädchen aussehen. Als sie an ihre Kleider dachte, wurde Allison plötzlich bewußt, wie schnell ihre Gedanken sich von den tiefen und gefühlsbeladenen Gedanken am Morgen ab- und dem Trivialen zugewandt hatten. Das Gespräch mit ihrem Großvater hatte Gedanken aufgestört, die sie lieber verborgen wußte.

Sie trat ins Wohnzimmer der Familie. Dort stand Charles Fairgate am Kamin und blätterte in einer der neuesten Ausgaben des »Strand Magazine«. Innerlich krümmte sich Allison vor Reue. Diese Schulmädchen-Aufmachung war die letzte, in der sie von ihm gesehen werden wollte!

»Ich hoffe, es macht dir nichts aus, daß ich uneingeladen komme«, sagte er, legte das Magazin beiseite und trat auf sie zu.

»Natürlich nicht«, erwiderte Allison und versuchte, heiter zu klingen. »Aber wenn ich gewußt hätte, daß du kommst, hätte ich mich passender angezogen – wie du siehst, habe ich mir einfach das Nächstbeste übergeworfen, um warm angezogen zu sein. Dieses schreckliche alte Schloß! So zugig!«

»Du siehst großartig aus«, sagte Fairgate.

»Keine leeren Schmeicheleien, Charles«, antwortete Allison und versuchte ihre Verlegenheit über ihr Aussehen zu verbergen. »Aber ich bin überrascht, daß du bei diesem entsetzlichen Wetter hier auftauchst.«

»Seit gestern ist es nicht mehr so schlimm«, antwortete er. »Sogar die See ist schon etwas ruhiger geworden. Und außerdem, was kümmert mich das Wetter, wo es um Freundschaft geht?«

Er ging zu einem Sofa und lehnte sich lässig in die Kissen. Sie setzte sich auf einen Sessel daneben. Sein Besuch hatte ein merkwürdiges Unbehagen in ihr erweckt, obwohl sie nicht hätte sagen können, warum.

»Nach dem Ball bei Bramfords fuhr ich direkt nach Aberdeen«, fuhr er fort, nachdem sie Platz genommen hatten. »Meine Familie tätigt Geschäfte mit den Reedereien. Dort erwartete mich ein Telegramm, das mich aufforderte, nächste Woche nach London zu kommen. Ein Freund von mir wollte mit seiner neuen Jacht gerade zur Jungfernfahrt aufbrechen, als das Unwetter losbrach. Ich überredete ihn, nach Norden zu fahren. Ich sagte mir, ich könnte nicht nach London gehen – wo ich mindestens einige Wochen bleiben werde –, ohne Allison vorher noch einmal zu sehen. Als der Wind sich gestern legte, fuhren wir los und unterbrachen die Fahrt in Peterhead. Jetzt liegt das Schiff im Hafen vor Anker.«

»Das ist sehr schmeichelhaft von dir, Charles, so etwas zu sagen«, sagte Allison, immer noch unbehaglich, aber nicht mehr ganz unberührt von Fairgates Charme. Er hatte ihr nie zuvor so viel Aufmerksamkeit geschenkt.

»Ich muß zugeben, ich habe noch einen heimlichen Beweggrund.«

Ihre alte Sprödigkeit gewann die Oberhand. »Klingt ja verdächtig«, sagte sie.

»Ich hoffte, es würde mir gelingen, dich aus diesem grimmigen Steinhaufen fortzulocken. Was hältst du von einer fröhlichen Schiffsfahrt nach Inverness, dann einer Zugfahrt nach London?«

»Du meine Güte, das ist ein *sehr* kühner Vorschlag! Ich weiß gar nicht, was ich denken soll.«

»Du wirst dich köstlich amüsieren.«

»Das glaube ich gerne.« Allison lachte bei dem Gedanken daran. Die bloße Vorstellung, was das alles bedeuten mochte, sandte einen Schauder der Erregung über ihren Rücken – die Sensation des Lebens der High Society, zu der Charles zweifellos gehörte! »Aber leider –« fügte sie hinzu (und aus unerklärlichen Gründen fühlte sie weniger Bedauern, als ihr Tonfall vermuten ließ), »du weißt ja, wie meine Eltern sind. Sie sind so altmodisch – sie lassen mich kaum ohne Anstandsdame aus dem Haus.«

»Die Party bei Bramfords muß dann wohl eine Ausnahme gewesen sein«, sagte er mit schmalen Lippen. »Ich glaube nicht, daß ich eine Anstandsdame neben dir und Mr. MacIntyre gesehen habe.«

»Ach, das ...« sagte sie mit einer Nervosität in der Stimme, die sie nicht verbergen konnte und die Fairgate prompt bemerkte, was ihn noch mehr verärgerte. »Mr. MacIntyre ist ... ein zuverlässiger Angestellter unserer Familie.«

»Es ist ziemlich bemerkenswert, daß jemand in so jungen Jahren sich bereits so viel Vertrauen erworben hat, meinst du nicht?« Er zog eine Augenbraue ein wenig hoch und ließ erkennen, daß er die kleine Verdrehung der Wahrheit nur zu deutlich durchschaute. Was er freilich zu verbergen suchte, war die Tatsache, daß die bloße Erwähnung Logan MacIntyres ihn verärgerte. »Und es ist merkwürdig«, fuhr er fort, »aber ich kann mich nicht erinnern, daß sein Name je zuvor in Verbindung mit Stonewycke erwähnt wurde.«

»Er persönlich ist – äh, noch nicht allzulange hier«, sagte Allison, »aber seine Familie steht seit langem – äh, seit Generationen in den Diensten unserer Familie.«

»Ich finde es trotzdem bemerkenswert«, wiederholte Fairgate.

»Er ist wie ein großer Bruder für mich. Das ist alles.«

Fairgate hatte keine große Freude an dem Blick in ihren Augen oder dem Tonfall ihrer Stimme, um so weniger, als es ihm vor zwei Tagen mit Angela Cunningham nicht viel anders ergangen war.

Bis jetzt waren die Dinge weitgehend so verlaufen, wie Charles das wünschte. Er hatte sich langsam ins Herz von Stonewycke vorgearbeitet. Er sah sich bereits als den zukünftigen Schloßherrn und freute sich auf die Zeit, wo er die Ländereien von Stonewycke vergrößern und seine Vorrangstellung im nördlichen Schottland wiederherstellen würde. Weder Alec noch Joanna hatten die geringste Ahnung davon, welche Pläne der junge Mann hegte, der sie gelegentlich besuchen kam, und auch Allison wußte all ihrer Weltweisheit zum Trotz nichts davon. Sie hatte Vergnügen an seiner Gesellschaft und schmeichelte sich, daß er in gewisser Weise an ihr interessiert schien. Aber sie hatte keine Ahnung von seinen heimlichen Absichten.

Fairgate seinerseits hatte es genossen, die beiden reizenden jungen Damen aus bester Familie gegeneinander auszuspielen. Angela war sehr hübsch, aber ihre Familie konnte Allisons Familie nicht das Wasser reichen, was Prestige und Status anging. Sie war eine nette Abwechslung, während Fairgate darauf wartete, daß seine Zeit kam. Er konnte es sich leisten, ein oder zwei Jahre zu warten, bis Allison erwachsen war. Er würde allmählich engere Freundschaft mit ihrem Vater, diesem Kuhdoktor, schließen, bis der geeignete Augenblick herankam. Er wußte, er war der am heißesten begehrte Junggeselle in seinen Kreisen – obwohl er sich oft fragte, warum das den Leuten auf Stonewycke so gar nicht bewußt zu sein schien – und konnte unter den heiratsfähigen Mädchen nach Belieben wählen. Er konnte sich daher auch die Unschicklichkeit leisten, zwei Mädchen auf einmal den Hof zu machen.

Das war jedenfalls sein Plan gewesen. Aber er hatte nicht damit gerechnet, daß dieser MacIntyre plötzlich auftauchte und ihn in Schwierigkeiten brachte. Und die größte Frechheit war wohl, daß Logan ihm an einem einzigen Abend beide Frauen abspenstig gemacht und ihn um ein Haar auch noch am Kartentisch ausgeplündert hätte. Es gefiel ihm nicht, daß man ihn in eine solche Position manövrierte, selbst wenn es durch einen Niemand geschah, der mit seinen Plänen nicht weit kommen würde. Charles Reynolds Fairgate war nicht der Typ, der sich etwas wegnehmen ließ. Daher war er auf diese verrückte Idee verfallen, Allison nach London zu entführen. Er wußte, er würde mit diesem Vorschlag nicht durchkommen. Aber vielleicht würde der bloße Gedanke an eine romantische Flucht nach Süden Allisons Interesse wieder auf ihn lenken und so die Listen dieses MacIntyre zunichte machen. Zu dumm, daß er sich nicht erinnern konnte, warum er so sicher war, ihn zu kennen!

»Wir werden dich vermissen«, sagte Fairgate kühl. »Natürlich, wenn du etwas *älter* wärst ...«

Der Pfeil traf, und Allison richtete sich mit der ganzen Würde auf, die eine Siebzehnjährige aufbringen konnte. »Ich kann sehr wohl nach London reisen, wann immer es mir beliebt«, betonte sie, »Anstandsdame hin oder her! Überhaupt ist es höchste Zeit, daß meine Eltern mal aus dem Mittelalter 'rauskommen. Aber wie die Dinge liegen, liegt mir nichts an einer Schiffsreise bei diesem Wetter und auch nichts an einer endlosen Zugfahrt. Und ich hatte bereits erwogen, später im Jahr nach London zu reisen.«

»Vielleicht sehen wir uns dann dort«, antwortete Charles, etwas freundlicher diesmal.

»Vielleicht ...« Nun war Allison an der Reihe, eine berechnete Kühle in ihren Tonfall zu legen.

Sie tranken zusammen Tee, dann lud Allison Fairgate ein, sie durch das Schloß zu begleiten. Als sie durch die Galerie schlenderten, war Fairgate wider Willen beeindruckt von den Originalgemälden von Raeburn, Reynolds und Gainsborough, die dort hingen. An der Wand hing auch das Schwert, das der Legende zufolge Bonnie Prince Charles dem tapferen Colin Ramsey geschenkt hatte, der sein Leben für die verlorene Sache des Kronprätendenten geopfert hatte.

Aber Fairgate war nur mit halbem Auge bei den kostbaren Antiquitäten, obwohl er zugeben mußte, daß er nichts dagegen gehabt hätte, sie zu besitzen. Er konnte nicht anders, er grübelte schmollend und rachsüchtig über den frechen sogenannten »vertrauenswürdigen Diener« Logan MacIntyre nach. Nicht nur, daß Logan eine gefährliche Position einnahm, weil er sich immer auf dem Gut und in Allisons unmittelbarer Nähe befand – es ging auch um Angela Cunningham. MacIntyre würde bald beide jungen Dinger in den Klauen haben. Und Charles mußte tatsächlich nach London – er konnte die Reise nicht aufschieben.

Und außerdem ärgerte er sich immer noch über das Kartenspiel bei Bramfords. Er hatte gewonnen, und doch hatte etwas an MacIntyres lässiger Überlegenheit ihn verärgert und ihn noch mehr gegen ihn eingenommen. Er mochte es nicht, wenn er verlor, sei es am Kartentisch oder bei einer Frau, und er war der Typ, der es nicht so leicht vergaß, wenn er verloren hatte. Aber zu gewinnen und dennoch das Gefühl haben zu müssen, daß der andere einen unausgesprochenen und unsichtbaren Trumpf in der Hand behielt – das war schlimmer als eine offenkundige Niederlage.

Seine Gedanken wanderten unbewußt zu den Gelegenheiten zurück, bei denen er am Kartentisch verloren hatte. *Und plötzlich stand ihm die Szene vor Augen, als wäre es gestern gewesen!*

Wie hatte er das jemals vergessen können?

»Hör einmal«, sagte er so beiläufig, als hätte er keinewegs die ganze Zeit über Logan MacIntyre nachgedacht, sondern es sei ihm gerade eben eingefallen, »mir fiel gerade ein, daß es doch schrecklich unhöflich wäre, hierherzukommen und deinem Mr. MacIntyre nicht einmal Guten Tag zu sagen.«

Allison schwieg eine Weile, während sie überlegte, was Fairgates Bemerkung alles bedeuten mochte, dann lächelte sie und führte ihn zu dem Korridor, durch den man das Erdgeschoß und die Ställe draußen erreichte.

»Wie gut kennst du MacIntyre eigentlich?« fragte Fairgate und bemühte sich sehr, seine Stimme gleichgültig klingen zu lassen.

»Nun ... er stammt, wie ich schon sagte, aus einer Familie, die –« »Aber er selbst ist noch nicht lange hier?« »Nein – genau genommen nicht sehr lange.« »Du persönlich kennst ihn also nicht seit vielen Jahren?« »Nein ... nein, genaugenommen nicht. Aber warum dieses plötzliche Interesse an einem bloßen Angestellten?«

»Ach, nichts als Neugierde. Sein Gesicht fiel mir damals irgendwie auf, das ist alles.«

Ohne weitere Worte gingen sie nach draußen. Fairgate genoß den Gedanken an die Begegnung, die ihm bevorstand.

KONFRONTATION

Logan hatte Fairgates Ankunft bemerkt. Er wußte nicht genau, ob er sich Allisons wegen darüber ärgerte, oder aus Gründen, die ihn selbst betrafen. Aber er wußte, daß ihm die Ankunft des reichen Erben auf Stonewycke nicht willkommen war.

Allison begann ihm etwas zu bedeuten.

Er mochte es sich kaum eingestehen, aber seit dem vergangenen Tag hatte er nicht aufhören können, an sie zu denken. Ihr selbstvergessenes Lachen im Regen und Schlamm neben dem stekkengebliebenen Austin hallte noch in seinen Ohren. Es war eine ganz neue Erfahrung für Logan, daß er mit seiner Arbeit nicht weiterkam, weil alle seine Gedanken vom Bildnis einer jungen Dame gefangengenommen wurden. Er versuchte immer noch tapfer, sich ausschließlich auf sein Ziel zu konzentrieren. Aber es wurde mit jedem Augenblick schwieriger.

Fairgates Auftauchen hatte der Sache eine ganz neue Dimension gegeben – Eifersucht, obwohl Logan sich geweigert hätte, es so zu nennen. Er versuchte die Sache ganz praktisch zu betrachten, wie ein Kartenspiel. Der Einsatz war klar. Sollte er passen oder erhöhen? Er versuchte verzweifelt, sich selbst zu überzeugen, daß es eine ganz schlichte Entscheidung war, kein emotionelles Drama. Hatte er genug in der Hand, um Fairgate auszustechen? Es würde ihn teuer zu stehen kommen, das herauszufinden. Es mochte ihn sogar Allison kosten. Aber selbst dann konnte er sich zurückziehen, und nichts würde sich verändert haben. Logan konnte immer noch seinen Schatz finden und Fairgate bei Allison zurücklassen.

So jedenfalls versuchte er es sich selbst einzureden. Tatsache war jedoch, daß es sehr wohl um ein emotionelles Drama ging. Bei dem Gedanken, Allison an einen so verächtlichen Burschen wie Fairgate zu verlieren, standen ihm die Haare zu Berge. Als er die beiden daher auf sich zukommen sah, jeder Zoll das ideale aristokratische Paar, wußte er, daß er Fairgate herausfordern würde, so tollkühn das auch sein mochte und so wenig Chancen er hatte. Er tat so, als sähe er sie nicht kommen, und fuhr mit seiner Arbeit fort.

Erst als sie die Stalltüren aufstießen, hob er den Blick von seiner Arbeit an Jesse Camerons Motorwinde. Es gefiel ihm nicht, daß sie ihn offenbar mit Absicht aufgesucht hatten. Fairgate schien ihm nun wirklich nicht der Typ zu sein, der Höflichkeitsbesuche machte, und der Ausdruck auf Allisons Gesicht ließ nichts von ihrer früheren Vertrautheit erkennen; die alte harte Schale saß wieder fest. Dennoch versuchte Logan es mit einer Geste freundlichen Willkommens, etwa in der Weise, wie er sich vorstellte, daß sein Onkel Besucher in seinem Stall empfangen hätte.

»Hallo«, sagte er, während er sich die Hände an einem Tuch abwischte, »was führt Sie hierher?« Er streckte Charles die Hand hin. Dessen Händeschütteln war fest und selbstsicher, wenn man nach dem bloßen Gefühl ging. Aber über die Jahre hinweg hatte Logan gelernt, einen Mann eher nach dem Ausdruck seiner Augen abzuschätzen, und Fairgates Blick war kalt und hart, mit einer Spur von Tücke, die Logan absolut nicht gefiel.

»Charles kam auf dem Weg nach Inverness hier vorbei«, sagte Allison beiläufig, »und er wollte dir unbedingt Guten Tag sagen.« Ihre Stimme war allzu liebenswürdig, allzu locker. Sie und Fairgate schienen tatsächlich bestens zusammenzupassen.

»Wie freundlich von Ihnen, Fairgate«, antwortete Logan argwöhnisch.

»Nun«, sagte Charles, »ich war immer der Meinung, nichts verbindet zwei Männer so sehr wie eine Nacht am Kartentisch. Finden Sie nicht?«

»Schon möglich«, antwortete Logan vorsichtig.

»Charles kam mit dem Schiff von Aberdeen«, warf Allison ein. »Ist das nicht mutig von ihm?« Sie spielte ihr eigenes kleines Spiel, indem sie einen gegen den anderen auszuspielen versuchte, und merkte nicht, daß zwischen den Männern ein viel gefährlicherer Krieg seinen Lauf nahm.

»Das war es wohl«, sagte Logan, »besonders bei diesem Unwetter.«

»Es erhöht die Herausforderung, aber davon wissen Sie ja ein Lied zu singen, nicht wahr, MacIntyre?«

»Ich fürchte, ich verstehe nicht das Geringste von der Seefahrt.«

»Ich sprach von Herausforderungen.«

Die wahre Absicht, die hinter Fairgates Worten lag, wurde nun deutlich. In seinen Augen lag das schlaue Glitzern der Vorfreude auf seinen Sieg. Also hatte er sich zuletzt doch an ihre frühere Begegnung erinnert und würde seinen Gegner nun zur Kasse bitten! Das war also die Absicht hinter diesem arrangierten Zusammentreffen gewesen. Nun, jetzt gab es keinen Ausweg mehr. Logan konnte nichts weiter tun als ruhig bleiben.

»Es ist ein faszinierendes Leben – auf See, meine ich«, sagte Fairgate. »Es liegt bei mir in der Familie. Tatsächlich fahre ich derzeit nach Glasgow, um den Stapellauf eines unserer Linienschiffe zu überwachen.«

»Von Glasgow hast du gar nichts gesagt«, fiel Allison ein, ein wenig verwirrt von der Richtung, die das Gespräch nahm, und seinen merkwürdig doppeldeutigen Formulierungen.

»Ich freue mich nicht gerade drauf«, sagte Charles, ohne ihre Bemerkungen zu beachten. »'s ist eine verrückte Stadt. Waren Sie jemals in Glasgow, Logan?«

»Ein- oder zweimal.«

»Dann kennen Sie's ja. Ich habe nie eine ekelhaftere Stadt gesehen – ekelhaft für zivilisierte Menschen, meine ich.«

»Da können Sie recht haben.«

»Ein Gentleman muß dort scharf aufpassen, wenn er nicht hineingelegt werden will.«

Logan sprach kein Wort, gab nur Fairgates Blick ruhig zurück. Die Karten lagen verdeckt auf dem Tisch, und nun verrieten nur die Augen der beiden Männer ihre stahlharte Entschlossenheit.

»Man kann in Glasgow nie im voraus sagen, wo einem das Fell über die Ohren gezogen wird«, fuhr Fairgate fort. Sein Blick bohrte sich in Logans Augen.

Logan gab immer noch keine Antwort, aber sein Blut begann zu sieden.

»Ich erinnere mich an einen Tag –«

»Ich möchte nicht unhöflich sein«, warf Logan ein. Gleichzeitig blickte er zu Allison hinüber und lachte ihr freundlich zu, in der Hoffnung, sie würde ihn dabei unterstützen, Fairgates verworrenen Reminiszenzen ein Ende zu machen. »Aber ich habe Jesse versprochen, diese Winde noch heute für sie fertig zu machen.«

»Aber bitte, lassen Sie sich durch uns nicht von Ihrer Arbeit abhalten«, sagte Fairgate. Aber er hatte nicht die Absicht, den Griff zu lockern, der seinen Gegner nun so unbarmherzig umklammert hielt. »Wissen Sie, MacIntyre«, fuhr er fort, als sei es ihm gerade eben erst eingefallen, »seit wir uns an dem Abend bei Bramfords trafen, hatte ich das merkwürdige Gefühl, ich wäre Ihnen schon früher einmal begegnet.«

»Ich war noch nie im Leben in der Gegend hier.«

»Könnte es in Glasgow gewesen sein? Irgend etwas an Ihrem Gesicht erinnert mich an diese Stadt.«

»Alles ist möglich«, antwortete Logan tapfer und beschloß, den unausweichlichen Schlag wie ein Mann zu ertragen.

»Da war ein Bursche«, fuhr Charles – der offenkundig jede Sekunde genoß – unbarmherzig fort, »an den Sie mich irgendwie erinnern.« Er unterbrach sich und lachte. »Aber nein, natürlich, das können nicht Sie gewesen sein.« Er lachte wieder. »Er war ein schmieriger kleiner Gassenjunge ... und es ist auch schon einige Jahre her. Hielt sich für einen Kartenhai.« Als die Worte aus Fairgates Mund flossen, verwandelte sich seine gute Laune zusehends in ein eisiges Starren des Hasses, obwohl er – Allisons wegen – immer noch lächelte. »Und er bewies es, indem er mich beim Spiel um ein hübsches Sümmchen betrog. Saß ein paar Tage im Loch dafür, wenn ich mich recht erinnere.«

Er wandte sich Allison zu, die nun reichlich verwirrt war, da sie sich zwischen den beiden Männern hin und her gerissen fühlte. Die alte Allison stand neben ihrem Gefährten, während er einem unbedeutenden Angestellten die Hölle heiß machte; die neue Allison wand sich vor Mitleid und echtem Mitgefühl für Logan. »Ist das nicht zu komisch, was meinst du, meine Liebe?« lachte Fairgate fröhlich. »Kannst du dir vorstellen, daß ein rotznäsiger Balg mich zu betrügen versucht und damit davonkommt?«

Er warf den Kopf in den Nacken und brüllte vor Lachen.

»Nun, es war ihm ja nichts Neues, hinter schwedischen Gardinen zu sitzen, denn vor Gericht kam an den Tag, daß sein Vater auch nur ein alter Knacki war –«

»Das reicht, Fairgate!« explodierte Logan. Hätte Fairgate sich irgendein anderes Thema gewählt als seinen Vater, so hätte er es ihm wohl durchgehen lassen. Aber er hatte allzu oft versucht, sich innerlich von diesem Mann zu trennen, hatte zuviel Zeit und Mühe darauf verwandt, seine Vergangenheit zu vergessen, um Fairgates Anschuldigung gelassen hinzunehmen.

Selbst dann wäre es ihm wohl noch gelungen, weitere Ausbrüche hintanzuhalten, wäre da nicht das ölige, glatte Grinsen der Befriedigung gewesen, das sich über Fairgates aristokratisches Gesicht breitete. Angesichts dieses Gesichtsausdrucks verlor Logan seine hochgepriesene Selbstbeherrschung.

»Lassen Sie meinen Vater aus dem Spiel!«

»Ach, Ihr Vater! Sie sind ja ein höchst sensibles Kindchen, muß ich sagen. Warum verteidigen Sie ihn denn so tapfer? Er war doch nichts als ein erbärmlicher –«

Logan machte einen Satz vorwärts, die Hand zur Faust geballt und die Augen voll Wut. Der Schlag schmetterte den adeligen Jüngling beinahe zu Boden, aber als er traf und Fairgate rücklings stolperte, fing er sich am Arbeitstisch und hielt sich so auf den Füßen. Er unternahm keinen Gegenangriff, sondern stand nur da und grinste seinen Gegner an. Dann wandte er sich fast beiläufig zu Allison um, die vor Schreck erstarrt danebenstand. »So, Allison«, sagte er, während er die Hand ans Kinn hob, um ein dünnes Rinnsal Blut wegzuwischen, »nun zeigt euer Gast also endlich Flagge. Oder sollte ich sagen: euer *vertrauenswürdiger Angestellter?*«

Logan starrte Allison an, kalkbleich vor Wut und auch vor Kummer darüber, was er getan hatte. Er hatte ihre Anwesenheit fast vergessen gehabt. Und plötzlich wußte er, warum Fairgate immer noch sein stolzes Grinsen zur Schau trug. Er hatte mit seinem Wutausbruch bewiesen, daß Fairgate mit jedem Wort, das er über ihn gesagt hatte, die reine Wahrheit gesprochen hatte. Mit diesem Ausbruch jäher Gewalttätigkeit hatte Logan alles zerstört. Und Fairgates unbezweifelbarer Sieg wurde doppelt deutlich damit, daß er sich weigerte, mit gleichem Maß zu messen und zurückzuschlagen. Er war der Gentleman, Logan der Raufbold.

Allison war so entsetzt über die Wendung, die das Treffen genommen hatte, daß sie nur mit offenem Mund dastand und Fairgates Worte kaum zur Kenntnis nahm. Als sie schließlich sprach, war alles Gehabe und alle vorgetäuschte Überlegenheit aus ihrer Stimme verschwunden. Die empfindsame Seite ihrer Natur versuchte verzweifelt, mit dem Geschehen fertigzuwerden. Sie versuchte zu antworten, aber die Stimme wollte ihr nicht gehorchen.

»Leute von unserem Stand müssen sich vor solchem Abschaum in acht nehmen«, riet Charles ihr. Er nützte seinen Vorteil bis zum äußersten aus.

»Er ... er ist kein Gast des Hauses ...« sagte Allison schließlich. Aber der Satz blieb unvollendet, als Logan sich auf dem Absatz umdrehte und aus dem Stall schritt.

Als Fairgate sah, wie ihr Blick ihm folgte, lachte er kühn. »Laß ihn gehen, Allison«, sagte er. »Er bedeutet uns nichts.«

Aber das waren unkluge Worte. Er hatte Allison zu rasch gedrängt, sich zwischen Sieger und Verlierer zu entscheiden, und wie die meisten empfindsamen Frauen ließ Allison zu, daß ihr Herz Logan in den Schmerzen seiner Niederlage folgte.

Sie kam plötzlich zu sich, und ohne zu wissen, was sie tat und warum sie es tat, wandte sie sich um und rannte ihm nach. »Logan!« rief sie. »Logan!«

Es mochte sein, daß ihre Stimme nicht laut genug war oder daß er es vorzug, sie zu ignorieren, jedenfalls ging Logan weiter, ohne sich umzudrehen, und war bald hinter den Ställen verschwunden.

Sie blieb stehen und sah ihm schweigend nach, während Fairgate langsam aus der offenen Stalltüre trat und auf sie zuging.

»Laß ihn gehen«, fügte er im selben aufgeblasenen Tonfall hinzu. »Er hat dich getäuscht, Allison. An deiner Stelle würde ich das Familiensilber nachzählen.«

Sie fuhr herum, das Gesicht puterrot vor Wut.

»Was weißt du schon von ihm! Seit er zu uns gekommen ist, hat er sich nie anders als wie ein Ehrenmann benommen!« ging sie auf ihn los.

»Ach, nun trittst du plötzlich für einen gemeinen Lumpen und Gauner ein? Komm, komm, Allison, das paßt nicht zu dir.«

»Meinst du, ich wäre irgendwie verpflichtet, deine Partei gegen ihn zu ergreifen?« schnappte sie. »Weil du mehr Manns bist ... von besserer Abkunft. Meinst du das?«

»Allison! Allison«, versuchte er sie zu beschwichtigen, »Männer von solcher Abkunft sind niemals wertvolle Menschen. Er ist ein Betrüger – ein Schwindler. Es würde mich gar nicht überraschen, zu hören, daß er auch ein Dieb ist. Ich frage dich noch einmal, was weißt du schon wirklich über ihn? Und warum ist er hier? Das ist eine Frage, die man sich vernünftigerweise stellen sollte.« Er legte sanft eine beruhigende Hand auf Allisons Schulter.

Sie stand noch einen Augenblick lang reglos da, die Augen auf die Stelle gerichtet, wo sie Logan zuletzt gesehen hatte. Dann ließ ihr Zorn auf Fairgate nach, sie schüttelte seine Hand ab, wandte sich um und setzte sich auf die Bank an der Stallmauer. Was er sagte, klang durchaus vernünftig.

»Er hat uns nicht geradezu *angelogen,* Charles«, sagte sie schließlich. »Das heißt, niemand hat ihn tatsächlich *gefragt,* wo er herkommt. Und ein Onkel von ihm, oder Großonkel, hat tatsächlich einmal hier gearbeitet.«

»Wie günstig für seine Pläne«, bemerkte Charles Fairgate sarkastisch.

Allison warf ihm einen fragenden Blick zu. Schon wollte sie Logan von neuem verteidigen, aber sie überlegte es sich, seufzte, und schließlich warf sie die Hände hoch und sagte: »Ach, ich weiß nicht, was ich denken soll.«

»Jeder, der Informationen über eine Vorstrafe zurückhält« (Charles wußte nur zu gut, daß die paar Tage Untersuchungshaft selbst bei großzügiger Auslegung nicht als Vorstrafe bezeichnet werden konnten, aber er sah keinen Anlaß, an diesem Punkt seine Worte präzise zu wählen), »nun – jeder, der das tut, verübt eine Täuschung. Man kann es einfach nicht anders bezeichnen. Du solltest augenblicklich deine Eltern informieren.«

»Du kennst meine Eltern nicht«, sagte Allison. Und noch während sie sprach, kam es ihr in den Sinn, wie ihre Familie eine solche Mitteilung aufnehmen würde. Vor allem mußte sie an ihre Großmutter denken. Lady Margaret hatte sich immer so liebevoll um die Armen und Entrechteten gekümmert, die schmutzigen Straßenkinder der Welt. Wenn sie hörten, daß er im Gefängnis gewesen war, welchen Unterschied würde das für sie machen? War nicht Lord Duncan, der geachtetste Mann in Strathy, monatelang im Gefängnis gewesen? Niemand hier würde Logan auf die Straße setzen, was immer er auch getan haben mochte.

Während der letzten sieben oder acht Jahre ihres Lebens hatte Allison sich große Mühe gegeben, in allen Dingen genau das Gegenteil von dem zu tun, was ihre Familie tat. Sie hatte Widerwillen empfunden gegen ihr Mitgefühl und hatte sich bemüht, zu überwinden, was sie als Schwäche ihrer Familie betrachtete. Aber diese Handlungsweise hatte Allison niemals inneren Frieden gebracht. Im Gegenteil. Ihre Persönlichkeit war gespalten gewesen; sie hatte voll Verachtung auf ihre Mutter und Urgroßmutter und deren Nächstenliebe geblickt, aber gleichzeitig hatte sie sich im tiefsten Herzen schuldig gefühlt, daß sie nicht so war wie sie.

Nun hatte sie plötzlich die Gelegenheit, sich so zu verhalten, wie die beiden Frauen sich verhalten hätten. Und wenn sie das nicht tat, dann – daran hatte sie keinen Zweifel – würde Logan Port Strathy stehenden Fußes verlassen. Aber sie war nicht bereit, ihn zu verlieren. Sie konnte das jetzt offen zugeben. Sie wollte das Glück nicht verlieren, das sie in diesen kurzen Augenblicken auf der Straße nach Culden empfunden hatte. Sie hatte versucht, sich davor zu verstecken, so zu tun, als sei es niemals geschehen. Sie war widerwärtig zu ihm gewesen. Aber nun, wo Charles neben ihr stand, wurde ihr mit einem Schlag alles klar. Sie hatte für Charles nie so empfunden – alle seine Titel und Ehren bedeuteten ihr nichts. Vielleicht war Logan nichts anderes als der Neffe eines Pferdeknechts. Aber sie hatte *Gefühle* für ihn! Und sie konnte nicht einfach darauf verzichten.

Sie sprang auf und eilte zum Stall zurück.

»Wohin willst du?« fragte Charles.

»Ich reite ihm nach.«

»Willst du ihm den Marsch blasen?«

»Nein. Ich will mich entschuldigen. Du – du warst sehr unfreundlich zu ihm, Charles.« Es war ihr schwergefallen, die Worte vor einer so imposanten Persönlichkeit wie Charles Fairgate auszusprechen. Sie wußte, es würde sich herumsprechen, daß sie ihre Einstellung geändert hatte. Aber seltsamerweise empfand sie ein Gefühl der Befreiung bei dem Gedanken, für etwas Wichtiges eingetreten zu sein.

»Du findest ihn doch gar nicht mehr«, sagte Charles. »Sei keine Närrin, Allison!«

Allison eilte bereits auf das Sattelgestell zu. Am Himmel hatten sich schwere Wolken gesammelt, und ein Donnerschlag dröhnte.

»Den kriegst du nicht mehr zu fassen«, sagte Fairgate, während er ihr nachlief. »Der sieht zu, daß er hier verschwindet. Wahrscheinlich wird er schon polizeilich gesucht.«

»Das ist grausam, Charles.«

»Wo willst du hin?« fragte er, als sie durch die rückwärtige Türe der Werkstatt davoneilte. Sein Plan lief nicht so, wie er beabsichtigt hatte, etwas war schiefgegangen, und das gefiel ihm ganz und gar nicht.

»Ich sattle ein Pferd und reite ihm nach. Er kann noch nicht weit sein.«

»Es wird jeden Augenblick regnen!«

Allison hatte bereits einen Sattel ergriffen und ihn auf den Rücken ihres Lieblingspferdes, der Apfelschimmelstute, geworfen. Regen war das letzte, was sie in diesem Augenblick abschrecken konnte; zur Zeit hatte sie die besten Erinnerungen an Regen. Sie hoffte nur, es war noch nicht zu spät, wenigstens einige von ihnen zu retten.

Sie zog hastig den Sattelriemen fest, öffnete die Stalltüre und führte die Stute hinaus. Sie hielt nur einen Augenblick inne, um sich einen Regenmantel über die Schultern zu werfen und einen Hut aufzusetzen. Als sie schließlich aufs Pferd stieg, begannen die ersten Tröpfchen zu fallen.

»Gute Reise, Charles«, rief sie, »und sag allen in London, es tut mir leid, daß ich nicht kommen kann!«

Ohne eine Antwort abzuwarten, stieß sie die Fersen in die Flanken des Pferdes, galoppierte davon und war bald darauf verschwunden.

DER HEILENDE REGEN

Allison stieß auf Logan, als er eben durch ein nasses Stück Moorland etwa eine Viertelmeile hinter Stonewycke stapfte.

Er wandte sich um, als er das Pferd durch das Unterholz brechen hörte. Sie hielt es neben ihm an und glitt graziös vom Rücken der grauen Stute. Er eilte weiter. Allison ergriff die Zügel und rannte, um ihn einzuholen. »Logan ... bitte!« schrie sie ihm nach. »Ich wollte mich entschuldigen. Es war gräßlich, was Charles zu dir sagte.«

Logan blieb stehen. Das war das letzte, was er von ihr zu hören erwartet hatte. Er war fast schon zu dem Schluß gekommen, daß alles, was vor zwei Tagen geschehen war, als es plötzlich so ausgesehen hatte, als könnte ihre aufblühende Freundschaft ihr tatsächlich etwas bedeuten, nur ein Trugbild gewesen war.

Aber bis zu diesem Augenblick war ihm nicht bewußt geworden, daß Allison seine Pläne stören könnte. Logan hatte sich immer strikt an die Regel gehalten, die er von Skittles gelernt hatte: *Stell niemals einem Freund ein Bein.* Alle anderen durfte man belügen, betrügen und bestehlen. Aber seinen Freunden gegenüber – zugegeben, sie waren nicht sonderlich zahlreich gewesen – war er immer offen und ehrlich gewesen.

Waren diese Leute seine Freunde? War Allison seine Freundin?

Die letzte Frage bedurfte wohl kaum einer Antwort. Der aufrichtige Ausdruck auf ihrem Gesicht überzeugte ihn mehr als jeder Vernunftgrund, den er hätte vorbringen können. Sie war niemals irgend jemand gegenüber ehrlich gewesen, nicht einmal sich selbst gegenüber. Und dennoch war ihrem Gesicht anzusehen, daß sie all das ändern wollte – ihm gegenüber. Sie versuchte, ehrlich zu sein. Wie konnte er sie da noch belügen?

Es dauerte nur Sekunden, in denen alle diese Gedanken durch seinen Kopf schossen. Er wandte sich abrupt um und blickte sie an.

»Allison – alles, was er über mich sagte, war die Wahrheit.«

»Ich bin sicher, du hättest uns alles erzählt, hätten wir dich gefragt.«

»Woher weißt du das?«

»Das ist gleichgültig. Ich will gar nicht wissen, was du getan hättest. Niemand in meiner Familie wird danach fragen. Das alles ist Vergangenheit. Ich weiß nur, was meine Urgroßmutter sagen würde – daß keiner von uns vollkommen ist. Und außerdem brauchen sie gar nicht zu wissen, was Fairgate dir vorgeworfen hat. Ich werde es niemand sagen. Es gibt gar keinen Grund dafür. Und außerdem, wer ist Charles Fairgate, daß ich ihm mehr glauben sollte als dir?«

»Er hat mich vor vielen Jahren gekannt.«

»Das kümmert mich nicht. Was gestern war, ist vorbei.«

»Ich bin nicht sicher, ob ich dich richtig verstanden habe«, sagte Logan, dem von diesem plötzlichen Umschwung in ihrem Wesen der Kopf brummte.

Allison schwieg einen Augenblick lang, und als sie weitersprach, lag stiller Ernst in ihrer Stimme. »Ich hab' mich in diesen letzten Tagen nicht gerade so verhalten, daß ich darauf stolz sein könnte.«

»Mach dir keine Gedanken deshalb.«

»Ich will mir aber Gedanken machen. Manchmal – manchmal bin ich einfach kein sehr netter Mensch. Und – es tut mir leid, Logan. Ich möchte wirklich gern mit dir befreundet sein.«

»Ich danke dir. Du weißt nicht, wieviel mir das bedeutet. Aber da ist noch so viel, das du nicht verstehst.«

»Wen kümmert das? Verdirb's nicht, Logan MacIntyre, sonst geht mir die gute Laune aus.« Sie lachte, und er lachte mit ihr mit.

Dann schwang sich Allison in den Sattel der grauen Stute. »Steig auf!« rief sie ihm zu. »Komm herauf, und wir machen einen Ausritt!«

»Aber es regnet doch!« protestierte er lachend.

»Das hat uns vorgestern auch nicht aufhalten können.«

Er lachte, streckte die Hand aus und ergriff ihre dargebotene Rechte. Dann schwang er sich hinter ihr in den Sattel. Er hatte seinen früheren Entschluß, ehrlich mit ihr zu sein, nicht vergessen. Aber warum sollte er den schönen Augenblick mit Bekenntnissen und Enthüllungen verderben? Die konnten bis zu einem günstigeren Zeitpunkt warten.

Allison lenkte die Stute ostwärts, weg von dem überfluteten Tiefland. Der felsige Grund stieg gleichmäßig an, bis sie die Straße nach Fenwick Harbor erreichten, die sie – wären sie ihr weiter gefolgt – nach Aberdeen gebracht hätte. Statt dessen ritten sie in nördlicher Richtung weiter, der See zu. Als sie so dahinritten, frischte der Wind auf, und die Regentropfen wurden größer und größer. Ein zackiger Blitz erleuchtete den Nachmittagshimmel, und fast augenblicklich folgte ihm ein Donnerschlag.

»Das war ganz nahe!« schrie Allison. »Sehen wir lieber zu, daß wir zur Küste 'rüberkommen.«

Es dauerte nicht lange, bis sie die Straße nach Port Strathy erreichten. Ramsey Head lag unmittelbar zu ihrer Rechten vor der Küste, in Nebel und dichte Wolken gehüllt. Allison mußte einen jähen Schauder unterdrücken, als sie den Granitfelsen sah, der von alters her in Verbindung mit Übeltaten zu stehen schien.

»Es wäre vielleicht keine schlechte Idee, wieder zurück nach Stonewycke zu reiten«, sagte Logan. »Wenn wir noch lange warten, werden wir wieder klatschnaß.«

»Wahrscheinlich hast du recht«, antwortete Allison fröhlich.

Sie ritten weiter, am Ramsey Head vorbei. Es hatte eine Zeit gegeben, damals, als Lady Margaret ein junges Mädchen gewesen war, als man diesen Ort zu vergnüglichen Nachmittagsspaziergängen und Picknicks aufgesucht hatte, trotz seiner grimmigen Geschichte als Versteck von Schmugglern und Strandräubern. Man wußte, daß die Höhlen, die den Felsen umgaben, gelegentlich Säufern und Landstreichern als Unterkunft dienten, die sich wenig um den finsteren Ruf des Ortes kümmerten. Und jedes Jahr zu Halloween begannen Gerüchte umzugehen, daß ein Leichnam auftauche und zwischen den spitzen und heimtückischen Klippen herumgestoßen werde.

»Ist dir kalt?« fragte Logan, den Allisons plötzliches Schweigen besorgt stimmte.

»Nein. Es liegt wohl an dem Ort hier, nehme ich an.«

»Was ist damit?«

Allison versuchte, ihre Nerven zu beruhigen, indem sie ihm die Geschichte des Ortes wenigstens teilweise erzählte. Zum ersten Mal hörte er, daß der Mörder, der sich hier umgebracht hatte, in die Ereignisse von Lord und Lady Duncans früherer Geschichte verstrickt gewesen war – eine Neuigkeit, die ihm schier unglaublich erschien, als er sie das erste Mal hörte.

Als wollte sie das finstere, ominöse Gefühl, das sich auf sie gesenkt hatte, unterstreichen, sprang plötzlich eine Gestalt auf die Straße. Allison zügelte die Stute, und da, vor ihnen, stand Jesse Cameron. Sie war schnell gelaufen und stand nun da, eine Hand auf die Brust gepreßt, um zu Atem zu kommen, bevor sie sprach.

Jesse!« rief Logan. »Warum hast du es so eilig?«

»Ein Unfall«, antwortete sie, nach Atem ringend. »Ein paar Kinder haben in einer der Brandungshöhlen am Ramsey Head gespielt. Ich weiß nicht, was die Eltern sich dabei gedacht haben, sie an einem Tag wie heute dort spielen zu lassen! Der kleine Harry Stewart hat sich verletzt und kann nicht mehr hinaus. Alec war gerade bei mir und sah nach einer meiner Ziegen, als eines von den anderen Kindern gelaufen kam und um Hilfe rief. Er stieg hinunter, um zu helfen. Er kam so lange nicht wieder, daß ich hinunterstieg. Und die Höhle, in die er eingestiegen war, war von einem Felsrutsch verschüttet!«

»Was meinen Sie?« fragte Allison erschrocken.

»Es scheint so, als wäre eine der Felszinnen oben vom Blitz getroffen worden, und als sie abstürzte, brachte sie die Mauern der Höhle zum Einsturz. Aber Logan, Mann, die sind da drinnen gefangen! Ich laufe in den Ort, um Hilfe zu holen.«

»Wieso wissen Sie, daß es die richtige Höhle war?« Allisons Stimme zitterte. Zu viele neue Gefühle stürzten von allen Seiten auf sie ein.

»Der Junge – oh, da ist er ja –« Ein Junge von etwa elf Jahren kam herbeigetrabt. Er war schmutzverschmiert und naß und zitterte vor Furcht, Erschöpfung und Kälte. Jesse legte ihren fleischigen Arm um den Knaben. »Tommy ist sich ganz sicher. Und wir hätten sie sonst auch schon finden müssen. Es tut mir leid, Lady Allison. Es kann nicht anders sein.«

»Sie meinen, sie sind ...« Allison brachte die Worte in einem schwachen Flüstern hervor, dann schwieg sie. Sie schwankte unsicher im Sattel.

Logan hielt sie fest und stützte sie mit einem Arm. Dann ergriff er mit der freien Hand die Zügel.

»Konnten Sie sie hören?« fragte er.

»Nein«, antwortete Jesse, »aber das ist kein Wunder bei dem Wind und dem Lärm der Brandung und all den dicken Felstrümmern, die den Zugang zur Höhle blockieren. Wir können immer noch hoffen.«

»Sie sehen schon völlig erschöpft aus, Jesse«, sagte der praktisch denkende Logan. »Am besten bringen Sie den Jungen nach Hause zurück, und wir reiten und holen Hilfe.«

»Ich gehe zu meinem Vater«, sagte Allison entschlossen. Plötzlich kam wieder Leben in sie, sie entwand Logan die Zügel und stieß der grauen Stute die Fersen in die Flanken.

»Mädel, das kannst du nicht machen«, rief Jesse. »Deine Mutter hat Kummer genug!«

Aber es war bereits zu spät. Die Reiter waren schon außer Hörweite, selbst wenn Allison auf den Zuruf gehört hätte. Jesse verschwendete keine Zeit mehr damit, ihnen nachzuschreien. Vielleicht konnten die beiden jungen Leute ja etwas ausrichten, während sie um Hilfe lief. Sie eilte den Hügel hinunter zu ihrem Haus, brachte den Jungen ins Trockene, sattelte hastig ihr eigenes Pferd und ritt in die Stadt.

Allisons Pferd trabte den Pfad hinunter zu der schmalen Landenge, die Ramsey Head mit dem Festland verband. Von dort an mußte das Tier sich mit vorsichtigen Schritten den schlammigen Abhang des Ramsey Head hinauftasten. Im Sommer war der Boden auf dieser dem Wind abgewandten Seite des Felsvorsprungs grün von Heidekraut und Farn, da und dort wuchsen einige wenige Bäume, alle krumm und verkrüppelt vom ständigen Ansturm der Winde. Jetzt jedoch war dem trostlosen Anblick der Landschaft nicht zu entnehmen, daß der Frühling bereits in diese Gegend gekommen war.

Das Pferd setzte seine Hufe sicher auf den Rasen, aber als sie den Pfad hinaufgeklettert waren und die seewärts gelegene Seite erreichten, war es unmöglich, auf der harten und felsigen Oberfläche weiterzukommen, die bar jeder Vegetation und schlüpfrig-naß vom Regen war. In diesem Teil des Felsvorsprungs drängten sich einige Höhlen aneinander, einige nicht mehr als große Spalten, die der Zufall aus Felsen und Klippen geformt hatte, andere so tief, daß sie weit in den Felsen hinabreichten. Über Jahrtausende hinweg hatte das ständige Anbranden der See sie in den Felsen gegraben. Die meisten standen manchmal oder auch immer knöcheltief unter Wasser, aber einige waren so hoch gelegen, daß sie selbst beim höchsten Stand der Flut trocken waren. Die Höhlen, die die Neugier der Kinder von Strathy mehr als alle anderen herausforderten, waren diejenigen, die bei Ebbe zugänglich waren, bei Flut jedoch im Ozean versanken.

»Wir müssen das Pferd hier lassen«, rief Allison Logan über die Schulter zu. Obwohl sie dicht hintereinander saßen, war der Sturm inzwischen so stark, daß sie schreien mußte, um sich verständlich zu machen.

Sie stiegen ab und tasteten sich einen schmalen Pfad entlang, der den äußeren Rand der Klippe einige fünfzig Fuß über dem Wasserspiegel umrundete. Innerhalb weniger Minuten bogen sie um eine Kurve, erreichten den äußersten Rand des Felsvorsprungs und sahen sich plötzlich dem wütenden Ansturm des Windes und der ganze Weite der offenen See ausgesetzt. Die grauen Wassermassen schäumten weiß um die Klippen. Die regenschweren Windstöße peitschten Allison ins Gesicht und verwandelten ihr Haar in eine nasse filzige Masse.

»Da ist es!« schrie Allison und wies auf eine Stelle, die sich unterhalb einer steilen Böschung ein Stück den Pfad hinunter befand. Sie konnten die verstreuten Felsbrocken erkennen, Splitter der größeren Felsen, die abgestürzt waren. Eine Steinzinne, größer als ein Baum, lehnte an der Felswand, als hätte ein Riese seinen Spazierstock an eine Gartenmauer gelehnt. Bei näherem Zusehen entdeckte Allison, daß die Höhle tatsächlich eine der Felsspalten war. Als die Zinne herabgestürzt war, hatte sie die Felsblöcke in Bewegung gebracht, die die Wände der Höhle bildeten, wie Jesse es beschrieben hatte.

Bevor sie ihr Ziel erreichten, mußten sie über einen steilen Abhang klettern, der etwa drei Meter tief abfiel. Allison kletterte ziemlich mühelos hinunter; ihre Gedanken waren ganz bei der Gefahr, in der ihr Vater schwebte, sie dachte nicht daran, sich auch nur im geringsten um ihre eigene Sicherheit zu kümmern. Aber Logan, der Angst um sie hatte, achtete mehr als sie auf den fünfzig Fuß tiefen Absturz der Klippenwand in die brandende See. Vor seinem geistigen Auge sah er den legendären Mörder von einer solchen Stelle in den Tod auf die scharfzackigen Felsen stürzen. Noch während er den Kopf schüttelte, um das unheildrohende Bild aus seinen Gedanken zu verbannen, glitt sein Fuß aus, und er mußte sich wild um sich schlagend an dem unsicheren Grund festkrallen, um nicht abzustürzen. Unwillkürlich stieß er einen Schrei aus. Der Sturm erstickte den Schrei, und Allison, die einige Meter vor ihm kletterte, hörte ihn nicht. Mit zitternden Knien folgte er ihr, keineswegs überzeugt, daß sie irgend etwas ausrichten konnten, selbst wenn es ihnen gelang, die Höhle lebend zu erreichen. Er widerstand nur mit Mühe dem gewaltigen Drang, sich umzudrehen und davonzurennen.

Stolpernd und rutschend kämpften sie sich voran, bis sie zuletzt an die Stelle gelangten, wo die Höhle eingestürzt war. Allison, die immer noch vorneweg rannte, begann nach ihrem Vater zu schreien. Aber der Wind trug ihre Stimme davon wie eine verschwindende Rauchwolke.

Sie erreichte den Steinhaufen und begann augenblicklich, mit bloßen Händen an den kantigen Steinplatten zu reißen. Als Logan ihre herzzerreißende Geste sah, machte er sich ebenfalls an die Arbeit, aber nichts rührte sich. Allisons stürmische Einsatzfreude ließ nach, sie warf Logan einen hilflosen Blick zu. Sie brauchte kein Wort zu sagen, um ihn wissen zu lassen, was sie dachte. Selbst wenn die Bevölkerung der ganzen Stadt hier angerannt kam, würden sie Mühe haben, diese Steine wegzuräumen. Und was nützten noch so viele Hände? Auf dem schmalen Felsvorsprung konnten sich nur wenige Menschen bewegen.

In tödlicher Verzweiflung trat Allison zurück und begann auf und ab zu gehen. Wo waren sie alle? Warum brauchten sie so lange, um hierher zu kommen? Plötzlich füllten sich ihre Augen mit Tränen.

»Daddy ...« flüsterte sie.

Es war lange her, seit sie zum letzten Mal wie in ihrer Kindheit an ihn gedacht hatte – wie viel er ihr bedeutete, wie sehr sie ihn brauchte. Sie war in letzter Zeit ihm gegenüber so kalt gewesen, so distanziert, so gefühllos. Was sollte nur werden, wenn sie nun niemals wieder Gelegenheit hatte, all das wieder gutzumachen?

»Oh bitte, bitte«, flüsterte sie und merkte kaum, daß ihr verzweifeltes Herz zum ersten Mal seit Jahren ein Gebet sprach, »bitte laß nicht zu, daß ihm etwas zustößt.«

Logan trat neben sie.

»Du mußt einfach daran glauben, daß er in Sicherheit ist«, sagte er mit sanfter Stimme. »Wir holen ihn 'raus.«

»Oh, Logan«, jammerte sie, »ich werde ihm niemals sagen können –« Sie konnte nicht weitersprechen. Ein Schluchzen erstickte ihre Worte. Sie wandte sich ab, voll Verlegenheit, daß ihre Gefühle sie so überwältigt hatten.

Logan legte eine Hand auf ihre Schulter, um sie zu trösten, sagte aber nichts.

»Ich war ihm nie eine gute Tochter«, stieß sie hervor. Jetzt weinte sie. »Ich glaube, ich habe ihm niemals gesagt, wie stolz ich bin, ihn zum Vater zu haben.«

»Er weiß es.«

»Ach, wie könnte er das wissen?« jammerte sie verzweifelt. »Ich habe ihm immer zu verstehen gegeben, ich schämte mich seiner wegen seiner einfachen Herkunft. Ach, er ist besser als hundert Männer von hoher Geburt! Warum habe ich ihn nur so behandelt!«

»Denk jetzt nicht daran«, sagte Logan lahm. Er wußte nicht, womit er sie hätte wirklich trösten können, so verließ er sich auf die leeren Floskeln, die er andere in ähnlichen Situationen sagen gehört hatte. Aber noch während er sprach, wußte er, wie leer seine Worte war, und wünschte, er könnte ihr etwas Besseres geben, um ihr leidendes Herz zu trösten. »Es dauert nicht mehr lange, bis er wieder neben dir steht, und dann kannst du alles in Ordnung bringen.«

»Oh, Logan!« schrie sie auf, »wenn ich nur *jetzt* etwas tun könnte!« Sie wandte sich wieder der Felswand zu und schrie, so laut sie konnte: »Daddy, kannst du mich hören?«

RETTUNG

Alec lag in tiefer Finsternis auf dem nackten Felsen hingestreckt. Ein dünnes Rinnsal Blut tropfte aus einem tiefen Schnitt an seiner Stirn.

Schließlich versuchte er langsam und unter Schmerzen, sich zu bewegen. Sein Kopf war wohl am schlimmsten verletzt, aber auch seine Schulter und sein Fuß waren von den stürzenden Felsen abgeschürft worden. Er fühlte ein scharfes Pochen im Schädel, tastete mit der Hand nach seiner Schläfe und fühlte die klebrige Feuchtigkeit von Blut. Er konnte nichts um sich herum sehen und hätte fast befürchtet, erblindet zu sein, aber dann gewöhnten sich seine Augen an die Dunkelheit, und er begann trübe Schatten zu unterscheiden.

»Harry!« rief er. Im Augenblick, in dem sein Kopf klarer wurde, hatte er an den Jungen gedacht.

»Ich bin hier, Mr. MacNeil.«

»Bist du in Sicherheit, Junge?«

»Ja, Sir. Bloß der Kopf tut mir ganz arg weh.«

»Bleib, wo du bist, Harry, ich komm 'rüber und hol dich!«

Alec wälzte sich auf die andere Seite und versuchte sich aufzurichten. Er hatte sich kaum auf die Knie aufgerichtet, als der feste Boden unter ihm dahinzuschmelzen schien und er wiederum lang hinfiel. »Ich muß mich noch 'ne Minute ausruhen, Jungchen. Kannst du solang aushalten?«

»Ja, Sir«, sagte der Junge, aber seine Stimme zitterte merklich bei jedem Wort. »Mr. MacNeil, glauben Sie, wir stecken hier unten für immer fest?«

»Ach was, keine Rede davon, Junge!« antwortete Alec so strahlend fröhlich, wie er nur konnte. »Noch vor'm Abendessen sind wir hier wieder 'raus. Jesse holt schon Hilfe, und so schnell können wir gar nicht schau'n, wie die uns die Felsen wegputzen.« Er stockte, dann fügte er hinzu, angstvoll bemüht, seine Sorge zu verbergen, vor allem die Sorge, die ihm der Gedanke an die steigende Flut bereitete: »Wie lang bin ich denn hier gelegen, Jungchen?«

»Ach, furchtbar lang, Sir! Ich dachte schon, Sie wär'n-« Harrys Stimme brach, und es war nicht notwendig, daß er den Rest des Gedankens in Worte faßte. Dann fügte er mit einem plötzlichen Tränenausbruch hinzu: »Oh, ich bin froh, daß ich hier nich' allein bin!«

»Nein, Junge«, sagte Alec, »alleine wärst du hier nich' gewesen, auch ohne mich. Unser Herr ist hier bei uns – bei uns beiden, Kleiner. Er läßt uns niemals allein – das weißt du doch, oder nicht?«

»Ja, Sir, weiß ich, aber ich hab's wohl 'n Weilchen vergessen.«

Alecs Lächeln war in der Finsternis nicht zu sehen, aber es war in seinen sanften Worten zu hören. »Ich denke, der Herr versteht das. Aber wir wollen dran denken und einander dran erinnern.«

»Ja, Sir.«

»Ich komm' jetzt zu dir 'rüber«, sagte Alec und betete im stillen um Kraft.

Er kroch einen halben Meter weit über den Boden der Höhle, bis er zu einer Wand kam. Er konnte nicht feststellen, ob es die Wand der Höhle war oder nur ein Teil des Felsrutsches, der sie eingeschlossen hatte. Wenigstens war er solide genug, das Gewicht des Mannes zu tragen. Er packte einen vorstehenden Felszacken nach dem anderen und zog sich hoch, bis er aufrecht stand. Alles drehte sich ihm vor Augen, und er spürte, wie ihm das Blut von neuem in die Augen rann. Er fuhr sich mit der Hand über die Augen und stützte sich dann einen Moment lang ab, bevor er sich Zoll um Zoll an der Wand vorwärtsschob, in die Richtung, aus der er die Stimme des Jungen gehört hatte. Sein Fuß pochte schmerzhaft im selben Rhythmus wie der Schmerz in seinem Kopf. Offenbar hatte er ihn sich bei dem Sturz verrenkt.

Es dauerte fünf lange, qualvolle Minuten, bis er Harry erreichte. Als es ihm schließlich gelang, wäre er beinahe neben ihm zu Boden gesunken. Er ruhte sich einen Moment aus, dann versuchte er, das Bein des Jungen zu untersuchen.

Das Bein war offenkundig gebrochen, aber er konnte nicht viel unternehmen. Es war ein Wunder, daß der arme Junge noch nicht vor Schrecken und Schmerz ohnmächtig geworden war. Er kroch mühsam auf die Füße, und nachdem er Harry ermahnt hatte, völlig still zu liegen, begann er in der Höhle herumzutasten. Vagabunden und Wanderer kampierten oft in dieser Gegend. Vielleicht lagen noch irgendwelche Holzstangen herum, die er als Schiene für das gebrochene Bein verwenden konnte.

Nach einer Weile fruchtlosen Herumsuchens stießen seine Hände auf einige Stücke angekohltes Holz. Mit Hilfe seines Hemdes, das er in Streifen riß, machte er sie sich nutzbar. Auf diese Weise würde der Junge sich wenigstens nicht bei jeder Bewegung Schmerzen zufügen.

Als er alle medizinische Hilfe geleistet hatte, die ihm unter den Umständen möglich war, wandte er seine Aufmerksamkeit wieder ihrer gefahrvollen Lage zu. Er lockerte einige der kleineren Steine und stemmte die Schulter wiederholt gegen die größeren, aber bald erkannte er, daß ein einzelner Mann keine Chance hatte, den Steinschutt beiseite zu schieben. Er neigte nicht dazu, sich der Hoffnungslosigkeit zu überlassen, also hinkte er in ihrem engen Gefängnis einige Minuten lang hin und her, dachte nach und betete und wünschte, es gäbe irgend etwas, das er *tun* konnte. So stark sein Glaube war, es bedeutete Todesqualen für Alec MacNeil, einfach dazusitzen und zu warten, daß Gott in das Geschehen eingriff, ohne selbst irgend etwas dazu tun zu können.

Er setzte sich neben Harry und legte den Arm um ihn, um dem Kind Wärme und Trost zu spenden. Er konnte nichts weiter tun als warten und beten und dem verängstigten Kind so viel Mut einflößen, wie er nur konnte.

Als er nach einer Weile aus seinem Dösen hochschreckte, war er nicht sicher, ob die Geräusche, die er hörte, nur in seinen Träumen existierten oder ob sie von jenseits der Schwärze hereindrangen. Er neigte den Kopf und horchte aufmerksam.

Da war es wieder! Ein hohes, schrilles Geräusch, fast wie das Klagen des Windes, aber es hatte etwas verzweifelt Menschliches an sich. Er sprang auf, vergaß seinen verletzten Fuß und wäre um ein Haar wieder zu Boden gestürzt. Er stützte sich an der Wand ab, so gut er konnte, und hinkte zum Höhleneingang.

Der Laut kehrte wieder, klarer verständlich jetzt, aber er schien immer noch Teil eines Traumes zu sein. Dennoch war er fast sicher, er könnte das eine, unwahrscheinliche Wort hören:

»Daddy!«

Er brüllte eine Antwort, und Harrys kleine Stimme fiel mit ein: »Wir sind hier! Wir sind hier!«

Der Klang der Stimme ihres Vaters erfüllte Allison mit einer unbekümmerten und kindlichen Freude, die sie sich schon lange nicht mehr zu empfinden erlaubt hatte.

»Er ist in Sicherheit!« rief sie aus, warf Logan die Arme um den Hals und drückte ihn an sich, als sei *er* der Gegenstand ihrer Sorge gewesen. Die Tränen flossen nun ungehemmt, aber es schien ihr nichts auszumachen, denn sie versuchte nicht, sie zu verbergen. Sie trat einen Schritt zurück, blickte ihm in die Augen und lachte vor Erleichterung, dann umarmte sie ihn von neuem.

Plötzlich erhob sich ein lautes Lärmen über dem Geheul des

Windes. Der Rettungstrupp war angelangt. Logan und Allison ließen einander unbeholfen los und versuchten rasch, ihre Fassung wiederzugewinnen. Aber Allison kümmerte es kaum, was die anderen denken mochten. Ihre Verlegenheit war nur eine gewohnheitsmäßige Reaktion, und als die Männer nun auftauchten, rannte sie ihnen mit ganz uncharakteristischem Überschwang entgegen. Zum ersten Mal in ihrem Leben wurde ihr klar, wie sehr sie sich freute, Männer von dieser Art zu sehen, Männer wie ihren Vater, Männer voll Kraft und Mut, Männer, die den Ihren getreulich beistanden, Männer, für die ihre arroganten Augen bislang blind gewesen waren. Plötzlich wurde die innere Tür ihres Herzens weit aufgestoßen, und sie erkannte die Wahrheit, die ihre Eltern und Urgroßeltern immer betont hatten, daß die einfachen und schlichten Menschen des Strathy-Tales die wahre und dauerhafte Erbschaft von Stonewycke verkörperten. Wie glücklich war sie, daß diese Männer kamen, um ihren Vater zu retten, nicht die glattzüngigen, in Seide gekleideten, samtpfotigen Charles Fairgates, die sie gekannt hatte.

Sieben Männer tauchten an der Biegung des Pfades auf. Sie trugen Stricke, Pickel, Brecheisen, Eisenrohre und anderes Werkzeug, von dem sie meinten, es könnte ihnen von Nutzen sein.

»Oh danke! Danke!« rief Allison. »Macht schnell! Es geht ihnen gut – ich habe sie gehört!«

Die große Felszinne wegzuschieben, die das ganze Unheil verursacht hatte, erwies sich als Kleinigkeit, wenn sich acht kräftige Rücken – darunter der Logans – dagegenstemmten. Mit einem donnernden Krachen, das sogar über dem Lärm von Sturm und Brandung hörbar war, stürzte die Zinne ins Meer.

Aber die Felsblöcke, die den Eingang verschlossen, waren etwas anderes. Sechs Männer kletterten auf einen Vorsprung über der Höhle und versuchten die größten Felstrümmer voneinander zu trennen, indem sie Rohre und Brecheisen als Hebel benutzten. Es gelang ihnen, sie allmählich auseinanderzuschieben, aber bevor noch eine Öffnung von zwei Handbreit Weite entstanden war, versagten die Kräfte der Arbeiter, und die Felsen kippten zurück.

»Wir schaffen's nicht, die Felsen lang genug auseinander zu schieben, daß sie 'rauskriechen können!« schrie Jimmy Mac Millan von seinem Ausguck.

Logan, der unten wartete, schüttelte verzweifelt den Kopf. Die Sache schien so hoffnungslos! Als er um sich blickte, blieb sein Blick an einem halbmeterlangen Eisenrohr hängen, das auf dem

Boden lag, wo einer der Männer es fallengelassen hatte. Er rannte hin, hob es auf und eilte zum Unglücksort zurück.

»Ich habe eine Idee!« schrie er. »Schiebt die Felsen auseinander. Ich versuch' das Rohr zwischen sie zu klemmen!«

Wieder stemmten die Männer die Schultern gegen die Brecheisen, diesmal noch entschlossener als zuvor, und wieder wurden die Felsbrocken auseinander gezwängt – fünf, sechs, sieben Zoll! Logan hörte, wie Alec und Harry ihnen aus dem Inneren der Höhle Ermutigung zuriefen. Er stolperte auf die kleine Öffnung zu, schob sich in die Mitte der Bresche und hielt das Rohr fest umklammert, während er auf den Augenblick wartete, wo er es zwischen die Felsen klemmen konnte. Niemand brauchte ihm zu sagen, daß sein Arm und vermutlich sein halber Körper zerquetscht würden, falls die Männer oben die Felsen nicht länger halten konnten oder das Rohr sich als zu schwach erwies.

Neun Zoll … elf Zoll ..

Logan klemmte das Rohr an seinen Platz. Es steckte immer noch etwas schief in der Öffnung.

»Noch ein oder zwei Zoll!« schrie er und bemühte sich, seine Furcht zu verbergen.

Vorsichtig verstärkten die Männer den Druck. Schließlich war die Öffnung weit genug, und Logan rammte das Rohr hinein, bis es fest und sicher an seinem Ort saß.

»Vorsichtig nachlassen!« schrie Logan. Er entfernte sich von dem Loch, als die Männer langsam den Druck auf die Hebel verringerten. Alle hielten in diesem Augenblick den Atem an, alle starrten das Rohr an, ob es wohl hielt. In diesem Augenblick dachte Logan weit mehr daran, ob er selbst mit dem Leben davonkommen würde, als ob Alec und der Junge davonkommen würden.

»Es hält!« schrie Jimmy.

Alec brauchte nichts weiter zu hören. Jetzt war er an der Reihe, aktiv zu werden.

»Helft mir mit dem Jungen!« rief er.

Logan, der dem Höhleneingang immer noch am nächsten war, spähte in die Schwärze darunter hinein. Sanft, aber in großer Eile, reichte Alec den kleinen Harry in die Öffnung, wo Logan seine ausgestreckten Arme ergriff und ihn in Sicherheit zog.

»Ein Seil!« schrie Logan über die Schulter zurück. Sekunden später fühlte er, wie Alec am anderen Ende des Strickes zog, den er durch die Öffnung gefädelt hatte. Mehrere Männer halfen nun mit, hielten das obere Ende des Seils in sicherem Griff, während Alec seinen massigen Körper nicht ohne Mühe durch die enge Öffnung zwängte. Keine drei Minuten später stand er sicher auf dem Felssims, umringt von den Männern des Rettungstrupps. Ein lauter Jubelruf stieg aus der Gruppe auf. Alec begrüßte sie mit einem Lächeln und einem Winken, dann drehte er sich um, ergriff einen Knüppel und schlug das Stück Rohr mit einem gewaltigen Hieb von seinem Platz. Die Felsbrocken krachten für immer zusammen.

»Wir können nicht zulassen, daß jemand anderer hier in die Falle gerät!« sagte er.

Er wandte sich um zu der glücklichen kleinen Menschenmenge, aber dann schwankte er plötzlich. Allison überwand den Widerwillen, der sie bei seinem Anblick überkommen hatte; sie rannte auf ihn zu und schlang die Arme um seinen Hals. »Daddy«, rief sie, »du bist verletzt!«

»Allison, mein Mädel«, antwortete Alec und streichelte ihr Haar, »ich dachte, ich träume, als ich deine Stimme hörte.«

»Nein, Daddy. Ich war hier, und ich bin so glücklich, daß du in Sicherheit bist. Komm, ich helfe dir.«

Logan trat einen Schritt vor, um den muskulösen Tierarzt zu stützen, aber dann wünschte er, er wäre im Hintergrund geblieben, als Alec ihm seine Aufmerksamkeit zuwandte.

»Danke, Logan, für alles, was Sie für uns getan haben. Da war Mut nötig, so etwas zu tun, und Sie haben mir vielleicht sogar das Leben gerettet!«

Das kurzfristige Gefühl warmer innerer Befriedigung, das Logan MacIntyre bei dem Gedanken überkommen hatte, eine gute Tat getan zu haben, verschwand plötzlich. Die Worte *da war Mut nötig* widerhallten in seinem Schädel wie ein schrecklicher Gong, der ihn vor aller Welt demütigen sollte. Er hatte fast vergessen, wer er in Wirklichkeit war und warum er gekommen war. Er war ganz in seinen glückseligen Ritt mit Allison und seinen Kampf um Alec und Klein-Harry versunken gewesen und hatte sein wahres Selbst aus seinem Bewußtsein gelöscht. Aber nun erinnerte ihn Alecs Dank so drastisch an seine Täuschungsmanöver, daß er am liebsten die Handflächen auf die Ohren gepreßt hätte. Das waren die Worte, die er als letztes zu hören wünschte, denn er verdiente kein einziges von ihnen!

»Andere haben ebenso viel getan«, antwortete er.

»Ja, und ich werde den anderen ebenfalls danken. Aber Sie sind ein Fremder hier, und da bedeutet es eben noch mehr – Sie haben Ihr Leben für einen Mann risikiert, den Sie kaum kennen. Das vergesse ich Ihnen nie.«

Die Männer, die von ihrem Ausguck über der Höhle herabgeklettert waren, eilten nun lärmend herbei, und Logan war der Notwendigkeit enthoben, weitere Antworten zu geben.

Aber sein Gewissen konnte die Last nicht abschütteln, daß Alecs Lob ebenso unverdient wie unbegründet war. Er war ein Lügner und ein Schwindler, und wenn sein Plan, mit dem verlorenen Schatz der Familie das Weite zu suchen, Erfolg hatte, dann war er obendrein ein Dieb. Er hatte kein Lob verdient.

Er war alles andere als tapfer. Und er wußte es. Denn ihm fehlte der alles entscheidende Mut – der Mut, einfach die Wahrheit zu sagen.

EIN NEUER TAG BRICHT AN

Der Sonnenschein strömte durch Allisons Fenster herein. Zuerst fiel ihr nichts weiter Ungewöhnliches daran auf. Sie wälzte sich im Bett herum, gähnte und streckte sich ausgiebig und stellte dann fest, daß sie zum erstenmal seit mehreren Tagen einen Sonnenstrahl sah.

Sie sprang aus dem Bett, rannte zum Fenster und zog die Vorhänge auf. Ja! Flecken blauen Himmels durchbrachen das Grau der Wolken. Allison machte der Regen nichts aus. In den letzten Tagen war er ihr sogar wie ein Freund erschienen. Aber er hatte auch Unheil im Tal und an der Küste angerichtet. Und der Sturm war die Ursache gewesen, daß ihr Vater in der Höhle gefangen gewesen war.

Aber was Großvater Dorey gesagt hatte, war eingetreten – Gott hatte eine scheinbare Tragödie zum Guten gewendet. Ihr Vater würde noch ein oder zwei Tage lang im Bett liegen und seine Verletzungen auskurieren müssen, aber dann würde es ihm wieder gut gehen.

Mit seiner niedrigen Abkunft, seiner Berufstätigkeit als Tierarzt, seiner schlichten Kleidung und seiner ungehobelten Ausdrucksweise war er die Verkörperung all dessen gewesen, was sie verachtete.

Wie hatte sie so selbstsüchtig ... und so blind sein können?

In diesem Augenblick wollte sie sich jedoch nicht mit solchen Fragen und den Schuldgefühlen, die sie hervorriefen, belasten. Nun war die Zeit gekommen, einen neuen Anfang zu machen und alles wiedergutzumachen, so gut sie es vermochte.

Hastig kleidete Allison sich in ihr hübschestes Frühlingskleid aus blaßrosa Baumwolle. Ihr war zumute, wie der Erde zumute sein mochte, wenn die ersten winzigen Krokusse aus dem Schnee brechen, der die Frühlingserde bedeckt, oder wie einem Schmetterling zumute sein mag, wenn er seinen Kokon durchbricht. Sie fühlte, daß in ihrem Leben ein neuer Tag angebrochen war. Die Sonne strahlte, die alte Schale war von ihr abgefallen, und freudige Erwartung pochte in ihrer Brust.

Sie eilte aus ihrem Zimmer in die Halle hinunter und bog um eine Ecke, um das Zimmer zu erreichen, in dem ihr Vater krank im Bett lag. Wenn sie einen neuen Anfang machen wollte, so mußte sie ihn zuallererst hier machen. Die Türe war geschlossen. Während Allison noch davorstand und überlegte, ob sie anklopfen oder einfach eintreten sollte, öffnete sich die Türe von selbst, und sie trat einen Schritt zurück. Dorey erschien. Er legte hastig den Finger auf die Lippen, als Allison zum Sprechen ansetzte. Dann trat er über die Schwelle und schloß lautlos die Türe hinter sich.

Er legte den Arm um Allisons Schulter und führte sie ein Stück weit den Korridor hinunter, bevor er sprach. »Ich bin hineingegangen, um nachzusehen, ob er Frühstück haben will«, sagte er schließlich, »aber er schläft tief und fest. Deine Mutter sagte, er habe in der Nacht sehr schlecht geschlafen, so hielt ich es für das beste, ihn in Frieden zu lassen.«

»Ich hoffte, ich könnte mit ihm sprechen«, sagte Allison, »aber ich verstehe, daß er seine Ruhe braucht.«

»Wie ich deinen Vater kenne, wird er bald wieder wach sein. Dann beginnt der Kampf, ihn zu überzeugen, daß er noch ein oder zwei Tage im Bett bleiben muß.«

Allison lächelte. Ihr Vater war nie im Leben einen Tag krank gewesen. Nein, er würde es ziemlich übel aufnehmen, einen Tag lang im Bett bleiben zu müssen! Sie mußte an die grenzenlose Liebe in seinem Wesen denken, die einer ebenso grenzenlosen Energie entsprach, und an sein herzliches Lachen und seine Fähigkeit, mit allen Menschen Freundschaft zu schließen. Früher hatte sie sich niemals gestattet, diese Eigenschaften in seinem Wesen zu bemerken, Eigenschaften, die ihn zu einem wahrhaft großen Mann machten. Wieviel war ihr entgangen!

»Ach, Großvater Dorey, wird er mir jemals vergeben können?« fragte sie, als wüßte ihr Großvater um alle ihre Gedanken.

»Wovon redest du, Mädchen?«

»Mein Vater«, antwortete sie. »Ich war so grausam und selbstsüchtig ihm gegenüber, ich habe mich benommen, als wäre ich zu gut für ihn, und dabei war es die ganze Zeit genau umgekehrt. Ich könnte es ihm nicht verübeln, wenn er mich haßte.«

»Ali, meine Liebe, dein Vater weiß nicht, was Haß ist. Und ich weiß, daß er dir längst vergeben hat, für alles, was Verzeihung erforderlich machte. Er ist kein Mann, der anderen etwas nachträgt. Aber es kann nicht schaden, wenn du ihn um Verzeihung bittest, falls du das Gefühl hast, es sei notwendig. Er könnte gar nicht anders darauf reagieren als mit den liebenden Armen eines wahrhaftigen Vaters. Und vielleicht mußt du es tun, damit du gereinigt wirst. Dann kannst du alle deine Wunden hinter dir lassen.«

»So einfach kann es doch nicht sein.«

»Das kannst du nur wissen, wenn du danach fragst. Ich glaube, ich kenne deinen Vater so gut, wie ich nur je einen Mann gekannt habe. Aber was ich dir von seiner Liebe erzähle, kann niemals ersetzen, daß du diese Liebe für dich selbst kennenlernst – genauso, wie es mit unserem Vater im Himmel ist. Deshalb ist es richtig, wenn du zu ihm gehst.«

»Und du meinst, er würde mir nicht böse sein?«

»Oh nein, meine Liebe, nie im Leben! Ein Mann, dem viel vergeben wurde, hat im allgemeinen eine größere Fähigkeit als andere, selbst zu vergeben. Dein Vater hat die Berührung der göttlichen Liebe in seinem eigenen Leben gespürt. Er wird nichts vor dir zurückhalten.«

»Ach, Großvater, ich hoffe sehr, daß das wahr ist, denn ich muß noch einige andere Leute um Verzeihung bitten. Ich war eine solche Närrin!« Sie hielt inne und blickte mit den flehenden Augen der Jugend in die weisen Augen des Alters.

Er umarmte sie, dann sagte er: »Komm, meine Liebe. Laß uns ein wenig spazierengehen und miteinander sprechen.«

Sie schritten durch die Halle zur Haupttreppe und traten dann aus dem Haus. Dorey stützte sich auf Allisons Arm, als sie in den frischen Frühlingsmorgen hinaustraten. Der Himmel war von leuchtendem Azurblau, kaum ein Wölkchen war zu sehen außer zwei oder drei flauschigen weißen Bällchen. Dorey atmete tief die frische, kalte Luft ein.

»Ach«, seufzte er, »bald wird es neue Blüten geben. Nun ist es wirklich Frühling geworden! Wie liebe ich den Frühling! Herr, wie danke ich dir für deine Jahreszeiten!«

Sie gingen an dem entblätterten, blütenlosen Rosengarten vorbei, dann den rasenbewachsenen Abhang hinter dem Schloß hinunter.

»Sag mir, meine Liebe«, sagte Dorey, während sie mit gemächlichen Schritten weitergingen, »was ist dir geschehen?« Seine Stimme klang beiläufig, aber eine innere Bewegung durchschauerte seinen greisen Körper. »Spüre ich zu Recht, daß ein Frühling neuer Geburt in deinem Herzen zu blühen versucht, wie er auf der Erde rings um uns erblüht?«

»Ich weiß es nicht, Großvater«, antwortete sie. »In letzter Zeit scheine ich gar nicht mehr ich selbst zu sein. Aber wirklich bewußt wurde es mir gestern, als ich Daddy in solcher Gefahr sah. Plötzlich wollte ich nicht mehr so wie sonst sein – so, wie ich die längste Zeit meines Lebens war. Vielleicht begann ich mich zu sehen, wie ich wirklich bin. Und ich stellte fest, daß ich mich ändern will.«

Sie seufzte, dann fuhr sie fort. »Aber ich weiß nicht, ob ich es fertigbringe. Ich fürchte, ich habe einfach nicht den Charakter dazu, gut und freundlich zu sein, wie meine Mutter oder meine Urgroßmutter. Ich glaube nicht, daß ich es jemals schaffe, wie sehr ich es auch versuche.«

»Hast du mit Gott darüber gesprochen, Ali?«

»Ich glaube nicht, daß er mir zuhören würde«, antwortete sie. »Ich habe in letzter Zeit nicht viel zu ihm gebetet, und mit meiner Frömmigkeit war es nicht weit her.«

»Wenn du den Rat eines alten Mannes annehmen willst, Ali, dann solltest du dich zuerst darum kümmern, bevor du etwas so Großes anfangen willst, wie deinen Charakter zu ändern. Siehst du – es ist Gott, der unser Wesen verändert. Du würdest aus eigener Kraft nicht weit kommen. Deine Mutter und meine Maggie – sie würden niemals von sich behaupten, daß sie einen guten und liebenswürdigen Charakter hätten. Sie mußten beide einen Punkt in ihrem Leben erreichen, an dem sie alles aufgaben, was sie von sich aus waren, und Gott gestatteten, sie nach seinen Plänen neuzuschaffen. Deshalb mußt du als erstes mit Gott reden.«

»Aber warum sollte er mir zuhören -?«

Sie unterbrach sich, denn sie wußte, daß die Frage kaum eine Antwort brauchte. »Ja, ich weiß«, sagte sie, mehr zu sich selbst als zu Dorey, »er hört uns immer zu. Vielleicht ist es das, wovor ich Angst habe – Gott nach so langer Zeit ins Gesicht zu blicken. Großvater, ich bin mir nicht einmal sicher, ob ich tatsächlich eine Christin bin!«

Sie hatte einen kleinen Hof erreicht. Dorey hielt an und stieß das Pförtchen auf.

»Wir wollen uns hier einen Augenblick hinsetzen«, sagte er, während er sie in den Hof führte. »Sieh her«, sagte er, mit der Hand deutend. »Da sind neue Schößlinge an der Eiche. Nächste Woche werde ich hierherkommen und mit dem Pflanzen beginnen.« Die verschnörkelte Marmorbank unter der Eiche war trokken, und er deutete Allison, sich neben ihn zu setzen.

»Darf ich dich etwas fragen, Ali?« sagte er nach einem kurzen Schweigen.

Sie nickte.

»Du hast einen guten und liebenden Vater, nicht wahr?« Sie nickte wieder, diesmal mit mehr Nachdruck.

»Und wenn du jetzt hinaufgingst in sein Zimmer, dann glaubst du daran, daß er dir vergeben und dich von Herzen lieben würde, nicht wahr?«

»Es ist schwer ... Doch, ja, ich glaube es.«

»Glaubst du denn, unser himmlischer Vater, der seinen Sohn für uns hingab, hat weniger Liebe und Vergebung für uns?«

»Ich könnte ihm keinen Vorwurf machen«, antwortete sie, während ihr die Tränen in die Augen schossen. »Ich war einfach abscheulich! Mein Leben lang wollte ich wie Mutter sein und wie Lady Margaret. Ich sehe immer noch vor mir, wie freundlich und freigiebig sie sind. Und jeder weiß, wieviel sie für die einfachen Leute getan haben. Und ich bin ihnen in keiner Weise ähnlich! Ich werde es niemals schaffen, den Standard zu erreichen, den sie von mir erwarten. Ich war kaltherzig und arrogant und abweisend. Oh, wie sehr habe ich gebetet, wie sie zu sein, Großvater! Aber tief in meinem Herzen ist eine solche Furcht, daß ich ... daß ich es niemals schaffen werde. Ich habe das Gefühl ... ich habe die Familie im Stich gelassen!«

Sie hatte die Worte kaum hervorgesprudelt, als ein Strom von Tränen aus ihr hervorbrach. Sie hatte nicht damit gerechnet, welchen Schmerz ihr dieses Geständnis zufügen würde, bevor sie es über die Lippen gebracht hatte.

Der plötzliche Strom von Tränen und hemmungslosen Schluchzern überraschte Dorey nicht. Er hatte seit einer ganzen Weile beobachtet, welcher innere Aufruhr sich aufbaute, und nun schloß er die Augen in stillem Dank an Gott, daß er schließlich die Krise herbeigeführt hatte, damit die Heilung einsetzen konnte.

Er zog sie an sich und streichelte sanft ihren Kopf, der an seiner Schulter lehnte. Sie weinte ein paar Minuten lang, bis die Stelle an Doreys Jacke ganz feucht war. Dann hob sie den Kopf, schniefte und trocknete sich die Augen mit dem Taschentuch, das er ihr reichte.

»Ach, Großvater, was soll ich nur tun?«

»Bitte einfach deinen himmlischen Vater darum, dir zu helfen«, antwortete er. »Er wünscht nichts mehr, als seinen Kindern helfen zu können.«

»Aber ... aber ich weiß nicht einmal, ob ich sein Kind bin ...«

»Dann wollen wir uns um das als erstes kümmern«, sagte der alte Mann und nahm ihre Hand in die seine. »Komm, meine Liebe, laß uns beten ...«

Ian und Maggie stiegen Hand und Hand ihren Lieblingshügel in der Nähe des Hauses hinauf. Ihre Schuhe waren naß, als sie den Gipfel erreichten, und sie waren fast außer Atem. Aber sie pflegten immer diesen Ort aufzusuchen, wenn sie eine besondere Freude miteinander teilen wollten.

Die Stille um sie ließ nichts davon ahnen, und doch waren sie sich dessen gewiß, daß Scharen von Engeln mit ihnen Lobpreis sangen an diesem großen Tag für den Clan der Duncans, an dem ihr liebes Kind Allison in der Herde Gottes willkommen geheißen wurde.

Lady Margaret jubelte und weinte zugleich, als sie die Nachricht erhielt. Ein Teil ihrer selbst war jedoch betrübt, zu hören, was das junge Mädchen so lange bedrückt hatte.

»Ich wußte, daß ihr etwas Kummer machte«, sagte sie zu ihrem Gatten, »und daß es damit zusammenhing, was sie in uns anderen sah. Es ist ganz klar, daß ihre Ressentiments und ihr zur Schau getragener Stolz ihrer eigenen inneren Unsicherheit entsprangen. Wäre ich nur etwas aufmerksamer gewesen, wieviel Schmerz hätte vermieden werden können! Das liebe Kind!«

»Gib nicht dir selbst die Schuld«, wies Ian sie sanft zurecht. »Du hast alles getan, was Gott von dir verlangte. Wie hättest du zum Opfer bringen können, was er von dir verlangte, um andere vor Schmerzen zu schützen, die sehr notwendig für sie waren?«

»Was meinst du?«

»Der Herr schenkte dir und Joanna eine Vision dessen, was es bedeutet, den Menschen von Strathy zu dienen. Dir ist der Segen zuteil geworden, ihnen einen Teil des Erbes von Stonewycke zurückzugeben. Allison hatte das Gefühl, daß sie dieses Erbe weitertragen mußte, aber sie schaffte es nicht. Deshalb verwandelte sie eben das in einen falschen Stolz, den Gott zerbrechen mußte. Das hättest du ihr nicht ersparen können.«

»Ja, denen, die Gott lieben, dienen wirkliche alle Dinge zum Besten, nicht wahr, mein geliebter Gatte?«

»Es gibt so vieles, das nur er tun kann. Und zweifellos ist es eines dieser Dinge, Herz und Sinn eines Menschen zu erforschen und dann alles Nötige zu tun, um dieses Herz für seine Liebe zu öffnen. Nur der Herr konnte erkennen, daß etwas in Allison steckte – sei es nun Furcht oder Auflehnung oder Unsicherheit –, das ihr das Gefühl gab, sie würde von uns bedrückt. Nur Gott konnte das erkennen und es ergreifen und heilen.«

»Oh, Ian, wie froh bin ich, daß sie geheilt ist! Ich erinnere mich noch daran, wie frisch und rein ich mich fühlte, als ich zuletzt die furchtbare Last wegwarf, meinem Vater nicht verziehen zu haben! Als ich sie zuletzt aufgeben konnte, da stieg meine Seele zum Himmel auf!«

»Auch ich freue mich für sie. Aber sie wird es nicht leicht haben. Sie ist jetzt eben bei ihrem Vater, um eine der schwierigen Aufgaben zu erfüllen, zu denen Gott sie gezwungen hat. Du mußtest deinem Vater vergeben, sie muß ihren Vater um Vergebung bitten. Und das mag zuweilen noch härter sein. Ich nehme an, sie wird als nächstes zu dir und Joanna kommen. Und auch das wird ihr nicht leicht fallen.«

»Aber nun ist sie nicht mehr allein«, fügte Maggie hinzu, als ermutigte sie Allison selbst. »Da nun der Geist des Herrn in ihr wohnt, wird sie die Kraft haben, solchen Herausforderungen zu begegnen, die sie zuvor nicht hatte.«

»Eben das habe ich ihr gesagt.«

»Und die Kraft, in das neue Wesen hineinzuwachsen, das er für sie bestimmt hat. Wenn ich auf unser Leben zurückblicke, Ian, dann erstaunt mich eben dies – daß der Herr uns beiden ein neues Wesen gegeben hat! Erinnerst du dich, wie wir waren?«

Er lachte. »Wie könnte ich es jemals vergessen! Ich war so selbstsüchtig.«

»Wir beide waren es! Und dennoch sind wir hier und beginnen, wenn auch im Kleinen, Gott widerzuspiegeln. Oh, er ist so gut zu uns gewesen!«

Sie wanderten ein Weilchen dahin, wobei sie allmählich den Weg einschlugen, der zum Haus zurückführte, als Ian plötzlich stehenblieb und langsam seinen greisen Körper bückte.

»Sieh her, Maggie!«

Als sie sich neben ihm bückte, wies er freudig auf eine winzige gelbe Primel, so klein, daß nur wenige Spaziergänger sie bemerkt hätten.

»Der Winter nähert sich dem Ende«, sagte Maggie, und ihre Worte klangen sonderbar prophetisch.

Sie richteten sich auf und gingen weiter.

»Weißt du«, sagte Ian schließlich, »da ist noch etwas an dieser Veränderung in Allison, das mir ein Rätsel ist.«

Maggie blickte fragend auf. »Du denkst doch nicht an unseren neuen Freund, den Mechaniker?«

»Ah ja!« erwiderte Dorey und zwinkerte ihr zu. »Es scheint mir, als hätte er mehr damit zu tun, daß Allisons Herz sich geöffnet hat, als sie selbst weiß. Sie erwähnte ihn ein paarmal, als ich mit ihr sprach. Du weißt doch, an wen er mich erinnert, nicht wahr?« fragte er.

»Aber natürlich, Ian – an dich!«

Er lachte. »Ich hoffe nur, er wird einen besseren Einfluß auf Allison haben, als ich auf dich hatte!«

»Unsinn! Denk doch so etwas nicht!« schalt sie ihn.

»Aber da sieht man wieder einmal, daß der Herr die unwahrscheinlichsten Werkzeuge gebraucht!«

»Ich weiß! Stell dir nur vor – ein Nachkomme des alten Digory!«

»Ich dachte eben an seinen Hintergrund. Es scheint, als wäre er aus dem Nichts hier hereingeschneit.«

Maggie schwieg einen Augenblick lang. »Er ist ein rätselhafter Bursche«, sagte sie dann. »Vom ersten Augenblick an, als ich ihn sah, sah ich Digory in ihm. Seine Augen zogen mich an. Und dennoch habe ich auch etwas anderes gespürt – etwas, das ich nicht richtig benennen kann. Ich weiß nicht, ob es mich beunruhigt oder aufregt. Aber es scheint mir, als steckte mehr hinter ihm, als wir wissen.«

»In einer Sache jedenfalls können wir sicher sein. Er ist aufs innigste verstrickt in das Werk, das der Herr an Allison tut – und damit an dem ganzen Gut!«

»Wir müssen daran denken, fleißig für Mr. MacIntyre zu beten«, sagte Maggie ernst. »Kein Zweifel, daß Gott ihn zu uns gesandt hat, nicht nur um Allisons willen, sondern auch um des Werkes willen, das er in ihm tut. Wie immer seine Zukunft in Stonewycke aussehen mag, ich fühle, daß er Sorgen hat. Wir müssen von ganzem Herzen für ihn beten, denn es gibt keinen Zweifel daran, daß es Gottes Plan ist, daß er unter uns weilt.«

NOCH EINMAL RAMSEY HEAD

Logan verbrachte diesen selben Morgen damit, daß er über die Ereignisse des vergangenen Tages nachgrübelte.

Die Suche, die ihn hierhergeführt hatte, erwies sich als immer schwieriger – nicht, weil er den Schatz nicht finden konnte, sondern weil es ihm immer schwerer fiel, sich darauf zu konzentrieren. Plötzlich drangen alle möglichen neuen Gefühle aus ganz unerwarteten Richtungen auf ihn ein. So oft er daran dachte, die Suche wieder aufzunehmen und dann sein Bündel zu schnüren und die Stadt bei Nacht und Nebel als reicher Mann zu verlassen, ging es ihm wie ein Stich durchs Herz.

Er warf das Werkzeug zu Boden, an dem er herumgeputzt hatte, und begann im Stall auf und ab zu gehen. Er konnte sich einfach auf nichts konzentrieren! Dem halbherzigen Eid gemäß, den er sich selbst geschworen hatte, hatte er die Bibel des alten Digory an diesem Morgen hervorgekramt und versucht, darin zu lesen. Gelegentlich stieß er auf einen Text, der ihm aus seiner Kindheit noch vage vertraut erschien. Aber der Rest hätte genauso gut Chinesisch geschrieben sein können. Er war ohnehin zu nervös, um sich zu konzentrieren. Er hatte die Bibel beiseite gelegt und war hinuntergegangen, in der Hoffnung, die Arbeit würde ihn von seinem Dilemma ablenken. Aber zu arbeiten erwies sich als ebenso unmöglich wie zu lesen.

Sein ganzes Leben lang hatte er sich nur um eine einzige Person gekümmert – sich selbst. Der Instinkt, um jeden Preis zu überleben, steckte tief in ihm und verband sich mit einem gewissen Mißtrauen gegen andere. Nachdem seine eigenen Motive so oft selbstsüchtig und kriminell waren, erwartete er natürlich dasselbe von anderen – und die Erfahrung hatte ihn gelehrt, daß er damit nur allzu oft recht behielt.

Ja, diese Familie Duncan wirkte ja überaus liebenswürdig und gastfreundlich – im Augenblick. Aber – so versuchte er sich selbst zu überzeugen – sie würden sich wie alle anderen gegen ihn wenden, sobald er eine wirkliche Bedrohung darstellte. Warum sollte er annehmen, sie würden ihn anders behandeln? Das Risiko, seine Motive zu enthüllen, war zu groß. Selbst wenn er nichts geradezu Illegales getan hatte, so hatten Leute mit der Macht und dem Prestige der Duncans doch die Möglichkeit, ihm irgendein Vergehen anzuhängen und ihn dafür verurteilen zu lassen.

Logan wußte, daß er ihre Freundschaft aufs Spiel setzte, und aus einem Grund, den er selbst nicht verstand, wollte er diese Freundschaft nicht aufgeben – nicht nur die ihre, sondern auch die Freundschaft Jesses und der anderen. Und seinen Weg weiterzugehen würde bedeuten, daß er auch Allison aufgeben mußte. Es war ohnehin zweifelhaft, ob sie jemals jemand von seinem niedrigen Stand akzeptieren würde, aber das machte es um nichts leichter, die Augenblicke zu vergessen, die sie zusammen durchlebt hatten.

Logan setzte sich hin, nahm einen öligen Lappen zur Hand und begann die Sense zu putzen, die er für Alec geschliffen hatte.

Er konnte ein Risiko beim Kartenspiel eingehen. Er hatte es jahrelang getan. Er war gut darin. Aber er hatte noch niemals seine Gefühle aufs Spiel gesetzt, niemals seine persönlichen Empfindungen so weit an die Oberfläche steigen lassen, daß er hier die Karten auf den Tisch gelegt hätte. Der bloße Gedanke daran, seine Suche nach Digorys Schatz aufzugeben, um dafür Freundschaft, ja selbst Liebe einzutauschen, war seiner Natur so unvorstellbar fremd, daß er es kaum glauben konnte, daß ihm etwas Derartiges tatsächlich widerfuhr. Nein, er war nicht bereit, ein solches Risiko einzugehen!

Der Zwischenfall am Ramsey Head bewies es ihm. Als er so gefährlich zwischen diesen Felsen eingequetscht gewesen war, da hatte ihn nur eines interessiert – seine eigene Haut zu retten. Alec MacNeil hätte samt seiner Tochter in dieser Höhle vermodern können, und es wäre ihm gleichgültig gewesen. Jetzt war nicht die Zeit dazu, sentimental zu werden. Er war hierher gekommen, um einen Job zu erledigen, und er mußte am Ball bleiben. In diesem Augenblick vergaß er – und das Vergessen kam ihm sehr gelegen –, wie er in diesen spannungsgeladenen Augenblicken der Furcht im stillen für Alecs Rettung gebetet hatte und wie gut er sich gefühlt hatte, als alles vorbei gewesen war, bis Alecs Lob seine einander widersprechenden Gefühle in Aufruhr versetzt hatten.

»Jeder ist sich selbst der Nächste«, murmelte Logan.

Dort draußen auf Ramsey Head, wo Alec seinen Mut gelobt hatte, hatte Logan gewußt, wie nahe er daran war, einfach wegzurennen. Dennoch, nie zuvor hatte er sich für einen Feigling gehalten. Er war Chase Morgan entgegengetreten, oder etwa nicht? War es die Gefahr gewesen, vor der er hatte fliehen wollen, oder etwas anderes? War es, weil ihn diese Leute nicht kümmerten – oder weil sie ihm sogar sehr viel bedeuteten?

Logan schleuderte die Sense zu Boden, die Spitze blieb im

Lehmboden stecken. Er stand auf und begann auf und ab zu gehen. Dieses Grübeln und Fragen war einfach zu viel für ihn! Er hätte sich niemals in die Sache verwickeln lassen sollen. Er hätte im Gasthaus bleiben sollen, herausfinden, so viel er konnte, den Schatz heben und abhauen. Es war ein Fehler gewesen, hierherzukommen und im Schloß zu wohnen. Er mußte fort von hier! Er wandte sich um und eilte in sein Kämmerchen hinauf, um seine Sachen zu packen.

Auf halber Höhe der Stiege blieb er stehen und schloß fest die Augen, als könnte er je den Ansturm der Gedanken von sich abhalten.

Er mußte weg von hier – und nachdenken.

Nein! Er mußte aufhören zu denken!

Verärgert wandte er sich auf dem Absatz um und jagte hinunter und zur Box der Apfelschimmelstute. Trotz seiner Unerfahrenheit gelang es ihm, sie zu satteln. Er öffnete die Stalltüre, sprang auf und ritt davon, ohne zu ahnen, wohin er wollte oder was er vorhatte. Er wußte nur, daß er weg mußte. *Vielleicht komme ich nie mehr zurück,* dachte er mit einem halben Lächeln. Dann konnten sie der Liste seiner zahlreichen Vergehen auch noch einen Pferdediebstahl hinzufügen, und die Duncans konnten ihm die Polizei auf den Hals hetzen.

Es war nicht wirklich Zufall, daß sein Weg ihn nach Ramsey Head führte. Die melancholische Stimmung, die den Felsen umgab, zog ihn an. In mancher Hinsicht ähnelte die Landschaft dort dem Moor, das er vor einigen Tagen besucht hatte – einsam, öde und gefährlich. Aber während das Moor tot und kraftlos gewesen war, schien Ramsey Head Energie und sogar eine gewisse Macht auszustrahlen. Vielleicht lag es am ständigen Kontakt mit dem Leben der See. Und nun wußte Logan, warum er hierher gekommen war.

Er band das Pferd an der Stelle an, wo der Pfad schmal wurde. Er hätte noch weiter reiten können – tatsächlich sah es aus, als seien vor Zeiten sogar Karren und Kutschen über Ramsey Head gefahren. Aber heute wollte er allein sein. Er schritt den Pfad an der grasbewachsenen Seite des Felsvorsprungs hinauf – er fühlte sich der Herausforderung der felsigen, zur See gelegenen Seite heute nicht gewachsen. Er wollte zum Gipfel, wo er allein sein konnte, völlig allein. Die Schönheit, die ihn umgab, ließ seine Gedanken allmählich verstummen. Er hoffte, daß er inmitten dieser grandiosen Landschaft, auf allen Seiten von Gras und Wind und Meer und

Himmel umgeben, wieder Klarheit in seine innere Verwirrung bringen könnte. Es war zum ersten Mal in seinem Leben, daß er die Natur um ihrer selbst willen aufsuchte.

Als er den Gipfel erreichte und das Saphirblau der See sich vor ihm in alle Richtungen erstreckte, atmete er tief ein und stieß einen leisen ungläubigen Ausruf aus. Ein Anblick bot sich ihm, wie er ihn nie zuvor gesehen hatte; der Eindruck, den er auf ihn machte, war gewaltig. Er stand einfach da und schaute, und endlich waren sein Herz und Sinn still genug, die Stimme des Friedens zu vernehmen, die ihm aus der Schöpfung rundum schweigend zugerufen hatte.

Gestern war die See grau und zornig gewesen, aber nun zeigte sie ein völlig neues Gesicht. Rauhe schaumgekrönte Wellen schlugen immer noch gegen das schimmernde Blau. Keine Boote waren ausgefahren, denn immer noch stürmte ein starker Wind gegen die Küste an. Unmittelbar unter ihm lag die Stelle, wo sie gestern gewesen waren. Jetzt verschleierten weder Nebel noch Regen den Blick, und er konnte deutlich erkennen, wie gefährlich ihre Situation tatsächlich gewesen war. Wären er oder Allison ausgeglitten, als sie über das Felsband geklettert waren, sie hätten es nicht überlebt. Bei dem bloßen Gedanken daran schoß es ihm eisig kalt durchs Herz, und er mußte wieder an die Geschichte von dem Mörder denken, der zu Tode gestürzt war, vermutlich an eben dieser Stelle. Dies war kein freundlicher Ort, keiner, der Trost bieten konnte. Warum war er hierher gekommen? Welchen Trost hatte er hier zu finden gehofft?

Logan suchte nach einem Stein, auf dem er sich niedersetzen konnte. Er würde ein wenig ausruhen und dann zurückreiten. Hier gab es nichts, das ihm weiterhelfen konnte, und er wollte seine Zeit nicht mehr mit Nachdenken verschwenden. Es war schön hier, und er hatte es genossen. Sein Kopf war wieder klar geworden. Er hätte die ganze Zeit wissen sollen, was er zu tun hatte. Es war simpel genug. Wenn er zurückkam, würde er seine Sachen packen, und sobald das Haus schlief, würde er sich davonschleichen. Wenn er die ganze Nacht marschierte, konnte er noch vor dem Morgengrauen Fenwick Harbor erreichen, und von dort aus würde er einen Zug oder ein Schiff nach Aberdeen nehmen und von dort nach London reisen. Der Schatz war keine gute Idee gewesen – vermutlich existierte er ohnehin nur in der Fantasie! Jedenfalls würde es leichter sein, ihn zurückzulassen, und damit auch die Notwendigkeit ermüdender Gefühlsduselei und unbehaglicher Geständnisse.

Aber er durfte nicht daran denken, was er zurücklassen mußte. Es war nicht nur der Schatz; da war auch noch Allison.

Darüber durfte er nicht nachgrübeln! Er durfte nicht darüber nachdenken, was sie von ihm halten würde, wenn er sich davonschlich wie ein Dieb. Was kümmerte es ihn, was die Duncans von ihm dachten? Er würde keinen von ihnen jemals wiedersehen. Er war niemals gut genug für Allison gewesen, das hatte sie ihm von allem Anfang an klargemacht. Wahrscheinlich würde sie vor Erleichterung aufatmen, wenn sie hörte, daß er über alle Berge war.

Er schlenderte ein Stück weit an dem Absturz entlang, bis er zu einem großen Felsen kam, auf dem er sich niedersetzte. Soweit sein Blick reichte, erstreckte sich die zerklüftete Küstenlinie nach beiden Richtungen in die Ferne. Er hatte nie viel Neigung zum Meer verspürt, aber dies war zweifellos ein Glanzlicht der Schöpfung. Ohne es zu merken, beschäftigten sich seine Gedanken mit dem Felsen, auf dem er saß. Er hatte etwas seltsam Künstliches an sich, als hätte man einmal damit begonnen, ihn zu einer Form zu behauen und es dann wieder aufgegeben. Er wußte nicht recht, woran die Form ihn erinnerte. Wahrscheinlich war die Sache bedeutungslos – eine bloße Laune der Natur.

Als er aufstand und sich zum Gehen wandte, trat sein Fuß auf das verschlungene Farnkraut und Unkraut, das den Felsen umgab, und stieß auf etwas Hartes, das sich darunter befand. Gedankenverloren schob er mit der Fußspitze das Laub beiseite und sah, daß sich unter der Oberfläche filzigen Unkrauts ein glattes, flaches Brett befand – nicht gerade etwas, das man an einem solch wilden, unbewohnten Ort zu finden erwartete.

Aus müßiger Neugier – und einem inneren Bedürfnis, sich von seinen unbehaglichen und verwirrenden Gedanken abzulenken – bückte Logan sich und riß die Pflanzen aus, um das Brett ans Licht zu bringen. Als er es schließlich von den Wurzeln und dem Unterholz losreißen konnte, stellte er fest, daß es nur etwa einen halben Meter lang und zehn oder zwölf Zentimeter breit war. Die Ränder waren vor Zeiten mit Sandpapier geglättet und die Ecken sorgfältig abgerundet worden, aber die vielen Jahre im nassen Boden hatten das Brett faulen lassen, und Logan konnte kleine Holzbröckchen mit den Fingern abbrechen. In der Mitte waren Löcher – dort war es offenbar an ein anderes Brett angenagelt gewesen. Als er es in der Hand umdrehte, entdeckte Logan jedoch das Merkwürdigste überhaupt: Geschnitzte Buchstaben bedeckten die ganze Länge des Brettes. Dies war kein zufälliges Stück Abfall!

Irgend jemand hatte es mit großer Sorgfalt hergestellt. Logan bürstete den Schmutz und die Grashalme ab und sah, daß die Buchstaben immer noch lesbar waren, obwohl die Jahre und das Wetter ihren Tribut gefordert hatten. Mit neugierigen Fingern kratzte Logan den Schmutz ab, bis die beiden Namen RAVEN und MAUKIN vor seinen Augen erschienen.

Auf den ersten Blick besagten sie ihm nichts, aber er war sicher, daß dies eine Namenstafel gewesen war – vielleicht für ein Grab. Es waren jedoch keine menschlichen Namen. Raven und Maukin ... wo hatte er diese Namen gehört?

»Ich mußte daran denken, wie sehr er unsere Pferde verwöhnte, Raven und Maukin«, hatte Lady Margaret gesagt.

Nicht zu glauben! Aber was sonst sollten die Plakette und dieser seltsame behauene Stein bedeuten? Ein Grab für zwei geliebte Tiere! An einem anderen Ort hätte Logan es nicht für möglich gehalten. Aber in Stonewycke war die Liebe innig, war ein schwer arbeitender Tierarzt der Laird des Gutes, verschenkten die Landbesitzer den größten Teil ihrer riesigen Ländereien an Kleinhäusler und Dörfler, lebte die Erbin der Familie vierzig Jahre in einem fremden Land und kehrte zurück, um ihre goldenen Jahre als Matriarchin der Familie zu verbringen – an einem solchen Ort war alles denkbar! Nichts auf Stonewycke entsprach vorgefaßten Meinungen. Warum sollten die beiden Pferde nicht ihr Grab gefunden haben auf diesem sturmumtosten Felsvorsprung über dem Meer?

Hatte Lady Margaret selbst ihre Lieblingstiere hier begraben? Nein, das war unwahrscheinlich. Sie hätte es sicherlich erwähnt. Ihre Mutter, die Lady Atlanta? Möglich. Hatte sie vielleicht gehofft, die Erinnerung an ihre Tochter nach deren Flucht nach Amerika bewahren zu können, indem sie ihr den liebevollen Tribut zollte, den Tieren ein ehrenhaftes Grab an einem Ort zu gewähren, den die junge Maggie geliebt hatte? *Es wäre möglich,* dachte Logan. *Manche Mütter wären zu so etwas durchaus imstande.* Er fragte sich, ob Lady Atlanta eine empfindsame Frau gewesen war. Hatte sie die Einsamkeit ihrer letzten Lebensjahre schweigend ertragen, oder hatte sie versucht, sich Erleichterung zu schaffen und die Erinnerung an ihre Maggie zu pflegen?

Statt dessen tauchte jedoch in Logans Gedanken ein Bild eines alten Mannes auf, des vertrauenswürdigen Pferdeknechts der Familie, der ihr Leben lang für diese beiden geliebten Pferde gesorgt hatte. Vielleicht hatten Tränen seine greisen Augen gefüllt, als er sich über ein roh gezimmertes Brett beugte und die Namen der Pferde, die er geliebt hatte, hineinschnitzte, zum Gedenken an das junge Mädchen, das er niemals wiedersehen würde.

War es möglich, dachte Logan, daß die beiden Pferde tatsächlich hier zu seinen Füßen begraben waren? Es schien kaum denkbar, daß der alte Knecht die Kadaver der zwei riesigen Tiere den ganzen Weg hier heraufgeschleift hatte. Aber Karren konnten durchaus auf Ramsey Head fahren. Und wenn Lady Atlanta ihm ihre Hilfe gewährt hatte und einige kräftige Männer zupackten, wäre es nicht unmöglich gewesen. In London hatte er zuweilen von noch seltsameren Ereignissen gehört.

Logan schob sich das Brett unter den Arm, wandte sich um und begann hügelabwärts zu stapfen, der Stelle zu, wo er das Pferd angebunden hatte. Vielleicht sollte er dieser letzten Spur doch noch nachgehen? Wenn sie ihn schon nicht unmittelbar zu dem Schatz führte, dann doch näher an die Vergangenheit Lady Margarets und seines bemerkenswerten Vorfahren heran.

Er beschloß, seine Abreise noch einen Tag zu verschieben. Er konnte der Herausforderung nicht widerstehen, die dieses neue verwirrende Rätsel für ihn bedeutete.

Margaret, Joanna und Allison saßen rund um den großen ovalen Tisch in der Küche von Stonewycke.

Joanna liebte diesen Ort am meisten im ganzen Schloß, denn seine heimelige Wärme erinnerte sie an die kleine Küche in dem Bauernhäuschen, das sie und Alec in den ersten Jahren ihrer Ehe bewohnt hatten. Ebenso erinnerte er sie an ihre ersten Tage in Port Strathy mit Nathaniel und Letty Cuttahay, ihren Lieben. Sie waren inzwischen gestorben, aber die Erinnerung an sie war besonders kostbar, denn in ihrem Haus hatte Joanna ihr Leben dem Herrn übergeben. Sie erinnerte sich so deutlich an die stille Freude jenes Tages, als wäre es eben erst geschehen. Sie konnte sich an keinen anderen Tag erinnern, der so voll tiefer Bedeutung für sie gewesen wäre, obwohl ihr Hochzeitstag und die Geburt ihrer Kinder nahe heranreichten. Und dennoch, der Augenblick ihrer eigenen Wiedergeburt war bedeutungsvoller als selbst diese Meilensteine in ihrem Leben, vielleicht, weil er auch sie bereicherte und ihnen eine ganz besondere Bedeutung verlieh.

Aber Joanna wurde klar, daß es einen weiteren Augenblick geben konnte, der ebenso bedeutungsvoll war wie diese Erinnerung an den längst vergangenen Tag bei den Cuttahays – den Tag, an dem ihre Tochter nach so vielen Jahren innerer Konflikte und Kämpfe zu Gott umkehren und von neuem geboren werden würde. Nur Eltern wissen wirklich, in welchem Ausmaß ihnen ihre Kinder durch ihre Einstellung zum Leben, durch ihr Wachstum, durch ihre Sorgen, durch ihre Siege Freude oder Herzeleid bereiten können. Plötzlich wurden Mutter und Tochter etwas, was sie nie zuvor hatten sein können – Schwestern, vom selben himmlischen Vater geboren.

Joanna griff über den Tisch und faßte die Hand ihrer Tochter. Sie lächelte.

»Allison«, sagte sie, »ich weiß einfach nicht, was ich sagen soll. Es tut mir leid, wenn ich dir jemals Kummer bereitet habe.«

»Mutter, ich weiß, ich brauche dich nicht um Vergebung zu bitten«, sagte Allison. Tränen stiegen ihr in die Augen. »Ich weiß jetzt, wie sehr du mich immer geliebt hast. Aber Daddy sagte, obwohl ich nicht *müßte, sollte* ich doch mit dir darüber sprechen.«

»Vergebung ist ein heilender Balsam«, sagte ihre Urgroßmutter, »eine Pflicht, die uns selbst ebenso zum Besten gedeiht wie einem anderen.«

»Dasselbe hat Daddy gesagt«, antwortete Allison. »Mutter, vergibst du mir? Ich weiß, ich habe dir in diesen letzten Jahren nichts als Kummer bereitet.«

»Oh, Allison ...« sagte Joanna zärtlich und weinte aus der Fülle ihrer mütterlichen Gefühle heraus. Sie erhob sich und trat zu ihrer Tochter. Allison erhob sich ebenfalls, und Joanna umarmte sie zärtlich. »Natürlich vergebe ich dir, meine Liebe«, sagte sie sanft. Immer noch weinte sie Tränen der Freude und Heilung. »Und glaube mir, wieviel Kummer du mir auch bereitet hast, meine Liebe zu dir ist größer. Es tut mir leid, wenn ich jemals irgend etwas getan haben sollte, das dich verletzt hat.«

Sie hielten einander eine Zeitlang umschlungen, als wollten sie die Kluft überwinden, die sie in der Vergangenheit getrennt hatte, und ihre gemeinsame Zukunft vorwegnehmen.

Als der zärtliche Augenblick vorbei war, setzte Joanna sich nieder, und Allison rang mit sich, um über das Thema zu sprechen, das ihr so viel Kopfzerbrechen machte. Sie wußte, sie mußte es offen aussprechen.

»Ich möchte mich so gerne ändern«, sagte sie. »Ich wollte immer wie ihr beide sein. Aber ich hatte das Gefühl, versagt zu haben. Großvater Dorey half mir, zu verstehen, daß Gott dieses Versagen dazu verwenden kann, mich dazu zu bringen, daß ich von ihm abhängig bin. Ich glaube, ich möchte euch beiden einfach noch einmal sagen, daß es mir leid tut. Es tut mir leid, daß ich euch die Schuld für meine eigenen Fehler und Schwächen gegeben habe. Und ich weiß nicht, ob ich es schaffe, besser zu werden, aber mit Gottes Hilfe will ich es versuchen.«

»Meine Liebe«, sagte Margaret, »Gott will, daß wir uns ändern – daß wir nach der Gestalt und dem Bilde Christi geformt werden. Aber warum meinst du, du müßtest eines Tages wie deine Mutter oder wie ich werden?«

»Ihr seid die Art Frauen, die Gott will. Ihr seid die Art Frauen, die immer auf Stonewycke gelebt haben – großzügig, freundlich und liebevoll!«

»Ach, meine Liebe, deine Mutter und ich sind nichts dergleichen! Was du an uns Gutes sehen magst, ist nicht unser Verdienst. Es ist Gottes Werk in uns!«

Allison schüttelte den Kopf. »Ich glaube, ich habe euch alle dazu mißbraucht, nicht die Verantwortung für mich selbst und meine Lebenseinstellung übernehmen zu müssen. Ich dachte, ich könnte damit davonkommen, ein Scheusal zu sein und euch die

Schuld zu geben. Deshalb muß ich euch beide um Verzeihung bitten und auch euch vergeben.«

»Und du mußt dir selbst vergeben«, fügte Margaret hinzu. »Als ich in Amerika war, wurde mir die Kraft geschenkt, meinem Vater zu vergeben. Aber es kam eine Zeit in meinem Leben, als ich die Vergebung des Herrn auch für mich selbst akzeptieren mußte. Die Heilung, die Gott wirkt, versucht immer in ganzen Familien wirksam zu werden, selbst über Generationen hinweg. Sie erstreckt sich in viele Richtungen – nach außen zu anderen hin, nach innen von anderen her, und nach außen zu Gott hin ebenso wie innerlich von ihm her. Nur wenn wir auf all diese Weise vergeben und Vergebung erhalten, werden wir wirklich ganz und geheilt werden. Wir können keinen einzigen Stein ruhen lassen, der umgedreht werden müßte, wir können keine Beziehung ungeheilt, keinen Menschen ohne Vergebung lassen, wenn wir wollen, daß Gott mit uns völlig nach seinem Willen verfährt. Und durch Vergebung und Heilung kann Gott seinen Plan und seine Absichten für eine Familie über viele Generationen hinweg wirken. Ich zweifle keinen Augenblick daran, daß meine Vergebung für meinen Vater einer der Gründe ist, warum wir drei heute hier sitzen können. Gott alleine weiß, Allison, welche Wirkung die Vergebung haben wird, die jetzt in deinem Herzen blüht.

Aber Heilung bleibt niemals ohne tiefgreifende Folgen. Ich zweifle nicht daran, daß du in der Geschichte von Stonewycke eine entscheidende Rolle spielen wirst, Allison, und daß dieser Augenblick, in dem drei Generationen von Frauen der Familie Duncan einander in Einigkeit mit dem Herrn begegnen können, einen Kreuzweg in der Geschichte von Stonewycke bedeutet. Mag sein, daß der Herr mein Leben deshalb so lange erhalten hat, damit ich diesen Augenblick noch mit euch teilen kann. Allison, im Namen unseres himmlischen Vaters sage ich dir, daß ich dich liebe, und ich gebe dir meinen Segen, die du die Dynastie der Duncans fortführen wirst. Ich weiß nicht, wie lange ich noch unter euch sein werde –«

Joanna streckte die Rechte über den Tisch und ergriff die Hand ihrer Großmutter. Tränen der Bewunderung und Liebe standen in ihren Augen.

»– aber wie kurz oder lang es auch dauern mag, ich werde leidenschaftlich dafür beten, daß der gottgefällige Glaube in dieser Familie erhalten bleibt, und für dich, Allison, die unser Erbe in die Zukunft trägt. Ich segne dich, mein Kind. Möge der Herr wahrhaftig mit dir sein!«

Alle drei schwiegen. Während Lady Margaret gesprochen hatte, war es gewesen, als umleuchtete sie ein übernatürlicher Glanz, als sie ihrer Enkelin und Urenkelin das Leben weitergab, das sie so lange erhalten hatte. Sie war die Herrin von Stonewycke gewesen, aber sie schien zu fühlen, daß nun der Augenblick gekommen war, dieses Vermächtnis in ihre Hände zu legen.

Joanna brach als erste das Schweigen, obwohl ihre Augen noch lange feucht blieben. »Du siehst also, du mußt nicht wie irgend jemand anderer sein, um Gott gefällig zu sein. Du bist eine einzigartige Schöpfung. Was du an Gaben und Persönlichkeit hast, hat *er* dir gegeben für *seine* Zweke. Er erwartet nicht, daß du wie eine von uns bist. Stonewycke wird zu deinen Lebzeiten Herausforderungen begegnen müssen, die wir nicht gekannt haben. Die Zeiten ändern sich; wir leben in einer modernen Welt. Er will, daß du du selbst bist. Natürlich will er, daß wir uns ändern, wenn wir selbstsüchtig sind. Er will uns Heilung bringen. Aber er wird die besondere Persönlichkeit, die er dir gegeben hat, nicht ändern. Er will sie nur seinen Zwecken dienlich machen.«

»Es klingt so leicht, wie du das sagst, Mutter.«

»Glaube mir«, lachte Margaret, »es ist nicht leicht – absolut nicht! Vor allem, wenn du widerspenstig bist, wie ich es viele Jahre lang war. Aber wenn du dein Ich aufgibst, wird wahre Heilung geboren. Und dieser Zerbruch ist der einzige Weg, auf dem du wahre Freude und Frieden finden wirst.«

Das Gespräch wurde jäh unterbrochen, als ein Geräusch an der Türe der Speisekammer hörbar wurde. Allison blickte auf, als Logan MacIntyre über die Schwelle trat.

Joanna, die am gegenüberliegenden Ende des Tisches saß, ihrer Tochter gegenüber, sah im ersten Augenblick nicht, wer eben eingetreten war. Aber sie beobachtete, wie die Gefühle auf Allisons Gesicht wechselten – anfängliche Überraschung, als wäre seine Ankunft ganz unerwartet, aber höchst willkommen, dann ein Flackern der Betroffenheit, dem ein Lächeln folgte. Joanna hatte noch nie ein solches Lächeln auf Allisons Gesicht gesehen – schüchtern, ein wenig unbeholfen, ja unsicher.

Alle diese Bilder jagten in einer Sekunde vorüber. Aber in diesem Augenblick erkannte die aufmerksame Mutter, noch bevor die Tochter selbst es bemerkte, daß Allison verliebt war.

Logan hatte nicht erwartet, die drei Frauen hier vorzufinden. Und dem Eindringling, dem Mann, der voll List und Tücke gekommen war, erschienen sie nicht als drei Frauen, die einfach bei Tee und angenehmen Gesprächen beisammensaßen, sondern als die mächtige Vorhut der Verteidiger des Hauses ihrer Ahnen. Und sein Eindruck traf nicht weit daneben. Denn da hing tatsächlich noch etwas wie ein sanftes Leuchten in der Luft, etwas, das er eher fühlte als sah, ein Empfinden, daß er, ohne es zu wissen, den Fuß auf heiligen Boden gesetzt hatte. Tatsächlich hatte er genau das getan, denn wo Heilung, Vergebung und Wiedergeburt geschehen, da ist Gott der Herr gegenwärtig. Er fühlte sich augenblicklich entlarvt, und einen Moment lang zögerte er.

Seine Augen schweiften zu Allison. Er wandte den Blick hastig wieder ab, aber nicht, bevor er einen flüchtigen Blick auf ihr Lächeln erhascht hatte. Etwas in ihrem Gesicht war anders als sonst; so viel konnte er deutlich erkennen. So oft hatte er früher in ihrem Lächeln die Spuren heimlicher Beweggründe oder verborgener List entdeckt; heute leuchtete ihr Gesicht in einer Reinheit, die er zuvor nicht gesehen hatte.

Warum hatte sie diesen Augenblick gewählt, um ihn auf eine solche Weise anzulächeln? Es zerstörte um ein Haar seinen Entschluß, aus dem Spiel auszusteigen und von hier zu verschwinden. Aber er mußte einen klaren Kopf behalten, er durfte jetzt nicht weich werden. Lächeln hin oder her. Er riß sich zusammen. Er war in Geschäften hier. Ausschließlich in Geschäften.

Nachdem er Ramsey Head verlassen hatte, war er direkt zum Haus gefahren. Er war durch die Küche eingetreten, wie es seine Gewohnheit war, nachdem man ihn nun als Angestellten akzeptierte, und hatte gehofft, eine Dienerin hier zu finden, die er zu Lady Margaret schicken konnte. Er wollte anfragen lassen, ob die Lady ihm einen Augenblick ihrer Zeit opfern könnte. Die unerwartete Wendung, die die Dinge genommen hatten, beunruhigte ihn, aber wenigstens ersparte sie ihm Zeit.

»Entschuldigen Sie«, sagte er, »ich wollte nicht stören.«

»Die Küche gehört allen!« antwortete Joanna fröhlich. »In diesem alten Haus gibt es genug Plätze, die wir aufsuchen können, wenn wir allein sein wollen. Was können wir für Sie tun?«

»Ich hätte gerne mit Lady Margaret gesprochen.«

Allisons Enttäuschung war offenkundig, so sehr sie sie zu verbergen suchte.

»Aber gewiß, Logan, worum handelt es sich denn?« fragte die Dame des Hauses.

Logan zögerte. Irgendwie hätte er sich sicherer gefühlt, hätte er die alte Dame alleine zu fassen bekommen. Er war nicht sicher, ob er es schaffen würde, den Fragen aller drei Frauen standzuhalten. Die Frauen dieser Familie waren schließlich von einem ziemlich robusten Schlag. Er hatte keine Lust, ihnen in die Quere zu kommen, wenn seine Chancen nicht zum besten standen.

Joanna, die sein Unbehagen vermutlich spürte, erhob sich.

»Wenn ich hier nicht mehr gebraucht werde«, sagte sie, »dann entschuldigt mich, ich habe noch das eine oder andere zu tun.« Sie wandte sich Allison zu. »Könntest du mir ein wenig helfen ...«

Allison schob ihren Sessel zurück und zog sich mit ihrer Mutter zurück. So schüchtern war sie geworden durch den Wandel, der in ihr vorgegangen war, und durch die Unsicherheit ihrer wahren Gefühle, daß sie kein Wort zu Logan gesagt hatte.

»Möchten Sie etwas Tee, Mr. MacIntyre?« fragte Lady Margaret, sobald sie allein waren. »Er ist noch heiß.«

Aber bevor er noch antworten konnte, war sie schon aufgestanden und nahm Tasse und Untertasse aus dem Küchenschrank. *Warum mußte sie nur so gastfreundlich sein?*

Logan hatte das Brett, das er auf Ramsey Head gefunden hatte, mit sich in die Küche gebracht und gegen seinen Stuhl gelehnt. Nun hob er es auf und hielt es seiner Gastgeberin hin.

»Ich habe dies heute oben auf Ramsey Head gefunden.«

Sie ergriff das Brett und betrachtete es, und Staunen breitete sich über ihr Gesicht.

»Raven und Maukin ...« murmelte sie.

Sie legte es auf den Tisch, den Blick immer noch auf die eingeschnitzten Namen gerichtet. »Wo auf dem Head haben Sie es gefunden?«

»Ganz oben auf dem Gipfel, direkt am Absturz.«

»Wie ihm das ähnlich sieht!«

»Sie meinen, es war Digory, der es dorthin brachte?«

»Wer sonst? Es wäre ganz in seiner Art gelegen, so etwas zu tun. Und es scheint mir, als erkenne ich sogar seine Handschrift in den Buchstaben. Er wußte, wie sehr Raven und ich es liebten, am Strand entlangzustreifen und meilenweit die Küste auf und ab zu reiten. Es war doch das Natürlichste, diese Erinnerungstafel dort anzubringen, wo der Ausblick aufs Meer am gewaltigsten ist.«

»Natürlich! Jetzt wird es mir klar«, sagte Logan, in einem etwas abwesenden Ton, als hätte er plötzlich eine großartige Entdekkung gemacht. In eben diesem Augenblick dachte er nämlich an Digorys Brief und den Hinweis auf das Mädchen Maggie, das am Meer entlangritt.

»Wie bitte?«

»Oh – nichts – ich meine, es ergibt nur einen Sinn, wenn man es so betrachtet. Sagen Sie, Lady Margaret, halten Sie es für möglich, daß die Pferde tatsächlich dort begraben sind? Könnte das die Bedeutung dieser Tafel sein?«

»Hmmm ... nun, das wäre tatsächlich bemerkenswert. Ziemlich mühsam, nicht? Aber er war sehr stark für sein Alter. Er und ich haben schon früher große Löcher gegraben.«

»Wie?«

»Nichts von Bedeutung. Ich habe nur laut gedacht. – Kein Zweifel, er hat es für mich getan.« Sie tupfte sich die Augen. Die Erinnerung an Digory brachte immer Tränen mit sich. »Und es wäre ihm natürlich nur passend erschienen, daß auch Maukin dort ihre letzte Ruhestätte finden sollte«, schloß sie.

»Ich möchte nicht respektlos über den Verstorbenen sprechen, Lady Margaret«, wagte Logan sich vor, »aber das Ganze erscheint mir doch ziemlich merkwürdig. Ich meine, sie waren schließlich nur Tiere.«

»Ganz besondere Tiere. Er wußte, was sie für Ian und mich symbolisierten. Sie waren beinahe ein Symbol unserer Liebe. Wir ritten diese beiden Pferde überall. Und es war auch unsere gemeinsame Liebe zu Pferden, die die Zuneigung zwischen Digory und mir so stark werden ließ.«

Sie schwieg und lächelte ihr merkwürdiges Lächeln, das Logan noch nicht völlig ergründen konnte. Es war voll von Geheimnissen, Weisheit und Zuneigung, und es stürzte ihn jedesmal in Verwirrung, insbesondere an einem Tag wie diesem.

»Digory war ein Mann der Hoffnung«, fuhr sie fort. »Vielleicht hatte er das Gefühl, daß er die Hoffnung auf meine Rückkehr aufrechterhalten konnte, indem er die Erinnerung an die Pferde wachhielt, die mir so lieb gewesen waren.«

»Es erscheint mir als eine ziemlich absurde und sentimentale Geste für einen Mann, dem man nachsagt, er habe einen solch festen Glauben an Gott gehabt. Wenn er wollte, daß Sie zurückkommen, warum hat er dann nicht einfach dafür gebetet, statt tote Pferde in der Gegend herumzuschleppen und Gedenktafeln für ein Leben zu errichten, das vergangen und verweht war?«

Logan konnte sehen, wie seine Bemerkung der Lady ins Herz schnitt. Er hatte sie nicht mit Absicht verletzt. Aber in seiner augenblicklichen Stimmung war Unverschämtheit nur ein weiteres Mittel zum Zweck, um seine innere Distanz zu wahren und damit sein Überleben zu garantieren.

Als sie mit anmutiger innerer Ruhe Antwort gab, mußte er sie bewundern, obwohl es ihn gleichzeitig fast zornig stimmte. Konnte denn nichts diese Frau aus der Fassung bringen?

»Ich wußte nicht, daß Sie eine Autorität auf dem Gebiet der Frage sind, wie Männer des Glaubens ihre Hoffnung ausleben, Mr. MacIntyre«, sagte sie. Die Herausforderung in ihrer Stimme war kaum vernehmbar.

»Sie wissen nur zu gut, daß ich das nicht von mir behaupte!« gab Logan zurück. Er war bereit, den Fehdehandschuh aufzunehmen. »Aber selbst einem Ungläubigen wie mir muß es erscheinen, als hätte der gute Digory MacNab mehr Vertrauen auf ein paar tote Pferde gesetzt als auf den Gott, an dem er so hing.«

Plötzlich fühlte Logan sich von ihnen allen abgestoßen, am meisten von ihrem Gerede von Gott. Die neue kampflustige Stimmung tat ihm gut. Es machte ihm alles viel leichter. Die Frömmler! Er hatte genug von ihnen.

Lady Margaret lächelte, aber diesmal war es ein offenes Lächeln voll Vergnügen.

»Ich habe den Eindruck, Logan«, sagte sie, während das Lächeln von ihren Lippen verschwand, aber in ihren Augen weiterfunkelte, »daß Sie versuchen, einen Streit mit mir vom Zaun zu brechen.«

»Warum sollte ich?« antwortete er ein wenig zu hastig.

»Das frage ich mich auch. Ich spüre, daß eine Veränderung über Sie gekommen ist, aber ich weiß nicht, warum.« Sie spielte nachdenklich mit ihrer Tasse. »Sie ringen mit irgend etwas, nicht wahr?«

Logan stieß ein scharfes, bellendes Lachen aus. »Ich kann mir nicht vorstellen, wie Sie darauf kommen. Ich möchte nur meinen entfernten Verwandten ein wenig besser verstehen.«

»Ich wünschte, das wäre so. Aber es steckt mehr dahinter. Noch etwas anderes beschäftigt Sie.« Margaret trank ihren Tee in kleinen Schlucken, dann stellte sie die Tasse vorsichtig auf die Untertasse. »Wenn Sie nur versuchten, Ihren Onkel Digory zu verstehen«, fuhr sie fort, »dann, denke ich, würden Sie versuchen, seinen Glauben zu *verstehen* und nicht, ihn ins Lächerliche zu ziehen – denn um Digory zu verstehen, müssen Sie seinen Glauben verstehen. Beide sind so sehr miteinander verbunden, daß man sie nicht getrennt betrachten kann.«

»Und seinen Glauben zu belächeln, hieße ihn belächeln?« erkundigte sich Logan. »Und das verärgert Sie?«

»Sie verstehen mich falsch, Logan. Es ärgert mich nicht – sagen wir lieber, es schmerzt mich. Aber nicht um Digorys willen, auch nicht um meiner selbst willen. Es tut mir um Ihretwillen leid. Sie haben Angst, Logan. Sie haben Angst davor, Digorys Gott zu verstehen.«

Sie forderte ihn tatsächlich heraus! So süß und charmant sie auch war, dies war doch eine kühne Kampfansage.

»Ich glaube, Sie laufen vor Gott davon«, fuhr sie fort. »Ich kannte einmal einen Mann, der vor Gott davonzulaufen versuchte. Aber er fand keinen Frieden, bis zu dem Augenblick, wo er innehielt.«

»Sie mißverstehen das, Lady Margaret. Aber vielleicht finden Sie es schwierig, jemand zu verstehen, der religiöse Krücken nicht nötig hat. Ihr Glaube mag ganz in Ordnung sein für Leute wie Sie und Digory. Ich werde Sie deshalb nicht weniger schätzen. Aber bislang habe ich Gott in Frieden gelassen, und er war freundlich genug, mir denselben Gefallen zu tun.« Noch während Logan sprach, jagte der Gedanke an seinen hastig geflüsterten Schwur auf der überfluteten Straße durch seine Gedanken. Damals hatte er nicht in Frieden gelassen werden wollen.

Sie sprach weiter. »Viele Menschen betrachten Religion als eine Krücke, Logan. Aber das ist nur deshalb, weil sie nicht verstehen, was es im Grunde wirklich ist, nämlich eine Beziehung, eine intime Freundschaft. Ich habe nicht beschlossen, Christin zu werden, weil ich schwach bin und Gott stark ist und ich es nicht schaffe, allein durchs Leben zu gehen. Obwohl es natürlich wahr ist – wir alle sind schwach, und wir alle schaffen es nicht allein, und wir brauchen seine Hilfe. Und eines Tages werden Sie diese Wahrheiten in Ihrem eigenen Leben erkennen. Vor allem aber, Logan, zieht mich etwas noch viel Größeres: einfach die Tatsache, daß er der Gott ist, der mich geschaffen hat, der mich kennt, der mich liebt – und ich kann ihn aufs innigste erkennen! Oh, Logan, ich schaudere bei dem Gedanken, wo ich wäre, wenn er mich in Ruhe gelassen hätte!«

»Ich hab's bis jetzt nicht schlecht geschafft«, sagte er.

»Dann sind Sie vollkommen zufrieden mit Ihrem Leben?«

»Vollkommen!« Seine Stimme klang fest und voll Selbstvertrauen. Wer außer Logan selbst hätte die nackte Heuchelei dahinter erkennen können?

»Dann sind Sie ein sehr glücklicher junger Mann«, antwortete sie, und Logan wußte, daß sie ihn durchschaute, als liege seine Seele nackt und bloß vor ihr.

Aber statt sich zerknirscht zu fühlen, zog er sich noch tiefer in die Festung zurück, die er um sich herum aufzubauen versuchte. Es ärgerte ihn, daß er da saß, ein entlarvter Narr, vor dieser selbstgerechten alten Frau! Sie hatte kein Recht, ihm das anzutun!

»Ja – sehr glücklich!« antwortete er und starrte sie wütend an. Dann stand er rasch auf und schritt ohne ein weiteres Wort aus der Küche.

Er brauchte sich solche Beleidigungen von niemand gefallen zu lassen, nicht einmal von der großartigen Lady von Stonewycke. Im Augenblick wurde ihm nicht bewußt, welche Ironie darin lag, denn sie hatte ihn in keiner Weise verächtlich gemacht oder beleidigt. Tatsache war, daß sie ihm keinen Augenblick etwas anderes als Freundlichkeit erwiesen hatte. Es hätte ihm alles einfacher gemacht, hätte sie ihm mit derselben Münze zurückgezahlt und versucht, ihn unter ihrer hochgeborenen Ferse zu zertreten. Das hätte er hinnehmen können – das hätte er verstanden. Aber nicht dies, nicht Freundlichkeit als Vergeltung für seine Grobheit.

Die frische Luft des frühen Abends traf ihn wie ein Schlag. Er durfte jetzt nicht die Nerven verlieren. Er mußte sich zusammenreißen. Er mußte klar denken. Er hatte sich selbst noch einen weiteren Tag zugestanden, und er mußte den bestmöglichen Gebrauch davon machen.

Er überquerte den Rasen in Richtung der Ställe, als eine Gestalt auf ihn zugelaufen kam, die Arme winkend erhoben.

»Logan, da sind Sie ja!« Es war Jesse Cameron.

»Jesse«, sagte er ohne große Begeisterung. Hier war eine Freundin, die ihm das Leben gerettet hatte, der er Treue versprochen hatte. Aber jetzt wünschte er keine Freunde in Strathy, niemand, der ihn hier festhielt.

»Ich hab' ein Telegramm für Sie.« Ihre Stimme war ernst, und in ihren Augen stand tiefes Mitgefühl.

»Ich nehme an, Sie haben es gelesen«, fuhr Logan sie an, während er ihr den Umschlag aus der Hand riß.

»Das ist nicht meine Art«, antwortete sie, und Logan konnte sehen, daß er sie verletzt hatte. »Aber Telegramme bringen fast immer schlechte Nachrichten, das weiß man.«

Er wünschte, er hätte den Mut, ihr zu sagen, daß es ihm leid tat. Ihre Freundschaft hatte ihm etwas bedeutet. Aber er konnte jetzt nicht klein beigeben. Jetzt war nicht der Zeitpunkt für zerknirschte Entschuldigungen. Nicht einmal für ein Lächeln. Er ließ es zu, daß sie sich umdrehte und fortging, wie er selbst Lady Margaret verlassen hatte – wortlos. Er beobachtete sie, als sie davonging – traurig, aber unerschütterlich entschlossen.

Als sie fort war, wandte er seine Aufmerksamkeit dem Telegramm zu. Einen langen und bangen Augenblick lang starrte er es an. Niemand wußte, daß er hier war, außer seiner Mutter. Und nur einer oder zwei seiner Londoner Freunde wußten, wo man sie erreichen konnte.

Mit zitternder Hand riß er den Umschlag auf. Er würde nicht damit fertigwerden können, wenn seiner Mutter ausgerechnet jetzt etwas zugestoßen war. Aber das Telegramm war nicht von Frances MacIntyre.

LOGAN

CHASE MORGAN RAUSGEKRIEGT WO DU BIST STOP IST NOCH IM KNAST ABER DAS HÄLT IHN NICHT AUF STOP SEI VORSICHTIG STOP

BILLY COCHRAN

Endlich kamen die Dinge in Bewegung. Sprague hatte schon befürchtet, er würde in diesem Nest vermodern.

Spragues Kontaktmann in Stonewycke hatte einen interessanten Bericht abgeliefert. Früh am Nachmittag war MacIntyre allein ausgegangen. Das war nicht allzu ungewöhnlich, aber diesmal hatte er zu Pferd einen einsamen, unbewohnten Ort namens Ramsey Head aufgesucht – kaum vorstellbar, daß man dort einen Mechaniker brauchte! Der Feldarbeiter auf dem Gut hatte gesagt, MacIntyre sei mit leeren Händen zurückgekehrt, abgesehen von einem Stück Holz, das er trug. Sprague hatte den Schluß gezogen, dieser Ausflug müsse ein ähnliches Resultat erbracht haben wie jener, den er vor einigen Tagen nach Braenock Ridge unternommen hatte. Aber das Holzstück war interessant; offenbar mußte man MacIntyre rund um die Uhr beobachten. Auf jeden Fall war es ein Hinweis, daß er die Jagd nicht aufgegeben hatte. Wenn er noch immer an der Sache hing, dann hatte er möglicherweise etwas herausgefunden.

Aber das unnütze Herumsitzen entnervte Sprague. Zu seiner Zerstreuung beschloß er, nachdem er sich den Bericht des Mannes angehört hatte, selbst auf den Felsvorsprung hinauszuwandern. Als er dort ankam, dämmerte bereits der Abend; er hatte keine Zeit, sich näher umzusehen, aber es sah aus, als könnte man hier durchaus einen Schatz verstecken. Aber ohne Karte oder genauere Hinweise hätte es bedeutet, eine Nadel in einem Heuhaufen zu suchen. Es blieb also kein anderer Weg, als MacIntyre weiterhin zu beobachten. Er war noch immer der einzige, der die Schlüssel zu dem Geheimnis in seinem Besitz hatte – was immer sie sein mochten.

Nach seinem Spaziergang am Nachmittag kehrte Sprague ins Gasthaus »Zu Wind und Wellen« zurück. Als Logan nach Stonewycke gezogen war, hatte Sprague keinen Grund gesehen, warum er noch länger in Roy Hamiltons schäbigem Etablissement bleiben sollte. »Zu Wind und Wellen« war zwar nicht nennenswert vornehmer, aber wenigstens war es sauber, und das Essen war genießbar. Nun saß er an einem der groben Tische im Schankraum, rührte in seinem Kaffee und wartete darauf, daß das Abendessen aufgetragen wurde. Er wartete auch angespannt auf die Ankunft der beiden neuen Gäste der Herberge. Sie waren angekommen, während er unterwegs war. Indem er einen raschen Blick in Cobdens Gästebuch warf, hatte er ihre Namen in Erfahrung gebracht: Frank Lombardo und Willie Cabot.

Spragues Auftraggeber hatte davon gesprochen, daß Morgan an MacIntyre interessiert war. Er hatte Lombardos Namen sofort wiedererkannt; er war einer der Burschen, die Chase Morgan aus Chicago nach Europa verpflanzt hatte. Zu dumm, daß sie MacIntyre ausfindig gemacht hatten, bevor Sprague seine eigene Angelegenheit mit dem Londoner Gauner bereinigt hatte. Wenn sie ihn als erste in die Finger bekamen, war es aus mit MacIntyre, und das war dann auch das Ende von Spragues Mission. Und sein Boss schätzte es nicht, wenn man mit Entschuldigungen daherkam. Sein Motto war immer gewesen: »Erledige das. Wie immer du es anstellst – erledige es.« Wenn Morgans Männer MacIntyre den Garaus machten, würde man Sprague die Schuld geben.

Also mußte er mit den beiden irgendwie ins Geschäft kommen.

Sprague hob die Tasse an die Lippen und trank einen großen Schluck von dem starken schwarzen Gebräu. Sie brachten es auf dieser Insel einfach nicht fertig, guten Kaffee zu machen.

Aber er vergaß den bitteren Geschmack in seinem Mund, als er die beiden Neuankömmlinge eintreten sah. Beide waren richtige Gorillas, typische Exemplare der Schläger, mit denen Morgan sich gerne umgab.

»Guten Abend, Gentlemen«, sagte Sprague in lässig-freundlichem Ton. »Kennen wir uns nicht aus Chicago?«

»Was willste denn?« Lombardos Stimme war drohend und seine Augen voll Mißtrauen. Sprague war nie zuvor für einen Polizisten gehalten worden, aber Lombardo schien über mehr Muskeln als Hirn zu verfügen.

Im selben Augenblick kam Sandy Cobden in den Schankraum und brachte Sprague sein Abendessen. Er wandte sich seinen beiden anderen Gästen zu, während er Teller und Besteck vor Sprague auflegte. »Ihr Abendessen kommt sofort«, sagte er. »Nehmen Sie schon mal Platz.« Und er eilte wieder hinaus.

»Wir haben uns vor fünf Jahren schon einmal gesehen«, sagte Sprague. »In Chicago – in Benny Margolis' Club.«

»Da durften nur ganz besondere Leute 'rein. Da biste ja einer von uns, ah?«

»Eben«, sagte Sprague, der nun überzeugt war, daß er Lombardos Intelligenz richtig eingeschätzt hatte. »Setz dich. Dein schweigsamer Freund auch.«

Die beiden Kerle ließen sich ihm gegenüber nieder. Cobden kehrte mit ihrem Abendessen zurück, und die drei verbrachten die nächsten Minuten damit, daß sie sich ihrer Mahlzeit widmeten. Dann sagte Sprague: »Ich hab' euch ein Geschäft vorzuschlagen.«

»Was weißte denn überhaupt von uns?«

»Na, warum fangen wir nicht am Anfang an?« sagte Sprague, wobei er seinen liebenswürdigsten Ton anschlug. »Wie es der Zufall will, haben wir alle dasselbe Interesse hier in Port Strathy. Morgan will MacIntyres Kopf, deshalb hat er euch hergeschickt.«

»Und was willst du von ihm?«

»Ich will ihn auch. Aber ich brauch' ihn lebendig. Sieht so aus, als kämen wir uns ein bißchen in die Quere, was? Wenn ich mit ihm fertig bin, könnt ihr mit ihm machen, was ihr wollt. Ihr sollt nichts umsonst für mich tun – sagen wir tausend Pfund pro Nase für euch?«

»Was willste denn von ihm?« beharrte Cabot, entschlossen, sich nicht so leicht überrumpeln zu lassen.

»Sagen wir, er hat Informationen, die ich brauche. Nichts, was für euch oder mich von Interesse wäre, aber da sind 'n paar Feinspitze in London, die was von ihm wollen.«

»Ich weiß nicht recht«, sagte Cabot.

»Ach, komm schon, Mann«, drängte Lombardo. »'s ist ja nicht so, daß wir unseren Auftrag nich' ausführ'n, oder? Wir sagen Morgan einfach, 's hätt ein paar Tage länger als erwartet gedauert.«

»Okay, zwei Tage«, sagte Cabot. »Dann schlagen wir zu.«

»Ich fürchte, wenn wir ihn unter Druck setzen, haut er ab. Dann kriegt keiner von uns, was wir wollen, und mit euren Tausend wird's auch nichts.«

»Wir müssen an Morgan denken«, sagte Lombardo, fast entschuldigend. »Der ist nicht der Typ, dem man ein Bein zu stellen versucht. Wenn wir ihm MacIntyres Kopf nicht bringen, holt er sich unsere.«

Sprague lehnte sich nachdenklich zurück und bedachte dieses Dilemma.

Selbst wenn er MacIntyres Aufenthaltsort verschwieg, war diese Stadt so klein, daß sie ihn binnen einer Stunde gefunden haben würden, wenn sie es sich in den Kopf setzten, gleichgültig, wie hohl dieser Teil ihrer Anatomie sein mochte. Niemand wußte, wie nahe dran MacIntyre war, den Schatz zu finden – sofern der überhaupt existierte. Vielleicht hatte er ihn sogar schon gefunden und lungerte nur noch hier herum, um den Verdacht von sich abzulenken.

»Gebt mir drei Tage«, feilschte Sprague, »und ihr kriegt *zweitausend* pro Nase.« Schließlich war es ja nicht sein Geld, sagte er sich.

Die beiden Gorillas blickten einander an, dann nickten sie Sprague zu. Lombardo schien mit dem Handel weitaus besser zufrieden zu sein als sein Spießgeselle, der ein Gesicht machte, als seien drei Tage eine unendlich lange Zeit, bevor der Spaß beginnen konnte.

Logan starrte Billys Telegramm an.

Irgendwie hatte er es fertiggebracht, Morgans Drohung, die seit Wochen über ihm schwebte, aus seinen Gedanken zu verbannen. Als er die Worte nun von neuem las, da war es ihm, als lastete ein schwerer Felsblock auf seinen Schultern.

Nachdem er das Telegramm erhalten hatte, war Logan die steile, enge Stiege zu Digorys Kammer hinaufgestiegen. Nun ließ er sich schwer auf den groben Stuhl fallen, der vermutlich schon dagewesen war, als noch der alte Pferdeknecht dieses Kämmerchen bewohnt hatte.

Eben noch hatte er Lady Margaret erklärt, was für ein glücklicher Mann er sei. Wie trotzig hatte er ihr die Worte entgegengeschleudert!

Von wegen Glück!

Diese Wendung der Dinge ließ ihm keine andere Möglichkeit, als so rasch wie möglich aus Port Strathy zu verschwinden. Wenn Morgan wußte, daß er hier war, dann waren ihm zweifellos bereits einige seiner Schläger auf den Fersen, wenn sie nicht schon hier waren. Plötzlich mußte er daran denken, wie diese Kerle die friedliche Stille von Port Strathy störten. Sie waren gefährliche und gnadenlose Männer – er mußte nur daran denken, was sie Skittles angetan hatten! Und nun kamen sie nach Port Strathy – und er, Logan, war schuld daran!

Selbst wenn er augenblicklich die Stadt verließ, würden die Männer, die nach ihm suchten, hier Unheil stiften. Und die Leute hier waren vermutlich einfältig und treuherzig genug, sich ihnen entgegenzustellen. Sie konnten Schaden nehmen, wenn sie ihn zu beschützen versuchten, und sie würden niemals herausfinden, daß er sie belogen und betrogen hatte.

So sehr Logan sich selbst zu überzeugen versuchte, daß sie nicht mehr für ihn übrighatten als er für sie, es gelang ihm nicht. Wie konnte er diese Menschen in Gefahr bringen? Aber die einzige Alternative war, sich Morgans Männern zu stellen, sich ihnen auszuliefern oder sie von Strathy wegzulocken. Ja, das würde er tun müssen: Irgendeine falsche Spur legen, um sie aus der Stadt zu lokken. Wenn sie ihn dann zu fassen bekamen, würden wenigstens seine neuen Freunde nicht in die Sache verstrickt.

Freunde! Er konnte es kaum glauben, daß er sie so genannt

hatte. Waren sie tatsächlich seine Freunde? Wenn ja, wie konnte er dann ihnen gegenüber so unehrlich sein?

Die Schatten des Abends verdunkelten nun den Raum, aber Logan war nicht danach zumute, die Lampe anzuzünden. Er lehnte sich auf den alten Fichtenholztisch, den Kopf in die Hände gestützt.

Natürlich berührte es ihn, was mit ihnen geschah! Er war ihnen etwas schuldig, wie so vielen anderen in seinem Leben auch.

Er mußte an Lady Margarets Worte denken: »Ich schaudere bei dem Gedanken, wo ich wäre, wenn Gott mich in Ruhe gelassen hätte!«

War er vielleicht nicht nur diesen Leuten etwas schuldig, sondern auch Gott selbst?

Dann, als Logan den Kopf hob, fiel sein Blick auf Digorys alte Bibel auf dem Tisch. Instinktiv berührte er den abgenutzten Einband. Er erinnerte ihn an das Versprechen, das er auf der überfluteten Straße abgegeben hatte: *Wenn wir aus diesem Schlamassel lebend herauskommen, dann lese ich vielleicht einmal in dieser alten Bibel ...*

Nein, er dachte nicht daran, jetzt Gott anzubetteln!

Aber was war, wenn Lady Margaret recht hatte? Wenn er vor dem einzigen Wesen davonlief, das sein Problem lösen und ihn und seine Freunde aus schrecklicher Gefahr retten konnte? Wenn all dies geschah, wie Jesse Cameron zweifellos behauptet hätte, weil Gott seine Aufmerksamkeit zu erregen versuchte? Wenn der Weg aus der Verwirrung durch die einzige Türe führte, die zu öffnen er sich beharrlich weigerte – die Tür seines eigenen Herzens?

»Oh, Gott ...!« schrie er auf, aber nichts weiter folgte. Er legte den Kopf auf den Tisch und begann in der tiefen Stille des Abends bittere Tränen der Reue zu weinen.

Als er einige Minuten später den Kopf hob, waren seine Augen gerötet, aber er fühlte keinen heilenden Balsam. Seine Tränen waren Säure auf eine offene Wunde gewesen, denn er wußte, daß sich nichts an ihm geändert hatte. Er war allein und voll Verzweiflung und Leid, zum ersten Mal in seinem Leben sah er sich als den Sünder, der er tatsächlich war. Aber er wollte nicht nachgeben.

Logan stieß einen trostlosen Seufzer aus. Seine Augen schweiften zurück zu der Bibel, und er dachte wiederum an seinen Onkel. Niemals zuvor hatte Logan einen anderen Mann ernsthaft beneidet. Als er gesagt hatte, er sei zufrieden mit seinem Leben, da hatte er – soweit er das selbst verstand – durchaus die Wahrheit gesagt. Aber jetzt stellte er fest, daß er den alten Digory beneidete. Hier war ein Mann, der ein Bild schlichter Einfalt geboten hatte. Man sah es dem Raum an, in dem er gewohnt hatte.

»Er liebte seine Pferde und seine Bibel«, hatte Lady Margaret gesagt.

Ein Mann ohne innere Kämpfe, ohne die Komplikationen des modernen Lebens, ohne Verfolger, die ihn hetzten, ohne den Flitter einer vorgetäuschten Persönlichkeit – es mußte ihm leicht gefallen sein, Gott nachzufolgen.

Doch ... war das die Wahrheit? War es denn jemals leicht, das eigene Leben aufzugeben? Das Opfer jedes Menschen ist unterschiedlich, aber opfert nicht jeder sich wirklich und wahrhaftig, wenn er sein Ich auf den Altar legt und die Wahl trifft, den Weg zu gehen, den Gott für ihn ausersehen hat? Konnte es jemals leicht sein, selbst für einen Mann wie Digory? War er nicht verstrickt gewesen in die Kämpfe und das Herzeleid derer, die er liebte? Blutete sein Herz nicht für seine kleine Maggie? Hatte ihm nicht auch die Entscheidung, die er wegen des Schatzes treffen mußte, ins Herz geschnitten?

Plötzlich sah Logan das Bild des alten Pferdeknechts vor sich, wie er über seine Bibel gebeugt saß, in qualvollem Nachdenken, was er tun sollte, bis zuletzt seine Liebe zu dem Mädchen und seine Treue gegenüber der Familie, der er diente, ihn zwangen, einen unbezahlbaren Schatz zu verbergen, um ihnen in Zukunft Herzeleid, Böses und selbstverschuldetes Leiden zu ersparen.

Er liebte seine Pferde und seine Bibel ...

Mit einer frustrierten Geste schob Logan Digorys Bibel beiseite. Wenn der Friede hier zu finden war, dann hatte er ihn nicht verdient. Er würde niemals so sein wie Digory. Er konnte sich niemals für andere aufopfern. Und er hatte Digorys Frieden nicht verdient. Erschöpfung überkam ihn. Er erhob sich und schlurfte zum Bett, auf dem er sich voll angekleidet auf dem Strohsack ausstreckte. Seine Lider sanken herab, und fast hätte ihn der Schlaf übermannt, aber seine Gedanken jagten weiterhin in verwirrter, qualvoller Unordnung dahin.

Er war ein Lügner! Als ein solcher hatte er gelebt. Er hatte keine Pferde, keinen friedlichen Stall, keine Bibel. Er hatte nichts – außer sich selbst. Und was für ein erbärmliches Selbst das war! Der alte Dichter, dieser Mac-Irgendwer, hatte recht gehabt: »Gemeine Seelen und schwächliche Herzen ...« Das traf genau auf ihn zu! Ein schlechtes Boot mit elender Mannschaft – das war niemand anderer als er selbst. Er war niederträchtig, schwach und erbärmlich! Ein armer Narr, geschaffen, um frei zu sein, aber auf der Flucht vor eben jener Freiheit, die Lady Margaret die Quelle von Digorys Frieden genannt hatten – und ihrem eigenen. Alles, was er hatte, war die Hoffnung auf einen Schatz – einen schmutzigen, stinkenden Schatz.

Vielleicht hatte er es nicht besser verdient. Er hatte sein Herz an diesen Mammon gehängt, also würde sein Lohn darin bestehen, daß seine Lust nach Reichtum Erfüllung fand, während seine Seele Qualen in der Hölle ihrer Selbstsucht litt. Es würde keinen Frieden für ihn geben, nur die Höllenqualen des reichen Mannes, dessen Zunge kein Tropfen Wasser kühlte. Digory hatte den Schatz aus Liebe aufgegeben. Nun war sein elender und selbstsüchtiger Abkömmling drauf und dran, die Liebe aufzugeben um des Schatzes willen ... würde ans Licht bringen, was nur Unheil gestiftet hatte ... und würde noch mehr Böses über die Welt und sein eigenes Haupt bringen.

Keine Pferde, keinen Raven, keine Maukin, keinen Friede, keine Ruhe der Seele sollte dieser Abkömmling haben. Logan MacIntyre, für den Digory zweifellos gebetet hatte, obwohl er von seiner Existenz noch nichts wußte, würde zunichte machen, was jener Mann des Glaubens gewirkt hatte – er würde den Schmerz, das Herzeleid, die Selbstsucht des Mammons wieder ausgraben, die Digory mit solcher Mühe aus der Reichweite aller Menschen außer Maggie verbannt hatte.

Keine Pferde ... keine Bibel ...

Plötzlich schreckte Logan aus seinem benommenen Halbschlaf hoch.

Sein Körper zitterte, als er so abrupt aus dem Schlaf hochfuhr, den er dringend brauchte. Aber die Worte kreisten wie wild in seinem Kopf ... *wir hatten schon vorher große Löcher gegraben ...*

Er sprang aus dem Bett. In der Dunkelheit tappte er auf dem Tisch herum, bis seine Hände die Bibel berührten. Er schlug sie an der Stelle auf, wo er den Brief wiederum hineingelegt hatte, nachdem er Lady Margaret das Buch gezeigt hatte, an derselben Stelle, wo der alte Knecht ihn verborgen hatte. Immer noch zitternd, nun freilich aus anderen Gründen, nahm er den Brief heraus. Was hatte Digory genau gesagt? Es war schon eine Weile her, seit er die Worte gelesen hatte. Logan tastete nach der Lampe und den Streichhölzern. Er zündete die Lampe an. Der helle Glanz schmerzte seine Augen einen Moment lang, aber er zwang sich, Digorys schwer leserliche Handschrift zu studieren.

Ich hab ihn weggetan, Maggie, und dort versteckt, wo ihn keiner finden wird …

Nein, das war es nicht, dachte Logan … weiter unten … wohin hatte er ihn gebracht?

Dich mit dem alten Raven zu sehen … einsamer Braenock … die sandige Küste … ich hab ihn an eine Stelle getan, die du liebst … die Klippe, und ihr beide bliebt stecken … Sand … die andere Richtung … du liebtest diesen Pfad zu dem Felsen, der deinen Namen trägt …

Natürlich! Es mußte Ramsey Head sein! Der Felsen, der ihren Namen trug – RAMSEY Head! Er hatte den Schatz auf Ramsey Head vergraben, in der Nähe, oder sogar direkt im Grab der beiden geliebten Pferde! Niemand außer Maggie konnte um die Geheimnisse wissen, die die beiden teilten – die Pferde, die Liebe zu dem Pfad, der Tag, an dem sie dort nicht weitergekonnt hatte. Er hatte es geschafft! Er hatte den Schatz gefunden! Unbewußt lasen seine Augen weiter: *Ich bete darum, daß du das eines Tages liest und zu uns zurückkommst …*

Er faltete den Brief hastig. Er wollte jetzt nicht weiterlesen. Nicht jetzt. Nicht in einem Augenblick, in dem er knapp davor war, Millionen auszugraben! Er wollte sich keine Vorwürfe machen, daß er daran schuld war, daß Digorys Gebet nicht erhört wurde, weil er den Brief vor den Augen der Frau verborgen hielt, für die er bestimmt war.

Er begann im Raum auf und ab zu laufen. Kalter Schweiß brach ihm am ganzen Leib aus. Wie hätte er auch wissen können, daß die letzte Zeile des Briefes die wichtigste von allen war, jene Zeile, die er sich nicht zu lesen gestattet hatte: *Aber alles liegt in der Hand unseres lieben Herrn, und Sein Wille geschehe.* Die Richtung, in die die schlechten Boote menschlicher Herzen segeln, hängt nicht immer von den zeitlichen Plänen ihrer jämmerlichen Seelen ab, sondern von der Richtung, in der der Wind des göttliches Geistes über die Wasser weht und sie dem Hafen zutreibt, den ihre blinden Augen nicht erkennen können.

Während seine Gedanken sich überschlugen, wie er den letzten Schritt seines Plans in Angriff nehmen sollte, fiel Logan ein, wie unpassend es war, daß er den Schatz in eben jenem Augenblick entdeckt hatte, in dem es ihm beinahe widerwärtig geworden war, davon reden zu hören.

Aber er konnte sich nicht zurückhalten. Er konnte ihn nicht begraben liegen lassen. Er war gezwungen, weiterzumachen. Aber ein anderer Zwang, einer, dessen Drängen ihm ganz unvertraut war, hieß ihn zum Tisch zurückkehren und diesmal einen Blick in die Bibel zu werfen statt auf den Brief. Widerwillig gehorchte er. Das Buch war noch immer an der Stelle aufgeschlagen, wo der Brief all diese Jahre lang gelegen war. Dann fiel sein Blick auf etwas, das er zuvor nicht beachtet hatte. Die Bibel war beim sechsten Kapitel des Evangeliums nach Matthäus aufgeschlagen. Und nun bemerkte er, daß auf der vergilbten Seite ein Satz unterstrichen war. Wie seltsam, daß Digory das Buch, das er so liebte, beschmieren sollte, und daß nur eine, eine einzige kleine Stelle unterstrichen war. Logan beugte sich vorsichtig nieder und las den kleinen Druck:

Denn wo euer Schatz ist, dort ist auch euer Herz.

Logan schlug die Bibel zu. Er wußte, es war ihm nicht bestimmt, Frieden oder Trost aus diesen Seiten zu ziehen! Digory, der Mann des Friedens, hatte diese letzte Ermahnung für denjenigen hinterlassen, der suchen würde, was sein Brief enthüllte. Logan zerriß es beinahe das Herz.

Er wandte sich vom Tisch ab und umklammerte seinen Kopf mit beiden Händen. Er konnte jetzt einfach nicht aufhören! Es hätte bedeutet, so viel anderes aufgeben zu müssen! Vielleicht waren es tatsächlich Dinge, von denen er gar nicht sicher war, ob er sie überhaupt noch wollte. Und hätte er ernsthaft darüber nachgedacht, so hätte er wohl zugeben müssen, daß er sie bereits verabscheute. Sein vergangenes Leben verschwand im Nebel hinter ihm, und oft sah er sich mit Blicken voll Sehnsucht um und beobachtete, wie alles, was er einst geliebt hatte, immer weiter in der Ferne verschwand. Und als er den Blick in die Zukunft wandte, da empfand er Furcht vor dem Unbekannten, Furcht, wie Lady Margaret es genannt hatte, Digorys Gott zu verstehen. Er hatte Angst davor, von jenem Anderen abhängig zu sein, selbst nachdem seine eigenen Versuche, sich zu helfen, so erbärmlich gescheitert waren. Er hatte Angst, weiterzugehen, und doch fühlte er, daß es beinahe schon zu spät war, zurückzukehren. Er stand an einem Kreuzweg seiner Lebensreise. Er erkannte, ohne daß er es bewußt erfaßte, daß es einen völligen Wechsel bedeuten würde, über seine Vergangenheit Buße zu tun; es würde bedeuten, auf dem Weg umzudrehen und in eine gänzlich neue Richtung zu gehen. Aber er schaffte es nicht, diese Wendung zu vollziehen .... noch nicht ... nicht allein.

Logan nahm seinen schweren Mantel vom Haken und rannte die Stufen in den Stall hinunter.

Die Luft war drückend warm, und der Abend war so still, daß Logan seinen eigenen heftigen Herzschlag hören konnte. Er brauchte seinen Mantel kaum. Der Wind und die Kälte des Morgens waren ihm fast willkommen gewesen im Vergleich zu dem hier. Die Zeichen standen auf Sturm, obwohl diese Tatsache Logan im Augenblick nur wenig bedeutete. Er würde verschwunden sein, bevor der Sturm losbrach. All diese geistigen Qualen würden hinter ihm liegen. Er würde reich sein. Und er würde weit weg sein.

Er war voll wilder Entschlossenheit aus seinem Zimmer hinabgestiegen. Sein Herz schrie, er möge einhalten, aber er weigerte sich, zu hören. Aus dem Werkzeuggestell nahm er eine Schaufel, dann ging er an den Boxen der Pferde entlang. Er wollte nicht den Lärm riskieren, den es bedeutet hätte, um diese nachtschlafende Zeit ein Pferd aus dem Stall zu führen. Als er ins Freie trat, duckte er sich unwillkürlich in die Schatten, als er lautlos an den Gebäuden entlangschlich. *Es ist ganz recht, daß ich meine letzte Arbeit auf Stonewycke wie ein Dieb tue*, dachte er. Er blickte sich über die Schulter, während er den offenen Platz überquerte und der Stelle zu eilte, wo, wie er sich erinnerte, in der dichten Hecke, die den Hof umrundete, eine Lücke klaffte.

Früh am Morgen würde er in die Stadt fahren und dem Wirt genaue Informationen geben, daß er augenblicklich nach Aberdeen fahren müßte und von dort weiter nach Edinburgh. Er würde sagen, daß er Freunde erwartete und man ihnen Hinweise geben sollte, wie sie ihm folgen könnten. Er würde ihm die Namen zweier Hotels in jeder der beiden Städte nennen. Wenn Morgans Killer nach ihm Ausschau hielten, würden sie seiner Spur nach Süden folgen und würden aus niemand in Strathy Informationen *herauspressen* müssen. Der letzte Gefallen, den er den Leuten hier tun konnte, würde darin bestehen, Auseinandersetzungen oder sogar Blutvergießen im Städtchen zu verhindern. Sobald er all dies arrangiert hatte, würde er zum Ramsey Head zurückkehren, den Schatz heben – oder jedenfalls so viel davon, wie er vernünftigerweise mit sich nehmen konnte – und sich dann zu Fuß an der Küste entlang nach Fraserburg und dann vielleicht nach Peterhead begeben. Dort würde er sich für eine Weile versteckt halten; er würde keine Spur hinterlassen, die irgend jemand auf seine Fährte setzen könnte, und schließlich würde er eines Tages ein Schiff nehmen und direkt nach London fahren.

Allisons Gesicht tauchte immer wieder in seinen Gedanken auf, aber er wies es von sich. Sein Plan war narrensicher. Aber dennoch fühlte er sich elend. Er lief immer schneller, als könnte es die Stimmen des Gewissens und alter Damen und alter Pferdeknechte und alter Dichter von ihm fernhalten, wenn er seinen Körper ermüdete.

Aber er konnte die Worte und Bilder dieses Tages nicht aus seinen Gedanken verbannen. Etwas in ihm hatte sich zu öffnen begonnen, und nun, da das Tor ein wenig offen stand, erzwang sich ein Strom unwillkommener Gedanken den Eintritt.

»Ich glaube, Sie laufen vor Gott davon«, hatte die Lady gesagt.

Wenn sie ihn nur jetzt sehen könnte! Halb gehend, halb laufend eilte er die Straße entlang, eine Schaufel in der Hand, seine Beweggründe vom Dunkel der Nacht verborgen, unterwegs, um zu stehlen, was von Rechts wegen ihr gehörte. Was für einen Anblick bot er!

Hatte sie recht? War diese Flucht ein Symbol dafür, daß er vor der Wahrheit ... daß er vor Gott floh? Benützte er den Schatz und die Bedrohung durch Morgans Schläger nur als eine weitere Entschuldigung, nicht sich selbst ins Gesicht sehen zu müssen – wer er war und was er tat? Versuchte er, seine Feigheit zu bemänteln, indem er edelmütige Gesten aufsetzte und sich einredete, was für ein tapferer Mann er doch war, daß er Morgans Spießgesellen von der Stadt fortlockte und auf seine eigene Fährte setzte, während er in Wirklichkeit nur Angst hatte, sich der einfachsten Wahrheit von allen zu stellen – der Wahrheit seiner eigenen Sündhaftigkeit, der Wahrheit, wie sehr er Gott brauchte? Angst ... das war es. Er war ein Feigling.

Was war sein Leben – was war sein Leben denn jemals anderes gewesen als Erbärmlichkeit? Ein Riesenbluff, der niemand betrog als ihn selbst! Was er für Zufriedenheit gehalten hatte, war nichts weiter gewesen als eine dicke Schutzmauer, die seine Ängste und seine Unsicherheit umschloß. Er hatte dasselbe an Allison gesehen und hatte es an ihr sehr rasch richtig eingeschätzt. Aber was ihn selbst betraf, war er blind dafür gewesen – bis jetzt. Er hatte sich versteckt ... war geflohen ... hatte die Wahrheit über seine häßliche Natur zu bemänteln versucht.

Wollte er stehenbleiben? Wollte er dem Betrug, der Lüge ein

Ende machen? Wollte er die Mauern niederreißen, mit denen er sein Herz zu schützen versucht hatte?

Logan rannte. Er umklammerte den Griff der Schaufel so fest, daß seine Hand- und Armmuskeln schmerzten. Sein Körper troff vor Schweiß, aber nicht einmal er – der ruhige, selbstbewußte, kühle, freche Logan MacIntyre – konnte die Tränen, die ihm über das Gesicht strömten, für Schweißperlen halten. Er weinte, und er wußte es. Und dennoch konnte er sich inmitten der Ängste, die der Wiedergeburt vorangehen, nicht dafür schämen. Es waren keine Tränen des Trostes, aber es waren Tränen der Heilung, und es tat gut, sie fließen zu lassen.

Wie mochte es sein, fragte er sich, dasselbe selbstlose Opfer zu bringen, wie es sein Onkel getan hatte? Schließlich floß auch Digory MacNabs Blut in seinen Adern. Konnte es sein ... war es denkbar ... konnte er vielleicht ebenfalls den Frieden und die Freiheit empfinden, die der alte Pferdeknecht besessen hatte? Wieder kamen ihm die Worte des alten Gedichtes in den Sinn: *Die zu der Freiheit Du erschaffen hast.* War er zur Freiheit geschaffen worden und hatte sie die ganze Zeit hindurch von sich gewiesen?

Konnte er das nötige Opfer bringen? Konnte er sein Ich aufgeben? Konnte er auf den Schatz verzichten?

Er hätte es gerne getan, um dieselbe Freude im Herzen zu tragen wie Lady Margaret. Aber würde er den Mut haben, ihnen gegenüberzutreten, sich zu erkennen zu geben als das, was er wirklich war, ihre Zurückweisung zu ertragen und vielleicht sogar ihre Verfolgung? Würde er den Mut haben, Wiedergutmachung zu leisten für das Leben, das er geführt hatte, und denen, die er betrogen hatte, das Ihre zurückzugeben? Konnte er einen solchen gewaltigen Umschwung schaffen?

Allmählich wurden Logans Schritte langsamer, und er blieb stehen. Alles war ruhig und still rund um ihn. Die einzigen Laute, die er hören konnte, waren die Atemzüge seiner eigenen Lungen und der ferne Ruf der See, der er entgegeneilte. Stumme Tränen der Entscheidung flossen weiterhin.

Er konnte sein Leben lang so weitermachen – blindlings dahinrennen und sich verstecken, einen flüchtigen Schatz nach dem anderen suchen, sich selbst ein ums andere Mal betrügen, sich immer wieder von der Behauptung zu überzeugen suchen, die Lady Margaret vom ersten Augenblick an als freche Lüge entlarvt hatte – daß er niemanden brauchte. Aber nun, da sich seine Augen geöffnet hatten und er sein wahres Ich erkannte, konnte er so weitermachen? Konnte er zu seinem früheren Leben zurückkehren und ignorieren, wozu sein Herz ihn drängte?

Logan fiel auf die Knie. »Oh, Gott!« schrie er, während er die Schaufel wegwarf und das Gesicht in den Händen vergrub. »Gott, hilf mir! Vergib mir, was ich gewesen bin ... hilf mir ... ein wahrer Mann zu werden!« Und mit diesen Worten brach er in einen leidenschaftlichen Anfall reuevollen Schluchzens aus.

Zehn Minuten vergingen, bevor er sich wieder erhob. Die Tränen waren getrocknet, und die Gebete seines Herzens hatten seinen erregten Geist besänftigt. Er hob die Schaufel auf, warf einen letzten Blick auf die Straße, die er entlang gerannt war, holte tief Atem, wandte sich um und begann in die entgegengesetzte Richtung zu wandern. In Stonewycke wartete ein weit bedeutsamerer Schatz auf ihn.

Als er zu dem Gut zurückkehrte, wurde die schreckliche Last, die ihn den ganzen Tag bedrückt hatte, allmählich leichter. Dennoch wußte er, daß er in gewisser Hinsicht erst einen Anfang gemacht hatte. Denn der erste Schritt zu einem neuen Leben würde darin bestehen, gutzumachen, was er Böses getan hatte. Bei einem Leben, wie Logan eines geführt hatte, würde das keine leichte Aufgabe sein. Und der erste Schritt mochte der schwierigste von allen sein – reinen Tisch zu machen vor den Leuten, die er zu prellen versucht hatte.

Aber er hatte nicht lange Zeit, über diese Dinge nachzudenken, denn bevor er noch die halbe Strecke zurückgelegt hatte, sah er eine Gestalt hinter einem Busch hervorspringen.

»Wer ist da?« rief er, während er sich vorsichtig vorwärtstastete.

Zwei Männer, beide groß und imposant, traten aus dem Schatten des Busches hervor. Es war dunkel, und auf den ersten Blick erkannte Logan sie nicht wieder. Dann begann es ihm allmählich zu dämmern. Er war zwischen ihnen gesessen, vor langer Zeit, wie es ihm schien, in einem noblen Rolls-Royce. Hier waren Chase Morgans Mordgesellen, früher, als er sie erwartet hatte. Er hatte jedoch kaum Zeit zum Nachdenken, als eine zweite Stimme hinter ihm seinen Namen rief.

»Wir müssen miteinander reden, MacIntyre!«

Logan wirbelte herum.

Obwohl er Ross Sprague in Hamiltons Pub gesehen hatte, erkannte ihn Logan im Augenblick nicht. Was er freilich erkannte, war die Pistole, die Sprague in der Rechten hielt.

Logan dachte nicht darüber nach, was er als nächstes tun wollte. Seine Bewegungen rollten ganz von selbst ab; sie entsprangen eher der Panik als logischen Überlegungen. Die Schaufel fiel ihm ein, die er immer noch in der Hand hielt, und er führte damit einen gewaltigen Hieb gegen Spragues Arm. Der Stoß schleuderte die Pistole ins Heidekraut und Sprague in den Straßengraben. Aber im selben Augenblick stürzten sich schon die beiden anderen auf ihn. Logan konnte gerade noch hoffen, daß sie – falls sie ebenfalls Feuerwaffen trugen – zögern würden, sie so nahe beim Schloß zu gebrauchen. Unbeholfen benutzte er die Schaufel als Streitaxt und Lanze. Er stieß zu, traf Cabot am Kopf und schlug ihn fürs erste bewußtlos. Lombardo, der nun als einziger übriggeblieben war, sprang Logan an. Hätte er ihn fest zu fassen bekommen, so wäre das zweifellos Logans Ende gewesen. Aber der Riese, der seinen Angriff nicht durchdacht hatte, stürzte einfach voll Zorn auf Logan los, mit der ganzen Wucht eines wilden Stiers. Logan ließ ihn herankommen, dann, im letzten Augenblick, sprang er beiseite, stieß die Schaufel in Lombardos riesenhaften Oberkörper und rammte sie mit aller Gewalt hinein. Der Stoß kam dem Kerl völlig überraschend, er stolperte über einen Felsen und brach irgendwo neben seinem Spießgesellen Sprague an der Straße zusammen.

Logan wartete nicht einmal, bis Lombardo zu Boden gegangen war. Das letzte, was er wollte, war, die Gefahr nach Stonewycke zu bringen. Aber zum erstenmal in seinem Leben erkannte er – mit einer Demut, die ihm ganz neu war –, daß die Dinge ihm über den Kopf wuchsen. Er konnte das nicht mehr allein schaffen. Er brauchte die Hilfe seiner Freunde.

Er warf die Schaufel weg und stürmte auf das Haus zu.

Obwohl der Abend längst in die Nacht übergegangen war, saßen Lady Margaret und Joanna noch alleine in der Küche. Seit ihrem Gespräch mit Allison empfand Joanna einen zunehmenden inneren Drang, von ihrer Großmutter so viel wie möglich über die Geschichte der Familie und ihr eigenes Leben zu erfahren. Sie hatte seit langem alle Informationen, die sie in die Hand bekommen konnte, gesammelt und niedergeschrieben, denn sie wußte, daß in der Erinnerung ihrer Großmutter der Reichtum des Erbes der Ramseys und Duncans aufgespeichert lag, das eines Tages verlorengehen mochte.

Ihr stilles Gespräch wurde von einem Klopfen an der Türe unterbrochen. Logan hatte den einzigen Ort des Schlosses aufgesucht, an dem noch Licht brannte.

Trotz der späten Stunde versammelte sich die Familie auf seine drängenden Bitten hin umgehend im Salon. Außer den jüngeren Kindern waren alle da.

Dorey lehnte auf dem Diwan. Joanna saß in einem der großen Ohrenstühle, ihr Gesicht drückte nackte Sorge aus, in welcher schwierigen Situation Logan sich wohl befinden mochte. Lady Margaret, die einen Schlafrock aus gestepptem Satin trug, hatte sich einen Sitzplatz neben ihrem Gatten gesucht. Alec stand lässig am Kamin, sein Arm ruhte auf dem hohen Kaminsims. Logan bewunderte die Ruhe und den völligen Frieden in seinem Gesichtsausdruck und fragte sich, ob er jemals einen solchen Wesenszug besitzen würde. Allison saß in steifer Haltung auf dem steinernen Sockel des Kamins. In ihren blauen Augen stand ein Spur Furcht, aber auch ein tapferer Versuch, eine gleiche Ruhe wie ihr Vater an den Tag zu legen, dem sie in so vieler Hinsicht ähnelte.

Logan wußte, daß er die schrecklichen Übeltaten, die er bereits an diesen Leuten begangen und noch vorgehabt hatte, wiedergutmachen mußte. Er hatte so hart gekämpft, zu diesem Entschluß zu kommen, und nun durfte er ihm nicht den Rücken kehren.

Jetzt jedoch, als er da vor ihnen stand, hatte er keine Ahnung, was er tun oder sagen sollte. Es war eine imposante Versammlung von Lairds und Ladies, die hier vier Generationen des Hauses Ramsey und Duncan vertraten. Er fühlte sich mehr als nur töricht. Er fühlte sich klein, unbedeutend, unwürdig. Und was noch schlimmer war, er hatte die Gefahr bis an ihre Türschwelle gebracht, obwohl nicht anzunehmen war, daß seine Verfolger in das Herrenhaus selbst eindringen würden.

Logans Blick schweifte von einem Gesicht zum anderen, ruhte einen Augenblick lang auf Allisons Gesicht. Er konnte nicht anders, sein Blick blieb dort ein wenig länger hängen, als er beabsichtigt hatte. Ihre Augen trafen sich für den Bruchteil einer Sekunde, in dem hundert unausgesprochene Worte – Entschuldigungen, Bitten, Erklärungen – zwischen ihnen hin und her gingen.

Logan zwang sich, den Blick abzuwenden. Allison spielte eine wichtige Rolle bei seinem Entschluß, zurückzukehren, aber daran durfte er jetzt nicht denken. Es würde nur Verwirrung in die dringenderen Angelegenheiten bringen.

»Sie halten mich vermutlich für verrückt«, sagte er mit einer Stimme, die dünn und angespannt klang. »Vielleicht hätte alles, was ich zu sagen habe, bis morgen früh warten können. Ich weiß nur, daß ich selbst nicht solange hätte warten können. Mag sein, daß ich Gefahren hierhergebracht habe, aber jetzt ist es zu spät für mich, das zu bejammern – ich hoffe nur, ich kann Ihnen klarmachen, wie leid mir das alles tut.«

Verwirrte Blicke folgten seinen Worten. Dann sprach Alec.

»Ich glaube, wir sehen nicht ganz klar, Junge«, sagte er. »Also würd' ich sagen, Sie fangen am besten mal ganz beim Anfang an.«

Logan nickte und holte tief Atem. »Ich habe mich unter falschen Voraussetzungen bei Ihnen eingeschlichen«, begann er. Er sprach jedes Wort laut und deutlich aus, als müßte er sichergehen, das keines mißverstanden wurde. Und obwohl er nichts von der Erleichterung spürte, die er sich von seinem Geständnis erhofft hatte, fuhr er fort. »Ich habe mein ganzes Leben mit Lügen und Betrug verbracht. Ehrlichkeit und Unehrlichkeit – das war mir alles eins. Wenn ich nicht Karten spiele, dann betrüge ich unschuldige Leute auf jede Weise, die mir nur einfällt. Davon lebe ich, nicht von einem Job als Investmentberater, wie ich es Ihnen vorgelogen habe.«

»Wir schätzen es sehr, daß Sie es für richtig halten, uns das zu sagen«, sagte Lady Margaret, die keineswegs überrascht war. »Aber es ändert nichts daran, wie wir Ihnen gegenüber empfinden.« Sie blickte ihn durchdringend an, mit demselben bohrenden Blick, dem er an seinem ersten Tag in Port Strathy begegnet war. Aber nun, zum ersten Mal, spürte er, was die ganze Zeit an der Wurzel dieses Blickes gelegen hatte: ein großes Herz voll Mitleid und Verständnis.

»Wie ist das möglich?« sagte Logan, ebenso erstaunt wie frustriert. »Ich weiß, daß ihr Leute Unehrlichkeit ablehnt. Ich bin ein Dieb; habt ihr das noch nicht begriffen?«

»Ich verstehe«, sagte sie, mit diesem Geheimnis in der Stimme, das er noch nicht völlig verstehen gelernt hatte. »Und wir lehnen Unehrlichkeit tatsächlich ab. Aber ich sehe, daß Sie jetzt ehrlich sind, und das bedeutet mehr als alles andere. Was können wir für Sie tun?«

Logan trat von einem Fuß auf den anderen, schamrot und unsicher, was er sagen sollte. Er hatte Zurückweisung erwartet, und damit hätte er vielleicht fertig werden können. Aber er wußte nicht, was er *damit* anfangen sollte! »Sie verstehen mich nicht«, begann er von neuem, diesmal mit festerer Stimme. »Deshalb bin ich hierher gekommen – nach Stonewycke. Es war kein Zufall, daß ich Sie kennenlernte. Ich habe es geplant! Ich hatte vor, Sie zu betrügen! Sie alle – aber vor allem Sie, Lady Margaret.«

Er wußte, er hatte ihr vor allem wehgetan, indem er ihre Liebe zu Digory ausgenützt hatte.

»Und Digory ... die Bibel?« fragte sie.

»Oh, die sind echt.«

»Dann ist mir nicht ganz klar, welches Verbrechen Sie an uns begangen haben«, antwortete sie.

»Ich habe Sie belogen! Ist das nicht genug? Ich bin nicht hierhergekommen, um nach den Wurzeln meiner Familie zu suchen. Das interessierte mich überhaupt nicht, bis ich einen Brief fand, den mein Ur-Urgroßonkel geschrieben hatte – einen Brief an Sie, Lady Margaret. In diesem Brief war die Rede von einem Schatz, und ich kam hierher in der Hoffnung, ihn zu finden – ein Schatz, der von rechts wegen Ihnen gehört hätte – und den ich unter Ihrer Nase stehlen wollte.«

Bei der Erwähnung des Schatzes erbleichte Lady Margaret. Es war, als sei ein Gespenst aus ihrer Kinderzeit plötzlich erschienen. Ian sah den Wechsel auf ihrem Gesicht und streckte die Hand aus, um die ihre zu ergreifen.

Eine lange schweigende Pause folgte. Logan starrte auf den persischen Teppich nieder, denn er konnte ihre Blicke nicht länger ertragen.

»Und obwohl es jetzt zu spät ist, meine Falschheit Ihnen gegenüber wiedergutzumachen«, sagte er schließlich, »möchte ich mich entschuldigen ... sagen, wie leid es mir tut.« Es war nicht leicht, die Worte über die Lippen zu bringen. Es war das erstemal, daß er dergleichen versuchte. »Sie waren alle so ... freundlich ...

Sie haben mich behandelt, als gehörte ich zur Familie, und ich habe es nicht verdient.« Er stockte. Wenn er noch weiter redete, würde er von neuem zusammenbrechen.

Lady Margaret kam wieder zu Atem. Sie sprach als nächste. »Und haben Sie Ihren Plan durchgeführt, Logan?«

Er schüttelte den Kopf. »Aber können Sie mir vergeben?« platzte er heraus, fast wie ein Kind.

Joanna stand auf und schritt auf ihn zu. Sie führte ihn zu einem Sessel, dann setzte sie sich neben ihn. Sie legte ihre Hand sanft auf Logans Schulter, während sie im stillen betete, Gott möge ihnen die rechten Worte eingeben, um zu trösten und den Weg zur Heilung zu zeigen.

»Oh, Logan«, sagte Lady Margaret, »kennst du uns denn so schlecht, daß du nicht weißt, daß unsere Herzen vor Liebe zu dir überströmen? Natürlich vergeben wir dir!«

»Ein Geständnis, wie Sie es gemacht haben, Logan«, fügte Dorey hinzu, »kommt aus dem Herzen und ist ein klares Zeichen der Buße. Glaube mir, ich weiß von der Notwendigkeit, Buße zu tun. Ich lief Gott jahrelang davon, bevor ich seine Vergebung annehmen konnte. Nicht nur wir vergeben dir, sondern auch Gott.«

»Wie könnt ihr beide das sagen!« Dieser neue Ausbruch kam von Allison, die außer sich vor Schmerz und Empörung schien. »Wie könnt ihr ihm so leicht vergeben? Wir haben ihm vertraut, und er hat uns *belogen.* Wir dachten, er sei unser Freund, und er hat uns getäuscht. Wie können wir ihm jetzt vertrauen? Wie können wir wissen, daß er nicht nur zu uns kommt, weil er irgendwie in Schwierigkeiten steckt?«

»Oh, Allison ... meine Liebe ...« begann Joanna, aber bevor sie noch ein weiteres Wort über die Lippen brachte, fiel Logan ein.

»Ich bin tatsächlich in Schwierigkeiten, aber ich bin nicht deshalb zu Ihnen gekommen –«

»Wie können wir dir jemals wieder trauen?« sagte Allison.

»Ich weiß, ich verdiene es nicht.«

»Ich habe dir vertraut!« rief Allison unter Tränen aus. Der Schmerz in ihrer Stimme war unüberhörbar. »Wieso soll ich dir jetzt verzeihen, Christin hin oder her? Ich wüßte nicht, wie ich das anfangen sollte!« Sie wandte sich um und stürzte aus dem Zimmer.

»Logan«, sagte Joanna. Sie spürte den Schmerz in seiner Seele, als er Allison gehen sah und wußte, daß er sie nicht erreichen konnte. »Sie müssen versuchen, Allison zu verstehen ... sie ist so jung ...«

»Sie hatte recht mit dem, was sie sagte.«

»Ich sollte jetzt zu ihr gehen«, fügte Joanna hinzu, »aber ich weiß, sie hat es nicht wirklich so gemeint. Ihr Herz wird imstande sein, Ihnen ebenfalls zu vergeben. Geben Sie Ihr ein wenig Zeit.« Sie tätschelte mütterlich seine Schultern, dann wandte sie sich um und verließ hinter ihrer Tochter das Zimmer.

»Komm herüber und setz dich her, Junge«, sagte Alec, während er Logan zu einem Sessel zog, dem Diwan gegenüber, auf dem Lord und Lady Duncan saßen. Alec selbst zog sich einen mittelalterlichen Sessel mit gerader Lehne heran. »Junge«, sagte er, als sie Platz genommen hatten, »meinst du, Vergebung hätte irgendwas mit Verdienst zu tun? Damit, ob wir uns was *verdient* haben? Nee, das hat's nich. 's hat nur mit einer einzigen Sache was zu tun, mit einem zerbrochenen und bußfertigen Herzen. Was meinst du wohl, wo wir alle nu wär'n, wenn Gott dächte, er würd' uns wohl vergeben, wenn wir's verdienten!«

»Ich kann mir viel leichter vorstellen, daß Sie mir vergeben, als daß Gott mir vergibt«, sagte Logan.

»Er ist es, von dem wir Vergebung lernen, Logan«, sagte Lady Margaret. »Der erste Schritt von allen ist es, seine Vergebung anzunehmen.«

»Der erste Schritt – wovon?«

»Daß du ihm dein ganzes Leben übergibst«, antwortete Alec. »Das ist es, was er von uns will. Und nur, wenn du ihm dein Leben übergibst, können Vergebung und Frieden und Heilung eintreten.«

»Ich weiß jetzt, daß ich anders sein möchte, daß ich ehrlich und aufrichtig sein möchte. Ich möchte, daß mir alles, was ich getan habe, vergeben wird. Aber ich kann mir schlecht vorstellen, daß Gott mit jemand wie mir etwas zu tun haben möchte. Ich hab's Ihnen schon gesagt. Ich bin nicht so gut wie Sie. Ich habe unehrliche Dinge getan, kriminelle Dinge.«

»Das haben wir mehr oder weniger alle getan. Vor Gott ist niemand frei von Sünde. Die Bibel sagt: ›Daran hat sich die Liebe Gottes zu uns erwiesen, daß Christus für uns starb, als wir noch Sünder waren.‹ Sehen Sie, Logan – den *Sündern* gilt sein Hauptinteresse!«

»Das ist doch bloß religiöses Gerede, alle Menschen Sünder zu nennen. Was können Sie schon wirklich Böses getan haben?«

»Logan«, sagte Alec in eindringlichem Ton, »ich habe einen Menschen getötet.«

Jede Antwort, die Logan auf den Lippen gehabt haben mochte, zerschmolz zu einem Nichts, und er starrte ihn nur wortlos an.

Das konnte nicht wahr sein – er mußte sich verhört haben! Aber er konnte in Alecs blauen Augen sehen, daß es so war, ob er es glaubte oder nicht. Und dennoch, obwohl er ein solches Verbrechen begangen hatte, sprach Alec von Gott, als wäre er sein Freund. Es schien kaum möglich zu sein.

»Das Gericht sprach mich frei, aber es wurde mir deshalb um nichts leichter, mit einer solchen Schuld zu leben –«

Alec schloß die Augen und schluckte schwer. Es zerriß ihm immer noch das Herz, darüber zu sprechen, und er hätte es nicht getan, hätte es nicht um Logans willen sein müssen. »Zu wissen, daß ich mit eigener Hand ein menschliches Leben zerstört habe ... ich erzähle dir das nur, damit du weißt, wie groß Gottes Liebe für uns ist. Als ich mit meiner Schuld zu ihm kam, da sagte er nicht: ›Tut mir leid, aber das ist 'ne Nummer zu groß, als daß ich's noch vergeben könnte‹. Nein, Jesus war längst für meine Tat gestorben! Er wartete nur noch darauf, daß mir das bewußt würde, daß ich bereute, was ich getan hatte, und seine Liebe in mein Herz eindringen ließe statt meiner alten selbstsüchtigen Natur. Seine Liebe hatte nichts damit zu tun, was ich getan habe. Seine Liebe ist groß genug, das Schlimmste und das Beste in uns zu umfassen. Aber wir alle haben es gleichermaßen nötig, daß diese Liebe in unseren Herzen wohnt.«

»So habe ich es noch nie gehört«, bekannte Logan. »Aber wie wußten Sie, daß es wahr ist – ich meine, *wirklich wahr?*«

»Ein lieber Freund sprach zu mir davon«, antwortete Alec. »Dann, eines Nachts, wußte ich in meinem Herzen, daß Gott mich liebt und mein Gebet erhört und mir vergeben hatte. Sobald du einmal den Schritt tust, ihn um Verzeihung zu bitten und ihn einlädst, in deinem Herzen zu wohnen, läßt er dich nicht mehr allein.«

»Ich habe niemals gedacht, daß Gott einem so ... so nahe sein könnte.«

Wie in schweigender Übereinstimmung legten die drei ihre Hände auf Logan und senkten die Köpfe. Logan schloß die Augen, er fühlte eine leichte Verlegenheit, zugleich aber die Wärme ihrer Liebe.

Dorey sprach als erster.

»Vater«, begann er, »wir alle danken Dir, daß Du Logan hierhergebracht hast, um mit uns zu leben. Danke, daß sein Herz sich für Dich geöffnet hat.«

Er hielt inne. Alec betete weiter: »Oh, Herr, halte Deine liebende Hand auf unser'n Freund Logan. Enthüll' ihm Deine Liebe auf eine ganz besond're Art. Und zeig ihm, wie er seinen Weg gehn soll durch die Sorgen, die er grade nun in seinem Leben hat, und gebrauch uns, Deine Diener, wie es Dir gefällt. Hilf ihm, Deine Vergebung in seinem Herzen anzunehmen. Danke für Deine große Liebe, Herr. Amen.«

»Hilf mir, Herr«, sagte Logan schlicht. »Hilf mir, so zu leben, wie Du es willst. Bitte wohne in meinem Herzen, wie Du in den Herzen dieser Menschen wohnst. Und danke, daß Du mir vergeben hast, was ich früher gewesen bin ... Amen.«

Er blickte auf, als Joanna ins Zimmer zurückkehrte. Sie lächelte ihn an, als sie sich ihm näherte. Alec streckte ihr die Hand entgegen, und sie nahm sie dankbar.

»Wie geht's unserer Tochter?« fragte er.

»Ich konnte sie nicht finden«, antwortete Joanna. »Ich habe sie im ganzen Haus gesucht. Offenbar will sie allein sein. Wahrscheinlich macht sie draußen einen Spaziergang.« Sie seufzte. »Vielleicht wird die kühle Abendluft ihre Gefühle beruhigen.«

»Sie hat jedes Recht, mich zu hassen«, sagte Logan. »Ich redete davon, daß wir Freunde seien – aber jetzt weiß sie, daß ich ein gemeiner Lügner bin.« Er blickte Allisons Eltern feierlich an. »Sie sollen wissen, daß ich ihr niemals ein Leid zufügen wollte. Ich ...«

Seine Stimme brach. Er wollte ihnen sagen, was er für sie empfand, daß sie ihm mehr bedeutete, als er selbst zugeben wollte. Aber die Worte seines Herzens blieben unausgesprochen. Er erhob sich und wandte sich, den Raum zu verlassen.

»Ich packe meine Sachen«, sagte er. »Morgen früh reise ich ab. Ich weiß zu schätzen, was Sie für mich getan haben. Aber es ist wohl das beste, wenn ich gehe. Da sind ... einige Leute ... die hinter mir her sind. Männer, die mit meiner Vergangenheit zu tun haben. Es wäre nicht fair, wollte ich hierbleiben. Lady Margaret, ich lasse Ihnen die Bibel samt Digorys Brief hier. Ich weiß, das bedeutet Ihnen viel. Die Erinnerung an ihn – und an Sie – wird mir immer wertvoll sein. Aber es ist am besten so ...«

Er stockte und versuchte, die vier anzusehen, wie sie da standen und ihn mit Augen voll Liebe anblickten. Er spürte, wie ihm die Tränen in die Augen stiegen, und wußte, daß er rasch gehen mußte.

»Wenn ich nur ... wenn ich nur von neuem beginnen könnte, dann ...« Aber seine Worte blieben unvollendet, er wandte sich rasch um und floh aus dem Haus.

ENTFÜHRUNG

Eine schmale Mondsichel war hinter den Bäumen aufgetaucht, aber sie erhellte die immer tiefer werdende Nacht nicht. Als Logan den Hof überquerte, zogen die jagenden Wolken darüber hin und verhüllten den Mond von neuem. Die Luft war schwer. In der Ferne hörte er schwaches Donnergrollen.

War er wiederum auf der Flucht – diesmal vielleicht nicht vor Gott, sondern vor den Menschen? Warum hatte er solche Angst gehabt, sich zu öffnen und ihnen alles zu erzählen? Er wußte, sie hätten ihn mit offenen Armen aufgenommen, hätten mit ihm gebetet, hätten alles in ihrer Macht Stehende getan, ihm zu helfen. Warum war es so schwierig, die Hilfe und Liebe seiner Mitmenschen anzunehmen?

Plötzlich fesselte ein Geräusch Logans Aufmerksamkeit. Er hielt an und horchte. War es Allison? Er war nicht sicher, ob er ihr eben jetzt zu begegnen wünschte.

Er blickte um sich, sah aber nichts. Nun, auch gut! Was hätte er ihr schon sagen können? Während er weiterging, dachte er an ihre bisherigen Begegnungen. Sie hatten einander nichts versprochen, einander zu nichts verpflichtet. Dazu waren sie wohl beide zu egozentrisch. Er machte sich augenblicklich Vorwürfe, daß er schlecht von ihr gedacht hatte; er wußte, in Allison steckte mehr. Er hatte erst nur kurze Augenblicke dieser Veränderung erhascht, aber von dem Tag an, an dem Fairgate zu Besuch gekommen war, war sie ihm wirklich verändert erschienen. Focht sie einen Kampf in ihrer Seele aus – wie auch er es tat?

Er ging weiter. Er wollte jetzt nicht fortgehen von hier. Aber was konnte er anderes tun? Er konnte sich niemals irgendwo ruhig niederlassen, nicht einmal um der Liebe willen. Der bloße Gedanke sandte einen prickelnden Schauer durch seinen Körper. In seinem harten Leben auf der Straße war ihm so etwas nicht oft begegnet. Er hatte nicht einmal danach gesucht oder sich danach gesehnt – bis jetzt, wo es plötzlich in seiner Griffweite zu liegen schien. Und dennoch, seine Chance, die Liebe zu finden, war fast schon vertan.

Logan erreichte die Stalltüre und öffnete sie weit genug, um sich hindurchzuquetschen. Alles war stockfinster und still, außer einem gelegentlichen Schnauben eines der Pferde im Hintergrund. Er hatte bisher nicht gewußt, was für ein tröstliches Geräusch das war. Kein Wunder, daß sein Onkel die Tiere und seine kleine Welt hier so sehr geliebt hatte!

Bevor er noch Gelegenheit hatte, die Türe hinter sich zu verriegeln, hörte er von neuem ein Geräusch. Wie das Tappen von Füßen klang es. Wieder dachte er an Allison. Aber bevor er noch darüber nachdenken konnte, was sie wohl im Stall zu tun hatte, wurde eine Stimme in der Dunkelheit laut. Logan erstarrte.

»Komm bloß nicht auf dumme Gedanken, MacIntyre«, sagte die Stimme. »Mein 38er zielt genau auf deinen Kopf.« Es war dieselbe Stimme, die er früher von Lombardos Gefährten gehört hatte.

Die Mauern des mächtigen Stonewycke waren also keineswegs unbezwingbar!

»Sprague ist mein Name«, sagte der Eindringling kühl. »Hat aber nichts zu bedeuten. Du hast was, was ich gerne hätte – jedenfalls hoffe ich, du hast es, sonst wäre ich *sehr* enttäuscht. MacIntyre, ich hab' was übrig für vergrabene Schätze.«

Wie in aller Welt hat Morgan denn das herausgefunden? staunte Logan insgeheim. Aber das hatte jetzt nichts zu bedeuten.

»Wo ist Allison?«

»Meinst du vielleicht die süße kleine Puppe, die vor einer Stunde hier herumlief?«

»Wo ist sie?« war Logans einzige Antwort, als er Anstalten machte, herumzufahren.

»Stillgestanden!« bellte Sprague. »Dreh dich ganz langsam um, und laß die Hände hübsch dort, wo ich sie sehen kann!«

Logan gehorchte. »Was habt ihr mit ihr gemacht?« schrie er, erfüllt von einer Mischung aus Zorn und Selbstverachtung.

»Keine Sorge. Es geht ihr gut – *zur Zeit.* Mach brav mit und gib mir, was ich haben will, und du kriegst dein kleines Fräulein wieder.« Sprague hatte es nicht nötig, seine Drohung noch deutlicher zu formulieren.

»Was willst du?«

»Was ich gesagt habe. Den Schatz.«

Irgend etwas stimmte da nicht. Wenn dieser Mann zu Morgan gehörte, dann wäre es ihm viel wichtiger gewesen, es Logan heimzuzahlen, als irgendeinen Schatz im Wolkenkuckucksheim zu suchen. Morgan war der Typ, der Logans Blut wollte, der Rache wollte.

»Ich bin kein gieriger Typ«, sagte Sprague, »und übrigens auch nicht gewalttätig. Ich kann sogar ganz umgänglich sein.«

»Ich sage kein Wort, bevor ich nicht weiß, daß das Mädchen in Sicherheit ist.«

Sprague schnalzte in spöttischem Vorwurf mit der Zunge. »Das kränkt mich aber, Söhnchen, daß du zu dem guten alten Onkel Ross gar kein Zutrauen hast.«

»Du kriegst nichts, bevor ich nicht mit eigenen Augen gesehen habe, daß sie am Leben und gesund ist und unversehrt in Freiheit gesetzt wird.«

DAS VERLASSENE BAUERNHAUS

Allison wand sich gegen die rauhe Steinmauer des verlassenen Bauernhauses.

Von der Glut in der Feuerstelle abgesehen, gab es kein Licht im einzigen Raum der Hütte. Aber der Feuerschein war genug, um die grausamen, drohenden Gesichter ihrer Entführer zu erkennen. Sie waren Fremde, und obwohl sie gehört hatte, wie sie einander mit Cabot und Lombardo anredeten, bedeuteten ihr die Namen nichts. Logans Name war jedoch ein- oder zweimal genannt worden.

Sie hatten sie im Hof hinter dem Haus angepackt, durch die Lücke in der Hecke gestoßen und gewaltsam auf den Rücksitz eines Wagens verfrachtet, in dem sie sie hierher gefahren hatten. Sie waren etwa eine halbe Meile vom Moor entfernt, so nahe, wie ein Automobil heranfahren konnte. Das alte Bauernhaus war seit Jahren nicht mehr bewohnt worden, und obwohl sie sich alle so ähnlich sahen und schwer etwas zu erkennen war, war sie sicher, daß dies dieselbe Hütte war, in der sie, Logan und Fergie Schutz gesucht hatten. Nun sah es aus, als sei sie Allisons Kerker geworden.

Sie schauderte, vor Furcht wie auch von der Kälte der sinkenden Nacht. Ein eisiger Wind hatte vom Moor herunterzuwehen begonnen und wirbelte die stille Luft der vergangenen Stunden auf. Ein neuer Sturm kündigte sich an.

»Kalt, kleine Dame?« fragte der Mann namens Lombardo ruppig, aber nicht ganz ohne echte Anteilnahme.

Allison nickte, aber sie würde ihnen niemals sagen, welche Angst sie empfand. *Oh, Gott,* betete sie, *gib mir bitte Mut. Ich brauche Dich jetzt mehr denn je zuvor!*

Lombardo schlüpfte aus seiner Jacke und breitete sie über Allison. Sie wußte, sie sollte sich für diese Geste dankbar erweisen, aber ihr war nicht sehr nach Dankbarkeit zumute; ihre Hände waren gefühllos von den Stricken, die sie banden, und ihre Arme schmerzten noch von den groben Griffen, mit denen sie sie angepackt hatten.

»Du hast ja ein butterweiches Herzchen«, verhöhnte Cabot seinen Kameraden.

»Willst du, daß sie uns verreckt?«

»An ein bißchen Kälte ist noch niemand verreckt.«

»Ach, halt's Maul!« brummte Lombardo, während er zu seinem Platz auf der anderen Seite der Feuerstelle zurückschlurfte.

»Was wollen Sie von mir?« fragte Allison. »Meine Familie hat kein Geld. Lassen Sie mich gehen … niemand wird Sie verfolgen.«

»Sie sind ja unwahrscheinlich großherzig«, lachte Cabot.

Allison sank in sich zusammen und schwieg. Was für eine harte Prüfung für ihren jungen Glauben war das, besonders, nachdem sie so furchtbar versagt hatte, als Logan ihren Eltern sein Geständnis machte. Wäre sie nicht so albern hinausgerannt, all das wäre nicht geschehen. Sie betete weiter um Hilfe, bis sie in einen unruhigen Schlaf fiel.

Ein plötzlicher Hauch kalter Luft weckte sie auf. Die Türe war aufgestoßen worden.

»Logan!« rief sie, erleichtert und überglücklich, und vergaß allen vergangenen Ärger.

»Allison!« Er stürzte auf sie zu, stolperte über ein Holzstück in dem halbdunklen Raum und fiel auf die Knie. Sie sah, daß seine Hände gefesselt waren. Er kämpfte sich zu ihr vor und hob die Hände, fuhr über ihre Wange, als müßte er sich vergewissern, daß sie Wirklichkeit war. »Es tut mir leid, daß ich dich da hineingezogen habe«, sagte er. »Ich verdiene deine Vergebung nicht, aber es tut mir ehrlich leid.«

»Oh, Logan«, rief sie, »all das liegt hinter uns. Ich habe dich so herzlos behandelt!«

Sprague unterbrach sie. »Tut mir leid, daß ich dieses ergreifende Wiedersehen kurz unterbrechen muß«, bemerkte er sarkastisch, »aber unser kleines Geschäft ist noch nicht erledigt, MacIntyre.«

Logan wandte sich um. Er hatte kein Vertrauen zu Spragues Versprechen, sie beide laufen zu lassen, sobald er seine kostbare Information hatte, aber er hatte keine andere Wahl.

»Da ist ein Ort namens Ramsey Head«, sagte er. »Der Schatz ist auf seinem Gipfel versteckt … unter einem großen Felsen, der halb behauen ist, so daß er einem Pferdeschädel ähnelt.«

Cabot deutete mit seinem Revolver auf Lombardo. »Du gehst mit ihm – damit er uns nicht mit dem Schatz abhaut. Ich passe auf die beiden hier auf.«

»Mach du mir keine Vorschriften!« knurrte Lombardo. »Das Ganze war deine Idee. Also gehst du!«

Cabot warf seinem Komplicen einen scharfen Blick zu, dann stand er auf; offenbar hielt er weitere Streitereien für sinnlos.

Es tröstete sie ein wenig, daß sie noch eine Gnadenfrist hatten, und Allison versuchte, dankbar dafür zu sein. Logan war gekommen. Vielleicht hatte Gott ihn zu ihr gesandt. Sie war nicht mehr allein. Und als Lombardo ihn neben ihr zu Boden stieß, fühlte sie, wie seine Nähe sie mit warmem Frieden erfüllte.

»Logan«, sagte sie leise, »du bist nicht der einzige, dem etwas leid tun muß. Ich habe dich auch nicht fair behandelt.«

»Das war meine Schuld«, antwortete Logan. »Ich –«

»Es genügt, daß wir einander vergeben«, unterbrach ihn Allison. »Und ich vergebe dir tatsächlich. Etwas geschieht in mir, Logan –«

Logan schwieg ein paar Augenblicke lang. Allison fragte sich, woran er wohl dachte. Dann bemerkte sie, daß er die Hände in den Fesseln hin und her drehte. Hastig wandte sie den Blick ab, um Lombardos Aufmerksamkeit nicht auf sich zu lenken.

»Hör mal«, sagte Logan leise, »kannst du dich krank stellen?«

»Genauso gut wie du«, antwortete sie mit einem koketten Lächeln.

»Dann versuch's – und tu dein Bestes.«

Allison krümmte sich zusammen und ließ ein schreckliches Stöhnen hören. Sie wiederholte es ein ums andere Mal, aber Lombardo sagte nur kaltschnäuzig: »Das ist der älteste Trick, den ich kenne.«

Allison wälzte sich herum und stöhnte weiter.

»Du kannst sie doch nicht einfach da liegen lassen!« schrie Logan. »Was ist, wenn deine Freunde zurückkommen und sie tot da liegen sehen? Dann gehst du ins Gefängnis, und sie verduften mit dem Schatz.«

»Keine faulen Tricks!« Lombardo richtete sich schwerfällig auf, dann deutete er mit dem Revolver auf Logan. »Du rutsch' dort hinüber.«

Logan gehorchte. Lombardo hatte noch nicht bemerkt, daß er die Stricke, die seine Hände banden, inzwischen merklich gelokkert hatte. Der Riese beugte sich über Allison und klopfte auf ihre Schulter.

»Was ist los, Lady?« fragte er.

»Magenschmerzen!« röchelte Allison.

Lombardo hatte darauf geachtet, Logan im Auge zu behalten. Aber den einen Augenblick lang, in dem er Allisons Arm ergriff, um sie hochzuziehen, ließ er die Hand mit dem Revolver sinken.

Logans nächste Bewegung kam so schnell und unerwartet, daß selbst der Bruchteil einer Sekunde, den es dauerte, die Hand mit dem Revolver zu heben, nicht ausreichte. Logan sprang mit einem Satz auf Lombardo los. Der Anprall betäubte den Gangster einen Augenblick lang. Lombardo versuchte zu zielen, aber Logan packte seinen Arm und preßte ihn gegen den Erdboden. Eine gute Minute lang rangen sie miteinander, als plötzlich mit einem ohrenbetäubenden Knall der Revolver losging.

Einen entsetzten Augenblick lang erstarrten sie alle. Dann hob Logan die Hand, die die Waffe eisern umklammert hielt. Lombardo starrte ihn an, fassungslos, daß er geschossen hatte und daß dieser Amateur in der Lage gewesen war, ihm die Waffe zu entwinden. Dann wich er langsam zurück. Bleich und zitternd, den rechten Arm gegen die Seite gepreßt, richtete Logan den Revolver mit der Linken auf Lombardo.

»Ali, lauf!« rief er. »Lauf und hol Hilfe!«

»Ich verlasse dich nicht.«

»Du mußt gehen. Verstehst du nicht? Ich halte ihn hier fest. Du bist die einzige, die Hilfe holen kann!«

»Aber du bist verletzt!«

»Das ist nur ein Kratzer«, log er, dankbar, daß seine Jacke den immer größer werdenden Blutfleck darunter verbarg. »Ich würde dich nur aufhalten. Geh! Ich bin schon in Ordnung.« Dann wandte er sich seinem Gefangenen zu und befahl: »Binde sie los, Lombardo.«

Zögernd trat Allison schließlich auf die Türe zu. Die Hand auf dem Riegel, wandte sie sich um und blickte zurück. Ihre Augen flehten Logan an. Er verstand ihre unausgesprochene Frage ›Soll ich wirklich gehen?‹, nickte und sagte: »Nun lauf.«

Im Augenblick, in dem sie über die schiefe hölzerne Schwelle der Hütte trat, begann sie zu rennen, ein Gebet auf den Lippen und den Schmerz in der Seele, daß sie vielleicht nicht rechtzeitig zurückkehren würde, um ihm Hilfe zu bringen.

DEN TOD VOR AUGEN

Schmerz fuhr durch Logans Seite, als wäre ein rotglühendes Eisen durch seine Brust gestoßen worden.

Als die Kugel ihn getroffen hatte, hatte er keinen Schmerz verspürt, nur einen Ruck und ein jähes Gefühl der Schwäche. Da hatte er schon gewußt, daß er schlimm getroffen war. Je tiefer die Kugel saß, hatte man ihm gesagt, desto größer war der Schock, desto geringer der Schmerz. Aber das durchdringende Pochen war bald darauf spürbar geworden, und wenn die Kugel ihn nicht tötete, so würde er zweifellos bald aus purer Todesangst und vom Blutverlust ohnmächtig werden, und dann würde Lombardo ihn erledigen. Wie auch immer, er war ein toter Mann.

Er war niemals zuvor auf solche Weise verletzt worden, hatte niemals zuvor solche körperliche Qual gefühl. Schon begann ihm alles vor Augen zu verschwimmen, und seine Hand war so schwach, daß sie zitterte. Lombardo machte eine Bewegung, und Logan spannte alle Muskeln an.

»Tu das nicht, Lombardo«, warnte Logan mit einer dünnen und rauhen Stimme.

»Du schaffst es nicht, MacIntyre. Du bist schon halb hinüber.«

»Ich kann immer noch abdrücken.«

»Dafür hast du nicht die Nerven«, forderte ihn der Gangster heraus.

»Vielleicht nicht. Aber mir ist alles egal, und da tue ich vielleicht auch etwas, wofür ich nicht die Nerven habe.«

Lombardo lehnte sich wortlos zurück. Logan mochte recht haben. Und wozu sollte er sich beeilen? Er würde bald genug das Bewußtsein verlieren. Lombardos Hauptsorge war, was er sagen sollte, wenn seine Spießgesellen zurückkamen. Wenn sie keinen Schatz gefunden hatten und feststellen mußten, daß das Mädchen auf der Flucht war und Logan tot, dann würden sie nicht sonderlich erfreut sein. Es stimmte schon, Morgans Auftrag war damit erfüllt. Aber das Mädchen war in Freiheit und konnte ihnen die Behörden auf den Hals hetzen, und Sprague würde fuchsteufelswild sein. Er hatte keine Lust, sich auf eine Auseinandersetzung mit diesem Mann einzulassen. Wenn der Junge starb, dann sollte er vielleicht besser zusehen, daß er Leine zog und als erster bei Morgan anlangte, um seine Version der Geschichte als erster zu erzählen.

In der Zwischenzeit hing Logan seinen eigenen Gedanken nach. Er wußte, Lombardo hatte nicht unrecht. Er würde es niemals fertigbringen, abzudrücken. Wieder versuchte er, etwas darzustellen, das er in Wirklichkeit nicht war. Er hatte immer eine Abneigung gegen Feuerwaffen gehabt und nie im Leben von einer Gebrauch gemacht. Aber da war in diesem Augenblick noch etwas anderes in Logan am Werk, von dem Lombardo keine Vorstellung haben konnte – eine hartnäckige Entschlossenheit, Allison und ihre Familie nicht noch einmal im Stich zu lassen. Er wußte nicht, ob er einem anderen Menschen das Leben nehmen konnte. Aber er wußte, daß er Lombardo hier lange genug festhalten mußte, um Allison genug Zeit zur Flucht zu verschaffen. Die Vorstellung, daß dieser Koloß zu früh entfloh und sie wieder einfing, ließ in Logan den Gedanken aufkeimen, daß er unter Umständen doch fähig wäre, zu töten. Er hoffte nur, es würde nicht so weit kommen.

Schweiß troff ihm in die Augen, und er wischte ihn mit der freien Hand ab, die so kalt und feucht wie die Hand eines Toten war. Seine Lider sanken herab, und er zwang sich, die Augen offenzuhalten. Er mußte es schaffen!

Als die Minuten vergingen, mußte Logan sich immer mehr anstrengen, um nicht in einem Nebel zu versinken. Sein Kopf fühlte sich bereits allzu leicht an, als hänge er drei oder vier Fuß über seinen Schultern in der Luft. Von Zeit zu Zeit erschien ihm Lombardo als eine ferne und verzerrte Gestalt, als betrachtete er ihn durch das falsche Ende eines Fernrohrs.

Wieviel Zeit war bereits vergangen? fragte er sich. Wo mochte Allison sein? Es schien ihm, als seien Stunden vergangen, aber es mochten auch nur Minuten sein. Sein verwundeter Körper schrie nach Erleichterung, aber er stählte sich gegen den Drang, aufzugeben. Er konnte sich nicht niederlegen und einschlafen, obwohl jede Faser seines Wesens nach Ruhe schrie.

Oh Gott, hilf mir!

Plötzlich warf er den Kopf hoch. Er hatte den Eindruck gehabt, das Bewußtsein zu verlieren. Lombardo erkannte seinen Vorteil und begann sich zentimeterweise auf ihn zuzubewegen. Logan streckte ihm die Waffe entgegen.

»Ich warne dich, Lombardo.« Aber Logans Stimme klang hohl und fern. Er war sich nicht einmal sicher, ob sein Finger noch den Abzug berührte.

»Du bist ein toter Mann, MacIntyre.«

Nein! versuchte Logan zu schreien. Aber es war wie ein böser Traum. Kein Laut kam über seine Lippen. Seine Zunge und seine Lippen waren so trocken, daß er meinte, den Mund voll Leim zu haben, und der Raum drehte sich übelkeiterregend um ihn.

Wie lange – wie lange war es her – ?

Allison, es tut mir leid ... ich hab's versucht ... ich liebe dich ... aber ich kann nicht ...

Als Logan wieder zu Bewußtsein kam, lag er lang hingestreckt auf dem harten Lehmboden des verlassenen Bauernhauses. Er hob den Kopf gerade lang genug, um zu sehen, daß Lombardo verschwunden war, dann ließ er ihn voll Verzweiflung wieder sinken. Das Feuer war niedergebrannt. Er hatte jedes Zeitgefühl verloren. Er hatte nicht einmal mehr die Kraft, sich zu fragen, warum der Gangster ihn am Leben gelassen hatte. War es möglich, daß selbst ein Verbrecher wie Lombardo vor kaltblütigem Mord zurückschreckte? Seine Genossen würden wohl kaum so freundlich sein.

Er lebte. Gerade noch. Er wußte, es würde nicht mehr lange dauern.

Logan hatte sich selten Gedanken über den Tod gemacht. Er war jung, und der Tod war ihm immer in weiter Ferne erschienen. Er hatte für Geständnisse auf dem Sterbebett nur Verachtung übrig gehabt. Er dachte an sein letztes Gespräch mit Skittles. Sein sterbender Freund hatte gesagt: »Du bist ein kluger Junge, und du kannst etwas Besseres aus dir machen.«

Nun, Skits, da habe ich dich wohl wieder einmal hängenlassen.

Sie hatten niemals über Religion miteinander gesprochen. Und das bedauerte Logan nun, denn es erschien ihm als eine Schande, daß ihre sonst so innige Beziehung dieses eine ausgelassen hatte. Aber natürlich war er damals nicht an Gott interessiert gewesen, hatte so vieles nicht so klar gesehen.

Geständnisse auf dem Sterbebett ... Nun verstand Logan, worum es dabei ging. Sie mußten wahrhaftig sein, denn mit dem Tod vor Augen konnte ein Mensch nicht mehr lügen – da war nicht die Zeit für Lügen oder Spielchen oder falsche Versprechungen. Skittles hatte so dringlich versucht, ihn zum Zuhören zu bewegen, aber er hatte alles von sich abgleiten lassen.

Nun war sein Ende nahe, und niemand war hier, mit dem er hätte reden können. Sein ganzes Leben zog vor seinen Augen vorbei. Er wußte jetzt, was er wollte, und er wünschte nur, er hätte Zeit genug, zu beweisen, daß er desselben Glaubens würdig war wie Digory und Lady Margaret und alle anderen. Er wünschte, er hätte Zeit genug, alles wieder gutzumachen an allen, die er verletzt hatte, die er betrogen hatte, an Buckie und Jimmy und so vielen anderen. Und wenn es ein Leben lang dauerte, er wollte gutmachen, was er in seinem früheren Lebenswandel verbrochen hatte. Aber nun war es zu spät ... er hatte keine Zeit mehr ...

Logan atmete rasselnd ein.

»Gott, vergib mir, was ich gewesen bin, was ich getan habe«, betete er in heiserem Flüsterton. »Vergib mir, daß ich Dich so lange ignoriert habe. Laß mich in dem Frieden sterben, den nur Du geben kannst –«

Er hielt inne, als ein Hustenanfall neue brennende Schmerzen durch seinen Körper jagte.

Dann schwieg er. Er konnte kaum noch denken. Aber in diesen Augenblicken erinnerte er sich an Alecs Worte: *»Eines Nachts wußte ich's einfach in meinem Herzen, daß er mir vergeben hatte.«* Und bei diesem Gedanken spürte Logan den Frieden, nach dem er sich gesehnt hatte.

Logan erkannte dieselbe Stimme, die zu Alec gesprochen hatte. Geheimnisvoll, wunderbar und unbegreiflich hatte Gott einen Lügner, einen Dieb, einen Schwindler, einen Taugenichts, einen jungen Egoisten, der sein Leben lang nur an sich selbst gedacht hatte, in sein Herz geschlossen.

Nichts anderes brauchte Logan zu wissen.

Er schloß die Augen. Er hatte in Gottes Herz der Liebe geblickt – und war bereit, zu sterben.

Allison rannte wie gehetzt die ganzen drei Meilen zwischen dem verlassenen Haus der Kruegers und den Toren von Stonewyke.

Ihre Brust hob sich in schweren Atemzügen, und sie fühlte, wie es schmerzhaft in ihren Seiten stach. Der Gedanke an Logan trieb sie vorwärts. Während sie dahinrannte, betete sie ein ums andere Mal: »Bitte, Gott, hilf, daß er nicht ernsthaft verletzt ist. Beschütze ihn, Herr ... halte Deine Hand über ihn!«

Sie stieß das altertümliche Tor auf und hielt einen Moment inne, um genug Atem zum Weiterlaufen zu holen. Als sie zum Haus hinaufblickte, sah sie, daß drei oder vier Fenster noch erleuchtet waren. Es war fast Mitternacht.

Die Küchentüre war immer noch unverschlossen. Sie trat ein und schrie verzweifelt nach ihrer Mutter. Schritte hasteten über den Korridor oben, kamen dann die Treppe herunter. Lichter flammten auf. Als ihre Mutter sie erreichte, brach Allison schluchzend und zitternd in ihren Armen zusammen. Alec folgte seiner Frau auf den Fersen, die Angst dieser Nacht stand ihm ins Gesicht geschrieben.

»Mädchen«, sagte er, »oh, Mädchen, was ist geschehen? Seit einer Stunde suche ich dich!«

»Es ist schrecklich, Daddy!« schrie sie und fühlte, wie sich nun auch seine starken Arme um sie schlossen. »Logan – er ist verletzt – da waren zwei Männer – sie haben mich entführt. Dann brachten sie Logan. Logan überwältigte einen von ihnen, so daß ich fliehen konnte. Aber der Schuß verletzte ihn – er wollte mir nicht sagen, wie schlimm. Oh, ich habe solche Angst!«

»Was für Männer?« fragte Joanna.

»Ich weiß es nicht, aber sie wollten Logan. Sie zwangen ihn, ihnen zu sagen, wo der Schatz ist. Ich glaube, sie wollten uns töten, sobald sie den Schatz in Händen hatten. Wenn sie zurückkehren, bevor Hilfe kommt –«

»Wo ist er?« fragte Alec, der sich wieder gefaßt hatte.

»Im alten Häuschen der Kruegers.«

»Okay, wir sehen nach ihm«, sagte Alec. »Ich trommle ein paar Männer zusammen –«

Als er durch die Halle eilte, rannte Allison ihm nach.

»Ich komme mit dir«, stellte sie fest.

»Mädchen, wir haben keine Ahnung, was wir dort vorfinden werden –«

»Das kümmert mich nicht. Ich muß mit dir kommen. Er darf doch nicht von mir denken, ich wäre so gleichgültig gewesen, daß ich nicht einmal zurückkomme.«

»Laß sie mitgehen, Alec«, sagte Joanna mit einem verständnisvollen Lächeln. »Sie muß das tun. Der Herr wird euch beide beschützen.«

»Du mußt aber tun, was ich dir sage.«

»Natürlich«, antwortete Allison ernst. »Aber nun komm, laß uns gehen!«

Keine zwanzig Minuten später war der Lastwagen zur Hand, und die Landarbeiter, die auf dem Gut lebten, machten sich auf den Weg zu dem verlassenen Häuschen. Unterwegs versuchte Alec Näheres von Allison zu erfahren. Er schickte Fergie in die Stadt; er sollte dort Hilfe holen, um die Männer festzunehmen, die zum Ramsey Head gegangen waren, falls sie immer noch dort waren. Der Lastwagen rumpelte über die alte, unebene Landstraße. Allison saß auf der Kante des Beifahrersitzes, klammerte sich verzweifelt ans Armaturenbrett und versuchte, durch den dichten Regenschleier zu spähen.

Plötzlich sah sie jemand, eine dunkle, schattenhafte Gestalt, die auf sie zukam.

»Seht!« rief sie aus. »Daddy, halt an – es ist Logan!«

Alec bremste den Wagen und sprang hinaus, Allison neben sich. Sie rannten die Straße entlang. Aber es war nicht Logan, sondern Frank Lombardo, der mit schweren Schritten durch den Regen trottete, durchnäßt bis auf die Haut und völlig verloren. Trotz des Unheils, das ihn erwartete, war er erleichtert, ein Zeichen menschlichen Lebens in der trostlosen Nacht zu sehen.

»Er ist es!« schrie Allison. »Das ist der Mann!«

Alec brauchte keine weiteren Erklärungen. Er machte einen Schritt vorwärts, packte Lombardo an den Armen und stieß ihn gegen den Lastwagen. Lombardo sah, daß zwei weitere breitschultrige Bauern hinter Alec standen und bereit waren, beim ersten Zeichen von Gegenwehr zuzupacken, und er gab ohne Widerstand auf.

»Wo ist er?« schrie Allison gellend. »Was habt ihr mit ihm gemacht?«

»Wenn Sie MacIntyre meinen«, erwiderte Lombardo niedergeschlagen, »dem hab' ich nichts getan. Er ist einfach gestorben –

einfach so. Jetzt jedenfalls ist er tot. Sie haben's ja selbst gesehen – er hat mich angegriffen, und der Revolver ging los.«

»Nein! Oh, Daddy – nein!«

»Gib die Hoffnung nicht auf, Mädchen«, sagte Alec. »Bete nur von Herzen!«

Aber Lombardo schnaubte verächtlich, als er die Worte hörte. »Zum Beten ist's zu spät. Ich sag euch doch, er ist mausetot. Aber meine Schuld war's nicht.«

Ohne weitere Worte führte Alec den Gefangenen zur Rückseite des Lastwagens und befahl ihm aufzusteigen. »Werdet ihr mit ihm fertig?« fragte er die Männer. Einer von ihnen, der sein Jagdgewehr auf dem Schoß hielt, nickte.

Als sie sich dem Häuschen näherten, sah es noch verlassener aus als sonst. Dennoch sprang Allison aus dem Lastwagen, bevor er noch richtig angehalten hatte, und eilte auf die Türe zu. »Herr«, betete sie, voll Angst, was sie vorfinden mochte, »hilf mir, dies zu ertragen.«

Das Feuer war niedergebrannt bis auf einige wenige klägliche Kohlen, und es war fast dunkel im Inneren. Aber schon kam Alec herbei und trug eine Laterne. Allison sah Logan auf der harten Erde liegen, still wie ein Toter, seine Haut war aschfarben, als sei auch das Feuer seines Lebens ausgebrannt. Sie stürzte hin und fiel neben ihm auf die Knie nieder.

»Logan!« schluchzte sie, während sie sanft seinen Kopf hob. »Oh, Logan –«

Einige qualvolle Sekunden lang kam keine Antwort. Sie ergriff seine Hand. Sie war noch warm. Tränen der Sorge und Liebe standen in ihren Augen, als sie sich vorbeugte, ihn küßte und seinen Kopf an ihre Brust drückte. »Logan«, flüsterte sie, »ich liebe dich!« Ein Atemzug, schwach, aber fühlbar, hob seine Brust. Sie warf einen hilflosen Blick auf ihren Vater, dann wieder auf die hingestreckte Gestalt.

Langsam öffneten sich Logans Augen, gerade nur einen Spalt weit. Ein klägliches, verzerrtes Lächeln zeigte sich auf seinen Lippen.

»Ali ...« hauchte er. »Ali ... bist du das?«

»Oh ja! Logan ... ich bin es! Oh Herr, hab Dank!«

» ... sagte dir doch, daß ich ein Glückskind bin ...«

»Oh Logan! Still jetzt ... bitte ...« schalt ihn Allison sanft, die Stimme voll Freude.

Alec kniete nieder und hob Logan sanft in seinen Armen auf, und während Allison neben ihm herlief und Worte der Liebe und Ermutigung flüsterte, trug er ihn zum Lastwagen.

Frank Lombardo war sicher im Gewahrsam der Behörde. Aber die Suchmannschaft, die Ramsey Head erklomm, mußte feststellen, daß Willie Cabot von einer anderen Art Gerechtigkeit ereilt worden war. Er lag neben einem hastig gegrabenen Loch – mit einer Kugel im Herzen.

Ross Sprague war der Gerechtigkeit entkommen, wie es aussah. Man suchte nach ihm, aber vergeblich. Niemand hatte daran gedacht, auf See zu suchen, bis es zu spät war – obwohl das aufkommende Unwetter auch die hartnäckigsten Verfolger entmutigt hätte.

Sprague hatte inzwischen ein dreißig Fuß langes Fischerboot gemietet, das den Namen »Bonnie Flora Mac'D« trug, nach der kühnen Gefährtin des Prinzen. Er hatte den Namen Albert Smith angegeben. Erst ein oder zwei Tage nach seiner Flucht kam der erste Verdacht auf. Port Strathys gesetzestreue Einwohnerschaft war einfach nicht darauf vorbereitet, mit Verbrechern dieses Kalibers fertigzuwerden – eine Tatsache, die Sprague zugute kam.

Sprague war kein Seemann, aber er hoffte, seine oberflächlichen Kenntnisse würden sich als ausreichend erweisen für die kurze Strecke, die er zurücklegen mußte. Als der Regen herabprasselte und der Wind auffrischte, begann sein Selbstvertrauen zu sinken. Aber er wußte, er konnte nicht mehr zurück. Das einst so verschlafene Nest Port Strathy hielt jetzt Ausschau nach ihm, daran gab es keinen Zweifel. Also steuerte er das alte Boot nordwärts in den Sturm und verfluchte den geldgierigen Tölpel, der es ihm vermietet hatte. Fünf Pfund für diese Badewanne waren der reinste Straßenraub, aber es war das einzige Boot gewesen, das besaß, was er brauchte: eine Funkanlage.

Im Augenblick, in dem Cabot darauf bestanden hatte, sich an ihn anzuhängen, hatte er gewußt, daß es Schwierigkeiten geben würde. Nicht nur, daß der Mann verdrießlich und unangenehm war, er war auch gierig. Kaum war sein Blick auf den unermeßlichen Reichtum gefallen, der unter dem Felsen auf Ramsey Head verborgen lag, war er verrückt geworden. Kein Gericht hätte Sprague jemals wegen Notwehr freigesprochen, aber er wußte instinktiv – hätte er sich nicht sofort um Cabot gekümmert, er selbst hätte das Festland nicht lebend wiedergesehen.

Aber er hatte es geschafft, und jetzt konnte ihn nichts mehr aufhalten. Sein Boß würde gut beraten sein, ihn zu erwarten! Er hatte nichts übrig für Unterseeboote, aber sie waren die sicherste Methode, unentdeckt zu entkommen. Also mußte der Boß eben seine Beziehungen mit Berlin spielen lassen. Sprague mochte die Deutschen nicht, hatte sie nie gemocht, aber ein paar Tage konnte er sie schon aushalten, wenn das der Preis dafür war, ein reicher Mann zu werden.

Eine riesige Welle donnerte gegen die Flanke des Bootes und sandte einen Schleier von Gischt über das Deck, während sie das Boot gefährlich steuerbords hochhob. Sprague packte das Steuerrad. Der Kompaß zeigte an, daß er vom Kurs abgekommen war. Es war fast Mitternacht. Er mußte das Schiff wieder auf Kurs bringen, wenn er sein Rendezvous einhalten wollte.

Und einhalten mußte er es, denn sein Auftraggeber war nicht der Mann dazu, sich von einem Burschen wie Sprague hintergehen zu lassen. Er hatte die Mittel, einen Verräter noch an den fernsten Enden der Erde aufspüren zu lassen. Er war nicht die Art Mann, die man betrog, wenn man am Leben bleiben wollte.

Er warf einen Blick auf seine Uhr. Zeit, Kontakt aufzunehmen. Es dauerte auch nicht lange, bis er Antwort bekam, zerhackt und unklar, aber im Wichtigsten verständlich: Das Unterseeboot, das ihn erwartete, lag drei Meilen vor der Küste, Nord-Nordost.

Sprague blickte wiederum den Kompaß an. Er war immer noch vom Kurs abgewichen. Fluchend schlug er die Faust voll Zorn gegen das Armaturenbrett. Dann starrte er es in plötzlichem jähem Unglauben an. Die Zeiger der Instrumente drehten sich sinnlos im Kreis!

Es war kaputt!

Das nutzlose Stück Trödel war kaputt! Wie lange steuerte er schon ins Blaue? Wo war das Unterseeboot?

Schweiß brach in kleinen Perlen auf Spragues Stirn aus, als die kalte Angst der Panik ihn erfaßte. Seine Hände zitterten, als er das Steuerrad packte. Aber er hatte keine Ahnung, wohin er steuern mußte. Er wußte nicht einmal mehr, in welcher Richtung die Küste lag!

Plötzlich hörte er ein übelkeiterregendes Krachen.

Das Boot machte einen Satz und erzitterte. Sprague wurde von den Füßen gerissen, schlug mit dem Kopf gegen das Querschott und verlor das Bewußtsein. Vielleicht war das das beste, was ihm geschehen konnte, denn das alte Fischerboot lief rasch voll Wasser.

DER GAST DER »ADMIRAL MANNHEIM«

»Herr Kommandant«, rief der junge Leutnant, während er die schweren Kopfhörer abnahm.

»Ja, Leutnant?« antwortete der Kommandant der »Admiral Mannheim« müde. Es war bereits Mitternacht, und er war seit dem ersten Morgengrauen auf den Beinen gewesen, um sein Unterseeboot zu seinem gegenwärtigen Ort drei Meilen vor die Küste Schottlands in der Nordsee zu steuern. Der Auftrag hatte ihm von allem Anfang an nicht gefallen. Es war gefährlich in diesen seichten Gewässern. Aber seine Vorgesetzten hatten ihm klargemacht: *Es lohnt sich, diesen Mann bei guter Laune zu halten. Tut, was immer er euch befiehlt.* Und der Kommandant war ein Mann, der Befehlen gehorchte, ob sie ihm gefielen oder nicht. Nur so konnte man in der deutschen Marine Karriere machen. Also würde er seine Pflicht tun und keine Fragen stellen.

»Es ist schon eine halbe Stunde her, und ich habe keinen Kontakt mehr aufnehmen können. Soll ich weiter signalisieren?«

Kommandant von Graff seufzte und befahl das Periskop auszufahren. Er stützte sich schwer auf die waagrechten Griffe und ließ den Blick über die sturmgepeitschte See oben schweifen. In Nächten wie dieser war er froh, einem Unterseeboot zugeteilt zu sein. Es faszinierte ihn immer wieder, sich fünfzig Faden unter dem Aufruhr an der Oberfläche wie in einer anderen Welt dahinzubewegen.

Er trat vom Periskop zurück und wandte sich seinem Untergebenen zu. »Der Wind dort oben bläst mit zwanzig oder dreißig Knoten«, sagte er, »und er hat wahrscheinlich nichts Besseres als den Funk eines Fischerboots. Aber signalisieren Sie dennoch weiter – schon damit wir keinen Ärger mit unserem *Gast* bekommen.«

»Jawohl, mein Herr«, antwortete der Leutnant gehorsam, aber auf seinen Lippen zeigte sich ein Lächeln, das der Kommandant nicht übersehen konnte.

»Sie billigen das nicht?« fragte von Graff mit einem wissenden Lächeln.

»Wollen Sie tatsächlich meine Meinung hören?«

Der Kommandant nickte.

»Dann würde ich geradeheraus sagen«, fuhr der junge Offizier fort, »daß das Deutsche Reich auch ohne amerikanische Financiers gut zurechtkäme.«

Von Graff lachte, ohne jedoch einen Laut von sich zu geben.

»Der Tag wird zweifellos kommen«, sagte er, wobei er plötzlich ernst wurde. »Aber in der Zwischenzeit müssen wir uns eben unseren Stolz verkneifen und Leuten wie unserem *Gast* weiterhin die Stiefel lecken. Wir zahlen immer noch an der Dummheit des Jahres 1918, aber das wird nicht mehr lange so bleiben.«

»Wovon sprachen Sie soeben?« meldete sich eine sarkastische Stimme hinter den beiden Männern.

Der Kommandant fuhr herum. »Ah, mein Herr«, sagte er mit kühler Höflichkeit, »wir sprachen soeben über die Lage Ihres Gefährten. Wir hatten in den letzten dreißig Minuten keinen Funkkontakt mehr. In diesem Sturm kann alles mögliche geschehen sein.«

»Nun, sehen Sie zu, daß Sie ihn finden«, gab der Neuangekommene zurück. »Ich zahle Sie schließlich gut für dieses Unternehmen.«

»Das Deutsche Reich bezahlt mich«, antwortete der Kommandant mit gerade so viel Betonung auf dem Wort *Reich*, daß es es eine zusätzliche, unheimliche Bedeutung erhielt.

»Ich stecke so viel Geld ins Reich, daß mir das alles eins sein kann«, sagte der Amerikaner.

»Seien Sie versichert, wir werden alles in unseren Kräften Stehende tun, um Ihren Freund zu erreichen, Herr Channing.«

Jason Channing wandte sich scharf um und verließ die Brükke. Diese arroganten Deutschen! Man sollte meinen, ein verlorener Krieg hätte sie Demut gelehrt. Aber vierzehn Jahre später stolzierten sie immer noch herum, als gehörte ihnen die Welt. Nun, vielleicht würden sie es diesmal schaffen – darauf hatte Channing jedenfalls sein Geld gesetzt.

Als er vor drei Jahren fast alles im Börsenkrach verloren hatte, war er verzweifelt gewesen. Es war nicht leicht, mit sechzig noch einmal neu anzufangen. Er war jedoch niemals der Typ gewesen, der wegen eines kleinen Rückschlags gleich aus dem Fenster springt. Er hatte seine Hoffnung darauf gesetzt, daß ihm irgend etwas über den Weg laufen würde. Und tatsächlich – als er auf Einladung einiger Freunde in München gewesen war, hatte er Adolf Hitler auf einer Versammlung von Gewerkschaftsmitgliedern sprechen gehört. Channing hatte sich vom Taumel der Versammlung fast mitreißen lassen – der Mann war faszinierend! Zugegeben, wenn man ihm genau zuhörte, klangen einige der Dinge, die er sagte, fast irrsinnig, aber er hatte eine Ausstrahlungskraft, daß man ihm vieles nachsah. Nach der Rede hatte Channing den aufsteigenden Nazi-Führer auf einer Cocktailparty getroffen. Wieder war er beeindruckt gewesen von seiner Durchschlagskraft – hier war ein Mann, bei dem man keinen Zweifel hegte, daß er seine wilden Pläne tatsächlich ausführen konnte. Channing war seiner kürzlich erlebten Niederlagen müde, und ebenso verdroß ihn das System, das diese Niederlagen herbeigeführt hatte; und so beschloß er, sich dem strahlend aufsteigenden Stern Adolf Hitler anzuschließen.

Es dauerte etwa ein Jahr, bis er seine Verluste wieder hereingebracht hatte. Bald war er wieder imstande, die Macht auszuüben, nach der er hungerte. Es war noch nicht ganz so, wie es in früheren Tagen gewesen war, aber es war immerhin ein Anfang.

Diese Angelegenheit mit Sprague hatte ihn ein Weilchen abgelenkt, aber es war um eine längst überfällige Schuld gegangen. Rache schmeckte so süß wie die Macht. In dem Augenblick, in dem der Name Stonewycke wieder in seinem Leben aufgetaucht war, hatte er gewußt, er würde nicht loslassen. Er ertrug keine Niederlagen.

Er hatte nur zweimal in seinem Leben eine Niederlage erlebt. Der Börsenkrach war ein Verlust gewesen, den er erst kürzlich erlebt und der ihn veranlaßt hatte, einer fremden Nation Treue zu schwören. Die zweite Niederlage hatte er vor zwanzig Jahren erlebt, als eine hübsche Null namens Joanna Matheson ihn abgewiesen hatte. Er hatte einer schwachen, gebrechlichen Frau gegenüber den kürzeren gezogen, und das hatte ihn über Jahre hinweg mehr geärgert als der Verlust seines ganzen Vermögens.

Nun sah es aus, als sei er ein drittes Mal geschlagen worden – diesmal bei seinem Versuch, die Rechnung mit Stonewycke zu begleichen. Aber er würde es ihnen noch heimzahlen; er würde nicht ruhen, bevor nicht jeder einzelne von ihnen ein besitzloser Bettler war!

Channing erreichte die Türe seiner Kabine, stieß sie mit einem Fußtritt auf und trat ein. Auf dem Tisch lag ein dünnes Blatt Papier, Spragues letzter Funkspruch. »Bin an Bord. Unser Päckchen ist in Sicherheit. Treffen um Mitternacht.«

Es schien unmöglich, so nahe an solchen Reichtum heranzukommen und ihn so rasch wieder zu verlieren. War Spragues Boot tatsächlich im Sturm gesunken? Vielleicht. Aber das hieß noch längst nicht, daß alles verloren war. Channing konnte den Schatz immer noch in die Hände bekommen. Das einzige, was ihm im Wege stand, war die Frage, was Ross Sprague damit angefangen haben mochte.

An der Türe wurde geklopft.

»Wir erreichen Ihren Kollegen nicht«, sagte der Kommandant. »Was sollen wir tun?«

Channing überlegte einen Augenblick, dann antwortete er: »Bleiben Sie vor Ort und versuchen Sie noch eine Stunde lang, ihn über Funk zu erreichen. Wenn Sie ihn bis dahin nicht kontaktiert haben, fahren Sie wieder aufs offene Meer hinaus.«

Drei Wochen gingen vorbei.

Die erste war für Allison eine Woche der Todesangst gewesen, während Logan, immer nur halb bei Bewußtsein, mit dem Tode rang. Fieber, Delirium und Schmerzen waren die Meilensteine der Tage, die langsam vorbeigingen, während Allison ihn getreulich pflegte und nur von seiner Seite wich, wenn sie selbst den Schlaf nicht länger abwehren konnte. Ian und Alec wunderten sich beide im stillen, wie ähnlich sie plötzlich ihren beiden Frauen geworden war – sowohl im Blick ihrer Augen wie auch in der Tiefe ihres Wesens. Sie hatte tatsächlich in sehr kurzer Zeit ihren Platz in der stolzen Reihe der Frauen der Familie Ramsey eingenommen.

Und was noch bedeutungsvoller war: In ihren bis spät in die Nacht ausgedehnten Wachen, in denen sie betend an Logans Bett saß, trat sie ihr volles Erbe als ein Kind Gottes an. Klarer und persönlicher denn je zuvor erfaßte sie jetzt die Wahrheit der Worte, die sie von Kindheit an gehört hatte: »Und ob ich gleich wanderte im finsteren Tal, so fürchte ich nichts Böses, denn Du bist bei mir ...« Niemals zuvor war die junge Allison MacNeil durch ein solch finsteres Tal gewandert, und als es vorbei war, erleuchtete ein dauerhafter Glanz innerer Reife ihr Auge.

Schließlich kam ein Morgen, an dem Logan erwachte. Allison war auf ihrem Sessel eingenickt. Er blickte auf, sah sie an und schloß die Augen wieder, zufrieden in dem Wissen, daß sie ihm nahe war. Als sie aufwachte, erkannte sie, daß eine Veränderung über ihn gekommen war. Er schien leichter zu atmen, und die Spur eines Lächelns schwebte noch auf seinen Lippen. Ihr Herz schlug angstvoll in ihrer Brust, als sie aufstand und sich ihm näherte. Ihre Gegenwart weckte ihn von neuem. Er lächelte zu ihr auf. So willkommen ihr dieser Anblick war, willkommener, als sie es hätte mit Worten sagen können, so hob er doch allzu deutlich seine bleichen, eingefallenen Züge und seine magere, abgezehrte Gestalt hervor.

»Oh, Logan!« sagte sie und weinte Tränen der Freude.

Er zuckte, als er sich zu bewegen versuchte. »Eine Zeitlang dachte ich, ich bekäme das neue Leben und das ewige Leben auf einmal zugeteilt.«

»Logan, ich bin so froh für dich. Mutter und Daddy erzählten mir von ihrem Gespräch mit dir und von dem Gebet, das du gebetet hast. Es tut mir so leid, daß ich davonrannte.«

»Ich denke, wir beiden werden noch lange damit beschäftigt sein, mehr über dieses neue Leben zu lernen«, sagte er. »Ich sage dir, Ali, in dieser Nacht dachte ich, es sei kein besonders wertvolles Leben, das ich Gott zu übergeben hatte. Aber etwas habe ich seither gelernt – Gott kennt das Herz eines Menschen, und man kann ihn nicht zum Narren halten. Und wenn du denkst, daß du im Sterben liegst, dann willst du ihn auch gar nicht länger zum Narren halten.«

»Ich bin so dankbar für alles, was geschehen ist.«

»Ja«, stimmte er zu. »Aber ich fürchte, ich habe deiner Familie nur noch zusätzlichen Ärger gemacht.«

»Oh nein! Du bist schon wie ein Sohn für sie. Du weißt doch, wie sie sind – es macht ihnen Freude, dir zu dienen. Und mir auch, mehr als du weißt!«

Wie die erste Woche voll Schmerz gewesen war, so waren die nächsten voll Glückseligkeit. Der Arzt hatte Logan strenge Bettruhe verordnet, und er hatte nicht die Kraft, sich dagegen aufzulehnen. Allison verbrachte die meiste Zeit mit ihm. Sie las ihm aus der Bibel vor, häufig auch aus den Werken des alten schottischen Dichters, dessen Gedicht über die »schlechten Boote« sein Herz in den Tagen seiner Unentschlossenheit so sehr bewegt hatte. Üblicherweise sprachen sie dann über das Gelesene. Zuweilen gesellte sich Lady Margaret oder ein anderes Mitglied der Familie zu ihnen und eröffnete ihnen beiden sanft neue Einsichten in ihren neugewonnenen Glauben. Gott gewährte ihnen eine Ruhezeit, in der sie erstarken und tiefe Wurzeln schlagen konnten. Aber bald würden sie, wie Doreys kostbare Pflanzen, in das harte Leben außerhalb des Treibhauses verpflanzt werden, wo Wind und Regen und Schnee und Sonne auf sie einwirken und ihnen helfen würden, noch stärker zu werden.

So wunderbar diese Diskussionen auch waren, noch bedeutungsvoller waren die langen Gespräche zwischen Allison und Logan, wenn sie allein waren, Gespräche, die manchmal bis tief in die Nacht dauerten. Sie tauschten sich miteinander aus, wie keiner von beiden es jemals mit einem anderen Menschen getan hatte. Beide hatten – jeder auf seine Weise – den innersten Kern ihres Wesens so lange verborgen. Plötzlich gab es so viel zu sagen, so viel zu teilen, so viel, das sie zu verstehen versuchen wollten. Ihre Seelen verflochten sich unauflöslich ineinander, und die Liebe, die zwischen ihnen entstanden war, wuchs und gedieh auf dem stärksten Fundament, das die Liebe eines Mannes und einer Frau haben kann – der Liebe Gottes.

Als Logan daher endlich die Erlaubnis bekam, einen Spaziergang im Freien zu unternehmen, war es für beide nicht verwunderlich, welche Wendung das Gespräch nahm.

Sie wanderten zu dem wilden und verwachsenen Garten an der Rückseite des Hauses, den Ian und Maggie so sehr geliebt hatten. Der Sommer war in all seiner Kraft nach Stonewycke gekommen. Die mächtige alte Birke war beladen mit frischen grünen Blättern, und die ungestutzten Rhododendren und Azaleen färbten die waldige Umgebung mit lebhaftem Rot, Orange und Lavendelblau. Verschlungener Efeu wand sich um die Füße der Bank, auf der Logan und Allison saßen.

»Ali«, begann Logan, als sie mit ihrem Gespräch über den lieblichen Garten und das warme Wetter der jüngst vergangenen Tage zu Ende gekommen waren, »nun, da die Richtung meines Lebens sich verändert hat, habe ich herauszufinden versucht, was ich mit mir anfangen will. Ich habe keine Erziehung, kein Geld und nur sehr wenige Talente, mit denen man in einer *ehrlichen* Welt etwas anfangen kann.«

»Du hast mehr zu bieten, als du denkst«, sagte Allison. »Und ich weiß, deine Stellung hier wird dir immer offenstehen.«

»Ja ...« sagte Logan und zog das Wort gedankenvoll in die Länge, »und ich bin deinem Vater sehr dankbar dafür. Aber die Werkzeuge und Ausrüstung anderer Leute zu reparieren, hat keine große Zukunft. Ich hatte gehofft, ich hätte mehr zu bieten, das heißt – sollte ich mich jemals niederlassen, wäre es angenehm, bessere Aussichten zu haben.«

Allison interessierte sich nicht für Zukunftsaussichten. Sie wollte den Mann, den sie liebte, und nichts anderes.

»Du weißt, ich habe mir nie große Gedanken über Stellungen gemacht«, fuhr Logan fort. »Ich hab' nie gedacht, ein Adeliger sei in irgendeiner Weise etwas Besseres als ich. Aber jetzt sehe ich –«

»Logan, es liegt doch hoffentlich nicht an mir? Fühlst du dich meinetwegen unbehaglich wegen deiner Herkunft? Dieser Teil meiner selbst ist tot und begraben. Ich kümmere mich nicht mehr um Klassenunterschiede und sozialen Rang!«

»Ich weiß. Dennoch, die Möglichkeiten für einen Mann wie mich sind – begrenzt. Was kann ich anderes tun, als mit meiner Hände Arbeit ein paar Pfund im Monat zu verdienen? Es gibt keine Aussicht – ich kann ja wohl kaum erwarten – nun, verstehst du, das wäre doch kaum passend für einen Mann, der eine Ehefrau hat.«

»Oh, Logan!« rief Allison, schluchzend und erfreut zugleich, »du lieber, lieber Dummkopf! Ich liebe dich doch! Meinst du, das hat irgend etwas zu bedeuten? Meine Mutter und mein Vater haben sich von dergleichen auch nicht aufhalten lassen.«

»Dein Vater ist eine andere Art Mann als ich«, antwortete Logan.

»Ich liebe und respektiere meinen Vater«, antwortete Allison leidenschaftlich. »Mehr denn je in meinem Leben, denn nun sehe ich erst richtig, welch ein Mann der Wahrheit und Integrität und des Mutes er ist. Aber du bist hundertprozentig genausoviel wert, Logan MacIntyre.«

»Oh, Ali, ich weiß nicht, wie du das sagen kannst ... wie du so etwas glauben kannst. Aber ich danke dir, und ich liebe dich dafür aus tiefstem Herzen. Ich möchte dich so gerne heiraten ... wenn du mich nehmen willst. Ich werde warten ... oder du mußt mich nehmen, wie ich bin.«

Sie schlang die Arme um ihn. »Ich würde dich nicht anders haben wollen, Logan, als so, wie du bist. Denn so hat dich Gott geschaffen. Und in den Mann, der du wirklich bist, habe ich mich verliebt!«

Er zuckte schmerzlich unter ihrer stürmischen Umarmung, aber rasch faßte er sich wieder und zog sie an sich, um sie zärtlich zu küssen. »Danke, Ali«, flüsterte er ihr ins Ohr. »Danke! Danke, daß du mich akzeptierst. Danke, daß du mich liebst.«

»Gott war so gut zu uns, Logan – daß er uns beschützt hat in allem, was uns geschehen ist, und uns hierher gebracht hat.«

Einen Augenblick lang schwiegen sie beide. Dann sprach Logan von neuem, und diesmal klang seine Stimme besorgt. »Aber deine Eltern –« begann er. »Was werden sie dazu sagen?«

»Oh, Logan, sie lieben dich! Klassenschranken bedeuten ihnen nichts. Ich weiß das besser als jeder andere. Denke daran, sie haben das selbst durchgemacht.«

»Dann sollte ich mit deinem Vater sprechen«, sagte Logan.

»Meine Eltern werden sich für uns freuen«, sagte Allison voll Entzücken. »Sie lieben dich bereits jetzt – wie ich dich liebe! Oh, Logan, wir werden immer zusammen sein, stell dir das vor!«

»Das bringt mich auf etwas anderes«, begann Logan. Dann zögerte er. Er hatte sich nicht gerade gefreut auf diesen Teil des

Gesprächs. »Sobald ich mich erholt habe, muß ich nach Glasgow fahren, um meine Mutter zu besuchen und ihr eine persönliche Einladung zu überbringen. Und danach muß ich nach London. Ich habe dir doch von Molly erzählt«, fuhr er fort. »Sie war wie eine Mutter zu mir, und ich muß sie wiedersehen – ich möchte mit ihr … nun, über all die Veränderungen in meinem Leben sprechen. Und vor allem möchte ich ihr von dir erzählen.«

»Bist du sicher, daß du nach London mußt?« fragte Allison. Ihre Stimme zitterte. »Ich könnte nicht aufhören, mir Sorgen um dich zu machen.«

»Da geht es um Dinge, die man lieben Freunden nicht in einem Telegramm oder Brief mitteilen kann. Aber ich werde sehr vorsichtig sein.«

»Ich möchte mit dir kommen.«

»Ich werde nicht lange fort sein.« Logan nahm ihre Hand in die seine. »Ich muß mich noch einige Tage erholen«, lachte er. »Und ich brauche dich jede Minute an meiner Seite!«

Später am selben Abend, als Logan allein war, hörte er ein leises Pochen an der Türe. Auf sein »Herein!« hin trat Dorey ein. Er sah feierlicher aus, als Logan ihn je zuvor gesehen hatte. Er trat ein, offensichtlich mit einer festen Absicht im Sinn, und setzte sich an Logans Bettrand.

»Ich möchte mit dir sprechen, Logan«, sagte er. »Alec hat mir von deinem Gespräch mit ihm erzählt. Ich möchte dir zuerst meine Glückwünsche entbieten und in meinem eigenen Namen und dem von Lady Margaret sagen: Willkommen in der Familie. Wir freuen uns sehr für dich und Allison.«

Sein Gesicht und sein Tonfall haben nichts von großer Freude an sich, dachte Logan.

»Aber ich würde mir Vorwürfe machen, wollte ich dich nicht warnen. Ich glaube, du begehst einen schweren Fehler, wenn du allein nach London zurückkehren willst.«

»Wegen der Gefahr?« fragte Logan.

»Mehr als das. Es würde eine Trennung zwischen dir und deiner zukünftigen Frau bedeuten. Ich nehme an, du kennst wenigstens teilweise die Geschichte meiner Vergangenheit?«

Logan nickte.

»Wir alle wissen, daß der Herr sie zum Guten gebraucht hat«, fuhr Dorey fort, »aber ich war so jung und töricht. In meinem Ungestüm sandte ich Maggie nach Amerika, während ich selbst zurückblieb. Gut … ja«, seufzte er, »der Herr hat es gebraucht, um uns zu stärken. Aber ich möchte nicht zusehen, wie du einen Fehler machst, den du bereuen mußt.«

Logan nickte wieder. Er nahm die Worte der Weisheit von diesem Mann, den er zu respektieren gelernt hatte, an.

»Nimm sie mit dir, Logan«, fuhr er fort. »Nun, da der Herr euch zusammengeführt hat, laß nicht zu, daß irgend etwas eure Liebe entzweit.«

»Ich werde darüber nachdenken, was du mir gesagt hast«, sagte Logan. »Du magst recht haben. Ich danke dir.«

Dorey erhob sich. Die beiden Männer schüttelten einander die Hand. »Der Herr segne dich, mein Sohn«, sagte Dorey schließlich. »Ich meinte wirklich, was ich sagte: Willkommen in dieser Familie. Ich habe keine Zweifel daran, daß Stonewycke und seinen Abkömmlingen viel Gutes aus den Tugenden entstehen wird, die du in die Familie einbringst. Ich erflehe den vollen Segen des Herrn für dich und deine Ehe.«

Nun mußte Logan die Tränen zurückdrängen, die ihm in die Augen stiegen. Wie reich hatte Christus ihn gemacht!

Am folgenden Nachmittag gingen Logan und Allison wieder in dem ummauerten Garten spazieren. Wie die Umstände es wollten, hatten sie sich den ganzen Vormittag lang nicht gesehen.

»Ich habe gestern abend mit deinem Vater gesprochen«, sagte Logan ruhig. »Es war genauso, wie du es vorhergesagt hast.«

»Er lächelte und schüttelte dir die Hand – richtig?«

»Nun – ja, in gewisser Hinsicht«, sagte Logan mit einem Lächeln. »Er lächelte. Dann lachte er dröhnend. Dann umarmte er mich wie ein Bär, daß meine Wunde fast wieder aufgebrochen wäre. Als ich zusammenzuckte, sprang er einen Schritt zurück, einen Ausdruck schmerzlicher Entschuldigung auf dem Gesicht. Dann lachte er von neuem. Und dann schüttelte er mir die Hand!«

Allison lachte. »Das sieht ihm ähnlich!«

»Dorey hat mich letzte Nacht ebenfalls besucht. Wir sprachen über verschiedene Dinge ... Er hieß mich willkommen in der Familie und gab mir seinen Segen. Er ist wirklich ein bemerkenswerter Mann.«

Sie gingen weiter, Hand in Hand, und schwiegen minutenlang. Schließlich brach Logan das Schweigen. »Möchtest du immer noch mit mir nach London kommen?«

»Oh, Logan, im Ernst?«

»Wenn du möchtest. Ich habe bereits mit deiner Mutter gesprochen. Sie würde dich begleiten.«

»Wie wundervoll! Ich kann es nicht erwarten!«

»Wir werden uns köstlich amüsieren. Ich werde dir alle die Sehenswürdigkeiten dieser großen Stadt zeigen! Und Molly wird von euch beiden begeistert sein!«

Sie wandten sich um und gingen dem Gartentor zu. »Oh, Logan«, sagte Allison, »ich war nie im Leben glücklicher als heute!«

Lachend wie zwei Kinder liefen sie auf das gewaltige Schloß zu, wo sie die unschätzbare Perle gefunden hatten – nicht nur einander, sondern die Fülle der göttlichen Liebe.

Lady Margaret, die sie herankommen gesehen hatte, ging hinaus, ihnen entgegen. Sie streckte die Hände aus, ergriff ihrer beider Hände und blickte erst Allison tief in die Augen, dann wandte sie sich beiseite, Logan zu, und tat dasselbe. Sie brauchte kein Wort zu sprechen. Die Liebe, die sie empfand, und das Gebet ihres Herzens um ihr Wohlergehen stand ihr im Gesicht geschrieben. Sie sahen es, nahmen es an und verstanden.

Einen Augenblick später wandte sie sich mit ihnen gemeinsam um, und die drei, immer noch Hand in Hand, gingen ins Haus, um sich zum Rest der Familie zu gesellen.

Ende